# 筹码
CHOU MA

张新东 ◎ 著

重庆出版集团 重庆出版社

图书在版编目（CIP）数据

筹码 / 张新东著. — 重庆：重庆出版社，2012.3
ISBN 978-7-229-04615-6

Ⅰ.①筹… Ⅱ.①张… Ⅲ.①长篇小说 – 中国 – 当代 Ⅳ.①I247.5

中国版本图书馆 CIP 数据核字（2011）第 218535 号

筹码
CHOUMA
张新东 著

出 版 人：罗小卫
策　　划：郭晓飞　万小红
责任编辑：陶志宏　袁　宁
封面设计：道一设计

重庆出版集团
重庆出版社　出版

重庆长江二路 205 号　邮政编码：400016　http://www.cqph.com
北京宏泰恒信文化传播有限公司制版
北京佳顺印务有限公司印刷
重庆出版集团图书发行有限公司发行
E-MAIL：fxchu@cqph.com　　邮购电话：023-68809452
全国新华书店经销

开本：710mm×1020mm　1/16　印张：17　字数：278 千字
2012 年 3 月第 1 版　2012 年 3 月第 1 次印刷
ISBN 978-7-229-04615-6
定价：32.00 元

如有印装质量问题，请向本集团图书发行公司调换：023-68706683

版权所有，侵权必究

# 目录

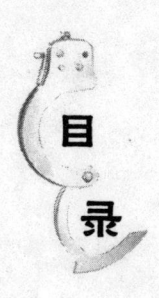

一　她为他殉情 / 001
二　亲临吸毒者 / 016
三　身份大暴露 / 032
四　暗杀进行中 / 046
五　警察被俘虏 / 061
六　回家过春节 / 075
七　强行被交易 / 089
八　初会青红帮 / 103
九　青红帮老三 / 118
十　局长变渔翁 / 134
十一　警匪谍中谍 / 149
十二　探监进行时 / 163
十三　茅草屋之恋 / 178
十四　走向不归路 / 192
十五　狡兔有三窟 / 207
十六　枪口瞄向谁 / 221
十七　连环交易网 / 236
十八　交易纪念日 / 251

# 一　她为他殉情

公安局长被打断腿了,这则广播、电视、报纸、网络随处可见的消息,传遍了永庆市的大街小巷。事情过后不到3天,公安局门口贴了一张带血的报纸,上面还钉着齐怀远的照片。照片下面是一行字:小心你的右腿。从此,一段离奇的追杀行动开始了。

齐怀远是永庆市公安局的局长,他的长相与职业有着天壤之别。他身材不足一米七,给人一种营养不良的感觉,一张文弱书生的面孔,颧骨上因为戴眼镜而留下深深的印痕,但近50岁的年龄,他身手依然不凡。

从事警察这个职业至今,齐怀远没失手过,这一次却栽到"蝎子"手里,这是齐怀远的耻辱,也是永庆市公安系统的悲哀。市长姜忠诚拍着桌子,怒吼着:"抓不住'蝎子',市长我不干了!"

齐怀远家里,气氛更加凝重,女儿齐齐正在等待警校录取通知书。这次父亲受伤,并没有打击到齐齐的积极性,反而刺激了她的斗志。她要做一名缉毒警察,不仅是替父亲报仇,还要完成父亲捉拿毒蝎的夙愿。

提起永庆市的毒贩,不得不从永庆市的经济发展开始说起。永庆市的经济发展也就是最近几年的事儿。那个叫姜忠诚的市长,也就是公安局长齐怀远的岳父,让整个永庆市发生了翻天覆地的变化。这个不足100万人口的小城市,就是因为有了一个好的带头人,推出了一个好的项目,才使得经济和文化都达到了前所未有的高度。

永庆市的各个乡镇里除了大批的竹林以外,几乎没有别的特产或者支柱产业。姜忠诚一上任,给这座落后的城市带来了机会,这个新上任的市长,与有着远大抱负的下岗教师毛永刚,开始了竹编工艺的挖掘与开发。他们从省内到省外,从国内到国外,很快找到了自己的发展方向,竹编工艺品成为他们首选的项目。

因为有了这个优秀的带头人,永庆市才得以发展壮大了。市区有了高楼大厦,有了西洋酒吧,有了大型娱乐场,有了无数时尚的国际潮流。人们富有了,开放了,看似文明了,却受到各类文化的侵蚀,毒品的魔爪也伸向这座年轻的城市,侵入一夜暴富的人群中。

有了贩毒的,就有了吸毒的,因此也就产生了永庆市缉毒大队。说是缉毒大队,其实编制就两人,齐怀远和吕明明。工作倒也轻松,毕竟这个地级市还没有到毒品泛滥的地步。平时只需到各个酒吧蹲点儿,监控或者捉拿一些散兵游勇。这是一个非常普通的地级市,不是国家重点"照顾"的毒品集结地。也正是由于这个原因,警方对毒品关注程度不高,才让那些毒品交易商开始眷顾这个不起眼的城市。

局长齐怀远被打断左腿后住进了全市最好的医院,手术很成功,出院后,他一直在家里休养,爱人姜媛一直守候在他身边。在岳父的帮助下,齐怀远打算去凤凰岭疗养院疗养。姜媛是不希望爱人去疗养的,毕竟不如自己照顾细心。从安全方面考虑,却是去疗养院好,这些天媒体报道太多,暴露了齐怀远的行踪,他怕给家属带来不必要的麻烦。

齐怀远居住的小区外面,经常出现一些不明身份的人,染着各色头发,还不时地向齐怀远家的窗户张望。为了确保齐怀远家人的安全,上级领导命令停止报道。姜忠诚告诉女儿和外孙女,尽量不出门,免得节外生枝。齐齐每天待在家里,陪父亲聊天、上网、看书。

齐怀远告诉女儿自己没事,他不想让女儿太担心,齐齐看看父亲情绪不错,也就进屋上网去了。齐怀远从来没有这样清闲过,他靠着摇椅晃动着,右手有节奏地敲击着茶几。拆除石膏很多天了,伤口仍然钻心地疼,这种疼是从脑海里映射出来的。他脑子里总是回忆那场惊心动魄的搏斗,他时常自问着:本应该胜利抓捕,究竟失误在哪里?

周围很静,他又开始过电影了。当时,他眼睁睁看着自己的左腿被打断,对方根本没有给他任何机会,哪怕是眨眼的工夫都没有,腿就断了。那根冰冷的铁棍在齐怀远眼前晃动着,"蝎子"嘴里骂着脏话,齐怀远一直在思考,他不相信"蝎子"会对他下毒手。他没有胆怯,抬头看了看自己的同伴,搭档吕明明被吊在空中,嘴里塞着脏抹布。吕明明用力挣扎着,但是无济于事。

"蝎子",就是齐怀远要抓捕的毒枭。他的头型是极具喜剧色彩的,前后分成两个半球,像清朝时留辫子那样清楚地分开。"蝎子"拿着铁棍,在齐怀远的脖子上轻轻地滚动着，说话的声音低到让人窒息："齐怀远，财路被你断了，那么我要断你的腿。"

"'蝎子'，我希望你停止你的计划。"这是齐怀远断腿之前的最后一句话。"蝎子"挥动手臂的速度快得惊人，"咔"的一声，紧接着是"啊"的一声，这两个声音完全是一部悲惨戏剧的配乐。铁棍被扔在齐怀远身边，他的左腿反方向折了下去。

"啊——"齐怀远险些从摇椅上跌下来，他两手紧紧地抓着椅子两侧的把手。听到叫声，齐齐跑出卧室："爸爸，你又做梦了？"齐怀远深呼吸着，没回答。齐齐拉着齐怀远的手，"老爸，要不要吃几片安眠药，那样你会睡得踏实些。"齐怀远摇摇头，冲女儿挤出一丝笑容。为了让父亲转移注意力，齐齐说："爸爸，看看我有没有进步。"齐怀远看着乖巧的女儿点点头。齐齐起身，从口袋里掏出扑克牌，对准墙角的橘子树，用力一抖，"刷"的一声，一片橘子叶随风飘落，齐怀远使劲鼓着掌。

3天后，齐怀远要去凤凰岭疗养院了。妻子姜媛和女儿齐齐把他送出家门，不舍地挥手再见。

到疗养院后，负责陪伴照顾他的小战士叫刘文艺，一个很刻苦的小伙子，除了陪齐怀远以外，他利用一切时间复习功课，他要考军校。通过观察，齐怀远发现这里的业余活动太少了。刘文艺解释说，这里最吸引人的业余活动就是打篮球。尤其是村里的几个小伙子，打球技术很好。

齐怀远在单位也很喜欢打球，并且迷恋美国职业篮球赛，每个球队的历史、球员号码、球队特点他都能说出一二，听说这里有打篮球的，自然很高兴。他告诉刘文艺："哪天你们打篮球的话，我可不可以给你们做裁判？"

刘文艺看看坐在轮椅上的齐怀远，撇着嘴说："不行，首长的腿有伤，我不敢让您冒这个风险。"

"我在轮椅上吹哨儿。"

看着诚恳的齐怀远，刘文艺说："那好吧，我那些好哥们儿，随叫随到。"

第二天，刘文艺果然约了几个小青年。齐怀远看着进来的几个人，体型还真是不错，有点运动员的味道。最前面的小伙子，个子稍微高一点，有一米八的样子。一脸的清秀，喉结长了个黑痣，倒也不影响他的帅气，他拍着篮球，走向齐怀远。

"您就是那个缉毒警察齐怀远吗？"小伙子好奇地问。

"呵呵,是我啊,怎么了?"齐怀远纳闷,他怎么知道我的名字?

"没怎么,我就是想听听你怎么抓毒犯的。"

"哦,不好意思我是以失败告终的,现在正在养伤期间。"

"你好像是被人打断腿的,当时你没带枪吗?"这个问题直接问到了齐怀远的痛处。

"哦,我带了,不过被他们缴械了。"

"那他们怎么没杀你?"小伙子很直白地问。齐怀远想了想说:"这就是传说中的江湖。"

这个答案让齐怀远很满意,也让年轻人感觉到更加神秘。刘文艺挤到最前面,很神秘地对齐怀远说:"他考上警察学校了。"

"你叫周冲,对吗?"齐怀远问。小伙子点一下头,没说话,转身拍着篮球离开了。

说起周冲,这个村里的人都知道,他是个孤儿。亲生父母是谁?他是怎么来到这个家的?一概不知道。养父养母对待周冲比亲生的还亲,可以说倾注了全部心血,只可惜养父染上了酗酒的毛病。周冲认为,酒瘾比毒瘾还难控制,毒品上瘾,可以戒掉,就算有钱,你也没地方买去。酒瘾则不然,到处都是酒,没钱还可以赊账。酒精上瘾后,终日昏沉,没有一丝清醒时,这就是周冲养父的状态。养母看周冲有出息,耕种耪锄,所有农活都揽下来,只要周冲好好读书就行。趁周冲上学时,养母去捡垃圾,采摘野菜到城里卖,为的是给家里增加些收入。

周冲很争气,在全校是数一数二的好学生,不光是学习成绩好,而且是最懂礼貌的学生。他跟同学建立了很好的关系,跟他最要好的是张群。个别同学瞧不起周冲,经常用恶毒的话和有辱人格的语言讽刺周冲。每当同学欺负周冲时,张群就会出来摆平。张群帮周冲是有目的的,就是让周冲为他做作业,周冲为了保证自己的安全,只能妥协张群的交易条件。时间久了,张群对周冲改变了看法,把这个学习成绩最好的同学,当成了自己最好的哥们儿,两个人的关系好到只差摆上香炉,磕头结拜了。后来因为打群架,张群被退学了。从此,张群进入社会,也为周冲铺下一条不知是对是错的人生道路。

这次周冲报考警校,张群听说后,慷慨地说:"哥们儿的费用我全包了。"张群虽然不是很有钱,但是在凤凰岭这个地方,还是数一数二的。供一个学生上学,对他来说还是没问题的。考试结束后,周冲感觉应该没问题,现在只能在家等待成绩,录取通知一天不到,就不能确定是否考取警校。所以,这个假期,他一直待在家里,帮父母干干活,到疗养院打打球。

齐怀远在疗养院的最大乐趣,就是看年轻人打球。尤其是周冲,球技还真是不错,经常上演扣篮表演。刘文艺接到电话通知,说齐怀远的妻子和女儿要来疗养院看他了。齐怀远高兴得像个小孩子,恨不得从轮椅上蹦起来。算一下日子,他已经很久没见到家人了,尤其是女儿,这可是他的宝贝疙瘩。

齐齐母女来的时候,正是大热天。来到凤凰岭才感觉一丝凉意。远处看,疗养院周围布满了高大的杨树,顺着杨树看下来,是三米多高的围墙,墙上布满了带有锋利针刺的铁丝网,哪怕是身体灵活矫健的野猫都不能轻易越过这样的屏障。

齐齐还是第一次到乡下,对这里的一切都感觉很新鲜。她蹦蹦跳跳地来到疗养院门口,大声喊着:"爸爸!爸爸!"门口站岗的刘文艺赶紧敬礼:"阿姨好!"

"喊谁阿姨呢?"齐齐瞪了刘文艺一眼。

刘文艺忙解释:"我喊旁边那个阿姨。"姜媛点头笑笑,带着齐齐进到疗养院。刘文艺看着齐齐的背影,心想:有什么了不起,不就是你爸是公安局长吗,哼,还是个受伤的。

姜媛拉着齐怀远的手仔细端详着:"你胖了。"齐怀远笑笑:"整天吃了睡睡了吃,能不胖吗?"

齐齐一屁股坐在床上,迫不及待地拿出一个信封递给齐怀远。

"什么东西?"齐怀远接过信封打开,"哈哈,我女儿考上警校了?"

"怎么了,怀疑吗?我可是新生第一考入的。"齐齐在床上滚动着,好像回到了童年时代。

刘文艺提着个暖水瓶,站在门口,声音洪亮地喊着:"报告!"

齐齐正在床上滚呢,被刘文艺吓了一跳,从床上弹了起来:"你干什么?"她的意思是,你怎么能在我撒娇的时候出现呢,多丢人啊。

姜媛接过暖瓶,说:"别在意,这是我女儿齐齐。来,吃水果。"说着递给刘文艺一个大苹果。

"不,我不吃。"刘文艺有些支吾地回答着,眼睛扫了一眼齐齐,打开暖瓶,取出茶杯沏好茶,放到桌子上。

"齐叔叔,我先回去了,衣服还没洗呢。"

齐怀远赶紧做了个制止的动作,说:"今天你不用洗了,你阿姨和我女儿来了,让她们给我洗就行了。"

"这是我的工作,让阿姨和妹妹休息吧。"刘文艺说完转身离开。

齐齐一下子站起来说:"哎,我什么时候成他妹妹了?"

一家人哈哈大笑。

周冲最近一直沉浸在幸福之中,警校的录取通知书终于来了。全家人兴奋不已,尤其是养母,逢人便夸逢人便讲。几乎全村的人都为周冲考上警校而高兴,同学们都来祝贺,其中自然少不了张群。张群开车带着周冲来到城里的酒店,要设宴为周冲送行。酒席间,张群送给周冲一部手机,祝贺周冲考上警校,周冲推辞不掉,只能收下。

一周后,警校要开学了。齐怀远不能回家送女儿上学,只能在电话里嘱咐些注意事项。周冲也要去学校报到了,母亲拉着儿子的手,眼含热泪,这是幸福与激动的眼泪。从这个夏天开始,齐齐和周冲走到了一起。

警校开学典礼非常简单,空旷的篮球场中间,摆了几张桌椅。后面站着两个学员,用力拉着一个横幅,上面写着:"热烈欢迎新生入学"。齐齐站在最前面,看着台上的校长和几个领导,心里凉了半截,这跟她的期望值相差太远了。

齐齐在入校之前,脑海里已经勾勒出了一幅壮观的警校图景。整齐的欢迎队伍,高亢的警察之歌,振奋人心的拼杀格斗,激扬澎湃的欢迎致辞。然而这些都没有,未免有些失望。

周冲来到警校报到时,开学典礼已经开始了,点到周冲这个名字时,没人回答。校长并没有因为一个学生迟到而推迟开学,刚刚开始不到5分钟,周冲出现了。所有人都被周冲的出现转移了视线,包括主席台上的领导,也齐刷刷地看着站在操场边上的周冲。

"报告,新学员周冲前来报道。"从立正到报告,简直是一名训练有素的老队员。齐齐被这个家伙震住了,她不敢相信这个干练的小伙子是新生,一般能做这种标准动作的都是老队员,或者经过严格训练的。此时,主席台上发出一声命令:"入列!"

"是!"回答的同时,周冲已经快速跑向队伍前面。巧合的是,周冲正好站在齐齐面前,魁梧的身材把她的视线挡了个严严实实,齐齐什么也看不见了。校长从主席台上站起来:"你不知道你迟到了吗?"

"报告,我知道我迟到了。可是……不怪我,是长途车车轱辘爆胎了。"周冲如实汇报着,台下哄堂大笑,笑这个心直口快的周冲。齐齐没笑,她听到了凤凰岭三个字,这不是父亲疗养的地方吗?顿时感觉亲切起来。

"周冲同学,迟到就是迟到,没有理由,请站到队伍的最后面。"校长严厉地训斥着。周冲有些窘迫,又被校长驱赶到队伍后面,嘴里嘟嘟囔囔地说:"什么制度啊?又不是故意的,车坏了怪我啊?"齐齐看着一脸无奈的周冲,差点笑出声来。

烈日下,校长宣读着新生入学规定。举着横幅的同学已经换了两拨儿了,台下开始发出"嗡嗡"的声音,队伍后面还有敲击声,被击打的是铁皮水缸子。校长并没有被骚乱影响,继续宣读着。队伍开始出现不规则的晃动,有的蹲下来,或者坐在背包上。周冲把背包顶在头上,遮住太阳的照射。

齐齐回头时,正看到周冲顶背包的样子,心说,太棒了,有创意啊。齐齐也把背包顶在头上,还把白毛巾搭在头上,两侧垂下来的地方正好挡住阳光,后面看简直就是一个阿拉伯酋长。学员都在骚乱的时候,被一声清脆的哨声震住了,紧接着就是校长的声音:"紧急……集合!前方5000米处,前进……"

俗话说,军令如山倒,听到命令,队伍里更加嘈杂,有的找不到背包,有的丢失了毛巾,有的找不到鞋子。齐齐挤在中间,嘴里喊着:"别碰我,没长眼啊?""你才没长眼呢,你以为我愿意啊。"喊叫声、谩骂声、脚步声交织在一起,像一个春节前的集市,又像一个设计好的音乐会。

队伍缓慢地前进,很久以后,队伍到达目的地,所有人都瘫倒在地。周冲喘着粗气,靠在一棵树上,他从来没有这么累过,也从来没有这么紧张过。齐齐彻底四仰八叉地躺在地上,她实在受不了了,脱下鞋子,看着脚底下的血泡,眼泪汪汪的。周冲的目光扫到齐齐时,正好看到齐齐揉脚,大血泡近在眼前。

周冲走过去,关心着:"哎,穿上鞋子就不疼了。"齐齐转头看看,发现是周冲,心里顿时幸福了一下,周冲给她的印象太深刻了,并且他是凤凰岭村的。但是争强好胜的齐齐怎么可能听周冲的呢。"什么理论,穿上不更疼啊?"齐齐瞪着眼睛回应着周冲。

"听我的没错。"周冲极其认真地说。

"凭什么听你的?你是谁?你是华佗?我看你像秤砣。哎哟!"齐齐笑时才感觉到真的很痛。

"不听拉倒,疼死算了。"说完,周冲起身离开。

"周冲,你敢诅咒我。你别神气,看我怎么收拾你!"齐齐发狠地喊叫着,把校长和教官也惊动了。

校长走过来:"队列里谁说话呢?"其实校长早就听出来是齐齐了,他也知道齐齐的父亲是被贩毒分子打断腿的齐怀远,他曾经是齐怀远的兵,他叫姚占军。

凤凰岭疗养院里,齐怀远恢复得很快,拄着拐可以走几步路了,时间不能太长,顶多半个小时,齐怀远想到村里转转,散散心。刘文艺看看被憋得难受的齐怀远,放下课本,拿上双拐,陪着齐怀远向外走去。

齐怀远看着刘文艺手里的双拐,问:"拿这个干吗?"

"拄着这个不累啊。"

"不拿,我自己能走了。"说着,齐怀远向门外走去。

凤凰岭村发展并不是最快的,但是年年被评为文明村,原因是这里的村民很善良,没有打架斗殴的现象出现。齐怀远和刘文艺走在村里的水泥路上,感叹着社会进步。当年哪能想到现在这样的生活呢?就算当年提出的"电灯电话楼上楼下"的口号,都觉得遥不可及。现在看来就应了那句老话了:只有想不到的,没有做不到的。

两人穿过窄小的胡同时遇到了麻烦,一只大狼狗挡住了去路,齐怀远接触过警犬,他清楚这种动物的厉害。刘文艺一看大狼狗,提醒齐怀远:"首长,咱们回去吧?"

"怎么了?害怕啊?"

"嗯,有点怕,这只狗我认识,是一个叫张群的老板的,是周冲的同学。"

齐怀远看看刘文艺:"那我们回去吧,看来是好狗不挡道啊。"

两个人掉转身向回走,刘文艺感觉到身后袭来的杀气,他猛地回头,迅速弯下腰。这是他小时候听爷爷说的"狗怕弯腰狼怕瞧",这个动作还真把大狼狗唬住了。刘文艺站起身:"首长快走。"说完他又是一蹲,狼狗向后退了一步,刘文艺顺手捡起一块石头,拿在手里对着大狼狗示威。

齐怀远一边努力回撤,一边提醒刘文艺:"别惹它,惹急了就麻烦了。"刘文艺想把狼狗吓唬到远处去,顺势把石块扔向狼狗。这一扔,扔出去的是一块石头,同时也扔出了一个悲惨的局面。

刘文艺被送往医院,一路昏迷。医生说,这是吓的,没什么大事,只是腿上有些牙印。刘文艺醒来以后,还挂念齐怀远的安危,嘴里不停地喊着:"首长,快跑。"齐怀远拉着刘文艺的手,安慰着:"别怕,很快就好了。"

医生给刘文艺包扎的时候,齐怀远借机给姜媛打了个电话,说自己在警官医院呢。姜媛听到警官医院吓了一跳,以为齐怀远的腿又出问题了,等齐怀远解释完以后,姜媛这才放心,她让姜忠诚找了辆车向医院驶来。

姜媛来到医院时,刘文艺的情绪已经稳定下来,正跟齐怀远开玩笑呢。姜媛认出了刘文艺,他就是专门照顾齐怀远的,没想到现在老公照顾起警卫员来了。姜媛说:"小伙子,让你受罪了,都是为了我们家齐怀远。"

姜媛这么一说,让刘文艺十分尴尬。姜媛安慰着刘文艺:"好好养伤,阿姨回家给你包饺子吃。"这让刘文艺倍感亲切。姜媛回家后,开始包饺子,一个是犒劳一下刘文艺,另一个原因,齐齐今天也要回来。为了能让女儿见到父亲,外公姜忠诚亲自给警校打电话,希望能批准齐齐回来一趟。

校长姚占军把齐齐叫到办公室,告诉她齐怀远回来了。齐齐差点跳起来,姚占军提醒齐齐:"要淡定,这可违反新学员规定。"

周冲从洗漱间端着脸盆出来晒衣服,正好看见齐齐一瘸一拐地上了吉普车。当时就傻了,心说:坏了,这个疯丫头被退学了。看姚占军的表情,又不像是他想的那样。身后的同学碰了一下周冲:"干吗呢?又偷看局长的千金呢?"

周冲回头一笑:"谁偷看啊?哎,你说什么,局长的千金?"

"对啊,你不知道啊?齐齐老爹就是缉毒英雄齐怀远。外公就是咱们市的功臣之一姜忠诚。"

"啊?"周冲一下子蒙了,这丫头是齐怀远的女儿啊,那个疗养院的局长竟然是齐齐的老爹,难怪这丫头那么疯。他心想完了完了,这下子算是捅了马蜂窝了。

齐齐回到家里,看见父亲,高兴得忘记了脚底下的血泡,欢蹦乱跳地冲过去抱住齐怀远。

"爸,你腿好了?"齐齐发现父亲像以前那样站立了,虽然身体不很魁梧,可是精神状态非常棒。

"是不是不再回凤凰岭了?"

"还要回去的,这次是回城里有事儿。"

"什么事儿啊?要不别回去了。"

"一个小战士为了救我受伤了,在警官医院呢。等他治疗好了,我们就回去。"

"我爸是最棒的,还有人能救我爸,谁这么英雄啊?"

"刘文艺。"

"刘文艺?你说上次我去疗养院的时候,喊我阿姨的那个吗?"齐齐好奇地问。

"哈哈,是啊。"

"没想到啊,他还这么勇敢啊?"

"当然啊,一会儿我和你妈去给他送饺子,要不你也去?"

"嗯,好吧。"

齐怀远他们来到警官医院病房时,刘文艺已经睡着了。齐齐在刘文艺的耳朵上挠一下,刘文艺腾地坐起来,看看齐齐,又看看齐怀远,这才定下神来:"齐叔叔回来了?"

"哎,厉害啊你,你能救我爸了,谢谢你啊。"齐齐表达着谢意。话是说给刘文艺听的,可是她心思并没有在这里,她正在琢磨,怎么样才能把那东西带给周冲呢?管它呢,先带上再说。

姜媛真是不理解,齐齐为什么非要缠着她回家煮饺子。装好饺子,齐齐回学校了,进宿舍后,她贴在窗户上四处张望。看到周冲拍打着篮球走过来,齐齐拉开窗户,压低嗓子喊:"周冲,周冲……"周冲一抬头,看见贴在窗户上的齐齐正胡乱比画着。周冲知道齐齐的身世后,就决定不跟这个小女孩开玩笑了,毕竟她是齐怀远的女儿。周冲低头继续拍球,向远处走去。

一看周冲没理会她,齐齐把窗户全部打开:"周冲,你给我站住。"声音很大,但是还没到惊动他人的地步。周冲停下来,问:"干吗?"齐齐又压低嗓音说:"过来,过来。"

"有事就说,有那个就放。"周冲高傲地抬着头。

"你才放……那什么呢,饺子,给你留着呢。"

周冲就是不买账,装作没听见,伸长脖子:"什么嫂子?谁嫂子?"

齐齐气得直跺脚,"咣当"一声把窗户关上,转身坐到床上,拿出饭盒,抓起饺子往嘴里塞着,嘴巴里胡乱嚼着饺子。周冲一看齐齐生气了,走到窗户跟前,踮起脚尖向里张望着。

齐齐看见周冲偷看她,抓起一个饺子扔向周冲,"啪"的一声黏在玻璃上。

周冲被吓了个趔趄,脚下一滑,摔在地上。刚刚站起来,发现校长姚占军正死死地盯着他。周冲心说:完了。

学校给周冲的罪名是:偷看女生宿舍。校长拿着处理结果,大声宣读着:"对于周冲同学,劝其退学……"结果一出来,台下像炸窝一样,乱作一团。齐齐站起来:"校长,我也退学。""齐齐同学,请坐下。"姚占军极力控制着局面,他没有觉得对周冲的处理过分到哪里去,这是有据可查的,是警校尊严的象征,这也叫杀一儆百。

当宣读结果出来后,周冲眼睛呆滞了,自己苦读10年就因为吃饺子被退学了?周冲跳下主席台,跑出学校礼堂,他不想待在学校丢人。走在大街上,周冲失落到了极点,从乡下到城市,一步登天一样,如今却被退学,根本没脸面对爹妈。现在怎么办?难道真的让学校开除吗?无奈中,周冲想到了张群。

周冲坐在沙发上,对面是张群。"不就是学校要开除你吗?当初我也是被学校开除的,不行跟着我干。"张群捋一下小胡子。"如果不上警校了,多丢人啊!"周冲伤心地说。看着伤心的周冲,张群一转眼珠,给周冲出了个不错的主意。

周冲听着张群的意见,佩服地向张群抱拳拱手,还是张群有心眼儿,他决定按照张群的主意去做,但现在这个时间是不能回学校了,明天再说吧。看周冲情绪稳定下来,张群开车出去谈生意了。周冲走进浴室,简单地洗了个澡,披着浴巾坐在沙发上,摆弄着手机游戏。突然,身后闪过一个人影,一把夺过周冲的手机,周冲定睛一看,面前站着一个黑衣女人。

黑衣女人叫范林芳,张群的前女友,她出现在张群家里,是来找张群要钱的。张群的房间钥匙没换,换了也是白换,范林芳过去是"职业扒手"。范林芳躲进张群家中,翻箱倒柜的没找到钱,刚想离开,张群带着周冲回来了。她躲在柜子里,也听不清他们说什么,等到张群走了以后,才敢出来,没想到周冲会留在这里过夜。

"你就是周冲?"

"啊,我是周冲,你是谁?"

范林芳报了姓名,威胁周冲替她向张群要钱,周冲一旦不从,范林芳就会告诉张群,说周冲调戏她。周冲实在没办法,只能按范林芳的说法,编了谎言向张群借钱。张群刚刚离开家,周冲就向他借钱,他马上想到,这一定是范林芳。他对范林芳太了解了,他告诉周冲:"是不是范林芳啊?别管她,随她去。"

周冲对着范林芳摊开手："对不起,他知道是你了。"范林芳大骂着离开张群家。

周冲并没有睡好,他一直思考着回学校后如何跟校长解释,张群的主意固然很好,可是就怕校长不买账啊。第二天早上,他带着张群给他的中华烟回学校了。他要按张群的方法,给校长送礼,但刚到学校,就听到一则不好的消息。

齐齐已经把警校闹翻天了,齐齐爬上楼顶,要挟姚占军收回开除周冲的决定,如果姚占军不收回,齐齐就跳下来。没办法,姚占军只能承诺马上找回周冲。很快,警校传出一段恋爱佳话,局长千金"跳楼门"。

如此看来,给校长送礼也没用了。不过,齐齐跳楼这事儿,的确震动很大。他决定先给姚占军解释一下,刚到办公室门口,就听到房间里传来呵斥声,周冲能听出来,这是齐怀远："周冲什么地方让你这么入迷?你在警校出这么大的丑,我这脸往哪里放?他不就是一个乡下来的普通学员吗,你怎么就那么着迷呢?"说这话时,齐怀远并没想到周冲会站在门口。

周冲心说,乡下人怎么了,乡下人也有尊严啊。他猛地冲进办公室。屋里的人被周冲吓了一跳,马上停止了训话。看着眼前的周冲,齐怀远有些尴尬,他对姚占军说："把齐齐关禁闭。"周冲一把拉住齐怀远："你不能这样对齐齐,这些都是我的原因,要关就关我。"

姚占军送走齐怀远,看着倔犟的周冲,又看看一旁的齐齐,呵斥说："都给我关起来。"周冲和齐齐同时被关了起来,学校里从此有了一段"救美未遂"的笑话。

一周后,周冲和齐齐同时被"释放"。自从跳楼事件发生后,周冲完全变了样儿,齐齐也来了个大转弯。周冲开始表现得玩世不恭,大错没有,小错不断。齐齐根本没有心思学习,她脑子里全是周冲。他们现在等待着集训结束,那个时候他们的春天就来到了。

警校快要考核了,为了考个好成绩,周冲每天早上早起锻炼体能,文化课对于周冲来说并不难,但体能不敢保证第一名。齐齐跟周冲的想法一样,她要争取考个好成绩,来找回过去失去的颜面。

警校的操场不大,早起锻炼的同学不多,有的出来锻炼只是幌子,目的是谈情说爱。天有些冷了,齐齐穿着厚厚的运动服,慢慢跑着,她知道前面那个就是周冲,她加快步伐,尽量保持与周冲并肩跑。周冲发现是齐齐,他想加快速度,却始终甩不开她。

"周冲,你是不是特恨我?"齐齐随着跑步的节奏问着。

"没有啊,我们都还小。"周冲的话很官方。

"才半年你就觉得我老了吗?"齐齐问得很尖锐。

"不是这个意思,我是说我们根本不懂感情。"周冲稍微加了两步,想甩开齐齐。

"你给我站住。"齐齐索性停下来,声音很坚定地向周冲发号着命令。

周冲停下来:"什么事儿,抓紧说,我一会儿还要回去复习呢。"

"今天晚上,在这里不见不散。"齐齐说完先跑开了。周冲实在没法理解齐齐为什么这样,他仰天长叹,我是招谁惹谁了。

这一天,周冲都没有静下心来。总是考虑如何躲避齐齐的纠缠,不管怎样,先应付一下再说吧。这个疯丫头太可怕了,万一不去赴约,还不知道她会做出什么壮举呢。晚上周冲如约来到操场,齐齐已经等在那里了。周冲咳嗽了一声,提示齐齐,他已经到了。

"来了?"齐齐问。

"哦,来了,你找我什么事儿?"周冲希望能尽快说完离开,避免被别人怀疑。

"这个给你。"齐齐把一个塑料袋子递过去,周冲不知道里面是什么,他是不愿意接的,可是他害怕齐齐发飙,害怕这个女孩儿说出不利于团结的话。

纸袋子里是一件毛衣,是齐齐亲手编织的。她希望用这种传统的形式,把自己的心与周冲拴在一起。齐齐在周冲接过毛衣的一瞬间,一下子扑上去抱住了他。周冲木头一样站在那里,他不敢动,怀里这个女孩可是高干子女,可是全校有名的疯丫头,可是天不怕地不怕的一个人。抱吧,我就不信你能抱到天亮。

周冲想尽力分开对方,齐齐却用力地抱着。按力量来说,周冲是很容易将齐齐推开的,但他不能粗暴地分开齐齐。他只能和她谈判:"齐齐,好了吗?我该回去了。"周冲小心地问,生怕触到齐齐的那根神经。

"我要再抱一会儿。"

"被人看到不好。"

"我不怕。"

"我怕。"

"我能为你跳楼,我都不怕,你怕什么?"齐齐还是说出了过去的那些事儿。

"你想怎样?"周冲的声音开始生涩起来。

"这个周末你能陪我出去玩儿吗?"这是齐齐最后的要求。

"不能,我有事儿。"周冲马上拒绝。

"你去哪里,我跟你去。"

"我……周末再说吧。"看到周冲默许了,齐齐这才放开手。周冲拿着毛衣,匆匆离开,心说:周末我要让你跟上我,我就不是周冲了。

每到周末,周冲都要到张群家里上网打游戏,张群也乐意为周冲提供娱乐场所,他很在意周冲这个朋友。这个周末也不例外,周冲早早起床,准备好外出的东西,盯着女生宿舍的大铁门看了一会儿,确定门还没开,这就说明看门的阿姨还没往外"放人"。周冲一连串跃进姿势,冲出校门,向张群家走去。

张群吸着烟,看着电影。周冲摆弄着一个手雷形状的打火机,说:"哥们儿,你这里净是稀奇古怪的玩意儿啊。人真是聪明,能把打火机造成这样。"

"要是喜欢,拿去就是了。"张群说。

"君子不夺人之爱。"周冲回答着,把手雷打火机放在茶几上。

"这个东西能让你发财。"张群说。

"贩卖打火机?"周冲故意抖包袱一样地调侃着。

张群一本正经地说:"打开手雷。"周冲眼睛看着张群,双手熟练地打开手雷,拧开的同时,从手雷里散落下来一些东西,落在茶几上,周冲拿起来一看,是药片。周冲瞪大眼睛看着张群,他看得出来,这是毒品。

张群盯着惊慌的周冲哈哈大笑,周冲万万没有想到,张群干这个。从现在的处境来看,张群是有意让他也介入进来。周冲紧锁眉头,心说,我可是警校的学生,将来可是要做警察的。但机会就在眼前,到底干不干?周冲犹豫了。

这个周末齐齐没有回家,她不想回家,原因是父母干涉她的感情生活。自从齐怀远从疗养院回来,整天不出门,除了看报纸、闭目养神,最大的快乐就是等待女儿回来,周末成了他最快乐的时间。自从齐齐和周冲闹出"跳楼门"以后,齐怀远有些生气,他时常告诫女儿,一定要自爱。可是齐齐并没有听父母的,依然我行我素地与周冲交往。

这个周末,齐齐是不想回家的,她要跟周冲外出,看看周冲到底在忙些什么。早上起床后,她还刻意打扮了一下,从来不擦脂抹粉的齐齐,向同学借了点化妆品胡乱抹了一通。匆匆来到营门,她向警卫询问,有没有看到周冲出去。警卫说,周冲一大早就出去了。齐齐很失望,没想到周冲这么无情,嘴里不停骂着:"无情无义的家伙,放我鸽子。"既然出来了,那就要做点有意义的事,齐齐想到了那个蓄谋已久的计划。

齐齐拦一辆出租车,打车来到"民族大街"。这里是有名的"混混"世界,之所以有这样一个不雅的名字,是因为这里充斥着无数的小混混,有名儿的没名儿的,到处可见。这里最出名的,是一些漏网的摇头丸吸食者。

齐齐只身来到民族大街路口,寻找着自己的目标。她已经被小痞子盯上了,有的过来搭讪,有的胡乱吹着口哨。齐齐并不理睬,她要找的人,这些都不符合条件。齐齐左右巡视着,突然,她发现了她要寻找的目标。不等对方反应过来,她一个箭步蹿过去,抓住那人脖领子。高喊:"不许动,我是警察,跟我走。"

## 二　亲临吸毒者

齐齐一个擒拿动作制伏了那个正在掏包的小偷，身边的顾客纷纷离开，他们知道这个地方地痞流氓很多，小偷也成泛滥之势，有警察来，他们自然高兴，但是也不敢招惹这里的小偷们。他们认为能够保全自己的安全就已经不容易了，不想冒险去干涉别人的事。只要看好自己的钱财物品，就算是为这个社会做了贡献了，至于那些丢东西的或者被偷的人，只能怪自己倒霉，看守不牢。

齐齐按住这个比自己力气大很多的男人，大声地喊着："老实点，跟我走！"齐齐要用自己这身警服和威严的训话来震慑对方。对方也算识趣，一看是警察，并且是一名漂亮的女警察，赶紧低三下四地求饶："警察同志，警察阿姨，哎哟哎哟！"

"再动，我可要使劲了。"齐齐呵斥着。

"哎哟，我不动了。"

齐齐拉着小偷，向民族大街外面走去，几分钟的工夫便来到护城河边上。齐齐一用力，把小偷推倒在地："身份证拿出来。"小偷赶紧从口袋里拿出一摞身份证。"阿姨，我也不知道哪个是我的。"小偷低着头说。

"废话，你自己叫什么，你不知道吗？"齐齐的声音就像炸雷一样。

"我叫刘才俊。"小偷胆怯地说。

这句话差点儿把齐齐逗笑了，心里说：你一个小偷小摸的混混，穿得跟泰国人妖一样，竟然起了个名字叫"刘才俊"，简直就是侮辱我们的汉字啊，心里虽这么想，但是她不能这么说，她要保持她的威严。

"起来，拿着你的身份证。"刘才俊从地上找了半天自己的身份证，站起来，等候齐齐的处置。齐齐掏出手机，一把抢过刘才俊的身份证，对着身份证照了张照片，大声地说："你的资料我已经输送到总局了，是想公了还是私了啊？"齐齐说完就后悔了，警察哪有跟小偷私了的啊，赶紧改口，"是去局里说明白啊，还是现场处理啊？"

"现场处理，现场处理。"刘才俊连点头带作揖。

"给你个戴罪立功的机会。"

"只要不去局里，我上刀山下火海哪样都行。"刘才俊突然觉得这个事儿很好玩儿，他还从来没遇到过这种情况呢。"嗯，既然选择现场处理，那我就给你个机会……下周五傍晚，你来一下警察学校，警察学校知道吗？"齐齐故意把警察学校说得很大声。

"知道知道，我去过的。"

"到学校里你就说找我。"

"找你？"小偷纳闷地抬起头，看了看眼前这个穿警服的小姑娘，露出一脸坏笑。齐齐一拳打在刘才俊的头顶上："想什么呢？要不咱们去局里？"

"不不不，我知道，我记住了，下周五傍晚警察学校，找阿姨，不，找你。你叫什么啊？"刘才俊胆怯地问。

"我叫齐齐，记住啊，不然我把你的资料报局里，你就甭想在民族大街混了。"说完，齐齐扬长而去。

刘才俊拿着手里的身份证，愣在原地，他用手掐了一下自己的脸："不是梦啊，怎么了这是，警察抓我，不带走，跟我谈条件，这是什么交易啊？管她呢，去了再说，我刘才俊在民族大街也是有一号的人物。"自言自语的时候刘才俊一直左顾右盼，怕那个叫齐齐的女警察再听到。

张群让周冲打开那个特殊的手雷打火机以后，散落出来的正是张群替人交易的摇头丸和各种毒品药片。周冲惊呆了，他没有见过那么多的毒品。警校的毒品认知课上，老师只讲述了一小部分知识，这么多药片完全出乎周冲的预料，他怀疑地看着张群，而张群则不动声色地闭着眼睛抽烟。

"哥们儿，这是违法的。"周冲压低声音说。

"那你说什么不违法？"张群反问道。

周冲看着桌面上的东西，皱紧眉头，他想不通的是为什么张群如此大胆地把这么多毒品让他看，难道只是对他的信任吗？或者是他们的感情真的到了这个相互信任的份上？张群在拿出这些东西的时候，没有丝毫的紧张和不安，像拿一个苹果那么自然，并且顺手扔给他，让他自己打开，看来这个张群果然做着与众不同的交易。

"周冲,想发财就不能按正常的思维考虑事情,你想让你的父母过上好日子,让你的人生变得更具神奇色彩,就应该做第一个吃螃蟹的人。你要知道,就算你想吃螃蟹,也不见得能遇到螃蟹,毕竟现在螃蟹也脱销。"张群的话根本不像是一个只有初中一年级水平的人能说出口的。

"哥们儿,你的意思是?"周冲试探着问。

"你要好好当你的警察,不要有丝毫的杂念。你说过,如果我犯了错,你就当什么也没看见,对不对?"张群睁开眼瞪着周冲。"我是说过,可是……"周冲无言以对。"哥们儿,你有两条道路选择,一,什么也没看见;二,跟我一起干。跟我干的条件就是必须保证你是个好警察。"张群的话把周冲绕晕了,周冲实在不知道怎么答应张群的要求。

张群起身向卧室走去,从里面拿出一个纸袋子,这是张群提前准备好的,他一把扔在了周冲面前。周冲打开纸袋子一看,里面全是钱。

"这是20万,你要是真买房子,就弄个首付吧,以后有钱了,你可以还我,没有的话我也不跟你要。"

"钱我不能要,你让我回去想一想。"周冲放下纸袋子,拿起烟使劲抽了两口,他的手一直在颤抖,他从来没见过这么多钱,有了这个钱他可以让父母过得更加光彩,有了这个钱……他突然想到,张群会让他做什么呢,他们之间交易的条件是什么?

张群也看出周冲的心思了,抢先说:"周冲,别担心,我不会让你为难,我们之间有友情,更有感情,除了这些,我们要做一个交易。"

"什么交易?"

"你要当一个好警察。"

"就这么简单?"

"还要娶齐齐为妻。"

"啊?这也算交易吗?"周冲不知道张群葫芦里卖的什么药。

"你能做到的话,基本上我们的交易就算成功了。"张群按下烟头,倚靠在沙发靠背上。

张群所说的这两个条件对周冲来说非常简单,凭自己的能力当一个好警察应该不是问题。凭齐齐对自己的追求,与她成为夫妻也是非常简单的,可是这里面有个重大的问题,与齐齐结婚将受到齐怀远严重的阻挠,这是毋庸置疑的。"我回去好好想想吧,给我时间。"周冲站起身来,做出离开的姿势。

张群没有阻拦他,也没有再把纸袋子里的钱递给周冲,在周冲离开时说了一句话:"周冲,你和我都是好哥们儿,对不对?"周冲站起来说:"对。"

"今天你也看到了我的货。你先告诉我,你会不会报警?"

"放心,哥们儿,我不会。"周冲非常坚定地回答。

张群站起身来,拍了拍周冲的肩膀,从口袋里掏出一个mp3录音机,在周冲面前晃了晃:"兄弟,我们是一条线上的蚂蚱了,咱俩的谈话录音都在这里了,不是哥哥狠毒,是想帮你挣大钱。"周冲的确没想到张群会玩儿这一手,周冲紧张地抿了一下嘴唇说:"我同意交易。"

"哈哈……我就知道周冲是我最好的兄弟。"张群拿起桌子上的现金,熟练地扔进卧室,接着从口袋里掏出一张银行卡,就像当年木木交给他那样,交到周冲的手里。

周冲接过银行卡,推门离开,消失在夜色中。

张群从窗口看着周冲离去,迅速拿出电话接通后,兴奋地汇报着:"新交易计划基本形成!好的,好的。"

走在大街上的周冲,回忆着今天晚上和张群的对话以及每一个细小的环节。他始终不明白张群为什么要让他和齐齐结婚呢?难道这里面还有什么不可告人的秘密吗?管他什么秘密呢,我的目的就是为了挣点钱,现在机会摆在面前,非常简单的交易条件就能拿到20万,这不是天上掉馅饼吗。

时间过得飞快,这一个星期的时间里,齐齐的心思完全没有放在学习上。她一直在盼望着周末的到来,因为这个周末她安排了一场游戏,一场让周冲尴尬的游戏。她选择了在周五的晚上让那个小地痞刘才俊来找她,想通过地痞来刺激周冲。

从张群那里回到学校,周冲像是变了一个人。早起锻炼、文化课学习、内务整理、操课的认真程度都有了很大提高。这样的变化很快传到校长姚占军耳朵里,他适时在各种场合表扬周冲,尤其在每周的例行会议上,他对校内的各位老师和教官都进行了思想传达,周冲的进步就意味着学校的进步。

一个几乎放弃学习或者说失去学习信心的青年,如今找到了自己的位置,希望大家能尽快帮助他,让他迅速成长起来。一个国家、一个民族、一个组织都是需要一种榜样精神的,而周冲就是警校的榜样。他出身贫寒,学习认真,责任心强,将来把周冲塑造成一个品学兼优的好学生不是问题,培养成一个国家的优秀警察也不是问题,那就看他自己的进步和学校的培养了。

周五傍晚,学校习惯性地宣布了周末的安全注意事项,尤其是请假回家或者外出的,一定要注意安全,每个班都要将外出名单报到学校教务处,进行登记。周冲没有请假,他要做一个好学生,为做一个好警察打下基础。

齐齐请了假,请假的目的只有她自己知道,当教务处的老师填写外出目的时,齐齐撒谎说是出去买生活用品,看着这个"跳楼女",值班老师也就没再过多询问。放学后齐齐就开始在宿舍里收拾东西,还借了同学的化妆品开始化妆。她心里在想,刘才俊这个家伙来不来呢?要是不来我的计划就落空了。现在她的心思全部都在周冲身上,对学习已经没有了兴趣。她相信自己的选择,她始终认为,学习随时随地都可以,如果错过一份真爱,可能会痛苦一生。

齐齐走出宿舍的时候,没有选择原有的路线,而是从男生宿舍附近绕道而行,她希望周冲能看到他,她也调查了周冲这周不会外出。但结果总是事与愿违,齐齐在男生宿舍周围转悠了半天也没发现周冲。不管怎样,齐齐要先去门口见刘才俊,她看看天色已晚,疾步向警校门口而来。

刘才俊一直惦记着警校门口"约会"的事儿,他也曾自作多情地反复回想着齐齐的模样。由于当时自己心虚害怕,没敢睁眼看齐齐,只记得到警校门口找她就行了。能得到警察的重用也是一种幸福,尤其是在小痞子当中,刘才俊是幸运的。

刘才俊出门前,翻箱倒柜找出了多年不穿的一件西装,是那种双排扣的,颜色是相当白,给人一种毫无遮拦的坦然,看到这件西装上衣,就好像到了海边一样,能让人完全放松下来。下面是一条刚刚买的紧身裤子,裤边上绣着几个亮晶晶的金属片儿,显然这是女士裤装。好在刘才俊干巴瘦,瘦到穿下去还有很大空间。鞋子是刘才俊精选过的,他在柜子里挑来挑去,选中了这双高筒的军警靴,他认为与警察见面更应该体现一些男人的气概。

一切收拾停当后,刘才俊打了个"狗骑兔子"的士,也就是那种倒骑着的三轮车。坐在车里的刘才俊跷着二郎腿,叼着香烟,好像去赴一个重大的会议,内心无比激动,他万万没有想到自己有生之年会与一个漂亮的女警察约会。"狗骑兔子"的速度很快,这让刘才俊很不高兴,他要慢慢享受永庆市的夜景,他希望这种感觉能够多保持一段时间。

于是他转头对着骑车的人大声呵斥着:"你急着去死啊,开那么快干吗?吓着鄙人怎么办?"

"对不起,我骑慢点儿就行了。"

"这就对了,当今社会就是需要你这种听从指挥的下属。"

"先生,下车吧。"骑车人停了下来。

"怎么着,你要拒载吗?我要到相关部门告你,你要赔偿我的损失。"刘才俊据理力争着。

"先生,警校到了。"

"不早说,害得我说了半天闲话。"刘才俊扔下一块钱向警校门口走去。

刘才俊到的时候,齐齐也刚刚好来到门口。

"齐齐小姐你好。"刘才俊说着半生不熟的普通话。

"你叫谁小姐呢?找死啊?"齐齐认为这样的称呼非常不尊重她。

"齐齐你好。"

"走,跟我进去。"齐齐说完拉着刘才俊的手向警校里走去。

刘才俊被齐齐拉着,浑身顿时涌出一股暖流。他从来没有被这么漂亮的女孩子牵过手,更没有幻想过与一个漂亮女警察这么近距离接触。刘才俊的手指不由自主地用着力量,他生怕齐齐的手会离开。正走着,齐齐突然站住:"老实点啊!"刘才俊的手不情愿地放松下来,任凭齐齐前后这么拉着走,像是拖着一条死狗一样。

站在门口的警卫还没反应过来,两人已经进到学校里面了。

"哎,站住,齐齐同学,谁啊你就随便往里带,你不知道咱们这里是需要登记的吗?"警卫大声喊着。

"登记就是了,这是我男朋友。"齐齐头也不回地向男生宿舍走去。

警卫看看被齐齐拉着的刘才俊,把嘴都撇到后脑勺去了:"齐齐真没眼光,找个痞子。"

刘才俊被齐齐搞蒙了,虽然他始终觉得齐齐能约他出来,是一种幸福,可这是一种不正常的幸福。他不知道接下来会发生什么,天已经黑下来了,学校的路灯也全部打开了,两个人很快来到男生宿舍楼下,周冲就住在靠路边的这个二楼上,如果周冲站到窗户跟前,能看到半边学校。齐齐要的就是周冲站在窗户跟前,但她希望的事情总是不能实现。

周冲正躺在床上给张群打电话呢,房门被周冲反锁着,他知道这个时候该请假的请假,该出去的出去了。他打电话的目的就是告诉张群,他已经想好了,跟着张群干。张群也非常痛快地答应周冲马上给他办理一套房子,不过是有条件的,也就是他们行里常说的那样,做交易总是要有条件的嘛。

齐齐拉着刘才俊在楼下来回逛着,刘才俊多么希望他们是一对真正的情侣,可是齐齐的动作就像是一个泼妇一样,来回走动着。刘才俊实在受不了了:"齐齐同学,你有病啊?"

"你才有病呢?你是不是想蹲几天啊?"

"好好好,对不起,你什么事儿也不说,在这里溜达什么啊?想遛弯儿我给你介绍个地方……"

还没等刘才俊说完,齐齐上前就是一脚,正好踢在刘才俊的脚踝上,疼得刘才俊再也不敢说话。

"告诉你,一会儿如果有个男人出现,你想办法把他惹急了,你现在就是我的男朋友,知道吗?"齐齐压低声音狠狠地说。

"嗯,好,我记住了。"刘才俊皱着眉头答应着。

齐齐向周冲的窗户底下走了几步,捡起一块石子儿,投向周冲的窗户。

两次,三次,都没有投中。

刘才俊从地上捡一个大点的石头,向那个窗户投去,"啪"的一声,玻璃裂开一个大口子。

齐齐赶紧拉着刘才俊的手,站在原地,身体挨得很近。齐齐低声说:"你还真砸啊,玻璃都让你砸烂了!"刘才俊低声说:"我看你砸不准,所以我就砸了。"

周冲正在床上打电话呢,突然被玻璃裂开的声音惊醒了。他腾地从床上弹起来,跑到窗户跟前,向下张望着,通过路灯他看到齐齐和一个穿得不伦不类的男人站在一起。周冲尽量保持着冷静,他知道最近齐齐心情不好,自从收了她给的毛衣,也没有表示感谢,齐齐打电话过来他也不接,这让齐齐感到很伤自尊。没想到现在齐齐找了这么一个没品位的男朋友,他虽有心不管,可是这玻璃太冤枉了,他相信这是齐齐干的,如果只有齐齐也就算了,但是下面站着一个大男人,这玻璃不能白白被砸碎了啊。

"哎!干吗呢?谁砸的玻璃啊?"周冲打开窗户向下喊着。

这就是齐齐希望的结果,她赶紧嘱咐刘才俊跟周冲对话。刘才俊就像得到上方宝剑一样,扯开嗓子向周冲喊道:"关你屁事儿啊,我跟我女朋友约会,你眼馋啊?"

周冲心说,呵!还真有不要脸的,于是马上回应着:"你和你女朋友约会我是没有权力管,但是你们打破玻璃就不对了吧。"

"你怎么知道是我们打破的呢？你是超人的身手啊，还是B超的眼睛啊？"刘才俊回答得很幽默。

"你小子别没数啊，老老实实地走，不然……"其实周冲是吓唬一下这小子，话还没说完刘才俊就接上了。

"不然什么，不然你下来咱俩练练？我在民族大街大小也是个人物，你打听打听，我从来就不知道怕字怎么写，警察我都不怕，我怕你？我现在把警察都泡了，你还神气什么啊！"刘才俊都没想到自己怎么那么能说，说完他还得意地看了一眼站在面前的齐齐，齐齐转身向周冲的窗口看去，发现周冲没影了。她刚想提醒刘才俊离开，已经晚了，周冲已经从楼上冲到刘才俊跟前了。

周冲抓住刘才俊的衣领："你再说一遍。"

刘才俊似乎还在庆幸刚才自己的口才，根本没想到大难来临了，仍然自信地说："我就泡警察了，怎么了？"

周冲不等刘才俊说完，一个背口袋，狠狠地把刘才俊摔在水泥地面上，对这个不知好歹的小痞子好一顿拳脚。

齐齐纹丝不动地站在原地看着，她要的就是这个结果，她就是希望周冲心里有她，周冲如此暴躁地教训着刘才俊，齐齐心里是无比的幸福。

刘才俊被送进了医院，肋骨骨折。

周冲再一次被勒令退学。

齐齐被关了禁闭。

齐怀远坐在禁闭室里与女儿长谈着，他要告诉齐齐周冲不是她的未来。这个小伙子存在太多变数，比如家庭背景，他是孤儿出身；比如事业，他选择警察就意味着危险的存在；比如未来，他不理智很容易冲动。齐齐泪流满面，父亲的话她根本听不进，她对周冲的感情已经很深厚了。

齐怀远哪能任由女儿的性格呢？这毕竟是选择爱人，可不是过家家。关键的问题是，现在齐齐的年龄还不适合去作出这样的选择，周冲的未来是什么，谁也不知道，齐怀远不希望自己的女儿与这样一个变数太大的人交往。

经过长达3个小时的谈话，齐齐终于想明白了，周冲不过是一个普通青年，还没有到那种非他不嫁的地步，更何况自己现在还很年轻，有很多事情等着她去完成。齐齐坐在长条板凳上，向父亲做了保证，这让齐怀远十分高兴。

另一个禁闭室里的周冲也在反省自己，这个调皮的齐齐反而得寸进尺地挑衅他，弄一个下三滥的"男朋友"来激怒他，周冲完全可以不去理会的，但是

谁又能受得了一个小混混的语言攻击呢？当拳头击打在刘才俊的身体上时，周冲体会到了对齐齐的无奈，同时也体会到了一种少有的快感。

张群已经两个星期没有见到周冲了，他相信周冲会被金钱所俘虏，就像当年自己被金钱俘虏一样，这个一本万利的买卖太有诱惑力。张群希望周冲做到的无非就是一个处变不惊的心态和遇事不慌的平静，这样就能完成这个任务。

自从齐怀远被打断左腿后，永庆市进行了相当规模的清查，使得整个摇头丸的交易过程变得复杂起来，很多货物进不来，很多"用户"心急如焚。但此时，即使像张群这种具有库存能力的交易点也不能轻举妄动，因为"蝎子"有交代，在没有绝对把握的时候是不能出手交易的，不能因一时冲动毁了整个市场。

现在与周冲失去了联系，电话是关机状态，发信息无人回复，这让张群有些纳闷，但是他相信金钱会让周冲前来投降的。不过为了保险起见，张群还是派弟兄们去警校打探了周冲的消息，得到的答案是周冲被关禁闭，本周释放，但是会对周冲进行长达半年的禁假处置。张群现在只是小打小闹地进行一些单线交易，数量绝对超不过两个人的量，因为他要等待周冲，等待周冲为他带来更大的市场，应该说是更安全的市场。

周冲和齐齐被解禁了，齐齐又可以自由地在警校里来回穿梭了，这一次她冷静了、理智了，不会再做过去的傻事了。禁止半年外出，对于周冲简直就是一种煎熬，不过张群给他吃了一颗定心丸，只要他想干，随时都可以找张群。周冲的机会终于来了，本学期即将结束，寒假的到来，也为周冲打开了新的交易大门。

放假了，周冲第一站就来到张群的住处，他不能让张群对他失去信心，身上穿着警服的周冲显得格外精神，他见到张群的第一个动作就是一个标准的军礼。被禁假的这半年里，张群开了一家餐馆，这也是张群反复思考过的计策，如果没有一个合法的或者适合生存的场所，是不能完成更多计划的。过去的游击战虽然没有被发现，但是现在不同了，他的哥们儿周冲回来了，虽然还没有到那种大张旗鼓干买卖的地步，但是至少他可以行动了。他要好好利用这个假期对周冲进行"岗前培训"，这是他们行动之前的必修课。

"哥们儿，我们的交易从现在开始，我要求你每天都要穿着这身警服，对街面上的违法行为和不道德行为要严厉打击。"张群对周冲说。周冲哈哈大笑:"怎么了?你说的跟我们教官和校长说的一样。"

"我要的就是这个效果,如果你做到了,我会尽快安排你进行第一次交易。"张群说话的时候非常严肃。

"这个没问题啊,我一定能做到。"

"既然能做到,我要你现在就去'雨花石'酒吧闹事,因为那里有吸毒的。"张群直言道。

"什么?现在就去?你不是让我去送货吗?"周冲提醒着。

"要的就是这个结果。"张群闭上眼睛沉思着,然后补充说,"你要得到警方的充分信任,你不但要抓赌抓毒,还要及时报警;再有,你必须带一个女孩儿去酒吧,这样可以遮人耳目,更有说服力。"

"我们警校有规定,不让去酒吧的。"周冲说。

"'雨花石'酒吧是符合标准的,任何人都能进。"

周冲点头,表示了同意,但是带哪个女孩去呢,这让周冲很头疼,在学校里根本没有女孩跟他接触,唯一接触的是齐齐。但是现在这个时候,让齐齐跟他去酒吧,这简直就是重燃她的爱火啊,为了不让齐齐卷入其中,周冲决定自己去酒吧。转念一想,自己去的确没有说服力,算了,就这一次,他觉得把情况告诉齐齐,她会帮他的。

周冲从口袋里掏出通讯录,找到齐齐的手机,打了过去。

"喂,哪位?"齐齐的手机里没有储存周冲的电话号码,这也是齐齐比较恼火的地方,多次向周冲索要未果,现在反而主动打来了。当齐齐听到对方是周冲的时候,有些不自然地问:"你是周冲?"

"对,我是周冲,放假了,我想约你出来聊聊。"周冲的声音很小,坐在一旁的张群微微笑着。

"什么事儿不能在电话里说啊?"齐齐有些故意拒绝着,别看过去齐齐追周冲,现在幸福来到眼前的时候,齐齐还是要考验周冲的耐性。

"嗯,电话里说不方便。"

"不方便就算了。"齐齐表现出要挂电话的语气。

"齐齐,别挂,我发现'雨花石'有吸毒的,我希望你能和我一起去……"周冲直接说。

对方没有说话,齐齐听到吸毒的时候,马上警觉起来,马上问:"你怎么知道的?"

二 亲临吸毒者

"你别管了,我想戴罪立功,春节后开学,老师对我的印象就会好起来。"周冲的理由很充分。

"我要不要向我父亲汇报?"齐齐的意思是这么大的事情,一定要通过组织的。

"别告诉他,告诉他就会派警察了,派警察去我的功劳就小了。"

"周冲,你什么时候变得这么自私了,以你自己的能力能处理好吗?一旦抓不住怎么办?"齐齐提示着。

"你不去算了,我自己去。"周冲也做出了挂电话的语气。

"我去,一会儿'雨花石'酒吧见。"齐齐说完,回房间换衣服去了。

周冲挂掉电话,张群递给他一个包裹,周冲疑惑地看着张群:"这是什么?"

"这是货。"

"啊?你让我带着毒品去抓吸毒的?"周冲有些紧张。

"这是你第一次交易,量不大,即使你被抓,也不会判刑,何况我会捞你出来。我相信你的能力,你所抓的吸毒者是我们的人,不会构成犯罪,你的任务就是抓住吸毒者,然后发放毒品。"

周冲真的很佩服张群的思维,这个从小一起长大的伙伴,这个连中学都没毕业的同学,竟然有如此高的智商。当年齐怀远被打断腿的时候,张群就在跟前,他竟然没有被齐怀远发现,这就说明张群是个很关键的交易人物。周冲觉得跟了他看来是跟对人了,至少这样的智商不是一般人能拥有的,有了这样的聪明就不愁没钱挣,有了这样的才智,安全系数就会大大增加。周冲心想这次交易是我第一次交易,哪怕我被警方抓获都不会被判刑,张群想得如此周全,堪称完美。

周冲和齐齐见面的时候,已经到了傍晚,齐齐内心激动得有些失态。她碎花儿的衬衣领子露在外面,外套是深色的羽绒服,见到周冲时,她想去拥抱一下,毕竟相约在这样的场合,就应该更浪漫一些。但是齐齐没有做出动作,她希望周冲能主动一些,她是女孩,这种事情男孩主动的话,更合理一些,然而周冲并没有像齐齐想的那样,只是伸手握了一下,还嘟囔着说了一句:"谢谢你来。"

酒吧里的人群还很少,但凡是在酒吧里泡的人,多是后半夜出没。现在周冲和齐齐出现,酒吧的服务生也不怎么理会,他们会把这时候来的顾客当纯正的品酒者或者恋人谈情说爱罢了，后半夜的生活会充满激情、充满诱惑、充满欲望、充满交易。

坐在靠窗的角落里，周冲看着齐齐，齐齐有些不自然，这还是他们第一次这么近距离接触，第一次正面看着对方。过去在学校里，顶多也就是互相偷看几眼，就算齐齐在操场上拥抱周冲的时候，也没有现在的感觉真实。那样的拥抱或许只有埋怨，现在的面对是真实的，心灵会有些许的颤抖，这才是恋爱的感觉，这才是男女倾诉衷肠的环境。

"齐齐，喝点什么？"周冲看着窗外的霓虹灯，他的心里想着张群嘱咐他的话。

"随便吧，我没来过这种地方。"齐齐仔细端详着周冲的脸，她从他的脸上看到了一种少有的局促不安，就好像大战来临之前的紧张。现在齐齐有些后悔了，后悔她不该轻举妄动地来到这里，她应该把这个信息提供给父亲齐怀远。毕竟父亲是多年的缉毒警察，对这样的环境非常熟悉，应变能力更强，即使不让组织知道，至少也能给周冲提供一些必备的信息。

周冲向服务生打了个响指，服务生迅速来到两个人跟前："二位喝点什么？"

"两杯冰水。"周冲头一直看着窗外。

齐齐能感觉出周冲心不在焉，对这样的男人齐齐格外敬佩，原因很简单，这样的男人会很敬业，并且会很负责，但齐齐始终想不通的是，周冲在面对自己的时候为什么不那么自信。

周冲心里也很矛盾，他不想让齐齐参与进来，因为齐齐是齐怀远的女儿，有更美好的未来，他不敢喜欢齐齐，至少现在不敢。关于自己的未来，周冲不敢奢望太多，如果不是张群要求他这样做，他是不会让齐齐一起冒险的。现在看来张群还是技高一筹，他让齐齐参与进来，就等于宣布了齐怀远退出缉毒行列，齐怀远这个略显柔弱的小个子男人，对"蝎子"这个组织的交易有着特殊的敏感，只要将齐齐卷入其中，那么齐怀远就会不攻自破了。

周冲仍然没有转头与齐齐交流的想法，他在想张群跟他说的那个"卷毛"。"卷毛"一出现，就意味着吸毒者的到来。周冲只需要上前抓住他就行，因为他身上肯定有摇头丸，这是张群提前布置好的。周冲还要时刻关注自己的腋下，那里装的是张群给他的货，到时候会有人上来厮打，厮打的过程是把"货"抢走。这对周冲绝对是一个考验，他从来没有做过这种事情，他想不通张

群为什么把事情弄得那么复杂。

齐齐看着呆呆的周冲,用力踢了一下他的脚,周冲敏感地抖了一下,转过头来看到了无奈的齐齐,同时也看到了张群说的"卷毛",他就在齐齐身后的桌子旁坐下来,像张群说的一样,"卷毛"左手背上有一个黑痣。

"周冲,发什么呆呢?"齐齐问。

"嘘,目标出现了。"周冲压低声音,低得只有他和齐齐能听到。

齐齐也跟着警觉起来,她不知道周冲说的目标是谁,但是从周冲的严肃程度上,看得出来这不是开玩笑的。

"齐齐,一会儿我去抓人的时候,如果失手,你要马上报警。"周冲嘱咐着,顺便摸了一下腋下的"货"。

齐齐重重地点了一下头,表示同意。

周冲的脚慢慢地从座椅里侧挪了出来,胳膊向外磨蹭着,他发现"卷毛"开始四处张望。趁"卷毛"回头的时候,周冲一个箭步蹿过去,把他按倒在桌子上。卷毛本能地大喊:"妈的,谁啊?"

"警察,老实点。"正当周冲说出警察二字的时候,感觉背后冲过来几个人,架起周冲,力量虽不大,但是动作非常迅速地从腋下取走了张群带来的货。其中一个说:"我也是警察,哈哈,闹什么闹。"

周冲一下子把外套拉开露出穿在里面的警服:"都趴下,老实点!"

众人一看,立刻老实下来。

齐齐被周冲敏捷的动作惊呆了,她第一次看到周冲这么迅速,就算刚才几个人从身后把周冲架住的时候,他也没有慌乱,而是以最快的速度制伏了其中一个,并且向齐齐喊:"报警!"

齐齐赶紧拨打110报警,不到3分钟,警察包围了"雨花石"酒吧。周冲向带队的警察汇报,"卷毛"身上有摇头丸,110带队警察正是齐怀远过去的老搭档吕明明。他依照周冲提供的线索在"卷毛"身上搜出了5颗"半月"摇头丸,吕明明反复搜查后,没能再次搜出罪证。

吕明明转身向周冲走来:"谢谢你小伙子,是你报警的吧?"

"是我报警的。"齐齐抢先说,吕明明发现眼前这个小姑娘非常面熟,却又想不起来。

"我叫齐齐,我父亲是齐怀远。"齐齐补充着。

"哦,老队长的女儿,太好了,今天你立功了,你为咱们永庆市的缉毒工作做了贡献。"吕明明大声说。

"你叫吕明明吧？我父亲经常提起你,你怎么到110了？"齐齐好奇地问。

"工作需要,工作需要。你能及时报警是个好事儿,可惜今天他们带的东西不能定他们的罪,也就是拘留几天,不过我还是要告诉我的老队长的,齐齐长大了,也可以做一个缉毒警察了。"吕明明示意将"卷毛"带走,希望齐齐也跟着回公安局做个笔录。

周冲赶紧拦住吕明明："对不起,我们只是在这里聊天,我们是警校的同学,不想让学校知道我们举报的事儿。"吕明明看看眼前这个小伙子,笑笑说："呵呵,没关系,我替你们保密。"说完带着"卷毛"离开了酒吧。

刚才从周冲身上摸走货物的人已经趁混乱顺利脱身离开酒吧,并且把20颗摇头丸安全分散。周冲到洗手间向张群汇报了整个交易过程,张群得知这个消息后非常高兴,他庆幸自己找了一个完美的交易人。

周冲和齐齐也走出酒吧,漫步在夜色中。

"周冲,你是不是以后打算做缉毒警察啊？"齐齐问。

"没想那么多。"周冲看着天空,将衣领向上揪了揪。

"我的判断没错,可是我不想让你干这个。"齐齐把手拷在周冲的胳膊上。

"齐齐,你知道我为什么要抓吸毒的吗？"

"不知道。"

"你父亲齐怀远在疗养院的时候跟我说过,缉毒警察很光荣,所以我就打算当缉毒警察了,就这么简单。"

"不会吧,我父亲那么厉害吗？一句话就能说服你吗？"齐齐向周冲的身体又靠近了一步。

"也不是,反正我觉得既然当了警察了,就得做点儿真正的事儿,抓小偷啊,维持治安啊,都不能体现警察的真正意义,我个人认为缉毒就是不错的选择。"

"这个工作很危险的。"齐齐关心地说。

"这个世界充满危险,哪怕是走在大街上都会有危险,因为你不知道什么时候飞驰的车辆就向你开过来。"

"那倒是。"

"这也是我不想和你恋爱的主要原因,我对我的未来不抱任何希望,因为这里变数太多。"周冲停下来看着齐齐。

二 亲临吸毒者

"没关系,我不怕,只要你对我好就行。"齐齐坚定地说。

"那也不行,如果将来我……"周冲还没有说完,就被齐齐用手挡住了嘴巴。

"我不要你说出那个字,我相信你的能力,再说我们永庆市的缉毒工作也没那么复杂。"

"我是说,万一有一天,我吸了毒,你还会爱我吗?"周冲借着路灯盯着齐齐。

"会,但是,我相信你不会吸毒的。"

周冲被齐齐的真心打动了,他揽过齐齐,抱在怀里。

齐齐到家的时候已经半夜1点了,齐怀远还没有睡,他一直放心不下女儿。

"你干吗去了?"齐怀远严厉地问。

"我……我在同学家。"

"撒谎,你和周冲在一起。"

"吕明明告诉你的?"

"不管谁告诉我的,你都不能和周冲在一起,他是个危险人物。"齐怀远努力地压低声音。

"爸爸,他今天带我去酒吧,抓了一个带摇头丸的人。"齐齐想用这样的功劳来刺激父亲。

"那种地方少去,再说你们作为警校的学生,更不能随便进入酒吧,这是违反规定的。"

"抓吸毒的也是违反规定吗?"齐齐振振有词。

齐怀远被女儿问得哑口无言,一瘸一拐地向卧室走去,由于天冷,最近齐怀远的腿开始感觉有些阵痛,让他更加憎恨那个神秘的"蝎子"。

周冲打车来到张群的餐馆,这个叫"连轴儿转"的饺子店生意很红火,主要面对出租车司机而开的,有时候查夜的民警也会来这里小坐一会儿,他们跟张群都是很熟悉的朋友。周冲来的时候,店里只有一个客人,他坐在饭桌上,一边吃饺子,一边数手里的零钱,嘴里还骂骂咧咧的:"今天真倒霉,白跑了一趟。"

旁边的伙计搭茬问:"怎么了刘师傅?"

"哎,我送一个小子到'雨花石'酒吧,他让我等他出来,刚进去一会儿,警察来了,把那小子逮走了,害我白跑一趟。"

周冲知道他说的就是"卷毛",他向伙计招招手:"你们老板呢?"

"你几位?吃什么馅儿的?"伙计熟练地递过菜单。

"我找你们老板,不吃饭。"

"老板回家了。"

周冲悻悻地从店里出来,给张群打电话:"喂,哥们儿。"

"兄弟,好啊,办得不错啊,我在家等着你呢。"

周冲只能再打车向张群的住处而去。

到了张群的住处,周冲这才放下心来,他始终感觉自己的神经紧绷着,自从进入酒吧到货物出手,甚至刚才在饺子店,他都处于一种亢奋状态。现在躺下来,吃着张群准备好的鸡腿和海参汤,他感觉像神仙一样。周冲自言自语道:"我周冲从此就会像张群一样过风光的生活了,还上什么警校啊。"

张群推了一把周冲:"兄弟,如果你不上警校了,你就失去了这个机会。"

周冲点点头:"嗯,我知道,我知道咱俩这叫黑白通吃,明暗结合,嘿嘿!"

张群得意地点了一下头,从兜里掏出 2000 块钱:"兄弟,这个是你的路费,明天回家备点年货,等你开学回来后,咱们做大买卖。"周冲边吃边点头:"嗯嗯嗯,我听哥哥的。"

"你一定要记住,回家过年的时候,要穿学校发的警服,这样你父母才光彩,乡亲们才高兴啊。"张群提醒着,周冲一个劲儿地点头。张群看着狼吞虎咽的周冲,若有所思地说,"兄弟,有件事情需要你去办理。"

"什么事儿?"周冲含着半口海参汤嘟囔着问。张群递过来一个黑色的包裹,周冲接在手里打开一看,吓得他目瞪口呆。

二 亲临吸毒者

031

## 三　身份大暴露

　　周冲接过张群递过来的包裹，打开一看，吓得他差点跌倒在地上。黑包里全是摇头丸，足有几百颗。这么大量的货源，说明张群的买卖足够大，或者说这个组织足够庞大。周冲定在原地，他目瞪口呆的样子让张群哈哈大笑："哈哈，怎么了，兄弟害怕了？"

　　"你从哪里弄那么多啊？"周冲眼睛眨都不眨地看着包里的药片。

　　"记住一点，兄弟，不要随便问货物的来源。"张群严肃地说。

　　周冲这才感觉到自己失误了，赶紧说："嗯，我会记住的，哥哥对我已经很好了，我只要好好地听哥哥安排就是了。"他一把拉着周冲的手，力量不大，但是能让周冲感觉到少有的压力，他把嘴巴贴到周冲的耳朵上说："兄弟，想尝尝吗？"

　　"不不不，哥哥，我只想跟你一起挣点钱，不想吃这个，那样我会没命的。"周冲紧张地向外挣脱着。

　　"很好吃的，相信哥哥。"张群继续盯着周冲，通过昏暗的灯光，能发现周冲的脸上开始泛黄，他绝对不能沾毒品的，那样他将失去很多，包括自己的养父母。现在周冲的心思就是想通过工作之便捞点外快，如果张群真的逼迫他吃摇头丸，他有可能会和张群翻脸，甚至会报警将张群抓起来。

　　张群左手抓着周冲的手，右手从黑色包裹里抓起一把药片，伸向周冲的嘴巴。

　　周冲极力压抑着自己的情绪，他绝对不会让张群得逞的，他很珍惜他们之间的友谊，可是他不能妥协张群的要求，他嘴巴闭得紧紧的，只是挣脱。

　　张群突然松开周冲，哈哈大笑，笑过之后，把手里的药片塞进自己的嘴里，大口嚼起来。

　　周冲睁大眼睛，眼珠儿几乎要瞪出来。

"很好吃的哦。"张群边嚼边说。

"你会没命的。"周冲大声地说。

张群拉住周冲手:"好兄弟,我没看错人,记住一点,永远不要吸毒,永远不要吃这些害人的东西。"

"那你怎么……"周冲指着黑色包裹里的药片。

"这些是假的。"张群拿起水杯喝了口水。

"你吓死我了,咱不能这样开玩笑,我胆儿小。"周冲擦了擦脸上渗出的汗珠。

"这些假货,是卖给那些不懂行的人的。"张群说。

"你不怕他们知道是假的后告你吗?"周冲问。

"当然不怕,既然我敢卖给他就能控制他,他们如果敢告,就说明他们有吸毒的迹象,抓住我们一查是假的顶多罚款,而他们会面临拘留、罚款或者蹲监狱。"张群解释着。周冲没说什么,但是内心再一次对张群表示了敬佩之情。他开始收拾行李,因为明天他要回凤凰岭了,他要风光体面地过一个祥和的春节,让所有乡亲都为他而自豪。

齐齐这个寒假非常郁闷,因为周冲回凤凰岭了,她突然觉得生活里少了些东西,具体少了什么也不知道。父亲齐怀远最近神经得很,经常一个人在房间里转来转去,还莫名其妙地半夜里打电话,也不知道打给谁。齐齐试图偷听,可是总也听不懂说的什么东西。好像什么"蝎子"、"蜈蚣"一类的词汇,还有就是十三不靠的话。姜媛也放了寒假,单位的工作不是很紧张,于是她提出来利用寒假时间出去散散心。齐怀远刚开始不同意,后来拗不过姜媛和齐齐的攻势,也就同意了,目的地就是凤凰岭。

齐怀远对凤凰岭是有感情的,那里的新鲜空气,那里的风土人情,那里的警卫战士,那里还有他忘不掉的痛——张群的狼狗咬了刘文艺。齐怀远对张群这个人没有过多的了解,但是他感觉这个人跟"蝎子"有关系,他一直相信自己的判断。

离开疗养院近半年了,齐怀远也很想念那里的环境,想念照顾他的刘文艺。

对于齐齐,凤凰岭是具有诱惑的,因为周冲的存在,让她对凤凰岭这个地方有了更多的依恋。

周冲是第二天下午回到家的,乡亲们都在忙着准备年货。周冲从城里买了很多东西，有春联、鞭炮、牛羊肉，还给父母买了厚厚的新棉衣。张群给他的2000元钱花了一多半，他知道他还会拥有很多钱，所以他不想做个吝啬鬼，离城之前还给刘文艺买了一双篮球鞋。这个在疗养院站岗的哥们儿，给他带来了无限快乐，他们的关系因为篮球的存在而更加密切，虽然球技平平，可是在操场上奔跑的那些日子里，刘文艺给了周冲一种坚毅的精神。刘文艺从来没有埋怨过环境的恶劣，依然勤奋学习，并且服从组织安排，到这个地方来站岗，虽然是个地方组织，可是作为一名战士，他仍旧有着自己的梦想，那就是考军校。

周冲进家门的时候，养父正在晒太阳。家里的墙壁上晒着当年的萝卜缨，还有几辫子大蒜和编在一起的玉米。养母正在洗衣服，是那些耕种锄耪时的工作服，说到底，其实就是一些缝补过的裤褂儿。

儿子的出现让养父母有些不知所措，尤其是看到儿子穿在身上的警服，养父有些神经质地鼓掌欢迎，手里拿着的酒瓶子重重地摔在土地上，发出沉闷的声音。养母甩了甩手上的肥皂泡，起身迎了过来："是冲儿吗？呵呵，这是我的冲儿吗？"养母的泪水流在褶皱的脸上，声音有些颤抖。

"妈，我是周冲，怎么了不认识了？"周冲勉强笑着，泪水洒在母亲干裂的手背上。

娘儿俩就这么拉着手，养母看着眼前的儿子，自豪、激动、哭泣，一连串不协调的动作交织在一起，养父在太阳光的照射下，像一尊泥像。

"妈，我爸怎么成这样了？"

"他整天想你，整天喝酒，就成这样了。"母亲擦着眼泪说。

"妈，过完年，你们跟我去城里吧。"周冲征求着养母的意见，他相信通过自己的努力一定能让养父母过上好日子。养母转身去收拾衣服了，嘴里不停地念叨着："冲儿啊，你好好上学，将来做个好警察，我和你爸爸在家挺好的，你放心就是了，家里那么多庄稼，咱们庄稼人不能离开土地啊。"

"妈，你放心，我能挣钱养你和爸爸，咱把土地承包出去就行了。"周冲帮养母拧着衣服。

"过完年再说吧，如果你有时间，就带你爸爸去看看病，没时间就以后再说。"

"有时间，我有时间，等过了年，我就带爸爸看病去。"

"嗯，你先休息休息吧，坐车怪累的。"

"我不累,妈我帮你洗吧,你歇着。"

娘儿俩聊着天,洗着衣服。

周元林坐在落日的余晖里,眼睛里更多的是茫然,他对生活似乎失去了信心,只有酒能对他起到一定的刺激作用,其他的对他来说都是假的。他能清晰地看到儿子,也知道这个就是即将当上警察的周冲,可是他却表达不出来。

周冲下厨做了一桌子丰盛的晚餐,这是他在警校帮厨时学到的技术。母亲看着儿子的表现更加欣慰,周元林坐在椅子上端着一个空碗,不停地往嘴里扒拉着。周冲赶紧夹一块肉放在周元林的碗里,父亲一口吞了下去,差点噎着,周冲赶紧给父亲端过水去。

"妈,我爸是不是精神上有问题啊?"

周元林放下饭碗认真地说:"你才神经病呢!"

"爸,我不是这个意思,我是说等过完年,我带你去看心理医生。"周冲解释着。

"冲儿,你爸爸不是神经有问题,他是有心病。"

"什么心病?"周冲好奇地问。

养母抬起头,看着漆黑的屋顶,开始讲述关于周冲故事。

周元林是个地道的农民,曾经有过一段种植药材的经历,那个时候他们刚刚结婚,由于家族小,经常受到其他姓氏家族的欺负。为了能在村里有点地位,被别人看得起,周元林四处打听发家致富的门路,最后他决定在自己家的农田里种植金针菇,这是个两全其美的作物,既可以当药材又可以做食品。刚开始的两年里,一些药材商贩来家里收购,虽然不能卖到好价钱,可是比种粮食的收入多了一些。从那开始周元林开始计划着要个孩子,可老天爷就是故意跟善良的周元林作对。

3年过去了,媳妇都没有怀孕,他们四处求医问药,最后确定是周元林的问题。这样的结果让周元林在村里更加抬不起头来,纵使拥有家财万贯,没有一根传宗稻草,在凤凰岭也是抬不起头的。从那开始周元林就不愿意在家待着,一到金针菇收成的时候,他就开始四处游荡,把这些药材分散卖到全国各地,自己的收成无法满足他的买卖需求时,他就从当地收购一些零散的干果或者药材,再卖到另一个地区。就这样,周元林几乎周游了半个中国。

那一日,周元林来到一个名字非常好听的地方,南山彩云。这里的天空比

凤凰岭更加湛蓝,空气比凤凰岭更加清新,人民比凤凰岭更加和睦。他一下子爱上了这个地方,尤其是那个叫天竺的地方,更是世外桃源一样的美,并且这里有着取之不尽的药材,都是野生的,村民们以上山挖药为生。

周元林也跟着村民们一起上山挖药,下山的路上周元林遇到了改变他命运的一幕。

野草丛中,一个男子放下一个花布包裹后匆匆离去,里面传来的哭泣声,让周元林心惊胆战。这个声音明显是婴儿的哭泣,但是听起来更像狼嚎。

周元林背着挖药用的篮子向那个包裹走去,打开包裹时,婴儿停止了哭泣。孩子冲着周元林微笑着,这让他感觉到特别温馨。周元林抱起孩子,在他小脸蛋上亲了一下,发现孩子的喉咙处有一颗小小的黑痣。正当周元林要离开时,听到不远处有人在争吵。

"你把我儿子扔到哪里了?"女人的声音很低,但是很焦急。

"孩子没了以后再生啊,现在抓得那么紧,我们先逃命再说吧。"男人的话听上去更实际一些。

"我不管,你把儿子还给我。"女人带着哭腔。

"快走吧,孩子又哭又闹的,要不连我们也跑不了。"男人语速更加急。

"啊!"一声惨叫把周元林吓得直打哆嗦,然后就是女人的喊声,"冲儿,冲儿!"

周元林这才知道,这个孩子叫"冲儿",他完全可以把孩子还给这个女人,但是周元林没有那么做,女人的惨叫让他魂不附体。周元林抱着孩子向山外跑去,男人看到了周元林,发疯一样向这边追来。

周元林铁了心要把孩子带走,他太需要一个孩子了。

男人在后面声嘶力竭地叫喊并追赶着,周元林逃生一样把孩子夹在胳肢窝里。孩子没有哭,一直就这么静静地任凭周元林挟持着。等到男人不再追赶时,孩子仍然安静地躺在包裹里,周元林以为他被夹死了,等看到孩子微笑地看着他时,他幸福地哭了。

周元林连夜坐上火车,向家乡而来。

似乎这个孩子生来就应该跟着周元林一样,一路上没有一声哭泣,渴了周元林就用嘴巴喂一点水给孩子,饿了周元林会用开水打湿饼干,喂一口给孩子,这一路上周元林兴奋地叫着"冲儿,冲儿",似乎孩子也很喜欢这个名字,总是微笑地看着周元林。

回到家里时,周元林的爱人半信半疑地接过孩子,听着周元林讲述着孩子的来历。乡亲们看着这个可爱的小男孩称赞不已:"这下周家可有了香火了。"从此周冲这个名字就在凤凰岭叫开了。上小学时,周冲始终抬不起头。调皮的孩子总是拿他的身世开玩笑,同村的孩子们开始欺负周冲,并揭出他的老底儿,这让周冲十分难堪,并且很自卑。

也就是从那时起,周元林不知道该不该告诉周冲他的身世,既然周冲知道了自己不是他的亲生儿子,那么就有可能离开他去寻找自己的亲生父母。没想到的是周冲并没有那么做,他说既然养父母把自己培养成人,那么养父母就是世界上最最亲近的人。亲生父母给了周冲生命但是没有给他生存的空间,周冲不但不怀念亲生父母,反而生出憎恨之情,他恨父母丢弃了他。

养母讲述的时候,周冲一直仔细地听着,眼睛里含着泪水。他知道养父母的艰辛,也了解了亲生父母的不容易,他现在把所有的憎恨都转移到亲生父亲身上了。

养父依然拿着那个空碗,用筷子不停地向嘴里扒拉着。

周冲娘儿俩已经习惯了这样的周元林,也就见怪不怪了。

齐齐是第二次来凤凰岭,而这次的目的不同,上一次是为了看望疗养的父亲,而这一次她计划去找周冲。出发之前,齐怀远想到了这一点,可是他无法阻拦女儿,何况还有姜媛添油加醋,姜媛认为女儿已经长大了,不要管得太严格,要给她自由的空间。

年底了,凤凰岭家家户户开始张贴年画和春联。周冲家里的春联更有当地的特色,上联是:神州大地处处涌动爱民潮;下联是:五湖四海家家传颂警民情。横批:警民情深。这样一副对联,让很多路过周元林家门口的人赞叹不已,觉得家里有了文化人就是不一样,周冲还真给周元林长脸了。

周冲忙前忙后不停地张罗着,又是杀鸡又是宰鹅,母亲正给晒太阳的周元林剪指甲,旁边的收音机里播放着单田芳的评书。整个家庭被祥和的气氛笼罩着,周冲对这样的乡村生活十分知足,现在离开乡村到城里了,反而更加眷恋了。坐在太阳底下的周元林呵呵地笑了起来,抬起手指着外面。冲着大门口喊:"嗯,找周冲的。"周冲赶紧扭头看去,看到那个熟悉的身影时,周冲愣了,她怎么来了?心里这么想着,嘴里也就发出了这样的疑问。

"你怎么来了?"周冲站起身,手里还拿着半条带鱼。

"不欢迎吗？"齐齐倚靠在院子的大门上。

"欢迎欢迎，来来来，屋里坐。这是我母亲，这是我父亲。"周冲边介绍边洗着手。

齐齐向周冲的父母问了好，前后左右打量着院子里的布局。

"屋里坐吧，农村嘛，院子里比较乱，过年了还没来得及收拾呢。"周冲不好意思地解释着。

"我觉得很好啊，我就喜欢这样的院子，多安静啊。"

周冲的母亲从屋里拿出一个大大的苹果递给齐齐："吃吧，姑娘，这是自己家树上的。"

"谢谢阿姨。"齐齐接过苹果拿在手里，继续闲逛着。

"你自己来的啊？"周冲跟在齐齐的身后问。

"我跟我爸妈一起来的。"

"他们在哪儿呢？怎么不让他们一起来啊！"周冲问。

"他们在跟刘什么文艺聊天呢，我是偷着来的，呵呵！"齐齐诡异地笑着。

两个人正在说笑着，大门里走进来刘文艺。

"周冲、齐齐，咱们中午聚餐怎么样？"刚进门的刘文艺就大声喊着。

齐齐看着冲进来的刘文艺，头立刻转向房顶，看着晒在上面的玉米和高粱。周冲赶紧迎上去说："中午都到我这里来吧，齐叔叔还没来过我家呢，这次一定给我个机会。"

"周冲，什么时候跟我这么客气了？实话说，疗养院食堂已经准备好了，这是年前最后一次聚餐，很多首长和领导都回家过年了。"刘文艺说话的时候偷偷地看了看齐齐的反应。

周冲听他这么一说觉得也在理，反正公家的食堂，准备好了不吃倒掉就浪费了。周冲转过头对着齐齐说："那咱们走吧齐齐同学，人家刘文艺可是一片好心啊。"齐齐没说话，走到周冲父母跟前，说了再见便径直向疗养院走去。疗养院里几乎人去楼空了，本来就没有住几个首长，加上市委的几个老干部也就七八个人。马上春节了，子女们都把老人接回家里去团圆了，剩下的就是几个战士看守院子。

这之前，刘文艺没想到齐怀远会来看望他，这让他有点受宠若惊。看到门口站着的齐怀远和齐齐母女，正在洗衣服的刘文艺兴奋地跳着迎了过去。他在这个疗养院里站了两年岗，感情最深的就是齐怀远了。当时齐怀远还在这里疗养的时候,就鼓励他好好学习,将来考军校。这个春节也是刘文艺在疗养院里的最后一个春节,他向部队反映了自己的想法,部队领导同意他回单位复习,过完这个春节,就要回到城里的省军区大院儿了。其他的战士知道刘文艺要离开了,都争抢着替他站岗执勤,刘文艺非常不好意思,反复地向战士们道谢。

齐怀远和周冲已经在饭桌前落座了,周冲对面的齐齐一直在摆弄手机。齐怀远看着周冲,想了半天也不知道说什么,因为在他心里,这个年轻人变了。从第一次见到他打篮球到现在坐在一起吃饭,感觉周冲变得很实际,变得更能适应环境了。

刘文艺在厨房里做着丰盛的饭菜,姜媛帮忙打下手。

"刘文艺,你是跟谁学的做菜啊?"姜媛乐呵呵地问。

"在部队帮厨的时候学的,我的老班长是四川人,做菜很好吃,所以就跟着学了几个菜。"刘文艺嘿嘿地笑着,翻弄着炒勺里的菜。

"将来复员了,开个餐馆也不错啊,凭你的手艺绝对生意兴隆。"姜媛说。

"阿姨,我打算回部队复习准备考学了,万一考不上再说开餐馆的事,嘿嘿!"刘文艺仍然憨厚地笑着。

姜媛很喜欢刘文艺的性格,不张扬,很淳朴,是那种懂得生活的男人。她甚至想象着自己的女儿会嫁给这样的男人,一定很牢靠安全。姜媛放下手里的菜,转而笑出声来,心说:我怎么能有这样的想法呢,就凭女儿的脾气也不行啊,两人还不天天打架啊。

刘文艺不知道姜媛心里想什么:"阿姨,你笑什么啊,是不是我做的菜不好吃啊?"

"好吃好吃,闻着就那么香。"姜媛夸奖着。

齐齐坐在饭桌上摆弄手机是在发信息,发给坐在对面的周冲。周冲听到手机声,赶紧打开上面的信息:周冲同学,希望你能和我父亲多交流,以消除他对你的偏见。想你的齐齐!

周冲抬起头,看看齐齐,又看看齐怀远。总感觉那么尴尬,眼前坐着的父女俩正对着自己,像是审判犯人一样,心里特别别扭。又听到厨房里姜媛和刘文艺的说笑声,他感觉这个环境里自己是多余的。

"齐叔叔,你的腿最近还好吧?"周冲按照齐齐的短信要求,开始和齐怀远聊天。还没等齐怀远回答,齐齐已经打断了周冲的问话:"周冲你是什么意思

啊,哪壶不开提哪壶啊?"

"我是关心啊。"周冲冤枉的样子很可怜。

"你关心不会问问其他的啊,你不知道我爸最讨厌别人提他腿的事儿吗?"齐齐有些恼火。

"我跟他又不熟悉,就知道他的腿受过伤,再说了,是你让我和他聊天的。"周冲一下子说出了齐齐的秘密。

齐齐拿眼睛瞪着周冲,她心里有说不出的滋味。本来刚才在周冲家情绪很好,也计划在周冲家吃顿饭,可是被刘文艺喊了回来,这个周冲还真不客气,跟着就来了,这不明显蹭饭吗?让他跟齐怀远聊天,是想拉近他们之间的距离,让齐怀远不至于反对他们之间交往,现在倒好把我也供出来了,简直是榆木疙瘩。

齐怀远能看出女儿的心思,赶紧解围:"齐齐,怎么说话呢?周冲怎么说也是你同学啊,同学之间不能计较这些,来来来,帮着刘文艺端菜去吧。"齐怀远说着起身去了厨房。

大家坐好准备吃饭的时候,周冲从口袋里掏出来一瓶白酒,这是他专门带过来给齐怀远喝的,也算是招待一下。刘文艺一看周冲带了白酒,赶紧拿出纸杯子:"说实话,平时领导不让喝白酒的,也就是今天老首长来了,还有我哥们儿来了,我带头喝点儿。"

齐怀远没有阻拦,他知道现在的年轻人不喝酒的少,更何况今天又算是过年酒。

"齐叔叔,阿姨,齐齐同学,还有周冲我的哥们儿,过完年,我就回省军区复习了。这两年,周冲跟我成了好哥们儿,齐叔叔还给我讲了很多做人的道理,感谢你们,这杯酒敬大家,祝福大家心想事成,万事如意。"说完,刘文艺带头干杯。

姜媛带头鼓起掌来,其他人也稀稀拉拉地鼓掌表示感谢。齐齐心里很别扭,她感觉刘文艺有些抢戏的意思,本来到凤凰岭是为了看周冲的,没想到让刘文艺占了先机。为了表示对周冲的不满,齐齐端起杯子主动给刘文艺碰了一下说:"谢谢,也祝福你尽快考上军校,干杯。"齐怀远也响应着年轻人的号召,一饮而尽。周冲心里明白齐齐这是故意做给他看,他有些尴尬地喝干了杯中的白酒。

大伙儿开始相互敬酒并表达新年即将到来的祝福,齐齐第一杯当然要先敬自己的父母，齐怀远夫妇看着长大的女儿，露出甜蜜的笑容。当齐齐端着酒杯来到周冲面前时，周冲的电话突然响了起来，他赶紧表示歉意，到门口接电话去了。

齐怀远端起酒杯对着刘文艺说："刘文艺，我很看好你，你一定能考上军校的，到时候我不但要给你送行，还要等你回来给你接风。来，干。""谢谢，齐叔叔，我一定努力，如果考不上军校我就对不起我的父母，也对不起部队的培养，也对不起叔叔对我的期望。"刘文艺说完一口喝下大半杯白酒。

周冲接完电话回到酒桌，端起酒杯说："齐叔叔，阿姨，刘文艺，还有齐齐，我得先回去一下，有件重要事情要办。"

"什么重要事情？"齐怀远问。

"哦，我一个同学给我父亲介绍了一个心理医生，想让我过去看看。"周冲盯着齐怀远看着。

"张群？"

"是的，齐叔叔认识他？"周冲问。

"不认识，我记得上次刘文艺的腿就是让张群的狼狗咬的，我还没找他算账呢。呵呵，开玩笑，你去忙吧，谢谢你的白酒。"齐怀远说完喝干了杯中的白酒。

齐齐站起身来说："爸妈，你们聊着，我陪周冲去看看。什么心理医生啊？"

"我得回城里跟心理医生见面，不是在我家。"周冲说。

"哦，那你自己去吧！"齐齐说完悻悻地坐下来。刘文艺看看齐齐的表情，知道周冲有意识躲避齐齐。他心里也很矛盾，知道周冲和齐齐两个人更般配，可是自己心里也开始萌生一种类似恋爱的感觉，尤其是见到齐齐的时候，这种感觉更加强烈。周冲离开疗养院，回家跟父母说了一声，直接向张群的饺子店而去。

张群给周冲打电话的目的是让他回城里发点货，张群这次交易主要是打探一下永庆市的摇头丸销售量以及周冲的忠实程度。前面周冲的表现张群还算满意，但是他不敢保证这个经过警校训练的周冲，是不是真心跟他干。他要用周冲来做中转交易，正是应了中国的老话，越是危险的地方越安全，有谁会想到一个经过训练的警察成为一个忠实的毒品交易贩子呢？他要进行市场调查，然后确定向木木汇报，木木再向更高层的人汇报，以决定是否大量增加摇头丸在永庆市的份额。

张群想出这样的招数实属无奈，因为这是总头儿的意思，"蝎子"在得知一个叫做周冲的警察为张群服务时，不免还是多了一个心眼儿，立刻布置了新的交易计划，张群得到通知后立刻给周冲打电话，就这样周冲急急火火地回城了。

张群在饺子店里喝着烧酒，看到周冲来到店里，马上让人端了热腾腾的饺子。

"张哥，这么急什么事儿啊？"

"我给你打电话的时候，你跟谁在一起？我听着很多人。"张群问。

"就是咱们那些街坊，这不过年了嘛，都在一起说说话。"周冲没有说他和齐怀远在一起，免得张群怀疑自己。

"一个新的活动，非常重要，要在春节前办完。"

"什么活动？"周冲一听到非常重要就有些紧张。

"你要去永庆市的所有酒吧收名单。"张群说。

"什么名单？"周冲问，他实在不知道这里面到底有多么复杂。

"你去了就知道了，你要去所有的酒吧寻找脚底下印有蝎子图案的人，找到他们你就能拿到名单了。"张群说的时候拿出一张图片，上面印着清清楚楚的蝎子图案的鞋底。

周冲有些犹豫，他不知道该从何下手，并且他单独去酒吧的机会很少，他以什么样的身份进入酒吧是最关键的。如果就这样明目张胆地进去，被人发现怎么办，尤其是当别人问起来，应该做什么样的回答，是去消遣还是去办案？消遣的话，时间也不对路啊，现在马上都要过年了。如果是办案，就更说不过去，因为他还是一名警校的学生，还没有资格去办理案件，还没有人授权给他呢。周冲犹豫了片刻还是行动了，因为这次行动的奖金高达10万元。为了这10万元，也为了能给养父看病，自己豁出去了。他第一站去的"雨花石"酒吧，因为这里是他第一次交易的地方，多少有些亲近的感觉。

到酒吧的时间是周冲自己选定的，因为这里的营业特点很明显，只有晚上或者深夜以后才能到达生意红火的地步。自从警方普查吸毒事件和齐怀远断腿事件后，这里的环境相对温馨了很多，没有了嘈杂的场景，没有了鬼祟的眼神，就连上一次周冲来"送货"，这里也安静得很。

晚上10点，周冲从张群的住处向"雨花石"酒吧而来。酒吧门口停了几辆运动单车，看上去像是一个自行车俱乐部的活动。周冲左右看了看，没有白天的喧嚣,也没有多余的人等,他轻轻推开酒吧的玻璃门,向里走去。

齐怀远一家在凤凰岭吃完中午饭,在疗养院里随便转了转,在齐齐的提议下决定返回城里。齐怀远没有阻拦,顺从了女儿的意见,他知道齐齐见不到周冲,在凤凰岭待着也没意思,刘文艺倒是非常热情地挽留齐怀远一家,希望他们能多住几天,疗养院有很多闲置的房间。这些都被齐齐一一拒绝了,她一刻也不想在这里多待了,她觉得此次来凤凰岭很伤心,认为周冲的离开是有意躲避自己。

她和周冲之间有太多的不同,可是自己却着魔一样喜欢着他。父母也是有意反对他们的来往,至少父亲十分不想让周冲和她接触,与其弄得大家都不愉快,不如迅速离开。齐齐发狠,从此不再留恋凤凰岭,不再留恋周冲不冷不热的感情。

周冲坐在上一次的位置上,上一次他只能全神贯注地盯着自己想要的目标,他心里对齐齐还是有些愧疚的。他也希望自己能不再牵扯这个毒品交易工作,能安静下来好好谈一次恋爱,齐齐在他心中是既可爱又神圣的。

周冲曾经不止一次计划自己未来的生活,等忙完了这些摇头丸的生意,他一定要好好向齐齐求婚,要改变齐怀远对他不公的理解和偏见。他现在所做的就是要完成张群给他的任务,找到那些鞋底上印有蝎子图案的人,就等于成功了一半,至少能得到10万元的现金。10万元对于一个还在上警校的学生来说,是多么大的诱惑啊,所以周冲坚持了自己的选择。

周冲扭头看看酒吧里的各色人等,坐在靠门口的那些穿运动服的人,果然是一些单车骑行爱好者。通过他们的聊天能听出来,他们中有的还获得过什么国家几等奖。周冲无法把他们与吸毒联系在一起,他们的鞋底上印有蝎子图案的可能性不大。

坐在自己身后的是两个女人,她们的谈话被周冲听得清清楚楚,都是些新潮的、前卫的、另类的语言。进门时周冲就看到了这两个女人,她们的鞋子样式也非常简单。酒吧里特殊的霓虹灯从地板上投射上来,蓝蓝的光照在女人的脚上,脚上的鞋子只用两根鞋带儿那么粗的塑料绳约束着的脚趾头。周冲在想,这样的鞋子能走路吗?关键是女人的鞋底子是透明的,是那种白白的硬塑料,假如这两个女人与摇头丸有关系的话,她们也不会穿这种透明的鞋子,周

三 身份大暴露

043

冲将身后的两个女人排除在外。

周冲向右侧看的时候,那里没有人,只有一个服务生在擦拭桌面上的花瓶。看到服务生,让周冲有些为难了,当时自己应该向张群询问一下,那些带有蝎子标志的人,是酒吧内部的还是顾客里面的,现在他只能通过自己的观察来寻找答案了。

其实周冲想得太简单了,即使询问张群,他也不知道。这次行动是木木亲手策划的,所有接线形式都是单线联系。给周冲的任务就是找到这些人,然后拿到名单。这样的行动有个好处,即使被警方发现,也不会盘查出下一个环节。而对方也不了解周冲的情况,只知道要与一个脖子里长黑痣的人接头。接到这样的联系方式时,很多人都大骂:"脖子里长黑痣?这是什么月份,都穿高领衫或者衬衫,人家脖子怎么可能随便给你看呢?再说了,酒吧这么暗的灯光,怎么去发现啊?"牢骚归牢骚,下线们还是乖乖地去接头。

周冲低头喝了一口红酒,眼睛不停地向周围扫视着,他要尽快找到接头人,不然的话,今天晚上就没有收获了,可全市那么多酒吧,什么时候能找到啊?正当周冲为难的时候,一个熟悉的身影出现了。这个人的出现令周冲毫无思想准备,他不知道自己到底是该离开还是坚持在这里,继续侦查鞋底上有蝎子图案的线索。

很明显对方也没有做好思想准备,当看到坐在角落里的周冲时,他一下子愣在了原地。两个人四目相对时,几乎同时想到了一个人,那就是齐怀远。来到"雨花石"酒吧的不是别人,正是齐怀远曾经的缉毒队友吕明明。上次周冲和齐齐来这里"送货"的时候,就是吕明明来现场调查的,那个时候他是以110民警的身份出现的,身上穿着威严的警服,现在穿的是浅色的休闲运动服。

对于周冲来说,目的非常单一,就是找到他要找的目标。

对于吕明明来说,目的也很简单,就是找到脖子里有黑痣的人。

两个人愣了一下,随即迅速向对方打招呼。从经验上看,还是吕明明更加熟练一些:"你是周冲?对不对?"

"是的,我叫周冲,你叫吕明明?"

两个人毫不客气地道出了对方的姓名。

吕明明直接坐到了周冲的对面:"一个人来的?听说你跟齐齐恋爱了?"

"哦,那都是谣言。"周冲透过透明的玻璃板观察着吕明明的鞋子,他很希望吕明明就是他要找的人。这双鞋子很熟悉，因为周冲也有这样的鞋子，是警察们常穿的那种警官鞋子。周冲知道这种鞋子的结构，他当时就排除了吕明明是接头人的可能。

而吕明明也在观察周冲，他不知道周冲来这里是干什么的，不过应该肯定的是，周冲来一定与摇头丸有关，要么就是来接头的，要么就是来侦察的。吕明明借着昏暗的灯光仔细看着周冲的脖子，周冲透过玻璃板仔细观察着鞋子。周冲抬头时正好发现了吕明明的眼神，他能看得出来，吕明明在他的脖子上寻找着答案。

周冲心里有了把握，难道这个吕明明就是自己要找的人吗？他完全可以让吕明明看到他的黑痣，于是周冲有意解开一个扣子说："哎呀，没想到这里那么热。"

吕明明看到了周冲脖子里的黑痣，脸上露出了诡异的微笑。

"周冲，脖子里有块黑痣。"

"是的，你要找带黑痣的人吗？"

"是啊，我就是来找你的。"吕明明向前凑着身子。

"不过我还没有看到你的鞋底。"周冲眼神瞄向吕明明的鞋子。

"你是想看这个吗？"说着话吕明明顺势向后面的椅子靠背上躺了过去，两只脚交叉着搭在一起放在酒吧的玻璃桌子上，鞋底子端端正正地摆在周冲面前。周冲把脸猛地凑过去，他要证实那个蝎子的图案。

而周冲并没有看到他要的答案，吕明明的鞋底儿果然有一个图案，但并不是蝎子，而是一个明晃晃的手铐。

周冲的脑袋一下子大了，他的第一反应就是离开，但是已经为时已晚，吕明明的手已经按住了周冲的肩膀。

三 身份大暴露

## 四　暗杀进行中

　　吕明明用力按着周冲，手上的力量明显要大过周冲的挣扎。周冲知道自己暴露了身份，而吕明明鞋底上的图案并不是他要接头的图案，周冲必须马上离开，如果吕明明现在逮捕自己也是正常的，毕竟有足够的理由和证据。吕明明稍微一用力，周冲被迫坐了下来。"周冲，害怕了？"吕明明问道。

　　周冲坐下来并没有回答，而是故作镇静地看着吕明明，吕明明环顾着四周，然后脱下一只鞋子，鞋底向上摆在周冲面前。这让周冲有些纳闷，吕明明想干什么？难道这个鞋底上有秘密吗？果然被周冲猜对了，吕明明把手按在那个手铐的图案上，用力一撕，下面是一个清晰的蝎子图案。周冲眼前一亮，这就是张群告诉他的接头暗号，吕明明就是他要接头的人，周冲向吕明明抱拳拱手，算做致意。

　　周冲的工作目的虽然很单一，但是难度却是非常大。毕竟属于背后接头，不能明目张胆地去查找。好在周冲有一股子闯劲儿，加上他对那10万奖金的渴望。经过不懈的努力，已经掌握了多数的名单，周冲掌握的资料将决定下一步"蝎子"工作量的大小。

　　从目前掌握的情况看，永庆市的缉毒工作已经进入一个无人问津的地步，只要齐怀远不再掺和，那么摇头丸的买卖在永庆市就可谓一马平川。"蝎子"对吕明明的利用，可谓巧妙精致，除了周冲知道吕明明背叛齐怀远做了贩毒分子以外，几乎没有人相信是吕明明泄露了抓捕行动的信息，从而导致齐怀远被打断左腿。

　　"蝎子"以前从来没有来过永庆市，就算打断齐怀远的腿这样的具体事宜，也是专程从外地赶过来，实施完报复计划后，马上离开。

　　齐怀远和吕明明都是公安系统的行业标兵，这一年吕明明第一次在永庆市发现摇头丸，是在一个桥洞下。一男一女在那里休息，作为巡查的警察，从他们身上搜出来一小包药片,男女青年趁机跑掉,吕明明在后面狂追不舍,一直追到长途汽车站,才发现男女青年不见了。他当时年轻气盛,凭着一股子力量挨个长途车上搜查,当查到一个开往外省的长途车时,被一个男青年用枪抵住了后腰,吕明明只能被挟持到外省。

挟持吕明明的就是木木,这个来调查永庆市摇头丸市场的先遣部队,在永庆市的第一天就被吕明明发现了。木木将吕明明带到"蝎子"面前。吕明明看着阴险毒辣的"蝎子",并没有过多紧张,他认为如果"蝎子"要杀他的话不会带他到这里来,既然没有伤害他,就说明他还是有一定的利用价值。

"蝎子"用匕首在吕明明的腋下来回摩擦着,毫不吝啬地把50万现金放在吕明明的脑袋上:"小警察,我拿50万买永庆市的市场,同意呢,你就帮我交易;不同意呢,钱我收回,并且一起收回你的脑袋。"

"蝎子"的话很轻,只在吕明明的耳边发出声音,但却足够穿透他的耳膜。

吕明明没能战胜自己,被金钱和胆怯击倒。

从此,永庆市的酒吧里多了一种吸引人的药片。

从此,"蝎子"不仅发展了吕明明,同时通过木木发展了张群。

张群和吕明明从来没有过货物来往,因为张群只负责接货发货,而吕明明只负责四处传播搜查消息,以便通知那些经营和交易的人,使他们有足够的时间躲避隐藏。

一次意外的失手,交易在电视台得到了曝光。原因很简单,一名电视台女记者到酒吧消遣时,被公子哥调戏未遂,女记者偷拍陪酒女郎时,无意间拍下了摇头丸交易的场景。媒体的曝光让公安局立刻行动并组织了一个由齐怀远负责的缉毒工作组,由于不是毒品交易重地,也为了减少缉毒工作的开支,局里决定由齐怀远选择合适的人选,然后组建一个不得超过10人的缉毒队伍。

当这项提议申报到当任的姜忠诚那里时,他给出的建议是,工作组不宜过于庞大,以免影响永庆市的形象,缉毒队伍越庞大,说明你这个地区毒品交易越猖獗。姜忠诚想得也很有道理,于是由各基础队伍开始选拔,最后吕明明胜出,成为齐怀远以外的唯一一名缉毒警察。

齐怀远对吕明明的了解仅限于他优秀的工作表现,是多年的单位先进工作人员。两个人在一起配合还算默契,尤其是对于酒吧里和舞厅里的毒品查询工作,吕明明甚至不惜牺牲一切业余时间去搜查线索和情报。这些完美的表现和单位同事的好口碑,让齐怀远放松了对吕明明的警惕。吕明明正是利用这样的行踪,向"蝎子"转达了公安部门查询的行动计划,从而使得永庆市的缉毒工作看似轰轰烈烈,实则没有任何实质性斩获。各类娱乐场所仍然存在大量的摇头丸吸食者,并且呈泛滥之势。吕明明的情报工作也因此得到了"蝎子"的赏识。

齐怀远始终努力地工作着,并且及时与岳父姜忠诚探讨着缉毒工作,毕竟永庆市刚刚晋升为市级单位,姜忠诚不能因为毒品的泛滥而毁掉他的心血。他曾多次叮嘱齐怀远:"你做的不只是永庆市的缉毒工作,你同时还要清除毒品在青少年中的负面作用。"齐怀远牢记在心,他知道摇头丸的盛行已经让很多年轻人割舍不下了。他亲眼看到酒吧里的孩子们因摄入过量摇头丸而昏厥或者用头撞墙等悲惨案例。

齐怀远始终想不通这些"货物"的来源,当审问那些吸食者时,他们像是受过严格训练的士兵一样统一了口径,打死也不会供出交货人的情况。齐怀远曾经扮成港商到酒吧"买货",那些公子哥们在反复论证和调查了买方的来路后,才悄悄地与你交易。他们的方法很多,也很简单,都是交易双方不见人,中间人也很隐蔽,遵循见钱发货,见货给钱的原则。张群就是这样一个举足轻重的人物,这也是木木倾力打造的结果。

从目前永庆市的情况看,只有通过地下调查才能确定永庆市的摇头丸销售量。周冲从吕明明那里得到的名单显示,目前至少有近千名摇头丸吸食者缺货。这只是一小部分,在周冲看来,选择跟着张群干,简直就是如虎添翼啊,自己的工作性质绝对是安全的,是值得信任的,交易起来自然方便顺畅。

吕明明看到现在的周冲,就想到了当年的自己。周冲这小子很实际,听他的言谈是张群的下线,自然也对周冲有了一些敬畏,毕竟张群的直接领导就是木木,甚至可以说是"蝎子",现在张群又有了周冲这个平台,自然少不了买卖。吕明明开始从过去的撒风透气,到现在逐步进入交易行列。

一切进展得如此顺畅,周冲只用了几个晚上就掌握了整个永庆市的摇头丸需求量,当数字显示在他面前时,他惊呆了。一个小小的永庆市,只有十几家酒吧和夜总会,竟然有如此大的需求量,难怪"蝎子"打断齐怀远的腿,这里面的确有太多的诱惑,金钱就是能让鬼推磨,现在自己也被这个怪圈所腐蚀了。

周冲带着密密麻麻的名单来到张群的住处,张群面带微笑地迎接周冲的凯旋。

"辛苦兄弟了,没尾巴吧?"张群问。

"什么尾巴?"

"哦,就是说没遇到警察跟踪吧?"张群向周冲解释着术语的意思。

"哦,碰见吕明明了,就是过去跟着齐怀远的那个警察。"周冲说。

"哦,我也是刚刚知道,吕明明跟你一样,是警察里面的跳槽者,哈哈……"张群笑着接过周冲的纸条。

"很好,兄弟辛苦了,来,这个拿着,买盒烟抽。"说着张群扔给周冲一沓子钱。

"哦,我不要,这个是我应该做的,既然跟着哥哥干,跑腿的事儿我一定能行。"周冲把钱推了回去。

"付出了就应该得到回报,拿着。"张群把钱塞进周冲的口袋里,然后又补充说,"一定记住,跟齐齐好下去。"

"哦,感情这事儿啊,得随缘,看情况吧。"周冲的回答很巧妙,他不想让齐齐掺和这些事儿,他是不会让自己喜欢的人去接近毒品的。

周冲有一个问题一直没弄明白,那就是齐怀远受伤前后的问题,他尝试着询问张群,但是又怕被怀疑,如果张群怀疑自己,那就无法合作更无法弄到更多的钱了。他只能找合适的机会进行探听,周冲看着兴奋的张群问:"哥,'蝎子'为什么打断齐怀远的腿啊?"

张群闭上眼睛,向周冲讲述那个地下室里发生的一切。那是春末夏初的事儿了,齐怀远突然接到一个电话,电话那头非常缓慢地说着:"'升腾'夜总会最近有大交易。"没等齐怀远继续问下去,对方已经挂掉了电话,他马上通知吕明明到他办公室里来,两个人计划着如何击破毒品交易内幕。

吕明明认为匿名电话是故意制造紧张气氛,扰乱社会,建议没必要这么大惊小怪。齐怀远则不这么认为,毕竟最近一段时间摇头丸的交易竟然泛滥到高校门口了,当抓获到兜售者时,大多只能从身上搜出3颗摇头丸。这样的数量根本构不成犯罪,对于他们严刑拷打也无济于事,他们在供词中说得很清楚,他们只需要把100块钱放到指定的位置,就能取走3颗摇头丸。齐怀远也曾指派大量警察进行跟踪,但是他们的交易是无时无刻的,是没有规律的。

齐怀远这一次亲自行动,并且亲自部署了抓捕计划。从夜总会的吧台到夜总会的小姐,从门口的保安到分管音响的DJ,都是齐怀远一手策划的。匿名电话并没有说明什么时候交易,只透露了有大交易。所以齐怀远告诉所有便

衣,要做好持久战的准备,时刻注意流动客源和陌生客源。

齐怀远还拟了一个大胆的计划,那就是把网撒向所有可能发生交易的地方,每一个酒吧和夜总会都有他布下的便衣。这个计划只有姜忠诚知道,毕竟这要动用大量的警力,没有岳父的支持齐怀远做不到这一点。姜忠诚打来电话向齐怀远布置着:"怀远啊,动用这么大的警力,我也有压力啊,一个匿名电话就派出这么多警察,自然没有说服力。不过我相信你的感觉,我支持你,但是这个计划只限于你、我知道,不能向任何人泄露,不然将前功尽弃。"

齐怀远听着,记录着,却不曾想这样一个电话被吕明明窃听了。

"蝎子"的计划被齐怀远搅乱了,他们打算取消"升腾"夜总会的交易。木木提醒"蝎子":"我们可以临时调换地址。""蝎子"冷笑着说:"齐怀远已经把永庆市用警察笼罩住了,怎么换?"

"那怎么办?"木木问。

"我要会会齐怀远。""蝎子"用力把烟头弹向外面的夜空。

"太危险了。"木木提醒着。

"不入虎穴焉得虎子,不杀齐怀远怎能交易?"

"齐怀远可杀不得,他岳父是永庆市的功臣,对永庆市有功,很有手腕的,你若杀了他的女婿,他会把永庆市翻个底儿朝天,那我们就失去这个市场了。"

"那我也不能咽下这口窝囊气,至少我要让齐怀远知道我'蝎子'是怎么回事。"

"蝎子"和木木来到永庆市的时候,专门让张群发了20颗的货,并且故意露出马脚。

齐怀远的眼线向他汇报了情况,他马上带领吕明明到现场,"升腾"夜总会正是高峰期,行动之前他早已了解了这个地方的结构,并且指派了很多便衣在其中。齐怀远来到吧台,吕明明左右环顾着。

吧台的服务员递给齐怀远一张点单,上面写着:取货人,地下室入口。

齐怀远拿起笔在纸条上写道:不要轻易行动,要跟踪,一直到大鱼出现。

正是这个纸条让齐怀远输掉了左腿。

按照便衣的计划,想现场抓获带货的人,但是看到齐怀远的纸条,要一直跟踪到大鱼出现,因此也不敢轻举妄动。看到地下室入口处的持货人向夜总会门外走去时,齐怀远示意跟上,几名便衣跟了出去。

齐怀远和吕明明对地下室的结构非常熟悉，他们过去也经常到地下室盘查，偶尔也能查到一点线索。吕明明回头看看齐怀远说："队长，你的枪套开了。"说话的同时，吕明明已经把手伸进了齐怀远的腋下，帮助齐怀远把枪套扣好。

两个人走下地下室，过道里只有一盏昏暗的灯，根本看不清路，好在两个人熟悉这里的地形。前面突然有一个身影闪过去，齐怀远加快了脚步跟了过去。吕明明在身后"啊"的一声倒地，齐怀远再次回头时，两个人已经被"蝎子"的人制伏了。

张群手里的名单已经被他折得很小很小，然后塞进嘴巴了，他慢慢咀嚼着，吞咽到肚子里了。

周冲看着张群的举动接着问："后来呢？"

"后来，齐怀远被打断左腿，然后我到公安局门口张贴了那张带血的海报。"张群轻描淡写地说。

"是那张'小心你的右腿'的海报吗？"周冲问。

张群转过头，嘴巴里还在咀嚼："兄弟，不该知道的别问，不过这个你应该知道，就是那张海报。"

周冲赶紧道歉："我不是故意的，我就是好奇。"

"不说了，睡觉，明天你就可以回凤凰岭过年了。"说完张群向自己的卧室走去。

周冲顺势躺在沙发上睡了过去。

齐齐躺在床上翻来覆去地睡不着，周冲现在干什么呢？他一直说住在一个开餐馆的老乡那里，但是自己从来没有去过那个地方，听说还是24小时营业。她打开台灯看看表，已经半夜1点了，现在去找周冲不现实，并且自己还不知道那个餐馆在哪里。齐齐拿出手机尝试着拨给周冲，电话接通了，周冲迷迷糊糊地答应着，也不知道对方是谁。齐齐大声地喊着："周冲，你装什么装，我是齐齐。"

这下周冲醒了，赶紧捂住话筒说："几点了，还打电话，睡觉吧，什么事儿明天再说。"

"你是不是觉得自己特了不起啊？你为什么不跟我主动联系？"齐齐质问着。

"我最近很忙。"

"你有什么好忙的,不就是给你爸找心理医生吗?我说我帮你找,你又说不用,你什么意思,看不起我?"

"不是,哪能看不起你呢,等明天吧,我实在太困了。"说完周冲挂了电话,关掉手机。

齐齐愣在床上,手里拿着断开的电话,她愤怒了,腾地从床上弹起来,拿过一张白纸用彩笔写上大大的"周冲"两个字,黏在对面的墙上,从抽屉里拿出一盒扑克牌,刷刷刷,全部甩向这两个字。白纸被扑克牌打得七零八碎,齐齐还没有解恨,跳下床来揭下白纸撕得粉碎,一直撕到胳膊酸痛,这才流着眼泪睡过去。

第二天早晨,周冲准备回凤凰岭了,张群起得也很早,他要到饺子店里去盘点一下,今年春节他打算不停业,因为现在不回家过年的人越来越多。周冲出门的时候,张群喊住他:"兄弟,临走之前不去看看齐齐啊?"

"哦,不去了,过完年还开学呢,又不是见不着面。"周冲乐呵呵地说。

周冲高高兴兴地出了张群的住处,他的包裹里塞了很多钱,那是张群对他的奖励。他早上出门时嘴上说不去见齐齐,但是心里还是有点想见她,见她的目的主要是道个歉,关于凤凰岭不辞而别的事儿和昨晚挂掉电话的事儿。他心里这么想着,脚步就不由自主地向齐齐住的方向而去。

他还从来没有去过齐齐家,只知道在柳行小区,也是不经意中听齐齐念叨的。他来这里并不是真正想去齐齐家,他也是凭一种感觉,如果能碰见齐齐,说明自己真的应该向她道个歉,如果碰不见也就算了,再去长途车站坐车也不晚。

齐齐醒的时候已经很晚了,是母亲姜媛喊了半天才喊醒的。昨晚哭得眼睛像个小蜜桃儿,自己照照镜子都纳闷:我中了什么邪了,他周冲哪里吸引我了?我为他而哭,可笑,简直无聊。她痛下决心再也不为周冲而哭。吃过早饭,齐齐打算出去买些扑克牌,她现在甩动扑克牌的力量越来越大,她希望把这个动作练成一个绝活儿。下楼时,她才想起来忘记带手机了,返回去拿手机的空当里,周冲来到柳行小区门口。

周冲站在门口,向里面看了看,他也不知道齐齐住在哪栋楼里,他很希望齐齐能从房间里看到他。结果事与愿违,齐齐没有出现,自己转身来到路口,准备打车去长途汽车站。可能是春节前的缘故,出租车都十分繁忙,虽然城市中过年的气氛不是很热烈,但是在城里务工的人都迫不及待地往家返,故而出租车生意非常火暴。周冲拦了半天都没有空车,自己索性向长途车站方向走去,如果快的话,走20分钟差不多到了,但就是这20分钟,周冲差点丢掉性命。

周冲走的步速越来越快,他知道开往凤凰岭的长途车不多,如果赶不上的话只能到明天再走了,他是归心似箭,健步如飞,但是再快也快不过摩托车,身后轰鸣的摩托车向周冲疾驰而来。从柳行小区向前两公里转弯的地方是一片等待开发的空地,这里人烟稀少,骑车人显然是来抢劫的,这就是传说中的飞贼。

周冲已经听到身后的摩托车声音了,他刚想转身看时,一个胳膊粗细的木棍正砸向他的后脑勺。周冲仗着灵活的身手,只一弯腰就躲了过去,骑车人灵巧地转回头,坐在后面的持棍人,猛然摘下头盔,大笑起来:"哈哈,小子,你终于让我碰着了,还认识我吗?"

周冲迅速翻转脑海里的记忆,记得,当然记得,眼前这个人就是被齐齐雇来做男朋友的刘才俊,当时在学校里被周冲打得住院一个多月,周冲因此还受了处罚。仇人相见分外眼红啊,刘才俊是跟踪周冲来的,他并不想要周冲的钱,目的是打伤周冲,一雪前耻。周冲看着轰鸣的摩托车和嚣张的刘才俊,又想想家里的父母双亲,他不想惹事,毕竟自己还是警校的学生,跟着张群又有这么好的"钱途",不能跟一个地痞一般见识,周冲打算用钱来收买刘才俊。

"我记得你,你就是齐齐的男朋友。"周冲提到了齐齐。

"狗屁男朋友,要不是为了那个女人,我还挨不了那顿打呢。"刘才俊从摩托车上下来,向周冲走来。

周冲听到刘才俊骂齐齐,心里这火就上来了,不过他还是慢慢冷静下来,告诉自己不能因小失大。

"兄弟,你想怎样?"周冲向后面的矮墙靠过去。

"谁是你兄弟?你小子连毛还没褪干净呢,跟我称兄道弟!我不想怎样,就想让你住一个月的医院。"刘才俊左右掂着手里的木棍。

"哈哈,你不觉得这很好笑吗?"周冲已经通过后背上的背包感觉到矮墙了。

"少跟我来这个,哪里好笑?谁跟你闹了。"话还没有落音,刘才俊的木棍已经向周冲的脑门儿砸了下来。周冲能从刘才俊的挥臂速度感觉到这一棍子的威力,不躲避的话后果不堪设想,可是等到他想躲避的时候,已经晚了。木

四 暗杀进行中

棍几乎是砸中了脑袋，周冲只能利用本能来躲避了，本能的力量是无穷的，也是极其迅速的，脑袋躲过了木棍的袭击，但是肩膀却承受了沉重的一击。

这一棍打下来，将周冲砸得蹲了下来，刘才俊绝对是有备而来，脚上的鞋子也是精心挑选，是那种尖尖的硬底儿的牛皮鞋。周冲蹲下的同时已经感觉到一只硕大的皮鞋向自己的脸上踢来，伴随的是刘才俊疯狂的怒吼："踢死你！"

周冲本能地再一次躲避了这致命的一脚，他就地一滚，迅速站立起来，左手扶着右肩，疼得周冲直冒冷汗，他要咬牙坚持，坚持到自己找到战胜刘才俊的办法。刘才俊一看这一脚没有踢中周冲，回首就是一棍子打过来，这次的速度没有刚才快，不过也足以打晕周冲。

肩膀的疼痛让周冲无法躲过去，他只能用手臂去阻挡木棍，这一手绝对不能去迎击木棍而是直接插向刘才俊的腋下。他的左手果断击打在了刘才俊的腋下，刘才俊对这突然的袭击毫无防备，挥出去的手臂让木棍不听使唤地扔了出去，腋下像是被火灼伤了一样疼痛。周冲打到刘才俊的同时，右膝盖向上顶去，他知道刘才俊肯定弯腰躲避，这一弯正好弯到周冲的右膝盖上，刘才俊应声倒地。骑车人还没缓过神来，刘才俊已经被放倒了，周冲捂着肩膀怒视着骑车人，冷笑着说："你，下来，不服的过来。"

骑车人掉转车头，加速逃走。

周冲蹲下来，使劲忍着疼痛，用脚踢着地上的刘才俊："起来！"刘才俊紧闭着眼睛，痛苦地摇着头，嘴里嘟囔着："你打死我吧。"

周冲感觉到自己的右臂像是掉了下来，用手摸了一下被打的位置，明显地感觉到一块突起的骨头，他判断，自己骨折了。刘才俊躺在地上偷偷地看了看周冲，赶紧又闭上眼睛。他是真的怕了周冲了，这个年轻人身手太敏捷了，跟踪到这里之前，刘才俊都没敢动手，刚才就是想打他一个措手不及，没想到还是被周冲击倒。他看看远去的周冲，又跟了上去。

周冲左手费劲地托着那个背包，右手耷拉着，步子有些缓慢。刘才俊完全可以再次实施报复，因为这个时候的周冲没有了战斗力，托着一支残臂，任凭他怎么处置都行。刘才俊想走上前去搀扶周冲，却被一个无情的后蹬腿给踹了出去。周冲感觉到身后的来人时，突然一个后撤步正好蹬在刘才俊的胸口上，这一脚比刚才那一膝盖还厉害，让刘才俊腾空起来，重重地摔在地上。"周冲……你还真踢啊。"躺在地上的刘才俊疼得直叫唤。

周冲看看狼狈的刘才俊，转头继续向柳行小区的方向走去。刘才俊慢慢爬起来，跟在周冲的后面，用尽力气喊："周冲，别硬挺了，我陪你去医院吧。""不去，别跟着我。"周冲的右臂明显地抖起来，是疼痛带来的痉挛。他放下左手的包裹，从包里掏出一件衣服，用嘴巴和左手把衣服的袖子打了个结，挂到脖子上，然后把右臂吊了起来，这样感觉不那么疼了。

这一切都被站在不远处的齐齐看在眼里，她不相信自己的眼睛，不相信周冲会出现在自己小区大门口。并且看到了受伤的周冲，那件挂在周冲脖子里的衣服正是齐齐在操场上送给他的毛衣。周冲身后的刘才俊向这边走来，齐齐二话没说，从口袋里掏出扑克牌，夹在手上两张，用力抛向刘才俊。

刘才俊真是倒霉透顶，还没明白怎么回事，自己的胳膊已被两张飞来的纸片，划了两个大口子，抬头看时，原来是齐齐。周冲也看到了眼前的齐齐，他站在那里，不好意思地笑着，想把整个事情说明白，但是又不知道怎么开口，与其说不明白，还不如不说。齐齐倒是先开口了："周冲，你怎么会跟小痞子在一起？"

"哦，是这样，我刚才……"周冲想从头说起，不料被刘才俊打断了："周冲是来找你的，我想报复他，就跟过来了，别耽误时间了，赶紧去医院吧，他胳膊受伤了。"

"啊，真的假的？"齐齐赶紧来到周冲面前，看看吊着的右臂和肩膀渗出的鲜血，转头恶狠狠地看看刘才俊："你等着，我饶不了你。"刘才俊吓得站在原地半天，然后快步跟上周冲和齐齐去往医院。

周冲在人民医院做了简单的处理，好在只是骨裂，医生建议他住院治疗，而周冲强烈要求回凤凰岭，齐齐拗不过他，也就随他去了。这个时间，开往凤凰岭的长途车已经没有了，齐齐给外公打了个电话说明情况，希望外公能派他的吉普车送一下周冲。姜忠诚得知周冲受伤的消息非常吃惊，当得知是跟小痞子打架也就放心了，派自己的私人司机将周冲送回了凤凰岭。

车子走了以后，齐齐发现刘才俊还站在医院门口，不愿意离开。齐齐气不打一处来，从口袋里掏出扑克牌向刘才俊做出甩动的姿势，吓得刘才俊赶紧抱住脑袋蹲在地上。齐齐快步走过来问："刘才俊，你为什么要报复周冲？"

"因为上次他打我打得太狠了，让我住了一个月的医院。"刘才俊委屈地说，他认为他不能吃这个哑巴亏，按照他们痞子之间的规定，谁打了谁，不在乎赔不赔钱，只在乎你是不是报仇雪恨了，在别人的挑拨下，刘才俊

决定复仇。

"我们学校不是给你付清医疗费了吗？周冲为这事儿还被关禁闭了，差点被退学，没事别来捣乱啊，小心我收拾你。"齐齐警告着刘才俊。刘才俊也知趣地点头答应着。他看看眼前的齐齐，压低声音问："有件事儿，不知道我该不该说。"

"什么事儿？"齐齐看着刘才俊神秘的样儿。

"周冲……"

"周冲怎么了？"

"周冲，可能吸毒。"刘才俊说完，胆怯地看着齐齐的反应。

"你说什么？"齐齐一个箭步飞到刘才俊面前，抓住刘才俊的衣领质问着。

"我是说可能。"

"可能是什么意思？说实话，是不是真的，你怎么发现的？"

"我一个哥们儿说的。"

齐齐没等刘才俊说完，一阵拳打脚踢，将他打倒在地。

躺在地上的刘才俊捂着脑袋，哭诉着："你们怎么回事儿，怎么动不动就打人啊，你们警察拿我们老百姓当靶子练啊，办坏事也挨打，说实话也挨打，还有没有王法了？"刘才俊被打急了，大声地喊冤。齐齐丝毫不管刘才俊的感受，转身扬长而去。

齐齐不相信刘才俊的话，她要亲自盘问周冲，她后悔让周冲回凤凰岭了，如果在跟前的话，她会大声质问他，如果真的吸毒，她会想办法把周冲救出火海。

周冲回到凤凰岭的时候已经是夜里11点多了，他想让司机留下过夜，司机谢绝了挽留，又返回城里。父母已经睡觉了，他们不知道儿子什么时候回来，只知道回城里办事儿去了。村里零星地响着鞭炮的声音，这是那些玩耍的小孩子们还在调皮地放着鞭炮。周冲吊在胸前的胳膊依然疼痛，他轻轻地敲了一下门环，院子里的狗叫了几声，吵醒了睡梦中的母亲。

母亲起身打开院门，看到站在门口的儿子，甚是高兴，赶紧提起行李进了院门。周冲不想让母亲知道自己受伤的事儿，趁母亲没注意，进了自己的房间，转身对着母亲喊："妈，早点休息吧，我有点累了，先睡了。"

"哎，睡吧，孩子。"母亲答应着，插了院门也去睡了。

中国人对过春节是格外重视的，一年当中除了中秋节就属春节隆重了。

春节是一年的开始,万象更新的时刻,大家都盼望着有个好的开端,开春时播下好种子,来年有个好收成。这是中国人几千年文化积淀下来的最为宝贵的财富,那就是民以食为天。不管富裕和贫穷,吃饭是必须摆在首位的,如果连基本的填饱肚子的问题都解决不了,那就谈不上其他事情了,因此过年时,大家都拣着最好吃的吃,拣着最好看的穿,拣着最好玩儿的玩儿。

周元林家里在凤凰岭是出了名的"冷清户",说冷清是因为家里人口少,不像其他家庭又是儿孙满堂,又是姑嫂满屋。周元林自从带回周冲后,家里算是有了些活力,过年的时候,一家三口也准备些必备的食品,给周冲买件新衣服,周冲从小就乖,只要父母不给买,就从来没主动要过。

现在的周家不同了,周冲成为凤凰岭村最有发展的年轻人,他考上了警察学校,将来就是公安局长的苗子啊,所以村里的人对周元林一家也就有了亲近的理由。年根儿了,有来帮忙收拾房子的,有来询问周元林病情的,还有向周冲取经的年轻人。这让周冲倍感亲切,总算以自己的力量为这个家带来了"人气",带来了好运,带来了别人对周元林的尊重。

这次回来,包裹里没带多少东西,因为锁骨骨裂,不能拿,不过周冲心里有底,包裹里的钱就是办年货的,他要陪父母到集市上去大采购。什么好买什么,什么贵买什么,什么撑门面买什么。

第二天一早起床的时候,周冲藏好悬挂胳膊的毛衣,这可是齐齐亲手编织的一份爱心啊,不管怎样,他都要好好地保存起来。藏好毛衣,周冲耷拉着胳膊走出房门:"妈,妈。"

"怎么了,冲儿。"母亲答应着。

"帮我找个东西,昨天晚上做梦把胳膊给抻着了。"周冲说着来到院子里。

母亲赶紧从厨房里出来,一看儿子这个样子,上前想摸摸儿子的肩膀,被周冲拒绝了:"别动,疼,你帮我找个布条儿,我挂一下就好了。"母亲迅速回到房间,从柜子里拿出一根白布带子,帮周冲打好结:"以后注意点,做梦还受伤,呵呵,是不是抓歹徒呢?"母亲逗笑地说。

"可不是吗,一个也没抓住,还把胳膊碰墙上受伤了。"

"哎呀,你看看,过年了碰成这样,赶紧吃饭吧,吃完饭,跟妈赶集去。"

"好嘞。"周冲答应着向正房走去,他要告诉周元林,一起赶集去。

齐齐反复琢磨着刘才俊的话,周冲吸毒,怎么可能呢?他从乡下考上警校

简直就是一步登天啊,他怎么可能做这么糊涂的事儿呢?我要把这个事儿告诉父亲,毕竟父亲过去是缉毒警察,对吸毒者有比较直观的了解,如果父亲能看出周冲吸毒的迹象,那就说明刘才俊没有撒谎。也仔细一想:刘才俊没有必要跟我撒谎啊,我跟他又没什么关系,难道是报复?管他呢,先回家再说。

打开房门,齐齐看见齐怀远正在写字,虽然功底不深,但是齐怀远非常喜欢写。写的都是一些名人诗句,或者警世格言什么的。看见女儿回来,他忙问:"干吗去了?这么急急火火的。"

"爸,周冲吸毒。"齐齐说这句话是有些夸张了,毕竟刘才俊给他说的是好像吸毒。

齐怀远拿在手里的毛笔抖了一下,抬起头:"你怎么知道的?"

"听一个朋友说的。"齐齐没有说刘才俊是个痞子的事儿。

"你朋友怎么知道的?"显然齐怀远很关心这件事。

"他和周冲有来往。"

"什么来往?"

"嗯……"齐齐也说不上什么来往,被父亲问得哑口无言。

齐怀远放下毛笔,端起茶杯喝了一口,示意女儿坐下,齐齐坐在沙发上看着他。

"齐齐啊,我知道你喜欢周冲,周冲也是个有发展的好苗子,不能轻易说这样的话,要负责任的,以后别跟他来往就是了。"齐怀远继续写着说。

"为什么不让我跟他来往?"

"你不是说他吸毒吗?"齐怀远说。

"那么说你承认他吸毒了?"齐齐很怪异地盯着父亲。

"我又没看见他吸毒,我怎么承认人家吸毒呢?齐齐啊,你外公和我非常痛恨吸毒者,因为缉毒我还受了重伤,现在的问题是没有证据就不要瞎猜瞎说。"

"假如周冲吸毒,怎么办?"

"带他去戒毒所。"齐怀远继续写字。

"那他的学业不就完了吗?那他会一辈子翻不过身的。"齐齐在提醒齐怀远,你不能不管,你要想办法制止周冲,利用警方或者利用个人魅力。

"如果那样的话,周冲就不是周冲了。"齐怀远的回答让齐齐感觉到一头雾水。

"爸爸,你管不管?"

"我怎么管?"

对啊,齐怀远怎么管,他凭什么管?周冲吸不吸毒,那是需要警方调查的,现在永庆市已经没有缉毒队这个组织了,所有的警察都可以参与缉毒工作,齐怀远有1000个理由不去管这件事。

齐齐看看父亲,也无可奈何,毕竟自己没有充分的证据,有两种办法能弄清周冲是否涉毒。第一,报警,对周冲进行调查。这个办法当时就被齐齐否定了,如果报警,那周冲彻底没有希望了。第二,就是自己亲自调查他,时刻注意周冲的行踪,一旦发现,立刻提醒并制止他。

凤凰岭的村民赶集要去5里地以外的乡里,那里5天一个集。现在不用跑那么远的路了,因为春节临近,乡政府指派在凤凰岭成立一个集贸市场,腊月二十七是春节前最后一个大集。周元林一家人挎着篮子,走出院门,到村东头的大集上买年货去了,说是买年货,其实就是转悠一下,看看还有没有新鲜东西可买,如果没有,那就买些鞭炮。这是咱中国人特有的过节方式,放放鞭炮,崩崩煞神,去去一年的晦气,就是图个吉利。

集市上的人很多,多到人挨人、人挤人。周元林对这样的场景很熟悉,他能回忆起自己儿时那快乐的时光,但凡这么拥挤,就说明是过大节了,要么是春节,要么就是物资交流会。他像小孩子一样在人群里挤来挤去,还时不时地和街坊邻居打招呼。母亲挤了一会儿,实在太累就告诉周冲看好周元林,自己回家了。周冲的胳膊上吊着带子,实在不适合在人群里挤来挤去。

他被父亲的童心感染了,两个人似乎不像是父子,更像是儿时的小伙伴,在人群里钻来钻去,周冲忘却了胳膊的疼痛,使劲在后面追赶着父亲。周冲也纳闷儿,平时哪里有这么多人啊,就算凤凰岭的老百姓都出来,也聚集不了这么多人,这些人平时都在哪里?一个小小的凤凰岭就如此拥挤,那要是大城市,还不挤破头啊。他心里想着,脚步也不停地向前赶着,他已经有些跟不上周元林了。

正当周冲四处找寻父亲的时候,被一个长头发的女人揪住了上衣,周冲回头看看这个卷发的女人,他根本不认识。周围的人仍然拥挤着,女人凑到周冲面前,掏出一个名片,放在周冲的面前,上面写着:我是木木。

周冲浑身激灵了一下,木木?张群曾经给我说过这样一个人,就是发展他

做摇头丸的木木,名片上的人是不是那个人?张群说木木是男人啊,周冲的第一反应就是被人盯梢了。看来"蝎子"这个组织还真的很强大,竟然跟到凤凰岭来了。

"你是……"周冲的话还没说完,就被长头发女人捂住了嘴巴。

周围有认识周冲的老百姓,高兴地问着:"周冲啊,带女朋友回来过年了?什么时候吃你喜糖啊?"

"啊……到时候都去我们家喝喜酒。"周冲随便答应着,跟着女人往集市外面挤去。

到了一个买卖牲口的场地上,女人停下来说:"我是木木。"话一说完,周冲就愣了,敢情这个长头发女人是男扮女装啊,一说话就露馅了。

"听张群说过,你这里说话不方便,回家吧。"周冲邀请着。

"就在这里,很方便。"木木说完,从黑色呢子大衣里掏出一个纸袋子。贴着周冲的胸膛,像一对情侣那样耳语着:"这是5000颗摇头丸,开学前发下去。"

周冲就这么被木木搂在怀里,愣愣地站在那里。

## 五　警察被俘虏

周冲被木木抱住的时候，心里十分杂乱，尤其是当木木告诉他，袋子里有5000颗摇头丸的时候。他不知道怎么办才好，为什么木木直接找到他，而不是通过张群？这件事儿如果让张群知道了怎么办？木木什么时候离开的，周冲全然不知，他手里拎着那个袋子，愣愣地站在那里发呆。

如今的冬天已经不是很冷了，全球变暖的气候，让冬天变得相对温暖。周冲脖子里冒着汗，他使劲晃动着脑袋，尽量使自己冷静下来。集市上很嘈杂，他突然想起了父亲周元林，他不能丢下父亲不管。周冲拎着装有摇头丸的袋子四处寻找着父亲，将近20分钟，他也没突破一个路口。他只能掉转头，从后街的胡同里穿越回家了，他相信父亲玩一会儿就会回家。走到后街胡同里的时候，手机响了。

周冲一看是个陌生号码，判断跟木木有关，顺势靠在胡同里的砖墙上，用牙齿把袋子咬住，夹在腋下，腾出手来接通电话。电话果然是木木打来的："周冲你好，我是木木，告诉你一个好消息和一个坏消息。"木木的声音很清晰。

周冲最讨厌这种玩文字游戏的人，有什么话直接说多好，非要弄些着三不着两的事儿。不过对于木木，周冲还是敬而远之的，毕竟两个人没有来往过，顶多就是听张群说过这个人，如果自己想挣到更多的钱，木木还是个关键人物，先听听对方什么态度吧。

"木木先生，哪个是好消息？"

"好消息是，老大很器重你。"木木说的老大，就是"蝎子"。

"谢谢老大，那坏消息呢？"周冲问。

"你的养父，周元林在我手里。"木木的话依然清晰。

周冲脑子"嗡"的一声，他感到自己的确很年轻，也很幼稚，只想到用毒品挣钱了，没想到这里面的黑暗和无奈，现在周元林被木木带走，就等于抓住了

他的命。木木等待着周冲的回应，见他半天没动静，木木说："周冲，别紧张，你父亲在我这里很安全。"

"木木先生，我跟着张群干，只想挣点钱，不想参与太多，你把我父亲带走是什么意思？"周冲尽量保持冷静。

"周冲啊，你还年轻，做我们这样的生意是需要一些付出的。"

"我不干了，我退出还不行吗？"

"哈哈哈，哪里这么简单啊，你拿我们当小孩子了？周冲，你不要耍小孩子脾气，既然我们老大很器重你，那你就有很大的发展空间。尤其是你现在的状况，可以说是黑白全挡，荤素通吃，你的'钱途'是光明的。"木木说的时候尽量表现得很亲切。

"你们带走我父亲什么意思？"

"我们这行，即使是自己弟兄也要有一个说法，我们之间也是在交易。"

"交易什么？"

"你把货分发下去，你父亲就会完好无损地回到凤凰岭。否则的话……"木木故意拖长了话把儿，等待周冲的询问。

周冲自然要顺着木木的话问："否则怎样？"

"否则，你父亲可能跟唐僧一起去取经了。"木木的话很明确。

"你们在哪里？我想跟你们面谈。"

"哈哈哈……小兄弟，想见到老大，那就好好工作吧，我们再有半个小时就离开永庆市了，祝你发货顺利，到时候你父亲自然会回到凤凰岭与你们团聚的。"木木的电话挂断了。

周冲倚靠在后街胡同的墙壁上，使劲夹着腋下的货，吊在空中的胳膊，猛然用力一甩，他想发泄自己的情感，但是疼痛让他无法做出动作。周冲回到家里，看着母亲劳作的身影，心里像是五味瓶倒地那样难受。

"回来了冲儿，你爸呢？"

"哦，我爸爸去城里了。"

"什么？去城里了？"周冲的母亲一下子站起来，手里还拿着一只刚刚杀的老母鸡。

"哦，妈，你听我说，是这样……"周冲把手里的纸袋子放到自己的房间里，转身出来，拉着母亲的胳膊，在北墙根儿坐下来。

"我爸跟着我朋友去城里治疗了。"

"过完年再去啊,还差这几天吗?"母亲埋怨着。

"妈,您别着急,人家城里人没有过年这一说……不是,是他们这个心理咨询部没有放假这一说。不像咱们乡下人农闲了没事儿做,人家就指望这个挣钱呢。"周冲尽量说得明白些。

"那会花好多钱吧?"

"春节期间,很便宜。"周冲说。

"那也不能不在家过年啊?"母亲实在想不通,做个心理治疗还那么着急走,连个招呼都不打。

"我就是怕您老不同意,所以自作主张,才安排我爸去城里的。人家医生说了,我爸这病得静养,咱们乡下过年的时候,鞭炮又多,串门儿的人又嘈杂,不利于病情恢复。"周冲都纳闷儿自己怎么能说出那么多瞎话。

"哦,唉……过去,你爸爸又好说又好笑的,自从……"母亲的意思是,自从有了周冲,没几年时间,就变成这样了。但有时候周元林特别清醒,谁也别想骗他,他比谁都清楚。但是有时候,他又说些不着边际的话,因此家里的很多农活和家务都不让他干。

现在儿子出息了,能带周元林去看病,这对母亲也是一个安慰。可是周冲心里明白,父亲哪是看病啊,是被木木带走了,说严重些就是被绑架了。周冲回到房间,把门关好,打开木木给他的纸袋子,里面密密麻麻有一大包药片,一共三种颜色,粉红的、白的和浅绿的。看着这些罪恶的药片,他首先想到的是张群。从窗户里看着母亲进了房间,周冲打开电话,他要给张群汇报这些货的原委。

张群的电话占线,与张群通话的不是别人,正是木木。

"你感觉周冲会怎么处理那些货?"木木问张群。

"我感觉他会找我。"张群胸有成竹地说。

"你就那么信任周冲,你想没想过他是警方的卧底?"木木严肃地问。

"你放心,这个我还是有把握的,当时我想利用他的时候就想到了。"张群回答。

"你怎么证明周冲不是警方的人?"

"我得知周冲考上警校的时候,我就计划好了利用他,并且给老大汇报了,这个你是知道的,还记得我送给周冲一个手机吗?"张群提醒着。

"你把那个东西送给周冲了?"木木吃惊地问。

"对啊,要不然我怎么能了解周冲那么多呢?自从我引诱周冲开始到现在,他从来没有跟警方联系过,跟齐怀远这些老东西也没有联系过。"张群边说边得意地抽着烟。

"哈哈,张群啊,你还算有个心眼儿。"木木笑的声音很吓人。

张群想了一下,反问道:"你把那么多货交给周冲,你就放心啊?"

"当然放心,我把周元林带到我这里了。哈哈哈哈……"

"什么?你怎么能这样做呢,我告诉你木木,周冲的事儿,不能让他父母掺和。"张群有些憎恨地说着,他最痛恨这种控制人质的手段。

"张群,我知道你和周冲关系好,但是你别忘了,我们做的这个东西,必须要有交易条件的,我不带周元林走,周冲会听我的指挥吗?"木木振振有词地回答着。

"如果周冲把货交给警方呢?"张群假设着。

"你刚才不是说,周冲在你的控制之下吗?怎么,你也怕周冲报警啊?"

张群犹豫了,他对周冲的控制仅限于那个特殊的电话,现在看来木木控制住周元林也是个不错的办法。

"你放心,我木木做事不会失手的,我敢保证,他会找你的。"木木提醒着。

"如果他找我,说明他真的只是为了钱。"张群回答。

"记住,我给周冲的5000颗是假货,你只需静静地观看周冲的表现,很快我们就能知道周冲是不是卧底了。"木木扬扬自得地笑起来。

还没等张群询问原因,木木已经挂了电话。

刚刚挂掉木木的电话,周冲的电话就打进来了。

"哥哥,我遇到事儿了。"周冲的声音很急,张群明明知道事情的真相,但是他要听周冲怎么说。

"什么事儿啊,兄弟?"张群关切地问。

"我父亲被人绑架了。"

"啊?谁干的?"

"木木干的。"

张群故作惊讶地说:"什么,木木?不可能,他绑架你父亲干吗?"

"电话里说不清楚,我得去你那里一趟。"

"马上过年了,你不陪家人啊?"

"我父亲都没了,我还怎么陪啊?"

"那好吧,我等你。"

周冲挂了电话,来到院子里,母亲在房间里收拾刚刚蒸出来的花卷儿。

"妈,出来一下,我给你说个事儿。"周冲冲屋里喊着。

"什么事儿啊?进屋说吧,我忙着呢。"

周冲快步进屋:"妈,我爸爸去医生那里说不适应,要我去陪他。"

"那你去吧,早去早回。"母亲回答得很干脆,她心里想着,有这样一个儿子真是修来的福分,虽然不是亲生的,但是周冲对待他们老两口,那是一百个顺心,一百个满意。

"那我走了。"周冲说完,离开凤凰岭,直奔张群的住处。

周冲来到张群这里的时候已经天黑了,他进门的第一个动作就是挨个房间里打量了一番,在确定没有外人之后,才从怀里掏出那个纸袋子。张群从他掏的动作看,周冲受伤了,他并没有直接关注袋子里的东西,而是先询问他胳膊是怎么回事。

周冲这才想起来自己是拖着条残臂来见张群的,刚才的紧张情绪让他忘却了疼痛。这一路,周冲忐忑的心情好像揣着一个活蹦乱跳的小兔子,这一包药片,价值不菲不说,关键是这些东西是怎么进到木木手里的,并且在光天化日之下进入凤凰岭村,更可恨的是,木木在周冲的眼皮底下把周元林给带走了。通过这一路的思考,周冲认为永庆市的缉毒工作太落后了,这么大量的货进来,愣是没人发现,选择跟张群做这个,那就是天赐良机啊。

张群在得知周冲是被小痞子打的以后,这才放下心来。看看桌上的纸袋子,张群就明白了,他抬头看看擦着汗珠的周冲问:"这是什么?"

"5000颗。"周冲神秘地说着,因为他的确没见过这么多,发出这样的感慨是必然的。

"哪来的?"张群明知故问。

"木木给我的,他让我把货发下去,并且绑架了我父亲周元林。"周冲简单明了地说。

"那你就按木木的要求去做就是了。"张群随便说着。

"这都过年了,我们打算过个团圆年呢,他把我父亲弄走是怎么回事,他就不怕我报警啊?"周冲似乎想威胁一下木木。

"兄弟,你不会报警的,因为你不想失去你父亲,木木早就知道你的心思了。"张群盯着周冲说。

"他怎么知道我不会报警,我是警察你们忘记了?"

"哈哈,兄弟,警察我们见多了,齐怀远怎么样,不还是照样逃不掉吗?哈哈,木木是在对你进行考试,看你能不能胜任这个工作,哈哈……"张群起身进了洗手间。

"哎哥们儿……我把货发下去,他能给我多少?"周冲起身跟到洗手间门口问。

"我怎么知道啊,我判断应该是这批货都归你吧!"张群拉上裤子拉链,走出洗手间。

"真的假的?那我可以在城里买房了。我父亲怎么办,一直扣在他那里吗?"周冲关注地问。

"怎么会呢,你父亲在他那里还要管饭,你给伙食费啊?哈哈哈哈……"张群最近经常这样笑,笑得很灿烂,他心里得意的是自己真的找到了一个好兄弟。

"好,既然木木给我机会,我就不会浪费,今晚我就去发货。"周冲得意地喝下桌子上的红酒。

张群穿好外套,戴好围巾,对着坐在沙发上的周冲说:"兄弟,发货的时候,一定多个心眼儿。我去饺子店了,那里最近生意不好,我去看看。"

张群离开后,周冲陷入深深的思考。

这5000颗摇头丸可不是小数目啊,虽然我周冲为了多弄点钱,但是这些东西流入社会后,将是怎样一个局面啊!那些刚刚戒毒的,如果得到货,又重新走向吸毒行列,那些初涉毒品的,没有货也就算了,现在如果发下去,岂不是火上浇油吗?

周冲眉头一皱计上心来,他曾经记得张群给他看过一批假货。何不把那些假货调包,发下去,这样既得到这些货的货款,又没做伤天害理的事儿。想到这里,他先给张群打了个电话,在电话里能清楚地听到公路上的汽车声,确定张群已经离开后,周冲开始翻箱倒柜,他要找到那些假货。其实不用找,那些假货就放在张群的床头柜上,在一个玻璃瓶子里装着。看数量足足有5000颗的样子,这样一调包,真货也控制了,货款也拿到手了,父亲也得救了,一举三得的好想法。

他的想法,正中了木木的陷阱。

木木早就判断准了,周冲要去找张群,张群的假货如果被周冲调包,不容分析,周冲绝对是卧底。只有警方才有如此智商,保存了真货,又隐藏了身份。其实木木给周冲的5000颗也是假货,只是他在假货上作了记号。一旦被木木发现周冲调包的情况,立刻干掉周冲,周元林的性命也将难保。

张群知道木木的奸诈狡猾,所以当木木绑架了周元林后,就知道这里面有很多连环计谋了。

张群凌晨2点回到住处,发现周冲不在,他知道周冲去发货了。木木是凌晨3点打电话给张群的,电话的声音很小,但是足够听清楚:"张群,现在是验证你兄弟是不是卧底的时候了。"

"怎么验证?"张群睡得迷迷糊糊地问。

"去看一下你那些'星货'。""星货"是他们这个组织里的术语,就是假货的意思。

"我看那个干什么?"

"看看少了没有,或者被调包了没有?"

3分钟后,张群回答:"'星货'还在。"

木木加重了语气问:"你确认没有被调包吗?"

"当然啊,我的货,我当然确认。"

"好。"木木说完了好,就挂了电话。

木木对于周冲的表现还算满意,立刻给"蝎子"打电话汇报了情况。对于张群发展的这个小警察考试合格,"蝎子"给木木分配了新的任务,然后挂掉电话。

周元林被木木带走以后,就一直被关在一个密闭的房间里,木木按时给他开电视,送饭。周元林目光呆滞地看着木木,嘴里嘟囔着:"我儿子变样子了,我儿子变样子了。"

木木也没想到,周冲的父亲是这样一个半神经病的人,早知道是这样的人,还不如不绑架呢。但是现在他又不能把周元林送回去,不管是不是神经病,至少能通过他控制住周冲。木木对周冲的考核算是过关了,确认他不是卧底后,就做好了送周元林回家的计划,因为他也不想把这个神经病放在自己这里,春节也过不痛快。

第二天,木木安排人把周元林接出来,开车向永庆市凤凰岭村开去,他们计划让周元林年前赶回家。

周冲当天晚上到"雨花石"酒吧转了一圈,喝了杯冰水。他尽量让自己清

醒下来,他胳膊吊在胸口,怀里揣着近200颗摇头丸,酒吧里的人不多,这个时间逛酒吧的人大多是永庆市本地的,不像平时那样,能招揽很多流动人员进来品酒。

周冲坐在那个固定的位置上,因为这个位置是最方便观察的一个位置。能看到酒吧的各个角落,甚至能看到吧台里面小姑娘那性感的腿。他到"雨花石"的目的很明确,就是把货发下去,木木自然会把钱打到他的账号上的。

他来"雨花石"是要见吕明明的,自从上次两个人透露了身份后,吕明明就没再出现。在周冲看来,吕明明还是比较谨慎的,他很珍惜自己警察这个职业,但是生活压力和一次偶然让他成为一个毒品信息提供者。吕明明从中得到了实惠和报酬,但是他很会控制自己与毒品贩子的关系,现在看到周冲也介入了这个行列,反而有些吃醋,心说,我在这个圈儿里打拼了这些年,还不如一个刚刚入行的小新兵蛋子,现在竟然能大批量地发货了。

周冲当时也想拿张群的假货来分发,但是经过思想斗争还是放弃了调包的可能。他拿起那个装满假摇头丸的瓶子,随即又放下了。管他呢,自己先把货款弄到手再说,既然选择了这条路,就不能前怕狼后怕虎。坐在酒吧里的周冲看着稀疏的客人懒散地品着各色洋酒,自己抿了一口冰水。他期待的目标没有出现,吕明明难道没有接到通知吗?

其实吕明明早就接到通知了,此时的吕明明正跟范林芳在一起。自从张群甩掉范林芳之后,她曾多次想和张群破镜重圆,但张群就是不给她面子。张群认为,这个女人吸食毒品就不适合干这一行,所有干这一行的都不吸毒。吕明明和范林芳的相识就是在那个敲诈张群的夜晚里。

范林芳要挟周冲向张群索要20万,以满足购买毒品的需要。没想到周冲出卖了她,她只能悻悻地离开。走在街上的范林芳,毒瘾发作,脸色铁青,瘫倒在街角的垃圾箱旁边。巡夜的吕明明正好路过,发现了这个躺在街上的女人。

将女人带到家中,吕明明给她简单地处理了一下。范林芳从昏迷中苏醒过来,看看身边的这个男人,还有挂在墙上的警服,一个激灵从床上坐起来。她吃惊地看着吕明明,脑子里迅速回想着过去发生的一切,自己怎么在一个警察家里?怎么回事?

吕明明一看范林芳醒来,赶紧递过一杯热水,示意她喝下去。范林芳犹豫地接过水杯,看着吕明明。

"哦,你昏倒在街上了,我查夜的时候碰见你的,问你话,你昏迷得说不出来,我就把你带我家里来了。"吕明明解释着,用眼睛看了一眼墙上的奖状,还有柜子里的奖杯,意思是,看到了吗?我是警察,一个很优秀的警察,放心,我不是坏人。

范林芳顺着吕明明的眼睛扫了一圈房间的设置,这才放心地喝下开水。吕明明接过水杯问:"家是哪里的,我送你回家吧?""我没有家,我是外地的。"范林芳显然是在撒谎,因为她不了解吕明明,加上他特殊的身份,更不能轻易说出自己的身份。不过吕明明倒是看出一些破绽,毕竟范林芳的脸上带着一些吸毒的痕迹。

范林芳缓缓地说:"我睡哪里?"

这句话出乎吕明明的预料,这个女孩儿怎么这么不客气啊。我是以一名警察的身份救了你,你倒是不客气,还打算住在我家啊?你也不问问我同意不同意,也不问问我有没有家室。看看她可怜的样子,吕明明说:"你睡里屋,我睡沙发。"

"我想洗个澡。"范林芳征求地看着吕明明。

"哦,去吧。"吕明明指了指浴室的门。

吕明明坐在沙发上,听着浴室里哗哗作响的淋浴声音,不由得有些紧张起来,和女孩儿单独相处这是第二次。第一次是警校的女同学,不过那是白天,并且什么也没有发生,后来分手,就没再谈朋友。现在突然从天上掉下来一个范林芳,让吕明明有些不自在。

范林芳在浴室里喊:"警察叔叔,有浴巾吗?"吕明明被范林芳喊晕了,怎么成警察叔叔了?他在慌乱中回答:"里面柜子里有浴巾。"

范林芳被白色的浴巾裹在里面,上沿儿正好勒紧在乳房的中间,勒出一条明显的印痕。雪白的肌肤给人一种冲击,这让吕明明有些冲动。范林芳不是最漂亮的女人,但是身材却非常匀称,尤其是浴巾下面的小腿,像一段白莲藕一样摆在吕明明面前,脚趾上还染着淡淡的粉色。

正在擦头发的范林芳,看到吕明明不自然的表情,心中窃喜。心说,这个小警察还挺羞涩,看我这个老江湖怎么收拾你。那一夜,吕明明被范林芳的主动俘虏了,范林芳则被吕明明的威猛征服了。

周冲等在酒吧里已经半个小时了,他希望吕明明能迅速来取货。他决定再等10分钟,如果吕明明再不来的话,他就只能去民族大街了。10分钟后,周冲刚想离开,吕明明出现了,出现在"雨花石"酒吧的门口,他的身后是一闪一

闪的警灯。

从窗户里向外看去，吕明明显然是在找人，周冲犹豫了一下，还是走出酒吧，因为他判断吕明明是在找他。出了酒吧的周冲直接向吕明明走去，并且面带微笑，以示友好。吕明明则向周冲的方向使劲挤着眼睛，借着灯光周冲发现吕明明有些不对劲，刚想转身，却被警车上走下来的人喊住了。

从警车上下来的是齐怀远。

"周冲你好。"周冲半转着身子，愣在那里。

"这么巧啊？"齐怀远再一次向周冲打着招呼。

"哦，齐叔叔好。我……"

"我听吕明明说了，你表现很好，还跟齐齐抓了一个吸毒的'卷毛'，还听说你经常来酒吧蹲点儿，是不是想做缉毒警察啊？"齐怀远关心地问。

周冲没有料到齐怀远会说这些，他赶紧解释："啊，是的，我只是想锻炼一下自己，看看我能不能胜任这个任务。再说了，我就是想干缉毒警察，组织上也不一定考虑我啊。"

"没关系，我可以推荐你，但是要等到你毕业以后哦。"齐怀远转过身对着吕明明说："我们回去吧。"

"好的。"吕明明回答着，启动了警车带着齐怀远扬长而去。

周冲站在"雨花石"酒吧门口，脑子里飞速地回忆着所有的画面。齐怀远怎么和吕明明在一起，还开着警车。吕明明不是跟我一样为毒品贩子服务吗？今天应该是我发货的日子，吕明明竟然不接货，而是和齐怀远把我置于尴尬境地。太多的谜团让周冲头疼，究竟是谁在和谁交易？

其实不像周冲想得那么复杂，今天吕明明和齐怀远在一起纯属巧合。快过年了，齐怀远买好了年货去看岳父姜忠诚，回来的路上姜忠诚的专车坏了，死活走不了了。于是齐怀远下车准备打车，正打车的时候，碰见吕明明开着警车来取货。齐怀远很远就看到他的车了，这辆警车就是过去他们缉毒队的车，自从取消缉毒队后，就还回到原单位的110分队了。

齐怀远伸手拦下吕明明，这让吕明明出了一身冷汗，因为车里还有一个女人范林芳，好在范林芳躺在车的后备箱里。出门的时候，吕明明为了保密，不让范林芳知道自己的真实工作，告诉范林芳警车里不能随便坐人，尤其是漂亮的女孩儿，让领导知道了会处分的。范林芳死皮赖脸地说，我坐后备箱里也行啊。就这么着范林芳钻进了后备箱。

齐怀远问吕明明:"过节了,是不是加班呢?"吕明明赶紧说:"对啊,最近加班特多。"

"走吧,捎我一段儿,我岳父派人送我,结果车坏了。"齐怀远说着打开车门上了车。

吕明明还没反应过来,齐怀远已经坐在副驾驶上了。吕明明慌张地说:"那什么,老队长,我得去'雨花石'……"他是想说送齐怀远回家,由于紧张差点说出接货的事儿。

"去'雨花石'查夜?正好我也没事,跟你一起去。"

吕明明只能和齐怀远一起来到"雨花石"酒吧。

周冲要是知道齐怀远会出现,打死他也不会从酒吧里走出来,这下好,让齐怀远看到就注定要齐齐知道,齐齐知道了,对自己的形象又是一次损害。刚才与齐怀远的对话,让周冲有些摸不着头脑,其实那些话都是吕明明在路上给齐怀远灌输的,他看到齐怀远执意要来"雨花石",只能赶紧与他说起周冲。

吕明明把齐怀远送到柳行小区门口,掉头向"雨花石"酒吧而来。此时的周冲还没弄明白怎么回事,发现警车又回来了,吊在胸前的胳膊用力夹了一下,感觉那个包裹还在,径直向警车而来。

坐在车里的吕明明顺利地取走了周冲交给他的货,周冲准备下车时,后备箱里传出一个女人的咳嗽,吓得周冲噌地蹿出几米远。吕明明赶紧下车,对着周冲耳语着:"别害怕,我女朋友,我不想让她知道咱俩的事儿。"周冲这才放下心来,走向张群的住所,他在计划着下一个接头点,民族大街。

第二天一大早,周冲就起来了,今天是腊月二十八了,发完这些货就该回家过年了。张群拍了拍周冲的肩膀说:"兄弟昨晚很顺利,希望今天一如既往地顺利。"从张群嘴里说出这样的成语,实在别扭,因为他把一如既往的既字,念成了"鸡"。

年前的民族大街像农村的大集一样热闹,卖水果的,卖年糕的,卖熟食的,卖米面的应有尽有。与农村集市唯一的区别就是这里没有卖鞭炮的,即使有也是那种很小的"浏阳"小鞭炮,不像农村集市上那样,能随便放一挂鞭炮,来吸引顾客上门购买。由于是年前的原因,这里的人群比往常要多出一半,拥挤程度可想而知。这样的场面对于刘才俊那些人来说,是最好的机会,也是最后的机会。不管是痞子还是混子,不管是明抢还是暗偷,这些日子是他们集体出动、疯狂出手的日子。

周冲来到民族大街的牌坊下面，看着密不透风的人群，听着嘈杂的讨价还价声，还有相互招呼的声音，突然想到了自己的父亲，周元林就是在这样的环境里被木木绑架走的。现在父亲怎样他不得而知，不过有一点他相信，父亲还活着，因为他一直按照木木的指示在做事，像齐怀远在疗养院说的那样，他们有他们的江湖。

腋下夹着的那个纸袋子很小，是一种像手机套那么大的纸袋子，里面是200颗摇头丸。刚刚发给吕明明的货也是200颗，现在他要找的是个小胡子，周冲出发前，张群告诉了他小胡子的一些情况。

小胡子在民族大街有一间门面，专门经营成人用品，生意特别冷清，平时几乎没人进去光顾。就算这么热闹的场面，他的店铺也是寥寥数人，都是不经意走进去的，看到柜台上那些裸露的假生殖器，顾客往往会面红耳赤地快速离开。

周冲把胳膊使劲搂在怀里，他要保证自己胳膊不再受到伤害，同时还要保证腋下货物的安全。他一边往里挤，一边四处找寻着那个小胡子的成人用品店。突然有人在后面推了周冲一下，紧接着眼前摔倒一片人群，吓得周冲赶紧蹲下来，看个究竟。

随着人群的歪倒，就听到有人喊："抓住他，抓住他。"喊话的是个老人，听上去底气十足。抬头看时，只闻其声不见其人，顾客是被逃跑的人给挤倒的。有人骂骂咧咧的，有人害怕地躲避着。喊话的老人停止了喊话，紧接着从对面出现了几个理着小平头的小伙子，让周冲瞠目结舌，他万没想到在这里会遇到校长姚占军。

姚占军和几个警校的教官押着一个染着橘黄色头发的小伙子，向周冲的方向走来，周围的群众迅速闪到一边，周冲也适时地躲避在人群里观察着动静。两边的店铺老板们高兴得一个劲儿地鼓掌："太好了，就得管管他们，整天连偷带抢的，还有没有王法啊？"

看着远去的姚占军，周冲走到一家音像店门口："老板，刚才那是些什么人啊？"

"被抓的是小痞子，专门抢顾客钱的，那些是公安局的。"老板一边帮人选光盘，一边回答着周冲的问话。

"怎么没穿警服啊？"

"傻啊，不穿警服，就是便衣啊，这还用问吗？"周冲也觉得自己的问题太幼稚,亏自己还是在警校上学呢。看来这是警校出动警力协同年底的严打工作呢,管他呢,先把货发了再说。

周冲继续向前走着,远远看到那个成人用品商店了,店铺上面挂着一个特大号的欧洲美女图,下面是红色的霓虹灯拼成的"成人用品"四个字。周冲好不容易来到门前,一看,店门关着,里面没有顾客,也没有店员。周冲纳闷儿,难道是关门了?

走到跟前,周冲用膝盖顶了一下店门,玻璃门一下子打开了,周冲被拥挤的人群推了进去。房间很小,四周的空间被充分利用起来,墙壁上挂着很多玻璃盒子,里面是各式各样的成人用品。从布局上看,这个老板还真是细心,男人用品、女人用品、药物类、实物类分得很清楚。看到那些肉麻的实物周冲的心在怦怦地加速跳动着,他从来没有见过这么大胆的商店,把人体裸露得那么真实。

柜台后面是个小花布做成的门帘儿,估计里面是个宿舍。"有人吗?"周冲对着里面喊道,没人答应,周冲放大嗓门儿又喊了一遍:"有人吗?"声音刚落,就听到布帘后面咣当一声,吓得周冲向后退了一步。不到十几秒的工夫,从布帘后面走出了小胡子。

正如小胡子这个名字一样,这家伙下巴上留着一撮白色的毛。小胡子显然是被惊醒的,下身光着,上面穿了件军用大衣,就这么裹在身上。

"买什么?"小胡子问。

"嗯……我是,有蝎子吗?"周冲按照提前预习好的送货暗号。

小胡子揉了揉眼睛,定睛看着周冲说:"我们是卖成人用品的,买蝎子去药店。"说完做了一个送客的手势。周冲心说,难道这个不是我要找的小胡子?他又重复了一遍:"我是买蝎子的。"小胡子还是同样的表情同样的动作,刚想说话,听到布帘后面有人大叫:"有病啊,买就买,不买就滚。"显然里面的女人发火了。

小胡子从柜台里拿出一个充气女人的下体,摆在周冲面前,周冲抬起头尽量不去看那个让人冲动的家伙。小胡子贴到周冲的耳朵上:"把货塞进去。"周冲犹豫着,从腋下取出货来,当着小胡子的面把货塞进女人的身体里。周冲做完这一切,不知道该干什么了。小胡子定睛看着他,纳闷儿地问:"还有事儿吗?"周冲赶紧说:"没事儿了,没事儿了。"走出成人用品店的周冲,挤进了密密麻麻的人群,他突然觉得花布帘后面的女人很熟悉,尤其是听到那个女人说"有病啊"这三个字的时候,难道是范林芳?

范林芳是来小胡子这里取货的,她一直依靠小胡子供货。小胡子知道范林芳是张群的女人,以前从来没有妄想过。现在不同了,范林芳被张群甩了,并且她继续消费摇头丸,于是小胡子和范林芳达成了一项人肉交易,一颗摇头丸要陪小胡子一晚上。

这对于范林芳来说也算一件好事,可以免费得到摇头丸。而在吕明明那里,范林芳只是寻求一种港湾的庇护,她既不知道吕明明的地下工作,也不去纠缠他。只是什么时候感觉到孤独了,就去吕明明那里躲避一时,吕明明被范林芳控制得言听计从。

走在民族大街的周冲,掏出电话拨打给张群,他该回凤凰岭了,可电话一直占线。他又开始拨打木木的电话,他要告诉木木,已经成功发货400颗。剩余的货他会尽快发,争取新年过后正月十五以前发完,更主要的是他要求木木放周元林回来过年。

电话接通了,木木没等周冲说什么,先开口了:"你父亲已经回家了,记住,过去的事儿统统忘掉它。"木木说完就挂了电话。周冲听到父亲回家的消息,高兴地跳了起来,落地时候,还差点砸倒身边的一名妇女。

民族大街依然嘈杂,正当周冲挤出人群,打算回家时,齐齐的电话打了进来,周冲有心不接,显得不礼貌。如果接,怎么说?不过今天实在高兴,接就接吧,即使齐齐撒娇或者无理取闹,他都忍了。

"喂,你好,是齐齐吗?"

"我是齐怀远。"

"哦,齐叔叔好,有事儿吗?"

"我听说你在贩卖毒品。"

齐怀远的话,让周冲的手机一下子掉在了地上。

## 六　回家过春节

周冲接到齐怀远的电话愣在民族大街的路口上，几个骑摩托车的痞子过来，差点把他撞倒。他很纳闷儿：齐怀远是怎么知道我在交易的？为什么他会用齐齐的电话给我打？周冲机警地环顾着四周，他想找出答案，他需要答案。

齐齐知道周冲交易，源于民族大街的小痞子刘才俊，刚才在小胡子那个成人用品店里交易的时候，被刘才俊偷拍了一张照片，不过从照片的清晰度上不能判定那女性生殖器里塞进去的就是毒品。为了讨好齐齐，刘才俊迅速打电话给齐齐，齐齐听说后本来打算隐瞒，不料被正在写毛笔字的齐怀远听到。

"谁的电话啊？"

"哦……"齐齐打算撒个谎，但是她又不想让周冲陷得太深，只能给父亲说了实话，"我的一个朋友看到周冲交易毒品。"齐怀远差点把手里的毛笔掉在案桌上。他惊讶地看着齐齐："你说周冲贩毒？"

"对，我朋友都把交易照片拍下来了，你不信，打个电话问问周冲。"

因此齐齐拨通周冲的电话，递给了齐怀远。

"周冲，我听说你贩卖毒品？"齐怀远的问话带着几分寒冷和杀气，周冲飞速地想着计策，他听到齐怀远的喘息了，赶紧说："齐叔叔，我没有贩卖毒品啊，这么严肃的问题咱不开玩笑的。"

"我女儿说有人拍了你交易的照片。"齐怀远深沉地说。

周冲这才想起来，刚才在小胡子的成人用品店里，有人推了他一下，他差点跌倒在小胡子的柜台上。等小胡子从后面出来的时候，周冲就感觉哪个方向闪了几下，现在看来自己被人跟踪了，不过他并没有慌乱，他认为没有必要向齐怀远解释什么。目前的处境周冲只能想办法推诿："齐叔叔，你觉得我像贩毒的吗？"对方停顿了片刻说："希望你能好好把握。"周冲听着没头没脑的

话,索性挂掉电话快速离开民族大街。

　　周冲没有回到张群的住所,直接打车回到了凤凰岭。虽然这比较奢侈,但他要急着回来看看周元林是不是安全回到了家。一辆崭新的"现代"出租车开进了凤凰岭村,大街上很多人都瞪大眼睛看着车里的周冲。有的是羡慕,有的是嫉妒,还有的是不屑一顾,但这在周冲看来一点儿都不重要,重要的是他能看到安全的父亲。就算齐怀远知道自己交易毒品的事儿,他都没放在心上,你说我交易我就交易了?有证据吗?玩笑啊!你说什么就是什么,那天下不都是你们家的了?周冲为自己的想法而骄傲,这是法制社会,哪能说什么就是什么啊。我还说你齐怀远贩毒呢?可信吗?哈哈!周冲一边想一边走进家门。

　　周元林坐在院子里晒太阳,果然像木木说的那样,周元林完好无损地回到了凤凰岭的家中。母亲正在为周元林按摩,嘴里还嘀咕着:"儿子给你找的心理医生,多好啊!别着急,慢慢就会好起来的。"看到走进院子的周冲,母亲停了下来:"回来了冲儿?"

　　"妈,回来了,家里没事儿吧?"

　　"没事儿啊,快快洗手吃饭吧。"

　　吃过午饭,周冲要去一趟疗养院,他回家的时候给刘文艺买了一双运动鞋,一直没抽空给送过去。周冲从包里拿出那双李宁牌运动鞋,向疗养院走去。

　　刘文艺正趴在床头上写信呢,散落在地上的信纸说明,刘文艺已经写了很多次开头,就是写不下去。也难怪他写不下去,因为这信是送给一个特殊人物的——就是那个给他难堪的齐齐。

　　这些天刘文艺有些怪异,过完春节就要离开了,他在这个疗养院里留下了很多美好的回忆,有周冲,有齐怀远,还有齐齐。他也想不通自己怎么会突然想念这样一个仅仅见过几次面的女孩儿,从开始的偶尔想起,到现在经常想起。

　　听说周冲放假了,他打算让自己的好哥们儿给齐齐带封信,当信纸铺在桌子上的时候,却不知道怎么下笔了。从一开始的称呼就让刘文艺犯难了,怎么称呼呢?我们的关系可能就因为这样的称呼而改变性质。齐齐同学?不行,太幼稚。齐齐姑娘?不行,太俗气。亲爱的齐齐?更不行,她要看到信,还不吃了我。齐齐同志?也不好,这样的称呼太疏远。他就这样反复地思考,反复地撕掉信纸。

周冲来到疗养院的门口,警卫已经换成新兵了。大家相互都认识,当问到刘文艺的时候,小战士说他在房间里学习呢,周冲径直向刘文艺的宿舍而来。

站在宿舍门口的周冲并没有打扰刘文艺,见刘文艺太专注于书信上了。他自言自语地说着梦游一样的话:"怎么称呼呢?齐齐小姐?不行。齐齐姑娘?不行。齐齐……"

周冲赶紧接过话:"齐齐妹妹?"

刘文艺愣了一下,转而一个跳跃蹦到周冲面前:"好,太棒了,就这个称呼,齐齐妹妹,多么浪漫多么富有诗意啊。哎,你这些天去哪儿了?我到处找你。"周冲并没有理会刘文艺的问话,而是直接拿起床上的信纸,上面居然什么也没有写。

周冲看看刘文艺:"怎么了兄弟,单相思了?"

刘文艺做了一个拥抱的动作,学着电视上那些歌剧里的外国人:"哦,我的冲,你怎么能这么坦白地说出我的心事呢?"

周冲一屁股坐在床上:"你饶了我吧兄弟,你这是被谁家狗咬了吧?"

刘文艺赶紧恢复正常,给周冲沏上一杯茶。郑重其事地问周冲:"你说,我能喜欢齐齐吗?"

周冲先是一愣,然后站起身来在房间里走来走去,他可以马上回答刘文艺的话,但是他就是不回答,他要看看刘文艺对齐齐暗恋到什么程度。果然像周冲心里想的那样,周冲越是来回走动,刘文艺越是着急,跟在周冲屁股后面一个劲儿地吧唧嘴:"行不行啊?你倒是说话啊?"

周冲突然掉转身子对着刘文艺:"你……完全可以,大胆地去喜欢齐齐。"刘文艺听在耳朵里,美在心灵里。在房间里连续来回走了几圈儿,然后坐下来打算继续写信。周冲马上又说,"刘文艺,你喜欢齐齐关我屁事儿啊?你干吗征求我的意见,她又不是我闺女。"

刘文艺头也不抬地回答:"她不是你女儿,但她是你同学啊,你知道她的性格脾气啊,只要你觉得我能喜欢她,我就大胆地进攻了。"周冲不知道为什么突然心里酸酸的,转而一想,这样也好,刘文艺的出现也许能帮我解决很多问题。不过他还是提醒刘文艺:"我说,你别那么性急,想喜欢齐齐没问题,但是你得拿出点玩意儿来。"

刘文艺回过头问:"拿什么玩意儿?哦,我明白了,没问题,我过完春节回到老部队,一定考取军校。"周冲看看执著的刘文艺也就没再打击他,把运动

鞋放在他身边,转身离开了。刘文艺一直投入地写着信,他要尽快写完,让周冲带给齐齐。至于周冲什么时候离开的,他全然不知。

周冲出了疗养院的大门,心里算是轻松了些,他没想到刘文艺会那么热烈地喜欢齐齐。虽然齐齐不知道这个家伙的强烈的感情,可是周冲心里还是有些不舒服,毕竟齐齐一直在喜欢他。他心想,虽然我周冲没给齐齐好脸儿,那不是因为我目前的处境吗?再说了,警校里对同学恋爱是有限制的。哎!管他的,反正我和齐齐也没什么事儿,刘文艺也是我的好兄弟,随便他们吧。

晚饭的时候,周冲给张群打了个电话,汇报了自己的发货情况,并且告诉了张群,齐怀远开始注意他了。张群倒是没有想象的那么紧张,毕竟他是经过大风大浪的老江湖了。挂掉电话之前,张群嘱咐周冲,要把家里的货藏好,周冲意识到那些剩下的货都放在张群的茶几底下了,由于在民族大街和齐怀远通了电话,自己慌里慌张地回到凤凰岭,剩下的货忘记处理了。

其实张群就在家中看着那些货,那些木木给周冲的货也是"星货",他要让周冲欠他一个大大的人情。张群惊讶地说:"哎呀,兄弟,你怎么能这么粗心呢?我现在在饺子店里,那货要是被范林芳拿走就坏了。"周冲也意识到了问题的严重,赶紧说:"那怎么办?"

"还能怎么办啊?我赶紧回家看看吧。"说完张群挂了电话,坐在沙发上看着那些"星货"微笑着。

周冲感觉自己太大意了,这么严重的问题也出现,他在房间里来回走动着。母亲在外面喊着:"冲儿,吃饭了。"周冲答应着走出自己房间,草草吃了几口饭,又回到自己房间等着张群的电话。

张群看着墙上的钟表,10分钟后,把电话打了过来:"是周冲吗?"周冲听着张群的口气有些凝重,感觉情况不妙,赶紧回答:"是我,那些货找到了吗?"张群压低声音说:"那些货……找到了,哈哈哈。"周冲这才放下一颗悬着的心。货丢了,钱是小事儿,被别人怀疑进而失去应有的信誉是大事儿。张群最后嘱咐周冲,在家里一定要安全度过春节,那些货他会保管好的。

周冲终于可以松口气了,他在警校这半年的时间变化太快了。这还是那个刚刚离开凤凰岭的周冲吗?半年的时间在学校里经历了齐齐的跳楼事件,经历了两次禁闭。目前他竟然混迹于毒品交易中,这真是一件奇妙的事儿,一件令人惊喜交加的事儿。这个春节一定好好玩儿,约几个同学好好地聚聚,还得叫上那个打算跟齐齐谈恋爱的刘文艺。

说曹操曹操到。刘文艺吃过晚饭,带着那封写好的"情书"来找周冲了。他要周冲帮忙把信带给齐齐,因为过完初三,他就回老部队了。走进周冲的院子,刘文艺大喊着:"周冲在家吗?"打开房门的是周冲的父亲周元林,他打开门灯问:"哪路神仙啊?找周冲打架吗?"刘文艺一听就知道周元林的毛病还没好,也就没理会,直接奔周冲的房间。

周冲没听到外面的动静,因为他正全神贯注地清点着那些交易来的现金,他从包里倒出那些粉红的百元大票,一张一张地数着。刘文艺往常是可以随意进出周冲的房间的,不过现在不想这么无礼了,毕竟周冲是部队培养出来的战士,哪能这么不懂礼貌。关键是刘文艺从门缝里看到了正在数钱的周冲,刘文艺瞪着眼睛从门缝向里张望着,嘴巴张得大大的。

"是刘文艺吧,怎么不进屋啊?冲儿在屋里呢。"说话的是周冲的母亲。刘文艺赶紧退一步说:"婶儿还没睡呢,我找周冲商量点儿事儿。"

周冲听到门口有人说话,赶紧把钱塞进褥子底下,他打开房门:"哟,刘文艺啊,来来来,进来。"

刘文艺愣在门口,不敢往里走,刚才看到的一幕实在让他有些紧张。他始终不明白周冲哪里来的那么多钱,难道上警校还发钱吗?周冲照准刘文艺的胸口就是一拳,不料自己疼得直咧嘴,他忘记自己的胳膊受伤的事儿了,被刘才俊打得到现在仍然难以自如地活动。

"周冲你胳膊怎么了?"刘文艺关心地问。

"没事儿,进来吧。"

刘文艺这才进了周冲的房间。

两个人坐着突然感觉没什么话可说,周冲一直揉搓自己的肩胛骨。刘文艺被刚才的那些钱弄得忘记了自己来的目的,还是周冲打破了僵局:"什么时候走啊?"刘文艺赶紧说:"初四早上走,我想麻烦你一个事儿。"

"咱俩谁跟谁啊,什么事儿,你直接说。"

"把这封信带给齐齐吧。"刘文艺说着从裤兜儿里掏出一个对折的信封递给周冲。周冲接过来看了看,上面写着"齐齐收"三个字,字非常漂亮,至少比周冲写得漂亮。

"哦,好的,我过完十五才能回学校,不着急吧?"周冲提醒着刘文艺,意思是别耽误了时间。

"按说是晚点了,不过没关系,我把我对她的思念都写在里面了,她能看到就好。"

周冲听到这里差点儿笑出来,心说,这哪儿跟哪儿啊,人家齐齐还没见到信呢,这就全面进攻了?不过他不能让刘文艺看出来。

"好的,哥们儿的事儿就是我周冲的事儿,我一定帮你办好。"

"其实,我想在春节前把信带给她的,那样的话,就可以给她问春节好了,但是没办法。"刘文艺若有所思地说着,表现出一副很惆怅的样子。周冲实在受不了刘文艺这样,心想,过去的他不是这样的啊,这人一恋爱怎么就这样呢?是不是齐齐在暗恋我的时候也这么神经呢?

他赶紧打断刘文艺的表白:"想给齐齐拜年不是简单事儿吗,给她打电话啊,发信息啊。"说完周冲就后悔了,这不是把自己给卖了吗?齐齐要知道是他把号码告诉刘文艺的,还不骂我啊?但是现在话已出口,只能认倒霉吧。

刘文艺终于露出笑脸:"呵呵,还是哥们儿想得周到,你把她电话告诉我吧。"

"你小子是不是就为要电话才来的,让我带信是幌子吧?"周冲看着一脸坏笑的刘文艺问。

"生我者父母,知我者周冲啊,哈哈哈。"

周冲虽然一脸的不高兴,但是没办法,谁让刘文艺是自己的兄弟呢?他从电话本里找出齐齐的电话,输入到刘文艺的手机里。刘文艺一边摆弄手机一边哼着小曲儿,高兴的劲头好像齐齐马上要嫁给他了一样。周冲把手里的信封举得高高地说:"兄弟,这个是不是就没用了?那我把它销毁吧?"

刘文艺赶紧拱手作揖:"有用有用,这书信和手机信息不一样。"

"怎么不一样?"

"信息不小心就删除了,即使不删除也不够表达感情的,一条信息才几十个字。而书信就不一样了,可以长篇大论地表达我的内心世界,即使我不在跟前,齐齐也能从我的文字中体会到我对她的那份感情。"刘文艺说话时陶醉的样子就像喝了蜜一样甜,周冲看着刘文艺的样子,吐了吐舌头,把信放到桌子上,眉头一皱计上心来,我何不如此这般呢?

心里虽这么想,可他没说出来,他不知道刘文艺能不能接受这样的交易。就目前而言,周冲这样的打算应该是一举两得的事儿。周冲转过身来,说出了他的计划,他要与刘文艺做一笔交易,交易中涉及到了刘文艺,齐齐,还有他自己。

"刘文艺,我们打个赌吧?"

正沉浸在幸福之中的刘文艺当场答应:"没问题,你说打什么吧?我奉陪到底。赌注是什么?"

"赌注是齐齐。"

"啊?"刘文艺纳闷儿地看着周冲。正当两个人讨论得火热的时候,院子里周冲的母亲大喊起来:"冲儿,快来啊,你父亲出事儿了。"

凤凰岭村有个不成文的习惯,如果一个人有了病,不是先去医院就诊,而是先到村东头的娘娘庙里磕头烧香。甚至有的人家还专门收集庙里的香灰作为"神药"。老百姓对这样的方式一直很推崇,比如拴娃娃啊,比如给孩子招个魂儿啊,给满月的孩子挂锁子啊等等,有时还真能收到意想不到的效果。

从小就长在凤凰岭的周元林,对这样的迷信活动从来不参与,因为他不相信,甚至过年过节时一些迷信的活动他也不参加。他认为科学的东西是最值得信任的,尤其是治病,必须相信医生而不是娘娘庙或者"神药"。人们认为他有病,因为他时常做出一些常人不能理解的事儿,说出常人不能接受的话。

最近几年他的病格外厉害,经常会把小媳妇说成小伙子,把凉水倒进暖水瓶。周冲的母亲实在没办法,先是找到村里有名望的"神老太太"烧香磕头,取回庙里的香灰,拿开水沏开,掺和到一起,像黑芝麻糊。周元林看到这样的东西,立刻端起来喝得一干二净。家里人就等待着周元林能正常起来,结果自然没有任何作用。

周冲在上中学时,利用暑假带着父亲去永庆市医院检查过。医生询问病情和病史的时候,母亲说不上来,周冲也说不上来。反而是周元林自己絮絮叨叨说个没完,医生在病历上记录着:20年前有过类似的感觉,晚上睡觉多梦,被人追杀。医生问后来又发生过吗?周元林神志清醒地说:"大概是在三四年前犯过,也是晚上做噩梦,被人追杀。"医生问:"你现在什么感觉?"周元林说:"我现在很好,就是很害怕见到大树。"医生问:"你为什么害怕见到大树?"周元林说:"大树上有大砍刀。"医生看看周冲和他母亲摇了摇头说:"去精神病医院吧。"周元林立刻大骂:"你才神经病呢。"医生转身离开了。

从那以后周元林就在这半梦半醒之中活着,街坊邻居都知道他的毛病,也就不足为奇了。有时候还会跟他开开玩笑,一看他说话不着调儿了,立刻闪开。

周冲被母亲的喊声惊动了,打开房门冲了出去。院子里的一幕把刘文艺

和周冲惊呆了,周元林正光着膀子,拿着菜刀站在院子中间,母亲躲得远远的,不敢靠近。

"爸,爸,把刀放下。"周冲对着周元林喊着。而周元林根本没理会周冲,依然在院子里挥舞着菜刀,嘴里不停地念叨着:"别过来,我就是不给你!别过来,我就是不给你!"周冲看看周元林手里除了菜刀没有其他东西啊,他这是跟谁说话呢?

刘文艺站在周冲身后说:"我去拿棍子吧,不然冲到外面去就坏了,把邻居们砍了事儿就大了。"话音刚落,周元林停止了,手里的菜刀一下子扔在地上,他光着膀子进屋了。周冲母亲赶紧跟进去,给周元林穿上棉衣,周冲和刘文艺站在院子里,呆呆的无话可说。

"我说什么了?周冲,我刚才说什么了,你父亲就把菜刀扔了。"刘文艺回忆着。周冲没有理会刘文艺径直向房间走去,刘文艺埋怨着:"你父亲都这样了,你也不着急啊?"

周冲叹口气:"他经常这样,你看到的只是偶尔一次。"刘文艺进屋后感觉没什么话可说了,最后还是叮嘱了一次,让周冲带信给齐齐的事儿。周冲说:"没问题,不过咱俩那交易还没说完呢。"刘文艺也觉得好像什么话被周元林打断了。

周冲说:"我和你打个赌。"

"赌什么?"

"赌齐齐。"

"怎么赌?"

"你跟她谈朋友,只许成功不许失败。"

刘文艺看着认真的周冲,咧咧嘴说:"那是当然啊,我做事你放心,不成功便成仁。哦,不是,只能成功,不能丢人。"

"我的话还没说完,如果你在 5 年之内还没有追到齐齐的话,那么我就出手了。"周冲说完嘿嘿一笑。

刘文艺向前伸着脖子,瞪大眼睛看着周冲:"哥们儿,我没听懂。"

"我是说,你 5 年之内如果追不到齐齐,我就追她,不过你放心,我会赔偿你精神损失费的。"周冲尽量表达清楚自己的意思,他知道他现在不能表达对齐齐的爱,他没有资格去爱齐齐,因为他现在正逐步成为一个毒品交易高手。他要积累足够的钱,5 年的时间够了,5 年后他就会金盆洗手,然后追求自己的爱情，过自己的幸福生活。

刘文艺早就听明白了，只是不相信自己的耳朵，他再一次问："周冲，你这么不相信我的能力吗？你给我5年时间追求齐齐，实话告诉你，我用不了3年。"刘文艺的话显然有些激动。周冲一看刘文艺情绪的变化赶紧解释："干吗啊哥们儿，开个玩笑还不行吗？我这是鼓励你去认真对待齐齐，给你加油的意思。"

刘文艺认真地说："周冲，咱俩是好兄弟，既然你向我提出挑战，那么我就应战，交易形成，如果我追求不到齐齐，我输给你……"说到半截刘文艺还是停了下来，他不知道自己到底有多少把握，现在跟周冲打赌也只是嘴上说说而已，齐齐对他是什么态度现在看来还是个未知数。

周冲心想，刘文艺这么认真地跟我承诺，说明他真的喜欢上齐齐了。反正我没有权利去阻拦什么，我也对齐齐承诺不了什么，那我只有祝福我哥们儿的份儿了。

想到这里，周冲抱住刘文艺："哥们儿说什么呢？我就是跟你开个玩笑，别当真，谁也撼动不了咱们之间的感情。"刘文艺也礼貌地抱了抱周冲："对，咱们之间的感情，固若金汤。"话是这么说，但是刘文艺还是显得有点局促，他没想到周冲会给他这样的压力，不过他还是对自己充满自信的。

周冲松开手说："兄弟，三十晚上过来吃饺子吧？我等你。"

"好的，一定来。"刘文艺告别周冲回疗养院了。

周冲送他到门口，不忘嘱咐一句："一会儿别忘记给齐齐发信息哦。"两人相视一笑。

刘文艺心里清楚，不用周冲嘱咐，他早就待不下去了，他要马上回疗养院，然后给齐齐发信息。凤凰岭的街道上路灯很暗，赶上十五的时候，月亮一出来，路灯几乎就像没有一样。刘文艺心里盘算着如何给齐齐发信息，他心里还有一个疙瘩，那就是周冲背包里的现金，从数量上看，少说也有七八十张。从刘文艺对他的了解，周冲不会一夜暴富的，他哪来那么多钱呢？不想了，也许是周冲到城里上学打工挣来的。

躺在床上的刘文艺打开手机，编辑着短信息，像写书信一样，他不知道怎么称呼，假如称呼错了，没准儿齐齐的电话马上就会打过来。书信就没这个问题，即使称呼错了，也不会马上受到指责。想来想去，刘文艺发了一条空信息给齐齐，他要判断一下齐齐什么反应。

六 回家过春节

083

周冲躺下来，琢磨着刘文艺的行动，他会不会马上给齐齐发信息？他会不会给齐齐直接打电话？他会不会告诉齐齐是我把电话泄露的？一连串的疑问，让周冲情不自禁地打开手机拨通了齐齐的电话，齐齐的彩铃很好听，是蔡琴的歌，很深远的旋律。

"喂，周冲吗？"电话那头是齐齐懒散的声音，显然正昏昏欲睡。

周冲赶紧说："是我，提前祝你春节愉快。"周冲实在想不起说什么好，这样的祝福也算说得过去，因为再过一两天就过年了。齐齐没有周冲想象的那么兴奋，而是不冷不热地说着谢谢，然后问："还有事儿吗？"周冲感觉有些尴尬，犹豫了一下说："没事儿，你睡吧。"

其实齐齐根本没有睡觉，一个人躺在床上发呆，手里拿着一沓子扑克牌，对面的墙上是周冲的画像，那是齐齐自己画在纸上的一个轮廓，凭记忆描绘成周冲的模样，画像上面被扑克牌打得千疮百孔。床头上放着一小瓶二锅头白酒，已经空空如也了。

齐齐从刘才俊那里得知周冲贩卖毒品的消息后，第一时间告诉了齐怀远。她希望父亲能挽救周冲的堕落，父亲似乎不太相信这一点，于是让齐齐拨通了周冲的电话。周冲站在民族大街的中间与齐怀远通着电话，齐怀远气急败坏地批评着周冲，而周冲是死活不承认。齐怀远说有人发现你在成人用品店里交易，周冲哈哈大笑，我是去成人用品店了，是在交易。我买成人用品不行吗？一句话问得齐怀远无言以对。

齐怀远把原话告诉齐齐的时候，齐齐简直不敢相信自己的耳朵。周冲买成人用品？他是那样的人吗？齐齐被周冲折磨得无法入睡，偷偷地喝下白酒，让自己进入昏昏沉沉的状态，就不会去挂念周冲的事儿了。可这个时候周冲偏偏又打进了电话，电话里没有提到任何毒品交易的事儿，也没有提成人用品的事儿。她想，他打电话给我就是为了拜年吗？他为什么买成人用品？过去对我不理不睬，今天反而又主动打电话给我，难道他只眷恋我的身体？"周冲你真龌龊。"齐齐甩出一张扑克牌打在周冲的脸上。

手机里传来反复的滴滴声，齐齐没有看，她知道这是信息的声音，她就不看，她现在对周冲简直就是恨之入骨，恨不得一张扑克牌打在他那小白脸上。手机还在滴滴地响着，那是刘文艺的信息，就是那条没有内容的信息。齐齐实在受不了那种单一的滴滴声，她拿起手机，气急败坏地用力推出手机滑盖儿。一个陌生的号码，什么内容也没有。齐齐揉了一下蒙眬的眼睛，再一次打开信息,确实没有内容,这是谁在恶作剧?我的号码别人很少知道,是谁在发这种无聊的信息?

既然你无聊,那我也跟你无聊一回。齐齐想着,开始编辑短信息,她要折腾一下这个发空信息的人,谁料想这个信息却让齐齐走进一个新的感情怪圈。

"是不是没事儿了?那我陪你说说话。"这就是齐齐给刘文艺回复的短信息。

这个信息让刘文艺一夜没合眼,他没想到自己的信息会让齐齐这么重视。他一个字一个字地反复念着,尤其是后面这句话,更让人感觉到一种温馨和一种前所未有的暧昧。难道我刘文艺的春天就这样来了吗?刘文艺自言自语着,在床上翻来覆去地滚动着,他想找一个更恰当的姿势好好享受这个短信息带来的快乐。

这么幸福的时刻,怎么能自己独享呢,他要让其他人一起分享他的幸福。于是他把信息转发给了睡梦中的周冲。周冲闭着眼睛从枕头下面掏出手机,打开手机信息。上面赫然写着:"是不是没事儿了?那我陪你说说话。"下面是齐齐的电话号码,再下面是刘文艺的号码,周冲一下子清醒过来,显然这是刘文艺转发的。

齐齐发出信息后一直等着这个陌生号码的回复,但是兴奋的刘文艺却没有回复,他不知道跟齐齐说什么,他要等到周冲把信件带到以后,再告诉她。齐齐就这么等着,他多么希望这个人是周冲,他多么希望周冲在不眠夜里想起她。

一夜无眠,周冲因刘文艺转发的信息而无眠,齐齐因思念而无眠,刘文艺因兴奋而无眠。

周冲一大早起来贴春联了,天有些冷,伸出手的时候会明显有种针扎般的疼。这里的天气就是这样,冷到极致时会让人难以接受,热到极致时也会无处躲藏。冬练三九夏练三伏好像说的就是这个地方。街道里已经有人在敲锣打鼓了,这是凤凰岭村甚至整个乡镇的一种风俗,每到逢年过节,乡亲们就会从村委拿出尘封了一年的锣鼓家伙,敲起来打起来,是对丰收的庆贺,也是对美好未来的向往。一切的不快,一切的灾难,一切的坎坷都在这欢快的节奏中消失了。

胡同里玩耍的孩子在放鞭炮,都是单个单个放的,谁也舍不得一下子放

掉一整挂，他们要慢慢享受鞭炮爆炸时的那份清脆。每个人脸上都洋溢着幸福的笑容，这一刻没有烦恼也没有忧愁，见面打招呼都是一样的模式，都是问好，都是祝福。

周冲家里同样充满欢笑，母亲在忙着炖肉，周元林也受到这种气氛的影响，出奇地清醒。他站在院子里，左顾右盼地寻找着，周冲问："爸，你找什么呢？"周元林没答理他，径直走向南墙角，从乱草堆里找出一根长长的竹竿，然后像孩子一样跑回房间，打开一挂鞭炮，拴在竹竿顶端："冲儿，来放鞭炮。"

周冲看着父亲，眼睛湿润了，他很久没有看到父亲这么清醒了，他嘴里想答应，就是说不出口，心里像是压了一块石头，于是扔下手里的东西，跑向父亲。噼里啪啦的鞭炮声，让周冲一家三口笑得合不拢嘴。父亲挠了挠嘴唇上的胡子，已经好久没刮胡子了，周冲母亲一直想给他刮一下，都被周元林拒绝了，他说这是关公老爷的胡子。周冲看到父亲的举动，赶紧从自己房间里拿出电动剃须刀，打开替父亲刮着硬硬的胡楂。

一家人其乐融融地吃着中饭，炖肉的香气飘满了整个屋子，幸福充满了整个院子，周元林突然放下手里的筷子说："冲儿，你走吧。"周冲吓了一跳，抬起头看着父亲，问："怎么了，爸？"

"没事儿，你走吧。"

周冲母亲给儿子递过一个馒头说："你爸又犯病了，别理他。"周元林没说话，拿起筷子接着吃饭。周冲愣在那里，手里的馒头送到嘴边，又放了下来。他心里始终想不明白父亲得了什么病，医生的诊断结果不明，难道自己要一辈子面对这样的父亲吗？他要不要告诉组织？所谓的组织就是警校的领导，告诉他们，他们会不会帮我找一找更好的医生？

母亲看着儿子的表情，知道他在想什么，她叹了口气说："孩子，你爸就这样了，你别理他，有我照顾他你就放心地上学，放心地工作，给咱家争光争荣誉，我和你爸都是庄稼人，咱家好不容易出来个大学生，不容易啊。"周冲点着头，答应着，他心里清楚，自己参与毒品交易的事儿，绝对不能让母亲知道。如果被善良的母亲知道，她会伤心死的。

傍晚的凤凰岭到了热闹的顶峰，很多人都开始走出家门，或三五成群，或一家老小。他们要进行一项非常隆重的仪式，这个仪式自从有了凤凰岭村，就一直延续了下来。这时每家每户都要"请家堂"，这样的仪式近似于迷信，人们会准备好类似于孔明灯的提灯，专门用来照亮。一家之主会拿着水果、点心等贡品、白酒、香烟也一应俱全，还要点上三炷香，找一个平台，一家人都跪在香火面前，由一家之主点燃一个麦秸捆成的圆柱体，伴着熊熊烈火，全家人磕三个头。然后起身点燃鞭炮，这是为迎接即将回家的老祖宗而放的鞭炮。

孩子们都在玩耍，而这样的仪式仍在继续，一家之主会念念有词地说上一通话，就是欢迎词一类的。对于一些冤魂野鬼他们会在一旁烧一些纸钱，算是发放福利。周冲家里"请家堂"向来非常隆重，虽然人口少，但是每年都要放全村最响亮的鞭炮，烧最贵的纸钱。今年不同了，周元林的身体不允许他做这项隆重的活动了。母亲要让儿子周冲来代替父亲去行使一家之主的权利，一切都准备停当后，母亲告诉周冲："多说吉利话。"周冲点头，他知道老人对于过节时的话很忌讳。

周元林被母亲关在房间里，她怕周元林出来"请家堂"的时候说些不吉利的话，那样整个家庭过节就不顺当了。周冲端着应该有的贡品，一个人来到当街的一个平台上。邻居们已经开始了，稀稀拉拉的鞭炮声，孩童的打闹声，一家之主的仪式贺词都在按部就班地进行着。

周冲一直跪在地上，他认为既然随着老家的风俗做事，就要彻底一些。跪在地上的周冲点燃秸秆后，把纸钱撒在火堆上。学着周元林开始念叨着："各位祖先，各位仙人……"说到一半的时候，周冲被人踢了一脚，转头看时，吓了他一跳。

踢他的是一个女人，穿着大大的羽绒服，脸被帽子遮住，根本看不清是谁。周冲站起身，极力回忆着他脑海里的女人，是谁呢？站在眼前的女人呵呵地笑起来，这让周冲更加为难，这个笑声很熟悉，似乎在哪里听到过。女人张口说话了："干吗傻站着，你有病啊？"

范林芳？周冲立刻想到了那个女人，在张群的住处，范林芳说过这样的话。在民族大街的成人用品商店里，他也听到了这样的声音。难道真是范林芳？

女人掀开羽绒服的帽子，果然是范林芳。

"你怎么在这里？"周冲纳闷儿地问。

"我怎么就不能在这里？"范林芳反问着。周冲一时无语，他不知道说什么。范林芳一看傻站着的周冲，赶紧打破僵局："你们这是干什么呢？"

周冲说："这是农村的习俗，'请家堂'。"

"那你表演给我看吧。"范林芳蹲下来，看着前面的贡品。周冲蹲下身来，

拿起纸钱接着念叨那些不知道管不管用的"咒语":"希望祖先保佑我们风调雨顺,五谷丰登,家庭幸福,六畜兴旺。"

范林芳突然坐在地上,哈哈大笑起来:"哈哈哈,太逗了,逗死我了,周冲你太逗了。"周围的人听到周冲这边的动静,都愣在那里看着坐在地上的范林芳。有的邻居还在嘀咕:"那是谁啊?怎么打滚儿了。""可能是周冲的婆娘。""真没料儿。"

周冲赶紧过去扶起范林芳:"干吗呢你?"范林芳还在笑,笑得上气不接下气的。周冲实在忍受不了了,他认为范林芳破坏了他们的习俗,这在母亲看来是不吉利的。

"别笑了,有什么好笑的?哪儿来回哪儿去!"周冲大声呵斥着,把周围的人都吓傻了,他们从来没见过周冲发那么大的脾气。

"你让我走我就走啊,你是谁啊?"范林芳带有一些挑衅的口气。

"你上这里来干吗?"周冲大声地问。

周冲突然被身后的一个声音打断了:"她是跟我回来的,没事儿,她没见过世面。"

周冲回头一看,原来是他。

## 七　强行被交易

俗话说三个女人一台戏，那是指过去的年代，几个女人坐到一起，张家长李家短，三只蛤蟆六只眼，顶多就算是拉个舌头，传个闲话。而如今的女人，一个女人就是一台戏，一个女人能撑破天。

范林芳就是这样的一个女人，当年她跟随张群厮混，到后来吸食毒品，一直游离在男人之间，她将自己的肉体视为一种交易的资本。认识张群的时候她已经是酒吧里有名的陪酒女郎了，跟客户出台自然是她的拿手好戏。

张群为了挽救这个女人，展开感情攻势，范林芳还真从了张群，只不过她的目的是让张群供她消费而已。范林芳对于张群的资金来源一直是个谜，她很想知道只有初中毕业的张群缘何能在物欲横流的城市中落脚，并且有自己的房和车。当她得知张群交易毒品时，欣喜若狂，她认为找到了应有的幸福，因为毒品的利润实在是惊人的，大到能满足范林芳的任何虚荣心。

与张群缠绵的日子里，范林芳突然有一种奇妙的想法，她想知道如果吸食摇头丸会是什么感觉，范林芳的设想实现了，那种滋味是无比的奇妙，足以让她疯狂。当时两人沉浸在甜蜜与快乐中，张群一直不知道范林芳的这个行为。一次交易中，他发现少了将近20颗摇头丸，张群才逼迫范林芳说了实话。张群多次劝阻，收效甚微，后来范林芳索性向张群要钱，然后去张群的下家购买摇头丸。

张群忍无可忍时，对范林芳下达了逐客令。

遇到吕明明以后，范林芳一直隐瞒自己吸毒的事儿，但是却从吕明明那里得到了金钱的支持。从而她辗转于吕明明的钱包和小胡子的摇头丸之间。小胡子的成人用品店几乎就是给范林芳准备的，各种药品和接到的摇头丸基本先要满足范林芳的需求。

周冲在门口"请家堂"的时候，被范林芳搅了局，刚想发火，发现张群站在

不远处埋怨着范林芳。这让周冲十分纳闷儿，他拉着张群走到一边："哥们儿，你怎么又跟她好上了？"张群笑笑说："不行吗？"

周冲神秘地说："她跟小胡子在一起。"张群没有想象的那样吃惊，只是点了点头。然后悄悄地说："我领她回来，是给我撑门面的，家里人一直催我找对象。咱农村就是事儿多，好像到这个年龄不找对象就注定要打光棍儿一样，所以我请她回来帮个忙，冒充我对象。"周冲一听是这个原因，也就算了。客气地说："到我家玩儿会儿吧？"

张群道了谢谢，身边跟着这么个不懂事的女人，还是不去的好。告别了周冲，张群带着范林芳然后回家了，他是陪范林芳出来玩儿的，这个女人没见过农村怎么过春节，很好奇。天色渐渐黑了，各家各户要吃年夜饭，看中央电视台的春节联欢晚会了，这个时候基本没有串门子的。

疗养院里也准备着年夜饭，都是战士自己包的饺子。三十下午，所有的首长和疗养人员都回家过年了，只剩下刘文艺带着4个战士，除了门口站岗的，就剩下4个人，分工倒是明确，有做菜的，有包饺子的，场面还算热闹。

"班长，你初四走了以后，还回来看我们吗？"一个战士边擀饺子皮儿边和刘文艺说着话。

"当然来啊，我有时间就来看你们。"

几个人正在闲聊的时候，周冲打来电话，邀请刘文艺去他家吃饺子。刘文艺说打算陪战士们一起过年，周冲就没再强求。毕竟这是刘文艺在疗养院的最后一个春节，站了3年岗的刘文艺已经被凤凰岭的百姓同化了，唯一没有改变的是那份执著。

城里的春节别有一番风味，大街小巷布满了火红的灯笼。各种花花绿绿的张贴画布满了各大商场的橱窗。唯一不能与乡下媲美的就是没有鞭炮的声音，很多市民曾经联名上书，要求市政府对鞭炮燃放的政策再放宽一些，后来不了了之。不过仍有一些胆子大的市民在胡同里，僻静的小巷子里放鞭炮，即便是有警察盘问，大过年的，说几句注意防火的事儿就过去了。

齐怀远的家里，比以往过年冷清了许多。姜忠诚的夫人是在齐怀远被打断腿的前几个月去世的，过去有老太太的时候，一家老小都到姜忠诚家中过年，吃年夜饭。如今姜媛只能把孤独的父亲请到自己家里来了。年三十晚上，姜忠诚致新年贺词，希望一家团结和睦，希望齐齐学习进步，可是齐齐却不在饭桌跟前坐着。齐怀远拿出多年的茅台酒斟上，爷儿俩推杯换盏地喝了起来。

姜媛从厨房里出来,坐在饭桌旁,愁眉苦脸地直叹气。齐怀远劝着:"不管她,这么大了,还跟孩子似的。"

姜忠诚夹一块牛肉,拿眼瞪着齐怀远:"孩子毕竟小嘛,你们这些做家长的应该和风细雨地说话。你看看,都是你们惹的,现在也不出来吃饭,怎么说这也是团圆日子啊。"

齐齐正在房间里怄气,她自己也纳闷儿为什么会情绪那么低落。似乎这个寒假有意跟她作对一样,春节晚会都开始了,很多同学都发来新年贺词了,唯独周冲没有发信息。

姜忠诚喝一口酒,吃一口饺子,抬头看看天花板,似乎想说什么,又觉得这个场合不对头,也就没说。姜媛看着电视上的节目,心里实在堵得难受,心说这叫什么日子啊,女儿这是为谁呢?看来孩子大了,事儿也就多了。她推了推齐怀远:"哎,齐齐是不是恋爱了?"

"是啊,我不是跟你说过吗,就是那个凤凰岭的周冲。"

"这孩子,干吗看上一个农村的啊?你不说,我记得咱们小区财政局局长的儿子不错啊,考到福建去了吧?"姜媛使劲想着那个叫杜超的男孩儿。

姜忠诚咳嗽了一声:"都什么时候了,你们还替孩子找对象啊,我这么大年纪了,都没那么保守。感情这事儿,随便孩子,再说了,现在也不能让她谈朋友,现在正是学习的时候。"

"对对对,孩子先别谈朋友。"齐怀远附和着说。

"哎呀,你以为现在找个好孩子容易啊?都是独生子女了,男孩儿也不多,先谈着朋友又能怎样啊,将来年龄大了,好小伙儿都没了。"

姜忠诚和齐怀远对了一下眼光,突然大笑:"哈哈哈……"

这声音惊动了卧室里的齐齐,房门刷的一声被拉开。站在房门口的齐齐怒目圆睁,嘴巴使劲努着,她现在的状态就好比一个即将爆炸的炸弹,谁要是惹着了,保准一下子释放出来。齐齐胸口上下起伏着,显然是在生气,或者酝酿一场大的战争。

突然手机响了,齐齐一愣,转身进了卧室,咣当把门反锁上。

齐怀远冲姜媛努努嘴:"去,看看怎么回事。"

姜媛不情愿地来到齐齐房门口:"齐齐啊,没事儿吧?出来吃饭吧,吃完饭咱们去看烟花,小区里有烟花。"

"你们去吧,我不去。"

姜媛转过身子轻声地说："没事儿,估计是在接电话,听上去心情不错。"姜忠诚和齐怀远像是没听到一样,继续聊自己的,从天南到海北,从国内到国外,从金融到文体,什么都聊,当然聊得最多的还是缉毒工作。

"你认为我们该不该抓捕吕明明?"姜忠诚问齐怀远。

"绝对不能抓他,一旦让吕明明入网,那么永庆市的交易就会更加谨慎了,对我们以后的工作开展是个非常大的障碍。"

周冲没有邀请到刘文艺,自己看着春节晚会也没意思。母亲拉着父亲的手摩挲着,自言自语地评论着春节晚会的节目,她认为老百姓忙活一年了,就为看看春节晚会,看看那些高兴的小品,相声。可是这节目一年不如一年,总觉得这人越活越累了,本来挺好的节目,弄了些花花绿绿的人,又蹦又跳,感觉还不如农村玩龙灯热闹。父亲周元林直勾勾地盯着电视屏幕,偶尔会说上一句不着边际的话:"走吧,回去吧。"

周冲跟母亲说一声就到自己房间里去了,他躺在床上,看看时钟刚刚滑过10点。他看着滑动的秒针,突然觉得这日子过得真快,仿佛自己还是那个中学毕业生,这半年过得太快了,这半年变化太快了。过了春节马上就要开学了,警校的课程对周冲来说很简单,困扰周冲的是寄存在张群那里的摇头丸怎么办。年前集市上木木绑架了周元林,目的就是让他去交易,可是过完春节会是什么样子呢?尤其是齐齐发现了他交易的事儿,他可以狡辩,但是狡辩到什么时候是个头儿呢。如果向齐齐交代毒品交易,她会替他保密吗?

周冲突然心血来潮:对,先给齐齐打个电话,听听她什么态度,她会不会给我说刘文艺追求她的事儿。

周冲拨通了齐齐的电话,也正是齐齐站在房门口准备发火的一瞬间,如果不是周冲的电话打进来,她还不知道闹到什么程度呢。

齐齐转身进入房间,把门一甩,做了一个庆祝的动作,因为她看到手机屏幕上显示了那个熟悉的号码,和周冲两个字。她一个背摔躺在床上,按下接听键:"节日快乐,过年好。"齐齐幸福地问候着电话那端的周冲。

"嗯,也祝你节日快乐。"周冲平淡地回应着齐齐的问候。

齐齐听着熟悉的声音,突然觉得没有了刚才迫切的心情,她有很多话要问周冲,比如他父亲的病情怎样了,比如乡下过年有什么不同,更关键的是齐齐很想知道周冲是不是参与了毒品交易一事。可是她不能问,这是春节,是举家欢庆的日子,她不想给周冲添堵。那么除了这些,她能和周冲交流的还有什么呢？难道问候完了春节快乐就没有别的话了吗？还是问候一下学习的事儿吧，毕竟过不了半个月就要开学了。

"周冲，你在家复习功课了吗？听校长说，开学后有一个知识竞赛，打算从我们这一届里选人参加。"齐齐像是一个领导在布置工作。

"哦，没时间看书，开学再说吧，反正我是没时间参加。"周冲回复着齐齐的话。

周冲突然也感觉这样的电话没什么意思，他还是很关心地问候了一下齐怀远："给你父亲带好吧，给他拜个年，祝福他身体健康，万事如意。"周冲脑子里想到的祝福话也就这些了。

"我替我爸谢谢你，我希望你将来也能跟我一样称呼他。"齐齐突然说出这样的话，让周冲有点为难，不知道怎么接她的话。显然齐齐这是告诉周冲，以后你也要叫爸，齐怀远就是你周冲的岳父大人了。周冲犹豫着，在寻找着更恰当的语言来回答齐齐。一看周冲没反应，齐齐哈哈大笑起来，"怎么了，害怕了？"

"没有没有，怕什么啊？"

"不怕你怎么不回答啊？"

"我刚才倒了杯茶水，没听见。"周冲担心齐齐再次攻击，立刻转移话题，"刘文艺给你发信息了，是吗？"

齐齐突然听到周冲说刘文艺，愣了一下。刘文艺是谁？给我发信息，我怎么不知道？

周冲赶紧告诉齐齐，刘文艺就是疗养院里照顾齐怀远的那个警卫战士。齐齐想起来了，那个在凤凰岭疗养院里站岗的警卫就叫刘文艺。"他没给我发信息啊。"齐齐说。

周冲从手机里翻出那个刘文艺转发的信息，发到齐齐的手机上。后面还注了一句，这就是你发给刘文艺的信息。齐齐打开信息栏，看着那句：是不是没事儿了？那我陪你说说话。怎么也想不起来了，我怎么可能给刘文艺说这样的话呢，我怎么可能跟他聊天呢？齐齐一直回想着，刘文艺怎么会给我发信息呢？一连串的疑问堆满齐齐的脑子。

齐齐始终想不起来是怎么回事了，当她想询问一下周冲到底是怎么回事的时候，发现周冲已经把手机挂了。她赶紧拨过去，但周冲已经关机。

此时的刘文艺已经喝得有些上头了，几个战士轮流敬酒给他，他也不胜

七 强行被交易

093

酒力。回到宿舍他开始给齐齐发信息,打开手机,一直找不到合适的称呼,最后还是决定,打个电话祝福一下,顺便还能听到齐齐的声音。可是打了将近半个小时,对方始终在通话中,急得刘文艺躺在床上滚来滚去。就在周冲挂掉电话的时候,刘文艺的电话接通了。齐齐以为是周冲打过来的,没看号码,就接通了,并且还埋怨着:"你怎么回事啊?你以为就你会这一手啊,我也会。"说完齐齐把电话挂了,她这叫以其人之道还治其人之身。她的意思,就你周冲会耍酷啊,我齐齐也不是善茬儿。

刘文艺接通电话还没吱声,齐齐的话让他更是一头雾水:什么你会我也会啊?刘文艺再次拨通齐齐电话,这次齐齐看到号码了,上面一连串的数字,让齐齐皱起眉头,这是谁的电话?手机里没储存啊,过年打电话,肯定认识。齐齐按下接听键:"喂,你好,春节快乐。"

刘文艺愣住了,齐齐的声音太好听了,这就是那句老话在作怪,叫"情人眼里出西施"。刘文艺一直认为齐齐是世界上最美的女孩儿,说话声音自然也是最好听的。齐齐问候完对方,刘文艺一直在那里享受齐齐声音带来的幸福感,忘却了回答。齐齐再次问:"喂,干吗呢?怎么不说话?"

刘文艺这才紧张地说:"你好,齐齐,我是刘文艺。"

齐齐听到这里,张大嘴巴:"刘文艺?你怎么知道我号码的?"这是齐齐最关心的。

"嗯,我想办法找到的。我只是想给你和齐伯伯还有阿姨拜个年。"刘文艺说完快速地挂了电话,他认为他完成了一件不同寻常的大事儿,能跟齐齐说这么多话,已经很了不起了。

齐齐简单地敷衍着,她跟刘文艺只见过几面,对这个很称职的警卫战士没有过多了解,更谈不上有其他的感情存在,但是人家刘文艺既然给家人拜年了,说明还是很有礼貌的,齐齐也就非常有礼貌地回应着:"谢谢你,我一定把你的祝福带给我爸妈,有时间来城里的话,到我家来玩儿吧。"这是齐齐的客气话,就是这句话让刘文艺一夜未眠。

刘文艺被齐齐那句"到家里玩儿"打动了,心说,这样的高干子女一点架子都没有。本来就兴奋的他,让这样一句话给点燃了,更加难以入睡。冬天的永庆市很冷,是那种刺骨的冷,刘文艺的内心却燃烧了,像一团干柴,不断地燃烧。他实在睡不着觉,躺着也是受罪,体内的荷尔蒙让这个年轻人无法自控。

刘文艺需要冷静,他起身穿好衣服走出宿舍,他要让寒冷的北风来刺激他,让他尽快冷却下来。他听到疗养院外的大街上开始零星地放鞭炮了,这是乡下的一大景观。人们庆祝丰收和相互祝福有很多方式,唯独春节这个特殊的日子,大家格外重视,在外劳作了一年的打工者们,田间地头劳作了一年的村民们,用鞭炮来驱逐烦恼,驱逐邪恶。凌晨12点是最热闹的时候,人们会走出大门,来到街上纷纷点燃准备好的鞭炮,这在永庆市也叫"抢时气",如果谁在凌晨准时点燃鞭炮,那么谁就是一年中最顺利的一家。

刘文艺走在大街上,冷风吹进脖子里凉飕飕的,大街上已经站好了一些"抢时气"的人群了,大家都在等待着新年的到来。

周冲一家自然也要经历这样的环节,这是老年人留下来的一种信仰。母亲给父亲穿好大衣,自己也多穿了一件棉袄。周冲从房间里走出来,先在院子里放了一个二踢脚。母亲在厨房里烧着开水,大柴锅里的水是准备下饺子用的,等放完鞭炮就回来吃新年的第一顿饺子,预示着来年衣食住行都顺利。

张群很少回家过年了,这次是被父母逼回来的。多年来张群给家里带来了经济上的富有,在村里第一个盖起了小洋楼,唯独不让父母放心的就是他的婚事。在凤凰岭的风俗里,家长都希望自己的孩子早日结婚早生贵子,只要到了法定的结婚年龄,就立刻结婚。尤其是张群这样年轻有为的青年,父母更是希望早日抱上孙子。然而张群并不这么认为,他觉得自己不能早早进入围城,他的美好未来还没有到来。他希望自己能娶一个明星级的媳妇儿,至少也是省级的歌唱明星或者电影明星,怎样才能实现这个目标呢?那就是要有更多的钱,俗语说:有钱能使鬼推磨嘛。

为了不让父母着急,张群回来时,约了范林芳,要她扮演自己的女朋友,范林芳本来就是张群的前任女友,对张群的为人和秉性自然清楚,因为摇头丸的原因,张群将范林芳赶出家门。如今张群用到范林芳了,那么范林芳自然少不了提些条件,其中最重要的一个条件就是,张群负责供应范林芳半年的摇头丸。这样一个交易很快就成交了,毕竟张群还有这个实力。

凤凰岭的大街上、胡同里,都站好了等待燃放鞭炮的人群,有的还在倒数着新年钟声的数字。10——9——8……点,大伙儿一起点燃了新年的鞭炮,噼里啪啦的声响,带给人一种欢快祥和的景象。

周冲的鞭炮还算准时燃放了,父亲周元林像个孩子一样,欢蹦乱跳地与身边的小朋友拼抢着地上没有燃放的鞭炮,周冲过去拉住父亲的手向家里走

去。他不想当着大家的面让父亲丢丑,周元林也就跟着儿子回家了,转过一个拐角,周冲和母亲傻傻地愣在那里说不出话来,因为他家的院子里燃起了熊熊的烈火。

凤凰岭的村子不大,很快周冲家里聚集了上百来号人,都是来救火的。这个山村里,即便是打了119,消防车也要半个小时才能到。村民们自救的概念很强,看到着火了,纷纷端着脸盆,提着水桶,不到10分钟,大火就被扑灭了。周冲的母亲哭诉着:"都怪我,煮饺子的时候忘记把火灭了。"

周冲赶紧劝说着母亲,并从屋里拿出香烟分发给前来救火的乡亲们。街坊邻居零散地离开了,周冲看着被烧掉的半拉院子,咬紧牙关,不知道如何是好。他要迅速安慰好父母,因为周元林被大火吓得一直哆嗦。

"兄弟,让你爸妈去我家住吧,房子有的是,反正也住不着。"张群安慰着周冲说。

周冲没说什么,只是傻傻地看着眼前狼藉的一片,范林芳也一改往日的调侃,一本正经地劝慰着周冲。这些救火的人群中最先到达的是刘文艺,他听到街面上有人喊着火了,本能地向火光冲天的地方跑去。由于酒精的作用力,让他不顾一切地向火堆里冲,他想去灭掉火的源头,目的达到了,可是乌黑的头发被烧了个精光。钻出火堆的刘文艺直接向村卫生所跑去,生怕自己被烧得毁容。

周冲对于刘文艺烧掉头发一事并不知道。他傻傻地坐着的时候,刘文艺回来了,幸好只是把头发烧掉,皮肉没有大碍。张群看到光秃秃的刘文艺,先是一愣,觉得这家伙好像在哪里见过一样,一时又想不起来。刘文艺来到周冲跟前说:"没事儿了,别着急,一切都会好起来的。"

周冲这才发现刘文艺的脑袋光秃秃了:"文艺,你头发呢?"

"刚才不小心让火给烧了。"

周冲拉着哥们儿的手不知道说什么好了,还是范林芳打破了僵局:"周冲,你去张群家住吧,反正他家房子也多。"周冲一看,事已至此,也就答应了。

刘文艺光着脑袋往回走,他刚开始还有点英雄的感觉,觉得自己很了不起,不怕牺牲冲进火海,他感谢党教育得好,自己仍保持着军人应有的本色。后来又有点后悔,自己是不是太冒失了,这下可好,头发烧掉了,以后要是长不出来怎么办?唉,不想这个了,不过这件事儿,我应该让齐齐知道,这可是我舍己救人的事迹啊。想到这里,刘文艺打开手机拨打着齐齐的电话。

齐齐正躺在床上想事儿,她在想周冲,他这个春节过得好吗?农村是不是很有意思?都有什么样的习俗呢?她也在想刘文艺,这个疗养院的警卫,为什么给我打电话?真像他说的那样只是给父亲拜年吗?从多次见面来看,好像母亲对刘文艺这个小伙子很喜欢,正想着的时候,刘文艺的电话打了进来。

齐齐接通:"喂,哪位?"

"我是刘文艺,你猜我刚才干吗了?"

齐齐心说,你干吗我哪里知道啊,这样的猜测太无聊。但是出于礼貌还是问了一句:"那你刚才干吗了?"

"我的头发被烧掉了,是去救火了,周冲家着火了。"齐齐一听周冲家着火了,心里咯噔一下子,大过年的怎么能出这样的事情呢,她赶紧问:"周冲没事儿吧?"

刘文艺心里有些不高兴地说:"他没事儿,可是我头发全部被烧掉了。"

齐齐听出来刘文艺不高兴了,赶紧说:"快去看看医生吧。没什么大事儿吧,不行到城里来看看。"

"谢谢齐齐,村里的医生说没事儿,我只是给你说一声,万一哪天见面了吓你一跳。"

齐齐想笑,笑刘文艺的自作多情。

周冲安排父母到自己房间休息了,自己跟着张群走了,后面跟着范林芳。张群的父母住在楼下,楼上是张群住的地方,由于平时很少在家,所以很凌乱,也就是过年了,父母听说张群带女朋友回来,才算收拾了一下。张群和范林芳住在向阳的一面,隔着一道墙的背面是一个小房间,里面只一张床。

张群扔给周冲一盒烟:"早点睡吧,明天回去收拾一下,不行都到我家来过。"

"好吧,那睡了。"周冲进了小房间。躺在床上的周冲根本没法入睡,原因是家里烧得七零八落,父母哭泣的身影让他心碎。更可气的是,隔壁屋里张群和范林芳的声音,让周冲第一次感觉到一种抑制不住的冲动。

"我打算让周冲带爹妈到城里住,你说怎么样?"张群问范林芳,而这个女人似乎不怎么关心周冲的事情,只是在张群的身体上摩挲着。

周冲就是被他们的声音煎熬着,他听说过那些事情的奥秘,可也从来没有接触过。

这时周冲的手机突然响了,是齐齐打来的。齐齐似乎也遇到了这样的困

七 强行被交易

境,听到刘文艺说周冲家着火了,齐齐特别担心周冲的安全,从房间里出来到客厅去倒水,这个时候,她像周冲一样遇到了一件不想面对却又无法逃避的事情。

齐怀远还不算老,加上自己那个苗条的爱人姜媛。两个人在这个新年的除夕夜,像被丘比特射中那样,演绎着一场真实的身体大战。房门就这么虚掩着,从饮水机的方向正好看到床头的位置。齐怀远没有年轻人的冲劲儿,姜媛也没有年轻人的呐喊。但情爱的场景让齐齐无法躲避。她就这么呆呆地看着,只一刹那,身体的燥热让她喝下一大口水。

跑进房间,齐齐无法入睡了,父亲后背上的肌肉,突然让她想起了周冲,周冲也会这样健壮吗?训练的时候从来没见周冲光过身子,那次操场上的拥抱成了齐齐幸福的回忆,她记得周冲穿得很厚,用力抱的时候,能隐约感觉到周冲的僵硬。她不由自主地打开手机拨通了周冲的电话。

昏睡的周冲被铃声惊醒,有些不耐烦地说:"谁啊,大半夜的。"

"我是齐齐。"齐齐的声音显然很弱,很轻,她的脑海中时刻闪现着父亲的背影和母亲挣扎的样子,她不知道母亲是在逃脱还是在体会,她只知道这样的画面让她无法言说,身体的血液流淌得格外迅速,她要找人聊天,以便分散自己的注意力。

周冲一听是齐齐,赶紧礼貌地说:"你好,新年好。"

齐齐听到自己心爱的男人的声音,亢奋的心情一下子被推向了一个不可救药的位置。她想象着周冲的样子,手不停地摩挲着自己含苞待放的身体。周冲能听到听筒那边的呼吸声,他无法知道齐齐在做什么,但是他能听得出来,齐齐与他饱受着同样的煎熬。

新年的第一天,周冲从张群的楼上悄悄地下来回家了,他不想再麻烦张群了,毕竟现在是春节,不能让张群的家人感觉不吉利,他要早起回家帮助父母收拾被烧毁的院子。

周冲在打扫一片狼藉的院子。母亲在墙根下用3块砖头支起了一个简易的炉灶,铁锅里咕嘟咕嘟地煮着饺子,周元林像个孩子一样,在院子里放着鞭炮。母亲告诉周冲,吃完饭要去各家拜年,这是风俗,周冲答应着,他计划吃完新年的第一顿饺子,就去张群家拜年。这将近半年的时间,张群给周冲带来天翻地覆的变化,不仅让自己提高了生活的自信心,还让自己能挣到更多的钱,改善了家里的生活条件,出于感恩,他也要好好报答这个朋友。

吃着饺子的周冲,告诉母亲:"妈,过完初三,咱们去城里住吧?"话音刚落,张群的母亲风风火火地跑进来大喊着:"冲儿,救命啊。"说着张群的母亲瘫倒在地上,说不出话来。

周冲放下饭碗,冲向大门:"婶子,怎么了?"张群的母亲一个劲儿地指着家的方向,嘴巴动着却说不出话来。周冲抬脚冲向张群的院子,院子里已经挤满了街坊邻居,有的调皮孩子还在放着鞭炮。张群坐在院子里的石凳上,嘴里叼着烟,身后躺着范林芳,她的身下是一片鲜血。

街坊们唧唧喳喳地说着:"赶紧送医院吧。"

周冲跑过去,把手指放在范林芳的人中上,这是他在警校学的基础救助知识。能感到范林芳还活着,手臂上割了一条深深的口子,随着范林芳间断的呼吸,还向外冒着血泡儿。

周冲跑过去拉着张群的肩膀:"走啊,去医院啊,还愣着干什么?"张群掐灭烟头,向楼上走去。周冲实在看不下去了,拉住张群向后一用力,对准张群的脸啪的就是一巴掌:"你还是不是人啊?你女朋友都成这样了,你还不慌不忙啊。"

张群看着周冲,擦了一下嘴角:"她不是我女朋友,她是个不要脸的女人。"街坊邻居开始交头接耳起来,都在议论着,不过谁也不敢大声说出来。周冲不想和张群理论,他现在要做的就是赶紧救人,大过年的,总不能出人命啊。他掏出手机拨打着刘文艺的电话:"刘文艺啊,疗养院的吉普车能借用一下吗?救人。"

"车在,没司机。"

"我去。"周冲说着向疗养院跑去,他并没有驾驶本,但是他会开车,这是警校里开设的一个培训课。他边跑边拨打120急救电话。因为120急救车到达凤凰岭至少要半个小时,他打算自己开车迎着120而去。

坐在后排的张群揽着范林芳,眼泪淌在脸上,嘴巴里嘟囔着,周冲听不清楚说的什么,大概是什么黑帮逼命什么的。坐在副驾驶上的刘文艺与120通着电话,显然对方给出的答案让刘文艺不满意:"你们什么态度啊?这人都快没命了,你们竟然没有值班的。"刘文艺根本不听对方解释,"出车多不是理由,甭废话,你们就等着吧。"说完转头告诉周冲:"咱们自己到医院吧,指望他们时间来不及了。"

张群一路上不停地哭泣着,周冲也不知道如何劝说,只能加大油门向市

人民医院奔驰着。

由于是春节第一天,医院里也显得格外冷清。除了几个闲散的医生护士在吃瓜子以外,基本上没有病人。刘文艺拿着军大衣向急诊处跑着,张群背着范林芳,周冲拔下车钥匙也跟了进来。医生是一个白白净净的中年人,皮肤可能是由于常年不受风雨的侵蚀,保养得特别好,细嫩细嫩的。

"怎么回事啊?"医生问。

张群赶紧放下昏迷的范林芳:"医生,救救她,她想自杀。"

医生简单看了一下范林芳的手腕儿,拿过一沓子单据,在上面划拉着:"去吧,直接到住院处。"

范林芳被张群背着到了住院处的手术室,那里的值班医生已经做好准备。

"手术室"三个字被白炽灯照得像死人脸那样惨白,张群蹲在手术室门口抽着烟。他从来没有经历过这样的事情,即便是在酒吧里打打杀杀,也没像今天一样看到一个人奄奄一息的样子。周冲靠着手术室门口向里张望着,刘文艺继续拨打着电话:"我告诉你,这事儿没完,让你们领导接电话,你们作为120就是救死扶伤的,你们不能及时出车救人,就有责任。"周冲回头看看刘文艺,他这才悻悻地挂了电话。

手术室的门开了,护士长走出来说:"病人失血过多,现在我们血库的值班员不在,你们谁是AB型?"刘文艺一听就火了:"你们这些医生干什么吃的,120没人值班,血库也没人值班,什么破医院!"护士长不慌不忙地回答:"你们要是觉得条件不好,可以转院。"说完转身想走,被周冲喊住了:"我是AB型血,抽我的。"

人民医院病房里只有范林芳一个病人,张群摸着她的头发,看着躺在病床上的周冲说:"谢谢哥们儿。"其实周冲不想躺在床上休息,他这样的身体根本不在乎这点儿血,可是人家医生有医生的道理,让你休息是一种推卸责任的方法,万一晕倒或者出现意外,责任就不在医生了。

范林芳醒过来的第一件事情就是哭泣,她也想不明白为什么,昨天晚上还跟张群缠绵在一起,今天早上就要自杀。这让张群无法接受,当时范林芳有些犯瘾,向张群索要摇头丸。张群当然不想给,再说手上也没有,面色焦黄的范林芳自杀的原因不是因为毒瘾发作,而是被黑帮利用。

永庆市这个弹丸之地,却隐藏着一个号称"青红"的黑帮。过去一直隐藏得很彻底，偶尔参与一些抢劫行动，现在他们浮出水面要做大买卖了，那就是涉足毒品。他们的计划可谓气势庞大，一出手就要直接开进边境，这在一般人那里只能是想想而已，但是在青红帮的计划里，正一步一步地实施着。

范林芳被青红帮盯上，是因为她放荡的性格和随时能找到摇头丸的便利条件。范林芳的小腹上已经有一个明显的疤痕了，像是剖腹产留下的疤痕。连她自己都纳闷儿，这个东西什么时候留下的，自己竟然不觉痛痒。她极力回忆着与这些男人之间的关系，跟着张群之前，酒吧里她是个完整的女孩儿，后来就变成了女人，但是身体仍然完整，没有疤痕。跟张群后，慢慢接触毒品，范林芳从吞吃摇头丸上找到了一个怪异的结论，那就是吸毒可以减肥。她用自己的实际行动诱惑了很多胖女孩儿参与进来，效果自然很明显，这也成为很多女孩减肥的良药，这样一种畸形的理念，葬送了无数女孩的青春和生命。

后来接触了吕明明，这个看似正经的警察，给范林芳极度的呵护。他对范林芳从没有过戒备心理，他能感觉到范林芳在吸毒，可他从来没有阻止过她，他认为让自己喜欢的女孩高兴是最关键的。吕明明知道他与范林芳不会有结果的，只是逢场作戏罢了，一个是饥渴的小警察，一个是需要呵护的女孩儿，两个人相互利用着，很简单很实惠的关系。

后来范林芳接触了小胡子，范林芳被小胡子盯上后，就一直处于亢奋状态中。源于小胡子强壮的身体，更源于小胡子挥金如土的大气。认识后的第三天两个人在永庆市最大的国都大酒店开房了，范林芳被小胡子高超的技术折服了，她从来没有被如此地点燃过，她似乎进入一个永远快乐的天堂，即便是昏迷中也能体会到小胡子带给她的快乐。范林芳睡了两天，就这样在国都大酒店睡着。醒来后，她看着微笑的小胡子，幸福地差点哭出声来。

范林芳发现了自己的伤疤，那是小胡子在国都大酒店找人干的，里面植入了半斤的沙子。如果不是与小胡子疯狂地缠绵，范林芳可能还不曾发现，感觉到小腹坠疼的时候，她哭了，她不知道自己什么时候有了这么一个伤疤。

小胡子就是青红帮的帮主，他要锻炼范林芳身体的承重能力。青红帮要到边境实施携带计划，他要一直把范林芳的承重能力锻炼到三公斤为止。这个计划说出来时，范林芳几乎要疯了，她做梦都没想到，自己竟然成为一个毒品运输工具。迫于小胡子的压力，范林芳只能忍受着暂时离开，但她没有想到张群会带她回乡下过年。

除夕的夜里，周冲躺在张群家，被范林芳和张群激战的情绪点燃着。其实

七　强行被交易

张群与范林芳在争吵，范林芳唯一的救命稻草就是张群，她要张群想办法搭救她。可是张群也无能为力，他听说过永庆市的黑帮，但是从来没有接触过。小胡子这个人他是见过的，一个不起眼的家伙，没想到永庆市竟然隐藏着这么一个家伙。

范林芳想到了报警，她要把整个毒品市场搅乱，而张群哪能容忍她做这样的事情，于是两人在除夕夜里反复争吵，升级到范林芳割腕自杀。周冲看着讲述中的范林芳，猛然从床上蹦下来，掀开范林芳身上的被子，把手伸向范林芳的病号服。

## 八　初会青红帮

一个本来应该祥和的春节就这样结束了,中国人都希望自己能安安稳稳地过个好年,就像当初张群带着范林芳回家一样,父母希望自己的儿子能早日成家,传承张家的香火。张群在外有着别人羡慕的经济支柱,也有着令人羡慕的未来,因为他发展了周冲作为交易平台。可就是这样的情况,张群还是遵循了中国传统的生活方式,希望过个好年,让父母安心。

谁又能料到范林芳在凤凰岭新年的第一个早上,就给这个本来安静的村庄带来一种不祥的征兆。在永庆市的历史上春节是要过到正月结束的,老百姓要把一年的收成在这一个月里尽情享受,一直到春天的花草绽放萌动,大家才走出家门,或外出拼搏,或下田耕作。如今不同了,似乎时间总是追赶着人的步伐,春节刚过第三天,回城的回城,打工的打工,山村恢复了往日的平静。

张群在人民医院陪着受伤的范林芳,医生说再有两天就可以出院了。张群与范林芳一直犹豫一个问题,就是自己体内被青红帮主小胡子植入的东西,会给身体带来怎样的麻烦。他们需要找一个能替他们保密的医生取出来,因为这将关系到青红帮的小胡子,更关系到范林芳的生命安全。

人民医院的医生对于一个类似阑尾炎的手术自然轻松摆平,可关键这个手术会被记录在病历上,更会被记录在医院的手术档案里。范林芳对于这个异物的存在,并没有太多担心,她担心的是自己被青红帮控制的事实泄露出去。她离开医院后怎么办?换掉电话号码或者躲避在凤凰岭,这些方法都不是最稳妥的,毕竟永庆这个小小的城市,对于小胡子来说,找个人非常简单。

周冲的意见是到外地去,到一个陌生的地方暂时躲避一下,为了生命安全就算长期"移民"都无所谓。然而范林芳并不买周冲的账,她现在已经离不开张群了,她的生活里必须有张群,为了达到留在张群身边的目的,范林芳决定戒毒。

范林芳体内的异物成功取出,张群用金钱收买了一位实习医生,前提是保证这件事情不外露。她的身体很快恢复了原有的健康,只是体内那些残留的毒素,让范林芳容易烦躁。一想到小胡子的威胁,她也就坚定了自己戒毒的信心。张群把范林芳安排好已经到了正月十五了,村里的很多青壮年都进城务工了。自己的饺子店也正式营业了,家里出了那么多事情,他很久没有跟木木他们联系。因此他回到城里的第一件事就是与"上级"取得联系。木木的第一件事就是询问关于周冲的行踪,张群一一做了汇报,因为周冲还有将近3000颗货没分发出去。

周冲开学了,他在开学以前除了帮助张群处理好了范林芳的问题。他还做了一件让全村人都羡慕的事情,把父母接到了城里。这在凤凰岭是件很有面子的事儿,谁家的儿子或者女儿把爹妈带进繁华的城市了,就算是过上了富足的生活,过上了了不起的日子。临走的时候,周元林像领导下乡检查一样,一一与乡亲们握手告别。嘴里还偶尔说一些体面的话:"都回去吧,我会常回来看望乡亲们的。"母亲则是眼泪汪汪的,似乎这一走就是永远离开了,院子里被除夕的一场大火烧得不堪入目,但儿子要带自己走了,还是有些难舍。

周冲在紧邻警校的地方租了一间两居室,这对于一个正在读书的学生来说,简直就是一件不可想象的事情。周冲做到了,他能用自己的辛勤劳动换来父母的快乐,也算是表达孝心了。起初母亲不愿意来城里,她放心不下家里的几亩良田。到了城里,全新的环境、全新的生活状态,让二老很快就适应了。

齐齐很快知道了周冲一家搬到城里的事儿,是刘文艺透露的消息。刘文艺是初三下午离开凤凰岭疗养院的,临别时战士们还举行了简短的欢送仪式。省军区来接他的连长还感动地流下了眼泪,周冲送刘文艺上车的时候告诉他,自己可能把父母带到城里了,有时间一起坐坐。因此刘文艺把这个不大不小的新闻告诉了齐齐,齐齐并没有觉得奇怪,她反而倒是觉得周冲更加成熟稳健,能如此孝顺父母,在同龄人中实属难得。不过齐齐心里永远有一个解不开的疙瘩,那就是对于周冲是否交易摇头丸一事不敢下结论。那个民族大街的小痞子刘才俊发给她一张照片,但从照片上根本无法证实周冲的

"罪行",有一点倒是让齐齐觉得心跳加快,如果周冲不是交易摇头丸,那么他去成人用品店里干什么?难道他去购买成人用品?想到这里齐齐总是心跳加快。

开学的第二天,警校进行了一次普法教育课。按说这样的学校不应该格外开设这个课程,可是校长从地方律师事务所请来了资深的法学教授,专门讲述警察违法犯罪的严重性和不可挽救的后果。坐在礼堂里听讲的周冲心思根本没在这上面,他更多的是在考虑如何去分发那些年前剩下的摇头丸,毕竟过了将近20天的时间。回学校前他跟木木取得了联系,木木很高兴周冲能有这么积极的态度。这在周冲看来很正常,多劳多得嘛,他要挣下很多钱,要在城里拥有属于自己的房子,让父母住得更踏实些。

校长带头鼓掌,对法学教授表示感谢,姚占军看着台下的同学,静默了半分钟。掌声渐渐消失,同学们都看着台上四处扫视的姚占军,不知道接下来要发生什么,大家都在等待姚占军下达解散的命令,因为已经有很多同学不耐烦了。

姚占军突然大声喊道:"周冲同学,请你谈一下听课的体会。"此言一出,很多同学倒吸了一口冷气,过去从来没有过这样的提问。大家也都是一种似听非听的状态,对于讲课内容根本没往心里去,提到周冲,是别人的万幸。礼堂的工作人员,拿着麦克风向周冲走来,周冲脑子一片空白,他根本不知道讲的什么内容,但是他还是麻利地立正、站好,脑子里飞速寻找着跟法律有关的词汇,即便是编造也要说得像回事。接过麦克风的周冲,轻轻地咳嗽了一下,台上的教授和姚占军目不转睛地盯着他,坐在前三排的齐齐也回头看着他。周冲很认真地对着话筒,准备回答校长的提问。

他突然用手开始敲打麦克风,并且做出试验话筒的动作,嘴里还发出"喂喂"的声音。校长以为是麦克风有问题,冲工作人员摆手,示意换一个麦克风,工作人员迅速跑过来,递给周冲一个新的话筒。周冲继续着自己试验话筒的动作,嘴里还是"喂喂喂"地喊着,还左右横竖地端详着手里的话筒。校长站在台上大声地喊着:"调音台,怎么回事?"工作人员跑过来,检查着话筒,然后对着校长说:"校长,是话筒没开。"

周冲接过打开的话筒:"喂喂喂,能听到吗?"他在故意问着身边的同学,身边的同学只是点头,谁也不说话。周冲又转身对着台上站立的姚占军问:"校长,能听到吗?我好像觉得声音不大。"姚占军有些不耐烦地答应着:"能听见,你大点声说就是了。"周冲加大了嗓门儿问:"校长,这个声音可以吗?如果太大我可以再小点声音。"

"就这么大,就可以。"

"好的,校长,嗯……你给我话筒干吗?"

台下的同学哄堂大笑,齐齐笑得一个劲儿地跺脚,她没想到周冲竟然用这样的方法来戏弄姚占军。姚占军被气得已经离开主席台的座位了,他正向周冲坐的位置走来。周冲看着气势汹汹的姚占军赶紧解释:"校长我想起来了,你问我听课的体会,对不对?"

姚占军已经来到跟前了,用眼睛瞪着周冲,等待他的回答。周冲若有所思地想着,同学们也都屏住呼吸,他们能感觉到姚占军杀气很浓。"通过教授的法学教育,我深刻体会到要知法学法不违法。"周冲边说边偷看台上的教授,他想从教授的眼睛里寻找正确答案。

台上那个几乎秃顶的法学教授微笑着,好像脸上的肌肉根本不是他的一样。这让周冲很难判断自己说得是否正确。姚占军还是那么看着周冲,他希望这个年轻人答得漂亮些、流畅些。

齐齐一直回头观察着周冲,刚才的回答虽然有些敷衍了事,但是毕竟回答得还算靠谱,至少没有错误的语言。齐齐突然拍响了手里的巴掌,随后整个礼堂报以热烈的掌声,这是姚占军始料不及的,他没想到会有人鼓掌。台上的教授站起身来,张开镶了一口假牙的嘴巴说:"这个同学回答得虽然不全面,但是却说到了今天课程的根本之处。"

台下又是一片掌声,周冲拿着话筒,愣住了。他根本不知道自己回答了什么,好像是中学的时候哪个老师说过这样的答案,什么学法懂法啊,知法不犯法啊等等,没想到自己歪打正着了。

法学教育结束后,齐齐给周冲发了个信息,内容很简单,齐齐想约周冲在操场见面,晚自习前不见不散。这让周冲很为难,去还是不去?去了,这个疯丫头还不知道要做出什么事儿;不去,这个疯丫头更有可能制造点爆炸新闻。周冲躲在宿舍里直接给齐齐打电话,先问问什么事儿再说。

电话接通了,周冲问:"找我有事儿吗?"

"有事儿。"

"什么事儿还要当面说,电话里不能说吗?"

"不能说。"说完齐齐挂了电话。周冲对着手机听筒做了个憎恨的表情,他实在猜不透齐齐心里怎么想的。

春风变得有些暖,身上穿一件毛衣就能抵挡风寒了,所以操场上散步的人多了起来,有的同学在跑步,有的戴着耳机在听歌。齐齐依靠在400米障碍的独木桥上,盯着远处的操场大门。那里是唯一进入操场的通道,周冲必须经过那里才能进来。齐齐看看时间,距离晚自习还有一个小时,再看看操场大门,周冲出现了。穿着迷彩服的他显得格外精神,尤其是走路的姿势,很有男人的感觉,这也是他吸引齐齐的一个重要特点。

周冲远远地看到齐齐在独木桥的地方,因为她穿了一件浅蓝的高领毛衣,周冲快步走过来,向齐齐打了个招呼:"你好。"

齐齐也客气地说:"你好,问你个问题。"

周冲喜欢这种开门见山的方式,因为这样的谈话不会耽误太多时间,于是干脆地说:"什么问题?"

"你为什么不穿我给你织的毛衣?"

周冲一愣,他怎么也想不到齐齐会提这样的问题,于是仓促地回答:"哦,忘在老家凤凰岭了。"

齐齐瞪了瞪周冲,想说又没说,因为她不想让周冲难堪。

"你约我出来就是为了问这个问题吗?"周冲反问着。

"不是,我只是想告诉你,刘文艺去我家了。"齐齐说话的时候声音很低。

周冲听得清清楚楚,就是那个凤凰岭疗养院的哥们儿刘文艺。齐齐给他说这个的意思很简单,就是想刺激一下周冲。但是周冲并没有多想,他认为刘文艺曾经照顾过受伤的齐怀远,春节期间看看曾经的首长也未尝不可。更何况,当时张群的狗咬伤刘文艺的时候,齐怀远还亲自陪着他到医院看病,姜媛还包了饺子给他吃,这说明人家齐怀远两口子根本没拿刘文艺当外人。不过对于齐齐的话,周冲还是作出了非常官方的回答:"哦,是吗?刘文艺去看你父亲了吧?这家伙还挺懂事的。"

"当然比你懂事,你什么时候去我家玩儿啊?"齐齐有意邀请周冲,只是方法不同。周冲做出思考的表情说:"嗯,我看看什么时间有空吧。"这句话回答得很合理。第一,没有直接拒绝齐齐的邀请。第二,周冲的确需要安排时间,因为父母的到来,有很多事情要去打点,比如买些必须的生活用品啊,最关键的是,他不能浪费每一个周末,因为他已经答应木木尽快发货了。

八 初会青红帮

齐齐很高兴，因为周冲没有像过去那样拒绝她，她转头看看四周那些同学，趁周冲不注意，一下子抱住他，双手使劲搂着周冲的腰。周冲实在没有料到这个疯丫头会来这一招，他根本没有防备，就被搂住了。两个人就这么尴尬地站着，路过障碍场的同学吹的一声声口哨，让周冲无所适从，但是齐齐并不惧怕这些。她为了周冲连楼都敢跳，这算什么，大不了再关禁闭。搂着周冲的齐齐突然抬起头问周冲："你去成人用品店了？"

"去了，怎么了？"

齐齐看着眼前的周冲，这个20出头的小伙子竟然这样自然地回答她的问题。在齐齐传统观念极强的思维里，周冲实在有点太早熟了。

"你不能去那种地方。"齐齐用命令的口吻说。

周冲挣脱开，严肃地说："我去哪里用你管吗？"说完转身就走，周冲应该做出一个决定，是谈或者不谈，他都应该果断一些。现在还不晚，他不想让齐齐跟他一起参与那些害人的毒品交易，两个人的感情还没有到达一个"爱"的高度，充其量是相互喜欢对方，目前看，就算认认真真谈一次恋爱，也是没有结果的。两个人都好强，谁都不可能去迁就对方，刘文艺的出现是周冲求之不得的，他既然要主动向齐齐发出追求的信号，那么周冲就要成全他们。

齐齐傻傻地站在原地，她想哭，泪却滴不下来。她也不知道自己到底喜欢周冲哪里，三番五次不欢而散，让齐齐有些心累。她怎么会被一个乡下来的男孩子折腾成这样呢？连她自己也想不通。

开学后的第一个周末，周冲给父母的第一个惊喜就是置办了新家具。席梦思床、冰箱、彩电。这些东西在凤凰岭只有结婚的时候才买新的，没有哪一家这么奢侈。父亲周元林坐在阳台上晒太阳，嘴里嘟囔着："回去吧，我要把你带回去。"母亲看着崭新的家具，又看看疯疯癫癫的周元林，叹着气："唉，要是你爸爸不得这个病多好啊。"周元林猛地从阳台上转回头，严厉地说："谁有病？我没病。"娘儿俩已经习惯了这样的周元林，根本不去理会他的反应。

一家三口吃过午饭，周冲出门要去张群的住所，自从春节回来后，张群就一直待在饺子店里，店里的生意不好，找来的厨师和小工，都想辞职。张群不想失去这个基地，这是他遮人耳目的一个店，于是他就给员工们涨工资，这才算稳定下来。

安顿在凤凰岭的范林芳,每天都能接到张群的电话。张群的父母也算很疼惜这个未来的儿媳妇,变着花样儿做好吃的。对于范林芳被青红帮"强制训练"的事儿,张群的家人根本不知道,他们只需要照顾好这个略显瘦弱的女孩就行,毕竟范林芳吸毒的事儿也是保密的,戒毒当然也要承受很大的考验。为了安稳住范林芳的情绪,保证成功戒毒,张群每天都要打电话回去询问关心一下。

周冲提前给张群打了个电话,很快就来到张群的住处,房间里还是那么阴暗,只开了一盏蓝色的台灯。这样的光线照在人的脸上,总是显得没有生机,张群走进浴室,很快从里面取出年前的那些货。

"今天争取发完,因为最近有风声透露,永庆市要成立缉毒大队了。"张群递给周冲那个灰色的袋子,周冲接过袋子,没有说话。他心里明白,守着张群不要胡乱打听事儿,尤其是关于交易的事儿,只要负责运送任务就行了。关于刚才张群说的永庆市要成立缉毒大队这一说,周冲是早有耳闻的,前几天的法学课上,那个秃头法学教授还提到关于毒品的危害,以及执法人员涉毒的危害等等,虽然他没听清主要内容,至少知道最近市公安局要有大行动了。

这个行动是齐怀远的岳父姜忠诚提出来的,因为永庆市自从成立地级市后,一直是省里的先进,经济发展起到了主导作用,尤其是本市的竹编工艺,已经达到了国际水平。这样一个年年先进的地级市,一定要保证它纯洁的文明,出现毒品是一个绝对的污点。这些年,为了缉毒,姜忠诚差点把姑爷搭进去,现在他要组织更大的队伍与毒品做斗争。说是这么说,姜忠诚心里明白,不能搞太大动作,那样会起到反作用的,只要让那些毒品交易人听到风声就算达到目的了。

永庆市出现毒品,是偶然也是必然。这里的百姓几乎是一夜暴富的,他们过去一穷二白,乡镇主要以卖竹子为主要经济来源,这种东西,是需要二次开发才能挣到大钱的,单是砍伐成品竹,根本挣不了几个钱。姜忠诚出现了,他给永庆地区的老百姓带来了一个全新的思想——开发竹编工艺。老百姓有钱了,新兴的娱乐场所增加了,进入百姓生活的各种文化都有了,腰包鼓起来的暴发户,觉得自己应该活得更加潇洒一些,他们把吸上一口大麻作为了消遣和攀比的平台,于是木木来到了永庆市,"蝎子"下令,吃下永庆的毒品市场。

八 初会青红帮

目前，出口竹编生活用品到东亚，已经成为永庆市不可或缺的支柱产业。本市这样的加工厂足足有三四百家，作坊虽小，买卖做得却很大。最近几年更是呈不断上升的趋势，新开发的项目——竹编艺术品，已经打进欧洲市场。

这个功劳完全归结于姜忠诚的慧眼，对于市场开发这一项来说，自然少不了一个重要人物——"千丝万缕"竹编工艺有限公司的老总毛永刚，他是典型的弃文从商的先驱者。那些年他致力于小学教育事业，可是落后的校舍，落后的思想都是教育发展的障碍。他希望有好的校舍，有好的环境供孩子们上学，但没有钱怎么办？于是他打算下海经商，挣到大钱后，一定要让孩子们走进宽敞的校舍，安心上课。机会来了，区里打算送一批人到四川学习竹编技术，毛永刚报名了，因此他还受到了学校的处分，后来他干脆辞职不干了。

短短的几个月学习时间，毛永刚不仅掌握了娴熟的编织技术，还学来了一套管理和开发市场的经验。就这样，毛永刚成为了姜忠诚手下第一个暴富的人物，也成为永庆市最大的纳税用户。很多时候，姜忠诚都会约这个老朋友到家里小坐一下，两人对于永庆市的发展还是很有想法的。毛永刚没有忘记他的承诺，他在全市建设了18座像模像样的学校，以供孩子们上学。

齐怀远被打断腿的那段时间，姜忠诚很想念毛永刚，但是没有办法，毛永刚正在意大利，他在那里开发市场，毛永刚要打进意大利的市场，这的确很难，所以他亲自到那里督战。姜忠诚并没有忘记这个老朋友，他已经接到毛永刚的电话了，春暖花开的时候，毛永刚要在永庆建一座豪华商城，集娱乐、餐饮、文化于一体，当然里面自然少不了竹编工艺的世界，他要把那些黄头发、蓝眼珠儿、大鼻子、说外语的家伙引到永庆来。

这样一个消息无疑是一剂强心剂，让姜忠诚热血沸腾，为了保证毛永刚的投资在省里顺利审批过关，他要为毛永刚开路，清除一些不利于发展的障碍。人际关系是一方面，另一方面就是负面影响，打架斗殴、毒品泛滥，都要清除。姜忠诚亲自督战要成立缉毒大队，这次要增加编制，配置先进设备。

这个消息对于张群来说是非常有利的，他要让周冲进入缉毒队，因为周冲必将给他带来更大的财富。这对周冲来说更是两全其美，既拿到了丰厚的"佣金"，又能无限风光地混迹于警察队伍中。

周冲看着拿在手里的摇头丸，又看看墙上的挂钟，时间已经指向了下午4点钟，这个时间是他交货的好时段，同时也是人们警惕性最低的时间，尤其是春天即将到来，人的生物钟还蛰伏在深冬的寒冷中。他要去发货了，临走前，他还是关心地问着张群:"范林芳在凤凰岭还习惯吧?"

"还好,只是戒掉那个东西还要有一段时间。"

"青红帮没去捣乱吧?"周冲更关心范林芳的安全问题。

"没有,我过去听说过青红帮,是一个新兴的帮派,好像刚刚出现没几年,没想到他们的头头是小胡子。"张群皱着眉头说,因为他知道小胡子对于摇头丸的需求量很大。

"要不要格外关注一下小胡子?"周冲问。

张群不屑地看看周冲,心说你怎么关注他?以什么身份?如果以警察的身份关注,你又还只是个警校的学生。别说你啊,整个永庆市公安局都没把青红帮怎么了,你小小的周冲能怎样?以交易的身份控制小胡子,显然更不现实,因为"蝎子"要的是钱,他根本不管是谁购买了毒品。张群这么想着,但是没有说出来,他现在希望周冲做的就是好好上学,争取进入新一届缉毒大队。

周冲发货非常顺利,民族大街的几个零散吸食者,担心以后弄不到货,一下子弄走了 2000 颗。货款倒是很自觉地打进了周冲的账户,这个神秘的账户,是受双方控制的。周冲可以取,木木当然也可以取。发完货的周冲从民族大街买了些熟食回家了,母亲还不会操作那些先进的电器,目前只能买着吃。母亲看着儿子大把地花钱,有些不高兴了,她希望儿子能把钱攒下来,以备将来结婚娶媳妇用。

她不知道这些钱的来历,偶尔问一句,周冲解释说:警校和国家给的补贴。说到这里的时候母亲总是高兴得合不拢嘴,她觉得自己的儿子是世界上最优秀的警察,能享受国家的补贴了。

学校的学习并不紧张,都在按部就班地进展着。周冲最近总是红光满面的,因为他的货顺利交易了,从木木那里得到了近 8 万元的奖励,这些钱对于周冲来说,是一笔不小的财富。他除去给父母零用的钱以外,其他的都存进了一个新的账户,这个账户只有他自己掌握。张群在信息里也嘱咐周冲,花钱不要太扎眼,因为你的家境跟开支已经明显不成正比了,会引起别人注意的。周冲也觉得这些日子太过分了,又是租房,又是买家具等迹象都不利于他的隐藏。

齐齐也察觉到了这一点,她发现周冲的生活在变化,变得像一个在城市里生活了很久的男人,根本不像从乡下来读书的人。他的家,齐齐是见过的,经济收入无非就是母亲耕作的农田。村里有些零散的竹编作坊,周家都没有

参加，哪里来那么多钱？

齐齐把这个变化告诉了齐怀远，齐怀远倒是没往心里去，他的解释很简单，现在社会谁家有多少钱还告诉你啊。再说了，农村青年考进警校本来就是天大的幸福，花点钱，提高一下生活质量，是再正常不过的。听了父亲的解释，齐齐也就没再多想。回到学校的齐齐显得格外兴奋，听外公说，毛永刚要回来了。

那个长得像费翔一样的毛叔叔，小时候经常把她背在身上跑来跑去，这给齐齐的童年留下了美好的印象。她总感觉毛永刚就是她将来要找的白马王子，当然她是不会把毛永刚列入其中的，因为这个毛叔叔已经50岁了。警校开学时，她看到了周冲，这个凤凰岭的小伙子与毛永刚有些神似，只是周冲显得有些青涩而已，这也是齐齐始终放不下周冲的一个重要原因。

听外公说，毛永刚从国外要回来开什么商场，她算了算日子，那天正好是周末，她要陪外公去接毛永刚，让她为难的是，不知道穿什么衣服去。父亲给出的答案，最好是穿学校的警服，这代表齐齐长大了，代表孩子有出息了。可是齐齐并不这么想，她不想按照别人的思维去生活。她认为警服太土，打算周末先去商场买几件体面的衣服，至少也要时尚一点的，然后跟外公去接毛永刚。

齐齐心里还有一件事情让她犹豫不决。她想带周冲去，她要亲自把周冲和毛永刚放在一起比较一下，她要以毛叔叔为标准，看看周冲到底值不值得她这么用心去追。她反复考虑着，怎么跟周冲说呢？前几天在操场刚刚吵架，她已经发誓不再答理他了，可是心里总是解不开这个情结。

坐在教室里的齐齐发呆地看着教官在黑板上画着，那是一个定时炸弹的线路图。其他同学都在做着笔记，画着图案，唯独齐齐在思考着怎样带周冲去见毛永刚的问题，突然她眉头一皱计上心头，她想到了一个办法。

下课后，齐齐来到男生教室门口。转身看着楼下操场上飘动的红旗，教官走出教室回办公室了。同学们都跑出来，呼吸着相对清新的空气。有好事者已经看到门口背对教室的齐齐了，有人跑进去告诉周冲：那个疯女人叫你。周冲一猜就知道是齐齐，不过对于这样的称呼，周冲表示了强烈的不满。什么叫疯女人啊？不过就是做事有些冲动而已。

周冲从教室里出来，齐齐刚好转过身子。

"找我有事儿？"周冲问。

"你怎么知道我找你?"齐齐回答。

周冲二话没说,转身向教室走去。齐齐没想到周冲这么大脾气,为了达到目的,齐齐还是认输了,没等到周冲走进教室,她赶紧说:"有件事儿求你。"

周冲停下来,这是他第一次听到齐齐求他。过去齐齐总是以一种强势的态度与他交往,现在竟然说出这样的话,想必是有事儿了。周冲转过头:"同学之间,别说求谁,什么事儿,说吧。"齐齐一看有戏,赶紧低下头,装出很难过的样子。周冲就怕这一点,女孩子一哭,或者一伤心,他就没辙了。过去的齐齐他是不怕的,他觉得女强人值得他去战胜,而现在齐齐表现出来的情绪,让他不知所措。

"怎么了?说啊。"

齐齐抬起头,视线已经变得有些模糊了:"你听说过毛永刚吗?"

周冲点了点头,他的确听很多人说过这个了不起的男人。永庆市的大街上,到处可以看到毛永刚的广告画面。"听说过,怎么了?"

"我爸要把我嫁给他。"

周冲听到这样的话,眼珠子差点儿瞪出来。怎么可能呢,毛永刚多大了,齐齐才多大啊?齐怀远什么意思,把齐齐许配给一个半截老头子?

齐齐就是要看看周冲的反应,她希望周冲暴跳如雷,她希望周冲像当初打刘才俊那样大发雷霆。周冲愣了一下,然后转身向操场走去。楼道里来来回回有许多同学,不方便说这样的话题,周冲也怕自己控制不住情绪。齐齐跟在周冲后面,她心中暗暗高兴着,她倒要看看周冲做出怎样的举动。

周冲一边走一边压抑着自己的怒火,他不知道齐怀远葫芦里卖的什么药,即便你不让我和齐齐好,也不用作出这样浑蛋的决定啊。让你如花似玉的女儿嫁给一个知天命的男人,就算这个男人有钱有势力,也不能拿自己女儿去赌啊。

周冲正急冲冲地走着,被一个熟悉的声音打断了思考。

"周冲,你过来一下。"喊话的是校长姚占军,他手里拿着一个表格。周冲听到有人喊他,四下里张望着,发现了冲他招手的姚占军。齐齐也看到了姚占军,她马上从楼梯口转了个弯儿,向楼上走去。周冲愣了一下,然后急匆匆地向姚占军跑去。

"校长好,什么事?"周冲站稳了向姚占军敬了一个军礼。

"哦,是这样,你放学以后,到我办公室来一下。"姚占军说完,转身离开了。

站在原地的周冲皱紧眉头思索着,校长找我干吗?我最近表现很好啊,没出什么事儿啊?管他呢,去了再说吧。齐齐从楼上跑下来问:"校长找你干吗?"

周冲没说话,看看四周没人,问道:"你对毛永刚什么意见?"齐齐一听周冲说到毛永刚,赶紧低下头说:"我听我父母的。"

"你怎么能听他们的呢?他们这是在害你知道吗?"

"那我听你的,你说我该怎么办?"齐齐要的就是这个效果。

"我跟你爸妈谈,你甭管了。"周冲毫不犹豫地说。

"什么时候?"

"周末。"

"君子一言,驷马难追。"齐齐欢蹦乱跳地离开了。

周冲看着离开的齐齐,用拳头使劲儿在自己脑袋上砸了一下,心说,我怎么能做出这样的决定呢?上课铃响了,走进教室的周冲,一直在思考着如何向齐怀远说明这件事儿。一节课的时间周冲也没想出一个好的解释方法,周末去了怎么办?转念一想,我是答应齐齐了,但是我不说你又把我怎样。对,去就去,但是我不提。如果齐怀远问我去他家的目的,我就说是同学之间礼尚往来,齐齐邀请我来玩儿的。"对,就这么说。"周冲自言自语地说着。

"怎么说啊?"身后的姚占军问道。

周冲这才意识到,已经下课半天了,自己还在座位上思考呢。看到校长来了,赶紧起立。姚占军按了按周冲的肩膀,示意他坐下。

"本来呢,要你去办公室谈,在这里说说也行。"

"什么事儿,校长?"

"听说过毒品吗?"姚占军问。

周冲眼睛一亮,有些微微恐惧,他不知道姚占军为什么要问他这个问题,难道自己参与"蝎子"和张群交易摇头丸的事儿被他知道了?不可能啊,如果他知道,他会直接跟我谈的。难道他也参与了这样的交易?就像吕明明一样,做着警察,照样为木木服务,就像我一样,当着学生一样可以从容交易。

他想干什么,问我这样的话出于什么目的?他不能让姚占军看出恐惧,不能暴露丝毫的紧张情绪,这是一个毒品交易人的最根本条件。

"哦,听说过,听说那些东西很厉害。"周冲回答着。

"听说过就好,这是我市毒品分散地和交易场所的资料,你仔细看看,要保密,这是市局的文件。最近市局计划成立新一届的缉毒大队,要从我校挑选人才,学校党委决定推荐你去应试。"姚占军说完把手里的文件递给周冲。

周冲有些不知所措,倒不是他掩饰自己的功夫达到了炉火纯青的地步,而是他真的感到意外。全校那么多人,也有很多优秀的学生,怎么会选择我呢?他脑子里这么想着,嘴巴上同时回答着校长:"谢谢校长,请校长放心,我一定完成任务,为我校争光。"

"好,你看完资料再说吧。"姚占军走了,剩下周冲自己坐在教室里发呆,这样呆滞的表情是一种兴奋过度的表现,他的机会来了。

周末,齐齐早早从宿舍里出来,到警校门口等着了,她在等周冲,两人说好了要去齐齐家。目的就是去阻挡齐怀远把女儿嫁给毛永刚,周冲从宿舍楼里出来,向学校门口走来。

"周冲。"齐齐喊着,周冲没有回答,径直走过来。

"你等我一会儿,我去办点事儿,一会儿就回来。"周冲一边说一边小跑着离开。

"干吗去?我陪你去。"齐齐想拦没拦住。

"不用,10分钟就回来了。"周冲头也不回地跑开。

"那好吧。"齐齐努着嘴,看着远去的周冲。

周冲是回家看看父母去的,这一个星期的时间,说短很短,说长也很长。毕竟父母人生地不熟的,先打发父母放心,再去办自己的事情。他从路边的市场上买了些青菜和熟食,这些天母亲会用电磁炉了,也就自己开火做饭了。刚进家门,他看到父亲坐在地上看报纸,母亲在阳台上纳鞋垫儿。

"妈,我回来了。我爸怎么坐地上了?"

"冲儿回来了,让他起来,他不听。"

"妈,中午你们自己吃吧,我出去有点事儿。"

"去吧,对了冲儿,昨天晚上来了个人,说找你的。"

"谁啊?"周冲边问,边放下手里的东西。

"他没说,一个女的一个男的。给你留了封信就走了。"

周冲心说,一个女的一个男的?谁呢?先看看信吧。周冲从电视上拿起那个牛皮纸的信封,打开一看,傻傻地站在那里。

周冲的第一个反应就是拨打张群的电话,电话占线。他又拨打木木的电

话,也在占线。

"妈,我走了啊,中午你跟我爸吃饭吧,我不回来吃了。"周冲说完,急匆匆地离开了。他在思考着对策,怎么办?是报警,还是自己处理,自己处理的话,人家会给我面子吗?人家会相信我这个在校的警察吗?

张群的电话拨通了:"喂,范林芳被小胡子带走了。"

张群已经知道了,他刚才就在跟木木洽谈这件事儿。周冲站在楼口焦急地问张群:"怎么弄,救还是不救?"

"当然得救啊。"其实张群倒不是为了搭救范林芳,主要是救永庆市的毒品市场。范林芳这样的女人被控制是小事,小胡子作为青红帮的帮主,他是不会善罢甘休的。

小胡子的目的就是要和"蝎子"合作,他要让"蝎子"带他们青红帮进入更大的市场,接触更高档次的交易。留给周冲的信里已经写得很清楚了,如果不配合的话,所有人都会被小胡子挖出来,他几乎掌握了所有永庆市的毒品交易状况。就连周冲这个被张群和"蝎子"极力培养的警察都被小胡子钉在心里了。

"哥们儿,你跟'蝎子'联系上了吗?"周冲问张群,因为这件事儿只能让"蝎子"出面解决。

"还没有,我给木木说了,他对这件事不是很重视。"张群说。

"难道你没告诉他这件事将关系到大家的利益吗?"

"当然说了,但'蝎子'不会同意的。""蝎子"的性格他知道,宁愿失去一个市场,也不会妥协的。

"那怎么办?"周冲实在没办法,他不希望刚刚有些眉目的工作就此停止,毕竟交易毒品的诱惑太大了,短短的半年时间,他就获得了丰厚的奖赏。目前自己又将加入新的缉毒队伍,黑白通吃,两条腿走路,可以说"钱途"无量,现在小胡子进来捣乱,不能因小失大。

"你能给我'蝎子'的联系方式吗?我要亲自跟他谈。"周冲问张群。

"周冲,你想干吗?你以为你是谁啊?"张群在电话里,声调明显是嗤之以鼻,心说,我跟着他们这么多年都没说过这么狂的话,你一个涉足仅仅半年的小卒子,竟然跟"蝎子"谈条件?

"我有办法,只要你告诉我就行。别忘了,范林芳还在小胡子手里,就算我们不做这个了,我们也不能见死不救啊。"周冲的意思很明确,他不仅要救出范林芳,还要为大家谋取更大的利益空间。

张群现在也没办法,只能依了周冲的意见,他要周冲去他那里取号码。周冲有点不理解地问:"你现在告诉我就是了,干吗非要去你那里取呢?或者发信息给我就是了。"

"你不懂,要你来就有要你来的目的。"

"一个破电话号码,就这么神秘吗?"周冲有些不耐烦。

刚想继续说,一只手搭在他的肩膀上,低沉地问道:"谁的号码啊?那么神秘。"

## 九　青红帮老三

永庆市公安局迎来一批特殊的客人,他们是中央派来,要传达一项新的任务,其中包括扫黄打非以及查毒禁毒的命令。齐怀远作为曾经的缉毒队长,与吕明明同时参加了座谈会,就中央新一轮的扫黄打非工作,作了详细的部署。客人听取了齐怀远全面的工作报告,当谈到永庆市存在的隐患时,齐怀远并没有隐瞒问题,他承认目前永庆市有个别毒品交易现象,自从自己受伤后,工作稍显迟慢。不过他向上级保证,马上就要建立新的缉毒大队,从编制到设备都将有一个全面的提升。

送走上级检查团的齐怀远回到家中,正准备出门,发现门口站着个穿军装的小伙子。仔细一看,原来是刘文艺,这个在凤凰岭疗养院的警卫员,给他留下了很深刻的印象。齐怀远赶紧把刘文艺让进房间,招呼姜媛:"出来招呼一下,刘文艺来了。"姜媛听到后,从卧室走出来。

"快快,坐下。"姜媛一边招呼一边沏茶。这让刘文艺有些不好意思,他觉得自己来得不是时候:"首长,您要是有事儿,您去忙吧,我以后再来。"

"没事儿,你在家等会儿,你阿姨陪你说会儿话,我去接个人。咱们中午一起吃个饭。"说完齐怀远拿上警服走了。刘文艺又高兴又紧张,他觉得齐怀远没拿他当外人,毕竟人家是市公安局的局长啊,自己就是一个小战士,感觉有些受宠若惊。这次来,更是有些紧张,主要是想请齐怀远帮个忙,听到局长留自己吃饭,更加不知所措。

"阿姨,要不我回去了,等齐叔叔回来再说吧。"刘文艺看着忙碌的姜媛说,这也是他第一次称呼齐怀远叔叔,他觉得这样称呼很亲切。

"没事儿,别客气,一会儿就回来了,他去接咱们永庆市的大亨毛永刚去。"姜媛说着递给刘文艺一个苹果。

其实从刘文艺的本心讲,他也不想走,这次来找齐怀远也算是投石问路。

他想让齐怀远帮忙问问考军校的事儿,如今这个社会,有人和没人是两种概念。再一个原因,他是想见见齐齐,过完春节,部队忙得很,正在准备新年的工作,没时间给齐齐打电话,信息也没发。部队正在抓保密工作,所有战士或者不够级别佩带手机的干部,手机一律上交。现在好不容易周末可以外出了,刘文艺假借考军校一事,来看看齐齐。

姜媛坐下来,看着局促不安的刘文艺问:"是不是有什么事儿找齐齐她爸啊?"刘文艺拿着苹果来回转动着,不知道从哪里说起。他听部队的老兵们说,要想找领导办事儿,就要先打通家属这一关。不知道在公安局长这里管不管用,既然姜媛问了,那么何尝不跟这个局长夫人说说呢。想到这里,刘文艺说:"阿姨,你说我能考上军校吗?"

姜媛呵呵地笑起来:"哎呀,是不是打算让你齐叔叔帮忙考军校啊?"这就是刘文艺的目的所在,但是他不能这么直白地回答,他要用另一种说法来与姜媛交流。

"阿姨,我想打听军校的录取分数,看看我有没有把握。"刘文艺说。

"你齐叔叔是地方警察,跟部队不一样的。不过我听他说过,陆军学院他有好多同学。"姜媛一副慈祥的表情让刘文艺倍感亲切。

刘文艺站起身说:"我回去了,等齐叔叔回来麻烦您问一下吧,先谢谢阿姨了。"

"别走啊,他们一会儿就回来了。"

周冲正与张群谈论着如何让"蝎子"出山的问题,被一只手从背后拉了一下。吓得周冲赶紧挂掉电话,回头一看,原来是齐齐。齐齐在学校门口等了半天不见周冲回来,她就沿着周冲走的方向迎了过来,没想到在这里碰见周冲,还听他说了些莫名其妙的话。

周冲赶紧解释:"不好意思,刚才家里有点事儿,你自己回家吧,我去不了了,原谅。"

齐齐一听就急了:"什么?你去不了了?你答应的事儿怎么能说变就变呢。你知道吗,今天我爸让我和毛永刚见面,你看着办吧。"齐齐说完掉头就走,她的速度不快,她要等周冲追上来,想看看周冲到底心里有没有她。周冲果然追了上来拉住齐齐的胳膊:"你听我说齐齐,我真有事儿,不然我给你爸爸打个电话吧。在电话里我跟他说。"

"你怎么说？你就说不让我嫁给毛永刚吗？"

"对啊，我劝劝他就是了。"

"如果他不听呢？"

"他要不听，我就说我……我喜欢你，你不能把齐齐嫁给别人。"

齐齐听到这句话的时候，真不敢相信自己的耳朵，这是周冲第一次说喜欢她。齐齐知道周冲是在哄她，但是这几个字从周冲的嘴里说出来，实在不是件容易的事情。齐齐激动得差点哭出来，她盼了大半年的一句话终于盼出来了："你说的是真的吗？"齐齐追问着，她要让周冲再重复一遍刚才的话。周冲认真地说："当然是真的啊，不就是给你爸爸打个电话吗？很简单的。"

"不是这句，是另外一句。"

"哪一句？"

"假如我父亲不听你的呢？"

"哦，不听我的，我就说……"周冲这才意识到刚才由于着急说了那句喜欢她的话，他没想到齐齐会这么认真。看着强势的齐齐，周冲再一次坚定地说出了那句让齐齐高兴的话。

齐怀远开车来到岳父家的楼下，接上姜忠诚向机场方向开去，姜忠诚问："不带着齐齐去啊？"

"来不及了，飞机马上降落了，接上她就晚了。"

姜忠诚一想也是，早知道这样派人去接了，何苦自己亲自出马迎接呢。对于毛永刚来说，姜忠诚接他算是够档次。

齐齐的电话打到父亲的手机上，没人接。再打，齐怀远接了："齐齐啊，我和外公在路上，今天不能带你去接毛叔叔了，你回家吧。今天咱们在家吃，回去帮你妈妈忙活忙活。"不等齐齐说什么，电话就挂断了。

齐齐转头拦住出租车，带着周冲回家了。一路上周冲在琢磨着怎么跟齐怀远说，怎么劝阻齐怀远不要把女儿嫁给毛永刚。他脑子里还不时闪出张群和范林芳的影子，小胡子的信里写着交易条件。他要和"蝎子"合作到边境做点大动作，毕竟摇头丸生意利润太小，何况经过多重交易平台，等到了小胡子手里，基本就没利润了。他控制范林芳，其实是个幌子，主要是通过这种形式来提醒"蝎子"，这个市场还可以做大，由于"蝎子"在边境的关系，可以让小胡子更加顺畅地拿到大量的货。以上的交易，是需要和平共处的，假如"蝎子"不同意交易合作,那么小胡子会用自己的方式来解决,他不会报警,他要用更加江湖的手段来了结这件事。

齐齐和周冲并排坐在后座上,司机开车的技术很娴熟,每到一个路口都是疾驰而过。齐齐借助着出租车离心力的作用,左右晃动着,时而碰在车门上,时而撞进周冲的怀抱。她喜欢这种若即若离的感觉,那种碰撞,来得那么突然,也来得那么及时。她恨不得永远这样晃动下去,一直到周冲把她扶住,揽入怀中。

出租车一个急转弯,接着又是一脚急刹车,停在了齐齐家的小区门口。这个突然的停止让齐齐有些恼火,她不想让刚才那种与周冲之间的碰撞结束。一怒之下,齐齐指着司机怒吼着:"你怎么开车呢?会不会开啊?"司机没说话,转头看着坐在后面的齐齐和周冲。周冲不想惹麻烦,从兜里掏出10块钱扔到前面的副驾驶位置上。拉着齐齐下车了。

齐齐站在小区的门口,含情脉脉地看着周冲说:"还记得你的话吗?"周冲皱了一下眉头说:"记得。"

周冲刚说完,齐齐拉着周冲的胳膊挎在一起。周冲使劲挣脱也没挣开,就这么被齐齐"挟持"着向家中走去。

周冲就这么被齐齐拉着拖着向前走,突然怀里的手机响了。周冲站在原地,示意齐齐接完电话再走,齐齐点头同意了,但是手一直挎在周冲的胳膊上。周冲有些无奈地看看齐齐,打开手机,上面显示了一个熟悉的号码,这个号码让周冲的脑子飞速转动着,怎么跟齐齐解释呢?齐齐看出了周冲的眼神,知道有什么事情,但是她不知道周冲接下来的动作是马上离开。

"齐齐,我得走,有急事。"周冲尽量把话说得委婉,或者说是更加温柔一些。齐齐的眼睛里迅速闪出泪花,她现在已经没有力气与周冲争吵了。她精心设计的见面计划就这么泡汤了,或许刚开始就不该哄骗周冲,她苦笑着。周冲有些尴尬地站着,他也觉得这件事儿不去不行。他心说,就算齐怀远真的把女儿嫁给毛永刚又能怎样,我周冲也阻拦不住啊,别说是一个腰缠万贯的毛永刚,就算是一个警卫战士刘文艺去追逐齐齐,我周冲也无能为力去阻拦啊。

"齐齐,你先回去吧,等我忙完了给你打电话。"周冲说完走了。

齐齐没说话,也没有目送着周冲离开,而是向自己家的方向走去。那里才

九 青红帮老三

121

是她的阵地,那里才是她的皇宫,那里才有她施展能量的空间。

齐怀远和姜忠诚顺利地接到了毛永刚。

像以前一样,毛永刚还是穿着中山装,他认为这是前人留下来最适合中国人穿的服装,轻巧灵便不失大雅庄重。他的宽下巴总是刮得干干净净,这是他当教师时留下的好习惯。他眉宇间透着十分的睿智,这些年的商海遨游,没有改变他,反倒是他改变了永庆市的面貌。

毛永刚和姜忠诚坐在后面的座位上,相互寒暄着。毛永刚则不好意思地对齐怀远说:"让我们的公安局长来接我,实在过意不去啊。"

"哈哈,咱们谁跟谁啊。"齐怀远从后视镜里看一眼毛永刚。

"坐在警车里,知道的是我被市委领导接见,不知道的还以为我被公安局给刑拘了呢。哈哈哈……"毛永刚调侃的话语让车上的气氛迅速轻松下来。

齐齐按了一下门铃,她已经调整好心态,她知道毛永刚今天要来她家做客,这个毛叔叔从小就很喜欢她,并且还教了齐齐两年的语文课。她要以最好的状态来迎接毛叔叔的到来。开门的是刘文艺,站在门口的齐齐脑袋嗡的一声,她抬头看看自己的门牌号,又看看刘文艺。

"你?"齐齐说话的声音有些颤抖。

"我是刘文艺。"

"我知道你是刘文艺,你怎么在我家?"

姜媛听到女儿回来了,赶紧喊着:"齐齐回来了?来来,帮妈妈把这蒜瓣弄一下,你毛叔叔最爱吃我做的凉拌黄瓜,还必须是蒜泥的。"

齐齐进门换好拖鞋,一直盯着刘文艺,这让刘文艺有些局促不安,贴着门向后转着身子。刘文艺就喜欢齐齐这种强势的表情,他觉得一个女孩儿能表现得这么真实,是一种个性美。齐齐快步冲进厨房,刘文艺关好房门坐在沙发上帮着剥蒜。

"妈,刘文艺来干吗?"齐齐小声地问。

"哦,他来找你爸爸有事儿,你爸没让他走。"

"今天毛叔叔回来,他在这里合适吗?"

"怎么不合适啊?别忘了,人家可是你爸爸过去的警卫员,在疗养院的时候多亏人家照顾那么周到。"

齐齐没再说什么,从厨房门缝里偷偷看着刘文艺。刘文艺认真剥蒜的样子很可爱,像是雕琢一块美玉一样认真,并且很小心地将垃圾装进垃圾袋子里。一个男孩做事那么仔细,比我妈妈做事还周全,看来这家伙以后一定是个模范丈夫,嘿嘿嘿,齐齐偷笑着,心想,我怎么能有这样的想法呢。

楼下的警车格外醒目,尤其是车顶上那闪烁的警灯。院子里多是局里的同事,由于工作性质,这个院子里经常出现警车。车上下来了姜忠诚和毛永刚,齐怀远把车停好也向家中走来。

齐齐早早打开房门,站在门口等着外公和毛永刚的到来。姜忠诚走在前面,步伐坚定而有力,上楼的力量一点不比年轻人差。毛永刚自然也是步伐矫健。看到外公上来,齐齐冲出来扑了过来,抱住外公亲一口在额头上,这个动作让姜忠诚有些大喜过望,差点跌倒。齐齐放开外公,立正站好,行一个标准的军礼。毛永刚瞪大眼睛看着眼前这个出落得如花似玉的姑娘,转头看看姜忠诚:"这就是齐齐?比我走之前更漂亮了,哈哈哈……"

齐齐做了一个请的动作,把二人让进屋里。姜媛赶紧出来,擦干净手上的水,与毛永刚握手表示欢迎。齐怀远最后一个进门,关好房门,张罗着给毛永刚沏茶。这时候刘文艺从厨房里端着几杯已经准备好的茶杯出来,穿军装的刘文艺一出现,吓了姜忠诚一跳。毛永刚倒是没有那么惊愕,看看齐怀远,又看看齐齐,纳闷儿地问:"齐齐这么小就谈朋友了?"

齐齐一听这话,赶紧澄清:"不是不是,他不是,他是……"想了半天也没想起来怎么给刘文艺定个位置。刘文艺也感觉很尴尬,解释说:"我是局长的警卫员,是在疗养院的警卫员。"

齐怀远赶紧接过话茬:"对,当初在疗养院,多亏这个小家伙,今天来家里玩儿,我没让他走。"

毛永刚也就没再追问,姜忠诚好像见过这个小伙子,感觉是个很忠厚淳朴的军人。

姜媛拿出水果,递给毛永刚一个大个儿的橘子:"他们娘儿俩还好吧?在那边习惯吗?"

毛永刚叹口气说:"习惯什么,我都后悔让他们出去了,都是跟风跟的,出国热啊,现在想想还不如咱们国内好呢,尤其咱们永庆,变化多大啊。"

"这不多亏了我们的毛老板吗?哈哈……"姜忠诚适时为毛永刚正名。

齐齐坐在沙发的边上,偷偷看着毛永刚。这个她心中曾经的美男子,这个她择偶标准的"标本",多了几丝白发,丝毫不能掩饰他帅气和干练的本性,她

九 青红帮老三

123

在用毛永刚来衡量周冲。周冲的性格有些像毛永刚,只不过毛永刚更有魄力一些。

刘文艺前后忙活着,像在疗养院那样,为首长服务是他的老本行。挨个端好茶水,又端起一杯递给齐齐。齐齐的思绪完全在毛永刚和周冲的身上,根本没注意到刘文艺端过来的茶杯。刘文艺又不知道怎样称呼这个局长的千金,只能绕过去,挡住她的眼睛,把茶水端在齐齐面前。齐齐这才发现刘文艺手里的茶杯,赶紧起身道声:"谢谢。"刘文艺不敢抬头看齐齐,只是低声地说:"不用谢。"齐齐看看转身离开的刘文艺,心里说,要是周冲对我这样,多好啊。

周冲此时正在赶往张群家的路上,他和齐齐在小区门口分手,是因为张群在电话里告诉他,"蝎子"要来永庆市。这不亚于一个爆炸新闻,因为就在半年前,"蝎子"将齐怀远的左腿打断。现在永庆市要准备成立新的缉毒大队时,公安局长齐怀远的仇人要来永庆市,这个"蝎子"简直没把永庆的公安系统放在眼里。从立功这个角度来说,周冲完全可以告诉齐怀远,但是他不能那么做,如果那么做了,自己的财路算是报销了,一旦让"蝎子"知道,自己不但没有了发财的机会,而且很有可能会受到"蝎子"的威胁和打击。周冲心里合计,齐怀远这么牛的人都让"蝎子"打断左腿,何况我一个小小的周冲呢。

来到张群的住处,周冲已经气喘吁吁了。张群正在用笔记本电脑上网玩游戏,对于范林芳的安全,他倒是无所谓。他更关心的是"蝎子"会不会来永庆市与小胡子洽谈边境行动的问题。通过木木的汇报,给张群的信息是,下月初,"蝎子"将在永庆市的"明朗夜总会"会见小胡子。

周冲听到这个信息,感觉很惊愕。

"'蝎子'真敢来吗?他不怕走漏风声,惊动公安吗?"周冲说。

张群熟练地敲打着键盘,一个点射,屏幕上的敌军被击倒,一摊鲜红的血流淌出来。他慢条斯理地说:"只要你不说,我不说,谁会知道呢?"

周冲从张群的口气里能听得出来,这是在提醒他做好保密工作。

"'蝎子'来和小胡子谈判的话,你和我都不可能参加的。"周冲试探着问。

"'蝎子'说了,要带你去,因为我告诉他了,你马上就成为永庆市的缉毒队队员了。"张群转过头,扔给周冲一支烟,高兴地说。

　　周冲很佩服张群的能力,他抓住了周冲贪财的欲望,同时抓住了周冲警校学生的特殊身份。当初选择吕明明的时候,"蝎子"就不太同意,不过吕明明还是被控制了,吕明明的家人住址,以及姓谁名谁,都在"蝎子"的控制中。如果吕明明不按"蝎子"的行事方针去做,那么他的家人会受到一定的威胁。起初吕明明还是不怎么害怕,后来到打断齐怀远的腿,他才真正体会到了"蝎子"的狠毒。不过,吕明明也想开了,只要自己能混迹于警察队伍,只是给"蝎子"提供一些交易的信息,两全其美的事儿,何乐而不为呢。话虽这么说,吕明明还是不跟父母住在一起,以防不测的到来。

　　周冲没想到"蝎子"会点名让他参加,听张群一解释,自己也就明白了。张群说完又开始打游戏,周冲看看没什么事儿打算离开。被张群叫住了:"别走啊,今天不是周末吗？一会儿我带你去玩玩儿。"

　　"玩儿什么？我爸妈还在家呢,我得回去看看。"周冲说。

　　"不都安排好了吗？看什么啊！我不玩儿了,咱们马上走。"张群一边收拾电脑,一边起身穿衣服。

　　张群带着周冲来到一个废旧的厂房,这里堆积着一些没有燃烧的煤炭。从厂房的设置看,像是一个塑料再生工厂,不知道什么原因停产了。周冲一路上询问着张群,他不知道张群葫芦里卖的什么药。张群只是说:"到了你就知道了。"

　　厂房里很乱,墙角的地方有一扇半掩着的房门,上面荡悠着一个牌子,写着宋体的三个字:办公室。张群向办公室走去,周冲跟在后面,左右巡视着。张群来到房门跟前,推开向里看了看,没人,接着打了电话。不到3分钟,一辆奥迪车停在厂房的院子里。从车上走下来一个小胖子,还有几个穿着中山装的人,都理着怪异的发型。由于隔着窗户,根本看不清来人的脸庞,不过从走路的姿势看,周冲猜了个八九不离十。

　　果然是小胡子,周冲心里咯噔一下。小胡子？张群？人群中还有一个穿着中山装的长发女人——范林芳。周冲彻底被弄蒙了,怎么回事？小胡子走进厂房,看着眼前的张群和周冲,问:"'蝎子'什么时候来啊？"

　　"嗯,他答应我下月初来。"张群丝毫没有害怕的意思,说话的语气和表现说明,小胡子和张群不是一般的关系。

　　"你就是周冲,我见过你,民族大街成人用品店。"小胡子指着周冲说。周冲动了动肩膀，那个被刘才俊打伤的地方还略有些疼痛，他看着小胡子说："对，我就是周冲。"

"听张群说，你小子前途无量啊。"小胡子的意思是，周冲马上就要成为缉毒队的队员了，好像还跟公安局长的女儿齐齐有一腿。

"就是混碗饭吃，跟各位一样，为了活得潇洒一些。"周冲说话的语气和速度以及表达的内容，更像一个出入江湖多年的黑社会。这一点出乎张群的意料，没曾想，第一次与青红帮帮主见面就这么会聊天，我张群由"蝎子"那里转投小胡子，可是费了很大心机的，不仅搭上一个范林芳，还不能让"蝎子"有所察觉。

张群感觉"蝎子"似乎距离自己很遥远，要想与"蝎子"取得联系，是一件非常困难的事情。就算是"蝎子"器重的木木也经常拿他当做一种工具，张群根本得不到应有的尊重。这几年小胡子的青红帮可谓强势发展，虽然没有亲自与这个帮主交易过摇头丸，但是他能感觉到永庆市的明天是小胡子的天下。于是他上演了一出美女苦肉计，将范林芳打进小胡子身边。那个本该祥和的除夕夜，张群派人点燃了周冲的房子，给周冲指明了方向，向城市进军。

小胡子很喜欢周冲的谈话方式："好，就凭你这个牛劲儿，你就是青红帮老三。"周冲没有表现出格外的兴奋，而是沉稳地说："谢谢了，我不想过多掺和这些事儿，张群知道我的目的，无非就是挣点儿钱花花。对于你们江湖上的事儿，我不懂，更不想参与。"周冲说得不瘟不火。

"哈哈，爽快，来人。"小胡子后面的范林芳走过来，看着周冲。她知道这个周冲曾经在医院里为她输过血，虽然那是张群和小胡子演的一场戏，至少这个男人曾经救过她。范林芳从后面拿出一个盒子，递给周冲。

周冲接过来，打开盒子，借着阳光看去，原来是一颗夺目的珍珠摆在中间。周冲并没有惊讶，他抬头看看小胡子："无功不受禄，你想让我做什么？"

"好，痛快。我们做个小交易。"

"交易什么？"

"我要你拉齐怀远下水。"

周冲明白小胡子的意思，他是想把齐怀远当做他们青红帮的保护伞。不光是因为齐怀远的职位，关键是齐怀远还有一个了不起的岳父姜忠诚。

"我就是个警校的学生，农村来的，为什么找我？"

"哈哈……问得好,因为你干净,因为齐怀远的千金爱你。"小胡子说的时候故意向前挺了一下嘴巴。

"我做不到。"周冲把盒子递给范林芳,范林芳并没有接,她在等待小胡子的命令。

"你能做到,不光能做到,而且一定能做得很漂亮。"小胡子将盒子推向周冲,接着说,"如果你做得漂亮,咱爸咱妈就会很高兴的。"说完,小胡子挺着隆起的肚皮,哈哈大笑着。

张群替周冲接过盒子,塞进周冲的口袋。周冲看着大笑的小胡子,恨不得一脚踢倒他,但他绝不会这么冲动的,毕竟刚才小胡子已经提醒了,父母的安全完全掌握在他的手里了。不过有一个问题他有些想不通,那就是小胡子给他封的什么"青红帮老三",这个名字听着很酷,也很有男人味道。小胡子是帮主,也就是青红帮老大,那么老二是谁?是张群?不像,看张群唯唯诺诺的样子,不像是黑社会的关键人物。小胡子的身边只有四个人,一个是范林芳,另外三个一看就是小弟级别的。看来青红帮还有更重要的人物排在他的前面。

既然是青红帮的人,那么小胡子必将会给周冲一个标志,让下面小弟们好辨认,以来区别青红帮的级别。这也是周冲希望知道的,不能这么一说就算了,总要有一些江湖上的印记来证明自己的身份。小胡子看出了周冲的疑惑,向范林芳一招手。范林芳转身向奥迪车走去,从车的后座上拿出一个更加精致的盒子。小胡子从盒子里拿出一根小指头那么粗的金链子,走到周冲跟前:"老三,这是我的一点心意,这是我为青红帮打造的三条链子。"

周冲接过链子观察着,链子的一端带着一个小牌儿,像是美国大兵身上佩戴的那种牌子,牌子中间是一个青色和红色组成的八卦图。周冲心说,看来这就是青红帮的标志了。他从现在开始多了一重身份,那就是青红帮老三。

佩戴好青红帮项链的周冲,被小胡子一下子搂进怀里。周冲学着小胡子的样子,拍打着对方的后背,以示友好。伏在小胡子后背上的周冲,侧眼看着站在一旁的张群,有些心酸,这个把自己带进毒品交易的哥们儿,从今天开始要喊他三哥了,心里总有些不舒服。

跟在小胡子身后的几个人,同时抱拳拱手喊了一声三哥。这样的场面让周冲有些亢奋,毕竟这只有在过去的香港武打片里才有,现在竟然让自己亲身经历了,是所有的江湖都这样,还是只有青红帮这样?这些疑问将伴随周冲进入新一轮的交易,他要用小胡子给他的财富和地位,去征服永庆市公安局

长齐怀远,在征服齐怀远之前,他要征服的是齐齐。

回学校的路上,周冲有些忐忑不安,他的身份在飞速变化着,从一个不为人知的农村青年,到一个前途光明的警校学生。本来就是一步登天的感觉,然后又成为一个摇头丸交易者。金钱的诱惑让他低下了正义的头颅,不曾想张群又为他铺就了一条青红帮老三的道路。他在自问:我还是原来的我吗,我还是那个品学兼优的周冲吗?我还能无私奉献,见义勇为吗?

周冲摸着脖子里悬挂的青红帮老三的标志,走在回校的路上。经过民族大街的路口时,不由得向着小胡子的成人用品店望去,那里依然拥挤,依然繁忙。所不同的是,现在的周冲明白了,小胡子的店只是一个望风的平台,那里是小胡子掌控民族大街的"办公室"。

"有人抢钱包啊。"一声呐喊,吓了周冲一跳。随着喊声的方向看去,三个小伙子,正厮打着躺在地上的一个中年妇女。嘴巴里不干不净地骂着,周围的人都躲得远远的,谁也不敢靠近。周冲的第一反应就是救人,他紧跑两步来到跟前:"放开她。"

几个小伙子抬头看看周冲,没有理会,接着踢打地上的女人。周冲对准较近的一个就是一脚,被踢的小伙子转过头来,二话没说从腰里抽出一根一尺长的铁棍,向周冲砸来。周冲一个闪身,回手抓住小伙子的头发,只一拧,就把他摔在了地上。其余几个人一看,周冲身手不错啊,随即将他围在中间,个个手里拿着铁棍儿。周围的人越躲越远,没有一个人敢说话,躺在地上的女人爬起来跑走了。那个挨打的小混混从地上站起来咬着嘴唇说:"你是谁,竟敢在民族大街和我动手。"显然对方已经意识到周冲不是一般人了,平时是没人敢在这里与小混混交手的。

周冲收起格斗姿势,正了正身上的衣服。准备离开,不料对方更加逼近地将他围住,还是那个人问:"我们青红帮不打无名之辈,你就算被打死,我们也要知道你是哪个窝里的蚂蚱。"

周冲一听是青红帮的人,自然放松了很多,他刚刚荣升为青红帮老三,今天竟然就跟自己的弟兄干上了,但是他不能明目张胆地宣称自己的职位,他与小胡子的交易是收买齐怀远。既然碰上弟兄们了,那就看看小胡子给我的那个东西管用不管用了。

周冲用手向下拉了一下高领衫,从里面掏出那个带有八卦图的项链,在手里摆弄着。其中一个小混混瞪大眼睛,赶紧抱拳:"三哥,怪小弟有眼无珠。"

周冲塞进项链,大骂一声:"什么他妈乱七八糟的。"说罢扬长而去。

被抢的妇女一直跟在周冲后面,得知周冲是警校学生后才转身离开。

第二天,妇女带着锦旗、感谢信,携全家老小,向周冲和警校表示感谢来了。同时来的还有电视台的新闻记者,这让姚占军很满意,周冲也因此成为小有名气的警校学员。电视机前的小胡子哈哈大笑,看来这个老三还真是个红人啊。

永庆市的三月,是格外的美,这里不但有着青山碧水,同时还迎来了为他们打开致富之门的毛永刚。毛永刚要建设永庆最大的商贸大厦,地段选在距离凤凰岭不到30公里的城郊。先期工程开工在即,毛永刚邀请来了国外的很多生意伙伴,这样的大手笔给永庆市增添了无限光辉。

剪彩的日子到了,姜忠诚作为本市最重要的人物自然要参加,动工新闻发布会和奠基现场,吸引来了省内外的众多媒体。为此毛永刚还邀请了著名的歌手前来助兴演出,台下坐满了"千丝万缕"竹编艺术公司的数万名员工。

整个活动的安保工作,自然落在了公安系统的齐怀远身上,他组织了数百名警力,沿街巡查,同时还从警校调来学生进行实习治安,其中自然包括了周冲。这是校长姚占军亲自点的将,这个乡下来的周冲,除了与齐齐有过一段"感情"纠葛外,学习成绩和其他方面表现得都很好。

站在会场左侧的周冲,被太阳照得有些难受。春天的阳光很暖,暖得让人有些躁动。他一直穿着高领衫,格外的热,他要时刻注意自己脖子里那个印记,因为那是他第一次交易摇头丸时的接头暗号。现在他又多了一个神秘的身份,就是青红帮老三。

台上的姜忠诚在讲话,声音洪亮,气力十足。毛永刚戴着墨镜环视着台下的竹编职工,谁也猜不透眼镜后面的内心世界。台下还拥挤着无数摄像摄影记者,大白天的,有人还在使用闪光灯,好像不把这个"毛财神"照清楚,就完不成任务一样。

台上的几名老外,对着台下指手画脚。舞台两侧已经准备好了演出的队伍,只要新闻发布会一结束,演员们就一哄而上,点燃这里的每一个角落。台下的观众显然对新闻发布会不怎么感兴趣,都在交头接耳地谈论着舞台两侧的演员们。

台下除了本公司的职工以外,还有永庆市的老百姓们。他们是来看演出的,也要来看看毛永刚到底要鼓捣个什么东西。一些闲散百姓前来打探消息,

等商城建成,自然要来谋得一个职位或者承包一个柜台,这些人群里自然少不了青红帮的弟兄们。

会议终于结束了,姜忠诚陪同外商们来到舞台下的贵宾席上就座。毛永刚当然被推在姜忠诚身边主要位置上坐下。此时的齐怀远,正躲在会场外的警车里,观看整个会场的现场录像。这是从电视台搬来的设备,在警车里能观察到整个会场的情况。当初毛永刚让齐怀远以嘉宾的身份就座,被齐怀远拒绝了,原因是不想太扎眼。

演出开始了,中间的观众在有节奏地挥舞着小红旗,这些是毛永刚的公司职工,自然好管理。舞台两侧的观众越来越向中间靠拢了,站在边上的警察也被挤到舞台边上了。他们不是不想去维护现场,关键是人太多根本控制不住。齐怀远在警车里看到了这一幕,他也看到了被挤倒的周冲。

周冲从地上站起身来,使劲向外推搡着。外面拥挤的人群跟着舞台上的舞蹈一起涌动着,那些穿着暴露的女舞蹈演员,摇摆的动作,婀娜的身姿,都激发着那些少男少女的春情。他们喜欢这种碰撞,更喜欢这种摩擦。这像吸食摇头丸以后忘我的神离。

周冲被再次撞倒,他的警服已经被推搡得有些扭曲,他顾不上整理军容,他的职责就是要协同队伍保护好现场,以达到保护演员和确保会场的安全工作。在姜忠诚看来,永庆市的面子很重要,毕竟这是个刚刚兴起的新兴城市,很多地方需要完善。目前永庆市的经济发展算是如日中天,可是同时出现的负面影响也在增多。

齐怀远从警车里出来了,这种混乱的场面他实在看不下去了。虽然在会前上头多次交代,让他一定克制自己的情绪,不到万不得已,不能动用防暴部队,现在防暴警察都在外围待命,现在的情形看,老百姓也就是跟着起哄,还没到那种控制不了的局面。齐怀远向周冲的方向走来,这个地方最拥挤,这里是男女演员上下台的地方。

周冲与另外两个警察使劲向外推着,他感觉自己越来越力不从心。似乎所有的力量都向他推来,自己的身子已经被推到舞台的边沿上,生硬的舞台钢架硌着周冲的后背。周冲攒足了劲,向外一用力,大喊着:"都后退!"这一声,不仅吓住了向里推进的老百姓,同时也吓住了坐在贵宾席的外宾,还有正在欣赏节目的姜忠诚。舞台上的演员继续表演,他们根本不在乎台下发生了什么,他们的任务就是按照音乐表演完,然后拿钱走人。

外围的老百姓只是被周冲的呐喊吓了一跳,停顿片刻,随即就是一波更大的拥挤。这一次周冲反应很快,他不能让观众把他挤到舞台边沿上,那里有很多铁丝和硬硬的铁管儿,一旦被挤进死角,非死即伤。周冲一个纵身,跳上舞台,这个动作让舞台上的美女找到了乐子,一个穿着惊艳的女孩跑过来,拉住周冲向舞台中央走去,周冲踉跄着被拖进舞蹈的行列。

台下的观众都蒙了,尤其是站在角落里的齐怀远,警察怎么能做出这样的事儿呢?齐怀远掏出哨子,用力一吹,这一声还真管用,这样的声音是扫黄打非的时候常用的,尤其在民族大街格外管用。那些个小混子地痞流氓们,听到这样的声音腿都颤抖。他们知道被警察抓住,关上几天是小事儿,问题是在号儿里蹲着,吃不好喝不好的。

这一声哨响,把舞台周围的场面给搅乱了。有的小痞子已经冲上舞台,他们左右奔跑着,齐怀远的哨声也是命令。所有的警察还是寻找那些捣乱的目标,周冲在舞台中间转了半天,发现跑过来的人怎么那么熟悉。他看准了,是刘才俊,没错儿,就是这个小子把自己的肩膀打伤的,看来这里的事儿是他搅起来的。

周冲看准时机,一个前扑,将刘才俊按倒在地。刘才俊知道扑他的是周冲,他根本没有表现出过多的惊愕,倒在地上反而笑脸相迎,这让周冲火冒三丈。举起拳头刚想打,被刘才俊的一声"三哥"给吓住了。

刘才俊喊的声音很小,但是足以让周冲听得清楚。周围嘈杂的环境,让台下的领导十分生气,带着外宾离开了。齐怀远组织防暴队伍正在清除那些捣乱的小痞子,周冲被刘才俊这么一叫,手停在空中。他想到了他在青红帮的位置,难道刘才俊也是青红帮的人?难怪他告诉齐齐我交易摇头丸的事儿。

刘才俊一看周冲停了,一个翻身向舞台口跑去。周围的演员惊叫着,台下的竹编工人都静静地坐在那里。他们看到了自己的老总毛永刚也静静地坐在那里,贵宾席上只剩下毛永刚自己。他心里清楚,在永庆市做点事情不是那么简单,就算是打通了市里的关系和省里的关系,那么永庆市的这些个所谓的地头蛇,也不能小视。这些天忙得焦头烂额,忘记打点青红帮的弟兄了。虽然这是一个新兴的黑社会组织,但是其中的成员组成可谓老道,小胡子是土生土长的永庆人,有很多能为他两肋插刀的弟兄。看来这件事儿跟青红帮有关系,他要等场面静下来,再做决定。

齐怀远很快制止了一场小小的骚动,被抓的几个小痞子用力挣扎着。他

们知道毛永刚不会把他们怎样的,警察也就顶多带回去盘查一下,对于拘留他们是家常便饭。有时候警察都懒得审问他们,都是些鸡毛蒜皮的事儿,不值得记录,干耽误时间,审问完了一看,没一件正事儿。

齐怀远招呼一下队伍,准备收队,带回去审问。毛永刚站起身来:"齐局长,我看事情没这么简单,我想看看这些个弟兄们。"齐怀远示意把逮住的几个人带过来,周冲押着一个小瘦子。

毛永刚来到几个人的跟前,冷眼盯着他们。接着转过头,从桌上拿起话筒:"永庆的父老乡亲们,公司的员工们,我毛永刚有个信条,人不犯我我不犯人,人若犯我,我跟他没完。"

齐怀远第一次听毛永刚说话这么有力,这么有杀气。毛永刚也知道,青红帮的人不好惹,他们属于蛮不讲理的一伙人,不知道从哪里学来的一套处世哲学,凡是别人有的,他们也要占点便宜。过去的工艺厂里,经常有人闹事儿,为的就是他们要和毛永刚建立生意伙伴关系,并且要垄断省内的销售市场。那个时候还没有什么所谓的青红帮,只是一些小混混,为了求得稳定发展,毛永刚还是把一些市场让了出去。

毛永刚看着几个低头的小混混问:"谁让你们来的?"被周冲押着的小瘦子抬起头挺了挺胸:"我们自己来的,怎么了,看看演出不行吗?"

"很好,欢迎你们来捧场,不过闹事儿可就是你们的不对了。"

"我们没有闹事儿,我们是来找我们三哥的。"小瘦子的话刚一结束,周冲的脑子嗡的一下,这个小子是青红帮的?竟然说来找三哥。

"你三哥?"毛永刚纳闷地问。

"对,我是来找青红帮老三的。"

"你们三哥是谁?"毛永刚要知道自己是在跟谁处事,这个小卒子显然是跑腿儿的,看来他说的青红帮老三是个人物,不然他们不会在这里跟我提出来。

"我凭什么告诉你?"小瘦子像个就义的英雄那样仰着头。

毛永刚哈哈大笑,周围的人鸦雀无声,齐怀远也观察着毛永刚的一举一动,他不知道这大笑的背后藏着什么。毛永刚笑完后,从手包里拿出一沓子现金,在小瘦子面前晃动着:"告诉我你们老三是谁,这个归你。"

其实小瘦子和刘才俊一样,刚刚进入青红帮,属于最基层的那些小痞子。他们今天来看演出,被台上的小姑娘给挑逗得不知所以。没想到最后闹成这个样子,他想拿青红帮来做挡箭牌,他们听小胡子说,他们的三哥今天也会到场,可是到底谁是三哥,他们也不确定。

小瘦子看着眼前的百元大票,灵机一动:"我们的三……"

没等小瘦子说出三哥这两字,周冲对准小瘦子的后背就是一脚,所有的人把目光都投向周冲。

## 十　局长变渔翁

　　小瘦子看着毛永刚手里的现金，极力搜索着与"青红帮老三"有关的信息。他听着下面的小弟兄们说过，三哥是一个非常帅气的小伙子，是青红帮里最漂亮的男人。还听说这个三哥是一个乡下来的警察，说是警察并不确切，应该是一个警校的学生。小瘦子知道的就是这些，他也不曾想押着他的这个人就是青红帮的老三，也就是他即将公布于众的三哥周冲。

　　周冲内心被折腾得像是抽了大麻般的难受，他的位置和处境已经到了无法挽救的地步。怎么办？是任凭小瘦子和盘托出，还是来个声东击西。周冲飞速地思考着，脚下已经做出了击打的动作。他对着小瘦子的后背就是一脚，这一脚力量不大，但是足够让小瘦子停止与毛永刚的对话。

　　小瘦子感觉到后背疼痛的时候，同时听到了周冲的声音："快说，你们三哥是谁？"这样的动作和这样的问话，让在场的所有人都惊愕了，转而看着周冲。小瘦子本来清晰的思维，一下子被周冲打乱了，嘴里支支吾吾地说不出话了。周冲借机抓住小瘦子的后脖领儿，一用力，将小瘦子转了个圈儿。周冲用眼睛盯着小瘦子："你们是谁派来的，捣什么乱，你们老大是谁？快说。"

　　这次周冲的确做得很出色，他把问话成功地从自己身上转移到了小胡子身上。小瘦子害怕地回答着："我们老大是青红帮小胡子。"周冲抬起右膝盖对准小瘦子的腹部就是一下，小瘦子"哎哟"一声倒在地上。转过头来对着毛永刚敬了个礼："毛总，他们是青红帮的，老大叫小胡子。"

　　毛永刚看着动作娴熟的周冲几下就把小瘦子放倒在地，不觉对这个年轻人有了几分敬佩。齐怀远把整个过程看在眼里，心里格外高兴。心说警校校长姚占军给我推荐了周冲作为下一届缉毒大队的队员，看来选择对了。齐怀远走到毛永刚跟前说："不好意思，没做好治安工作。"

　　"没事儿，这很正常，万事开头难嘛。"转身离开的毛永刚自言自语地说：

"我倒想会会那个叫小胡子的青红帮帮主。"

警校再一次为周冲召开庆功大会,不仅仅是表扬在任务中表现优秀的周冲,同时要对全校宣布一项新的命令。周冲坐在主席台的最边上,校长姚占军对着台下的所有同学宣布着一项决定。由校党委研究决定,周冲同学被借调到市公安局刑侦科工作,身份是一名缉毒队员。台下发出了一阵阵惊呼声,有的是真诚鼓掌,为这个农村来的学生而自豪和骄傲;有的则是起哄,私下里嘀咕着:"局长未来的姑爷,就是好办啊。"

姚占军给出的解释是,周冲品学兼优,勇敢顽强,不畏艰险,还在民族大街勇斗歹徒,被电视台视为当代徐洪刚,这样的同学自然要受到重用,同时也要受到提拔。所有同学里最为激动的当属齐怀远的女儿齐齐,她虽然没有表现出过多的激动,但是心里已经是激动万分了。她相信自己的眼光,更相信自己的选择,她从见到周冲的第一眼开始,就觉得这个男孩将是她最终的选择。虽然周冲从来没有主动向齐齐示好,但是齐齐要的就是他这种傲气与霸道。

从礼堂走出来的周冲,回到宿舍开始收拾行囊。他要去公安局宿舍了,那里是他新的战斗场所。他用自己的实际行动证明了自己的能力,同时也征服了一个女孩的心。临走了,同学们组成两排欢送的队伍,后面跟着学校宣传队的锣鼓手,敲着打着,像是欢送一位将军。周冲与每一个同学握手、拥抱,队伍的最后面是女生,其中就有齐齐。两个年轻人的手握在一起,齐齐在等待着周冲的拥抱,这个让他有些忘我的家伙并没有去拥抱她,只是淡淡地一笑,转身离开。

公安局的大门口也安排了欢迎的队伍,周冲像做梦一样,没想到自己提前能走进神圣的警察队伍。两排干警向新到的缉毒队员们敬礼致意,这些队员有从基层挑选来的,也有从边境调来的,其中还有周冲这个警校的学生。周冲被一名老警察带到二楼的一间宿舍,这里的布局很简单,房间内除了两张床和一个铁皮柜子外,没有任何东西。另一张床上已经摆放了一些杂物,看来也是刚刚征调来的新警察。

周冲简单地收拾着自己的背包,把随身携带的物件放到那个贴着自己名字的铁皮柜子里。把冬天穿的警服工整地挂到墙上的衣架上,正在忙碌的时候,身后的一声招呼让周冲打了个冷战,对方在看到周冲的脸时也一个愣神。

站在身后的是吕明明,两个人相互一愣。吕明明转身关紧房门,走到周冲跟前:"你怎么在这里?"

周冲看看关紧的房门压低声音说:"我是被征调来的,你是怎么回事?"

"我是局长点名要来的。"吕明明的声音更低。

"他们是不是发现我们了?"周冲瞪着眼睛说。

"我估计不会吧,如果那样的话,我不可能干这么多年警察。"

周冲一想,吕明明说得也有道理。不过周冲对于和吕明明住在一起还是有些担心,担心两人的行动太暴露,毕竟两个人都参加了"蝎子"的交易集团。"那我们怎么办?"周冲向吕明明征求着意见。"见机行事。"吕明明起身开始在房间里来回转悠。

吕明明四处打量着房间的设置,墙角上,床底下,旮旯儿里到处寻找着,这个举动让周冲有些不理解,他不知道吕明明在找什么。周冲纳闷儿地问:"在找什么?"吕明明把食指放在嘴巴上做出"嘘"的动作,然后他走过来,小声地说:"我们俩住在一个房间,是巧合还是故意安排,我要看看有没有监听或者视频设备。"

周冲倒吸了一口凉气,他太佩服吕明明了,真是厉害,不愧是老警察。能在毒品交易和警察队伍中间轻松自如地活动,说明他真的有玩意儿。

市公安局刑侦大队办公室里,齐怀远正在召开紧急会议。有消息称,"蝎子"即将登陆永庆市,时间就在下月初,地点是"明朗夜总会"。这件事,在整个永庆市像一个定时炸弹,随时都能引爆。从媒体到个人,从公安局到齐怀远,都充满着期待和恐惧。齐怀远期待着"蝎子"的到来,这次一定要不惜一切代价抓获这个万恶的毒枭。"蝎子"的狠毒曾经让永庆市阴云笼罩,他活生生地打断齐怀远的左腿,还扬言要花50万买他的右腿。

周冲开始学习相关的缉毒知识,还跟着老警察参加了射击训练。周冲似乎对于射击有着特殊的灵性,每一发子弹都能打出10环的成绩,他自己都纳闷儿,难道这是与生俱来的吗?这样的训练成绩也让局长齐怀远十分高兴。训练结束后,齐怀远找到周冲和吕明明:"感觉怎么样?"

这样的问话让周冲不知道怎么回答,他不知道齐怀远问他生活怎么样还是训练怎么样,或者是对于缉毒警这个环境的理解。为了不至于谈话尴尬,周冲回答说:"还行。"齐怀远哈哈大笑,他能听得出来,周冲是跟他兜圈子。齐怀远依次与每一个房间的警察谈话,把周冲和吕明明放在了最后一个。没想到这个聪明的家伙会这么回答,而不是像其他警察那样,直言不讳地说着自己的想法。相比而言,他更喜欢周冲这种回答方式,吕明明只是跟在后面,不去回答。

"听说过警察贩毒的事儿吗?"齐怀远说得很自然,因为教科书里有这样的内容,他相信周冲也一定看到了那些警察贩毒的案例。这样突然的问话让周冲猝不及防,脚步虽然没有停止,但是心里扑腾得厉害。他也看到过很多警察贩毒的案例,也从中掌握了很多方法,这些内容让他更容易去躲避被抓的现象。从课本上看内容,顶多就是一种对大脑的洗涤,可是这话要从一个公安局长的嘴里问出来,显得格外有力度,也格外具有穿透力。周冲看看低头踢着石子儿的吕明明,没有丝毫回答的迹象。他沉不住气了,他觉得吕明明应该出来解围,回答这样的问题,吕明明应该更有经验。

周冲实在受不了这种沉寂的聊天方式,于是回答说:"看过了,很多这样的例子。我感觉这种事在所难免,贩毒是暴利,警察也是人,谁都喜欢钱多一点。"这种回答出乎齐怀远的预料,也出乎吕明明的预料,不过接下来的问话更让周冲意想不到。

"周冲,假设你和吕明明搭档,你发现吕明明贩卖毒品,你会怎么做?"话一出口,周冲就站在那里不动了。齐怀远还在往前走着,吕明明冷静得像个聋子,像是没听到齐怀远的问话一样,也跟着往前走。周冲感觉像是被齐怀远脱光衣服一样,这个问题如果是对一个真正纯洁的警察来说,是非常简单的。但是周冲不同,他知道吕明明贩毒,并且是与自己一起为"蝎子"交易,难道齐怀远知道了内幕?

齐怀远回头看看周冲,周冲赶紧跑上来,回答说:"假如我发现了吕明明同志贩毒,我……"周冲停了一下,偷偷地看看走在一侧的吕明明,接着说,"不可能的,他怎么可能贩毒呢?局长你是不是不信任你的队员啊?"周冲反问得非常有学问,吕明明停下来,与周冲同时看着齐怀远。

"哈哈哈哈,我当然相信我的队员,我只是说假如嘛!好了,不难为你们了,回去好好学习缉毒知识,干我们警察这一行本来就危险,做缉毒警察更危险。"齐怀远说完,加快了步伐离开了。剩下吕明明和周冲站在那里,周冲压低声音说:"是不是齐怀远发现什么了?"

"没有,我刚来时,他也这样问我。"

"你怎么回答?"

十　局长变渔翁

"我说,如果我的搭档参与毒品交易,我会举报他。"

"你的意思是让我举报你?"

"哈哈哈,你要是举报我不等于投案自首吗?"吕明明微微一笑,接着说,"咱们是一根线上的蚂蚱。"

缉毒队成立后一直处于一种低调状态中,齐怀远不想大张旗鼓地去盘查每一个夜总会或者是酒吧。此次成立缉毒队,无非就是给上级一个交代,给毛永刚开辟一条绿色通道。姜忠诚的目的自然是让毛永刚再次给永庆市带来经济发展的一次飞跃,成为省里真正意义上的经济带头市。如果真的揪出那些吸毒者或者交易者,势必为永庆市的形象抹黑,对于未来的全市建设会起到副作用。

各个酒吧和夜总会自然听到了市局成立缉毒队的事儿,这里少不了周冲向木木和"蝎子"汇报,"蝎子"听了周冲的建议后,认为有必要放一放目前的交易,尽量控制在永庆市内的摇头丸交易。对于那些"老主顾","蝎子"也给出了合理的解释,等到过了这段时间,"蝎子"自然会让周冲发货。

张群已经成功转型,从一个最初的摇头丸交易者转化成一个地道的黑社会人物。他的饺子店生意火暴起来,青红帮的大哥小胡子掌控了各大出租公司的出租车,只要是上夜班的出租车都得到张群的饺子店来就餐,不然他们的车就有被砸玻璃或者扎胎的危险。

对于木木和"蝎子"那方面,张群仍然若即若离,他还没有明确地与"蝎子"分道扬镳,他要见风使舵,脚踩两只船是最好的选择。周冲与小胡子的交易也是张群出的主意,他告诉小胡子,周冲与公安局长的女儿齐齐关系很好,可以利用周冲来寻找可靠的后盾,于是小胡子吸收周冲为青红帮老三。

周冲既然承认了青红帮老三的称号,那么他必须要实现自己的诺言,要将齐怀远发展成为自己帮派的后台,以来保护手下的弟兄们。缉毒队里除了学习就是学习,根本没有大的行动。只是有一个计划正在酝酿中,那就是等待"蝎子"的到来,一举抓获这个毒枭。这样的信息,周冲自然不会放过,当他秘密通知"蝎子"的时候,"蝎子"表现得出奇冷静,他知道齐怀远恨他恨得咬牙切齿。既然你做好了抓我的准备,那么我就陪你玩玩,但不是现在,是在适当的时候。

周末的例会结束后,周冲来到局长办公室,齐怀远看看周冲问:"有事吗?"

"局长,我有个朋友想请您吃个饭。"

齐怀远丝毫没有考虑就答应了,因为他知道周冲是从凤凰岭来的,就算是有朋友也只不过是同学一类的暴发户,毕竟周冲没有什么其他的历史背景。

对于小胡子和青红帮,齐怀远也是最近才听说,但是没有正式接触过。从基层反映上来的情况看,市区里经常出现打架斗殴的现象,尤其以民族大街为主。齐怀远一直以为是一些没有工作的盲流,从没想过这个小小的团伙竟然发展成现在的青红帮。从那次在毛永刚商场奠基仪式上闹事的团伙看,永庆市果然出现了一个叫做青红帮的组织。

齐怀远如约来到本市唯一的五星级酒店"永庆升平"大酒店,一路上齐怀远觉得有些蹊跷。周冲说有朋友请我吃饭,看来他的朋友不一般啊,能在"永庆升平"消费,可不是一般人能承受的。齐怀远来到时,酒店的经理已经在门口等着了。

周冲站在旋转门里面,迎了出来,小胡子坐在大堂的沙发上,看着周冲和齐怀远走进泰山厅,小胡子这才得意地带着范林芳跟了过去。齐怀远很少来这种地方消费,按他的身份完全可以自如出入这样的酒店,但是他始终坚持着自己不腐败的原则,没想到今天,被自己手下的小警员给带到沟里了。齐怀远刚刚坐下,小胡子就跟了进来,一边打招呼,一边向齐怀远走来:"齐局长好啊。"

齐怀远赶紧起身,打着招呼,心想,看来这个留着小胡子的家伙就是周冲所说的朋友了。

"你好,市局齐怀远。"

"您好,在下冯玉平,做点小生意,是周冲的表哥。"

周冲先是一愣,他第一次听到小胡子的名字,冯玉平,也是第一次听小胡子说自己是他的表弟,他倒要看看自己的老大怎样与齐怀远交流。

周冲站在齐怀远的身后看着小胡子身后的范林芳,他发现今天的范林芳有一种成熟女人的美,是那种能击倒所有男人的韵味,一身合体的晚礼服,衬托着光滑的皮肤,尤其是脖子上那个八卦项链,因为自己脖子里也有一根。小胡子把他发展成青红帮老三,看来范林芳就是"二哥"了。

范林芳对着发愣的周冲微微一笑,随即伸出手与齐怀远握手示意。小胡子指着范林芳说:"齐局长,这是在下的夫人范林芳。"齐怀远微笑着,感觉这

十 局长变渔翁

139

个女人有些面熟,但是又想不起在哪里见过。冯玉平将将下巴上的小胡子说,"齐局长真是慧眼啊,您能把我表弟发展成为缉毒队员,说明您很有眼光。"

"哪里哪里,这是他们学校推荐的,也是他自己努力的结果。"齐怀远看看傻坐着的周冲。

"表弟,赶紧给齐局长倒水啊。"小胡子冯玉平盯着周冲。

"不用不用,我们都是同志关系,没那么多客气。"齐怀远解释着。

"还是你们有素质啊,领导是好领导,警员是好警员。我的手下要是这样就好了。"

"请问冯先生,你在哪里发财?"齐怀远问。

"哦,做点小生意,弄点儿钢铁什么的。"冯玉平说得很自然,说完端起面前的盖杯呷了一口茶。周冲实在佩服小胡子编造谎言的能力,说的时候没有丝毫纰漏。

齐怀远也喝了一口茶,转而问道:"冯先生约我出来,是不是有什么事儿啊?"

"哦,也没什么事儿,就是想认识认识。听我表弟说,齐局长是个很讲原则的人,我就喜欢这样的朋友,我表弟在您手下做事,自然少不了麻烦您啊,以后多提拔提拔他,也算是给我们这个家族增添点儿荣耀。"小胡子说得有头有脸的。

"冯先生见外了,我齐怀远喜欢做事的同志,周冲在局里是最新的警员,自然需要成长,冯先生大可不必这样,只要他做到了,晋升是自然的事儿。"齐怀远果然很守原则地与冯玉平交流着。

"那就好,那就好,还有一件事儿麻烦齐局长。"

"什么事儿啊?"

小胡子冯玉平并没有说什么事儿,把手伸向坐在一侧的范林芳。范林芳从坤包里拿出一个银行卡,递到齐怀远的手里:"齐局长,这是一点小意思。"

齐怀远站起身说:"冯先生,有什么事儿,尽管说。你要这样的话,我们没有必要再谈下去了。"说完话,齐怀远做出了离开的动作,范林芳赶紧起身过来拦住齐怀远:"齐局长,冯先生还没说完呢。"

周冲也赶紧说:"局长,我表哥还有话呢。"

齐怀远看着周冲,真后悔答应他来赴约:"说吧,什么事儿?"

冯玉平将将小胡子说:"其实这事儿对于齐局长来说,小菜一碟,但是对于我来说，就比登天还难。"

齐怀远纳闷地看着冯玉平。

"齐局长，我想让您帮我个忙，给毛永刚先生说一声，我想跟他做个生意。"

齐怀远一听这里面还有毛永刚的事儿，问："什么生意？"

"听说毛先生要建一个商城，我想给他提供点钢材，不知道齐局长能不能说上话。"

齐怀远一听是这个事，坐了下来："毛永刚是跟我关系不错，但是生意上的事儿，我不怎么跟他来往，至于你说想给他提供钢材的事儿，我可以给他打个电话问问。"

"好，齐局长真是畅快。上菜。"

酒过三巡菜过五味后，小胡子冯玉平站起身："齐局长，毛总那里的事儿，您费心了。"

"我也就是帮你们牵个线，具体的事宜你们自己谈。"齐怀远脸色微微泛红。

"我表弟在您跟前做事，您得多提拔啊。"

"那得看他自己的努力了。"

走出酒店的齐怀远，感觉有些飘飘然，是刚才的酒劲儿让他有些晕，他后面跟着冯玉平和范林芳，周冲扶着齐怀远准备上车。他发现自己的车跟前站着很多统一着装的年轻人，都是一色的乳白中山装，大概有七八个的样子，都伫立在齐怀远的周围。

"什么意思？"齐怀远转头看着周冲，又看看冯玉平。

冯玉平吸一口雪茄说："齐局长，谢谢您今天给面子，这些是我手底下的几个干活儿的。您要是有个什么事儿尽管吱声，我青红帮将在所不辞。"

齐怀远愣在那里，脑子里迅速寻找着与青红帮有关的信息。一年前，一伙儿人抢了长途客运站旅客的包，还打了车站值班民警，当时他们号称青红帮。春节前，一帮人点燃了东城鞭炮市场，造成经济损失近200万，幸好没有人员伤亡，他们号称青红帮。经过多次盘查治理，所谓的黑社会组织团伙得到一定控制，他没想到今天会在这里与青红帮老大冯玉平一起吃饭。

齐怀远转头看看扶着自己的周冲，问："他是你表哥？"

"是的，局长，我早想给您汇报，一直没时间。"周冲红着脸说。

"哈哈,齐局长,没想到吧。您放心,我小胡子冯玉平不会给您找麻烦的,当然也希望能得到齐局长的关照。"冯玉平走到齐怀远的跟前说。

齐怀远看着站在身边的这些所谓的青红帮成员,他怎么也想不到周冲会是青红帮老大的表弟。他现在有心与冯玉平争个高低,也好利用这个机会,逮捕一帮冯玉平的手下。但是他不能这样做,好汉不吃眼前亏,再说了,周冲还在我的手下干工作呢,既然他们让我送人情,我何不顺水行舟呢。想到这里,齐怀远微微一笑:"冯先生,你放心,只要大家都和平共处,怎么都好说。"

"我就知道永庆市的齐怀远不是一般人。"冯玉平说完伸手放进齐怀远的口袋一张卡,就是那张饭桌上遭到拒绝的银行卡。齐怀远看到了小胡子的行为,心里暗自思量着,也就没再推让。

"冯先生,以后能不能不让你的弟兄随便出入啊?我有点儿不习惯。"说完,他看看那些穿中山装的年轻人。

范林芳一听,赶紧走过去:"都回去吧。"

"是,二哥。"穿中山装的年轻人一起称呼范林芳二哥,这让齐怀远有些诧异,周冲也证实了自己的判断,这个女人果然成了青红帮的二把手。

齐怀远坐进车里,示意周冲离开,冯玉平站在车外,学着外国军队里的军人那样敬了个礼。周冲驱车离开,向公安局大院而去。

坐在车里的齐怀远,根本没有喝多,只是当时的情况不容许他不装。

"周冲,我怎么不知道你有个表哥,是青红帮的帮主。"齐怀远的意思是,我在凤凰岭的时候,可没听你说过。周冲开着车,头也不回,眼睛盯着前面的路面,说:"老亲戚。"

"他们今天约我来,真的是为了与毛永刚交易钢材吗?"

"约您出来,主要是我的主意。"

"什么?你的主意?"

"对,您不说'蝎子'马上就要来了吗?我想让我表哥出面,他们之间懂得什么是江湖,这样我们就可以渔翁得利了。"周冲说的时候声音不高,但是足以让齐怀远感到吃惊,他没想到周冲会有如此的奇思妙想去解决一件事情。

一路上齐怀远没有再说话,心里盘算着如何去利用小胡子冯玉平的青红帮来抓获"蝎子"。既然想利用他,那么就得取得他的信任,他先给毛永刚打个电话,心里这么想着,手指已经搜索到毛永刚的电话了。电话很快接通了,毛永刚像是已经睡下的样子:"喂,老齐啊。"

"是，我是齐怀远，有个事儿，不知道你能不能答应。"齐怀远先是摆出一副恳请的态度。

"咱们什么关系啊，说吧什么事儿？"

"我一个哥们儿，想接你的部分建材。"

对方犹豫了一下，像是在点烟，然后说："建材部分基本已经到位了，什么朋友啊？"

"我手下的一个表哥，冯玉平，做钢材的。"

"你说的是小胡子？我不跟他来往，他没实话。"毛永刚表现得很激动。齐怀远没想到自己的电话会让毛永刚有这么强烈的表现，齐怀远也觉得自己办事太毛躁了，为了面子，为了利用冯玉平，自己先把人情通道打开了，结果发现根本不是那么回事。

那么，毛永刚说的冯玉平没实话这件事，到底是不是真的呢？当然是真的，小胡子根本没有什么钢材生意，他只是仰仗着自己手底下一部分小混混，到处为非作歹。一般人不愿意跟这样的人沾染，因此小胡子就假借自己的恶棍文化，在民族大街乃至永庆市的大街小巷进行坑蒙拐骗。他在一个小混混那里听说，为建筑队提供建筑材料是个很好的发财机会，于是他想到了青红帮老三周冲，要周冲约齐怀远出来，并且答应往周冲卡上打1万块钱。这才促成了这次"永庆升平"大酒店的"警匪会议"。当然，第二天，齐怀远就将冯玉平在席间塞给他的银行卡上交给了组织。为了取得冯玉平及青红帮的信任，他不得不假戏真做，收下他们的贿赂，但他是一名忠诚的缉毒警察，一切行动都是为了铲除永庆市的毒品交易势力，以保社会安定。

小胡子冯玉平成功接触到齐怀远以后，对整个交流过程进行了录音，还拍照留念。这些资料成为他打开市场的重要资本，第二天，小胡子就去"洽谈"钢材生意了。一身黑色中山装的冯玉平和打扮另类的范林芳，来到了永庆市的钢材交易市场，身后那些统一着装的小弟们，个个儿戴着能遮住大半个脸的墨镜。

钢材市场里多是一些散户，根本没有多少能接收大买单的商户。看到这些人来，个个儿都躲着，生怕被他们盯上，被敲诈勒索。小胡子拉住一个路过的小伙子："这个市场谁家的生意最大？"

"嗯，那边，最边上那家。"对方吓得向后缩着身子。冯玉平一松手，小伙子差点跌倒。

来到最边上的这家,看到门口根本没有摆放多少钢材,零散地摆着一些螺纹钢和圆盘。冯玉平走进那个低矮的小房子里,发现里面坐着一个上了年纪的老头儿。小胡子嘿嘿一笑说:"老大爷,您是这里的老板吗?"

　　老头儿抬头看看冯玉平,没说话。小胡子向前探探身子:"老大爷,这里的老板是谁啊?"

　　老大爷还是没说话,只是微微一笑。站在身后的白色中山装的小弟看不下去了,上去拎住老大爷的脖领子:"老不死的,问你话呢。"

　　冯玉平大骂:"浑蛋,谁让动老大爷的,松手。"小混混一松手,老头儿咣当跌倒在地上。就算这样,老头儿也没说话,只是咧着嘴显示出痛苦的样子。小胡子把脸贴在老大爷的脸跟前:"大爷……"还没等小胡子说完话,从里间屋里冲出一个二十多岁的小伙子,手里拿着铁棍,大骂:"你们是干吗的?谁他妈的打的我爷爷?"

　　冯玉平一看这个年轻人长得很漂亮,细皮嫩肉的,显然是个刚下学的孩子,根本没有经过岁月的洗礼。坐在地上的老头儿用手指着刚才拉他的小混混,拿铁棍的孩子抡起铁棍就打了过来,冯玉平看准小孩儿的腹部,抬起就是一脚。咣当一声,小孩儿也摔在地上。"妈的,小浑蛋,连青红帮的也敢打,找死啊。"范林芳扔下这句话,跟着冯玉平离开了钢材市场。

　　冯玉平万没想到,这一脚险些要了他的命。离开钢材市场的冯玉平带着范林芳向张群的饺子店而去,那里是他们免费就餐的地方。下面的弟兄在这里吃饭,每个月都要交给张群3000块钱,不管你想什么办法,是偷是抢,都要给张群结算,当然大哥和二哥自然是免费的。小胡子那辆捷达刚停下来,张群就从里面冲了出来,示意冯玉平不要下车。而冯玉平根本没听,就从车上下来了。饺子店里坐着的一伙儿人,正在等待小胡子的到来。

　　钢材市场的老头儿不是外人,是毛永刚的远房亲戚,也正是为毛永刚提供建材的一个点儿,从外表看,根本没有多少营业空间,但是他的背后就是毛永刚准备建设商城的所有钢材进货办公室。毛永刚利用自己的感情网络,私自交易着属于他的商业空间,没想到,小胡子惹上门来了。

　　毛永刚只用一个电话,"千丝万缕"竹编工艺公司的保卫科就带人去了钢材市场。说是保卫科,其实就是一帮打手,这是专门为毛永刚在永庆市的公司服务的一帮人。他们的编制全部都是正规的,合法的,只是行动起来没有商量的余地,只要是毛永刚发了话,那么这个行动就一定要快速、稳妥地办理完毕。他们今天的行动就是要打掉闹事者的门牙。

到那里一打听，确实是青红帮的人，他们直接去了张群的饺子店。毛永刚既然敢在永庆市做这么大的动静，自然对黑白两道了如指掌，那么冯玉平的动向自然也在毛永刚的掌控之中。

冯玉平从车里下来，被张群拉住："老大，走吧，毛永刚派人来了。"

"什么？毛永刚？他派人来干吗？"冯玉平说着向饺子店走去。张群一看拉不住了，拉住范林芳："你别进去。"范林芳被张群牢牢地拉住，这才免去了一顿皮肉之苦。

走进饺子店的小胡子冯玉平，看着房间里几个穿着保安制服的人，回头想问张群毛永刚在哪里时，已经被几个人给架起来按在墙上了，其中一个戴着保安帽子的中年人说："你叫冯玉平？"

"是啊，怎么了？"

"你就是青红帮的老大啊？"

冯玉平感觉情况不妙，犹豫了，他觉得这些人是有备而来的。并且听到外面自己的弟兄被打倒在地嗷嗷乱叫的声音。"你们找我干什么？"冯玉平问。

"我就问你是不是青红帮的老大？"中年人接着问。

"是又怎么了？"冯玉平话音刚落，一记闷拳，打在嘴上，顿时感觉到钻心地疼。几个手下人在冯玉平的小肚子上拳打脚踢着，佝偻着身子的冯玉平被悬在空中，心说，这下完了。

"放下他。"一个声音在饺子店门口出现，让房间里的人愣在那里。

"你是谁？"中年人坐在凳子上，拿眼睛瞄着门口的年轻人。

"我是周冲，我叫你们放开他。"

中年男人把头一低，从桌子上拿起一把茶壶扔向周冲，随即一个弹踢向周冲面部而来。周冲向一侧一闪，躲过茶壶，顺势向前一个跨步正好架住来人的右脚，向上一用力，把中年人整个就给扔了出去。正架着冯玉平的几个打手，看着自己的头儿被打了，扔下冯玉平，向周冲奔来。刚想动手，被门口的警车声吓得跳窗四处逃窜了。

张群拉着范林芳跑到临街的肯德基里面，报了警。警察来的时候，饺子店门口已经结束了战斗。冯玉平手下那些穿着中山装的小混混，被打得抱头鼠窜。唯有饺子店里面还在战斗，周冲出手的速度绝对出乎毛永刚手下人的预料。

"举起手来,起来。"说话的不是别人,正是与周冲同宿舍的吕明明,他是接到报警后被齐怀远派来的。来的时候齐怀远嘱咐了,不要抓人,只要将他们轰散就行,因为在接到报警之前,毛永刚给齐怀远打了个电话,说自己的手下可能在建设路饺子店打架。

周冲和吕明明打了个照脸儿,两人先是一愣,后又微微一笑。

"周冲你没事儿吧?"

"我没事儿。"

"那我走了。"

吕明明向外面挥了一下手,示意收队。在出门之前,吕明明扔下一句话:"哥们儿行啊,当上三哥了?"

躺在病床上的冯玉平无法说话,因为嘴巴里果然被毛永刚的手下打掉了两颗门牙。嘴唇肿得像个大紫茄子,鼻子里也有些创伤。他是不会吃这个亏的,他正在酝酿一场大的报复行动。坐在旁边的张群给冯玉平拿过报纸,上面赫然写着这样的新闻:黑社会老大被神秘组织打伤,市局警察及时制止一场大骚乱。下面是一幅照片,照片上的吕明明正在接受采访。

冯玉平拿过一张纸,在上面写了几行字递给张群,张群点了点头,起身离开。纸条写的就是冯玉平对毛永刚实施报复的计划。张群打车来到民族大街,找到了冯玉平要找的人,就是当年打伤周冲的刘才俊。刘才俊迅速组织当地的小混混们,大概有四五十人,浩浩荡荡地向城西的"千丝万缕"竹编工艺公司而来。

计划中明确提出,员工中不要出现伤亡,只要给毛永刚的公司带来点麻烦就行,行动要快。刘才俊带着这样的命令,带着四五十个弟兄,直接冲进竹编工艺公司的大门。门口的保安根本没法阻挡这么大的队伍,所有的员工都吓傻了,躲在角落里不敢出来。刘才俊带着队伍直接来到成品车间,一把火将价值200万的竹编工艺品化为灰烬。

武警出动了,消防出动了。齐怀远万万没有想到,这个冯玉平能做出这等惊天动地的事情。毛永刚坐在公安局办公室里抽着烟,嘴巴不停地翕动着,他恨不得马上把冯玉平揪出来撕个粉碎。齐怀远端过水杯:"喝口水吧。"

"老齐,你给我说,你和冯玉平是不是有关系?"毛永刚突然的问话让齐怀远一愣。

"什么意思,永刚?"

"没什么意思,如果你跟冯玉平有来往,我毛永刚就饶了他,如果你说跟他没关系,我……"毛永刚没有说出他要达到的目的,但是从口气和表情看,毛永刚不会让冯玉平好过的。

齐怀远突然想到了周冲,认识冯玉平就是因为这个优秀的小伙子,他稍有犹豫,然后说:"冯玉平是我手下的表哥。"

"你说的是那个周冲?"

"对。"

"我只问,跟你有没有关系?"

"有,我收了他的银行卡,你听我说,我那天喝了几杯酒,所以……"齐怀远不能向毛永刚透露他受贿的苦衷,因为这牵涉到抓捕大毒枭"蝎子"的行动。加上他从来没有收过别人的贿赂,所以当别人问到这些敏感话题的时候,他毫无经验地和盘托出。

毛永刚没再说什么,只是一个劲儿地抽烟。齐怀远坐到毛永刚的身边:"你放心,我会处理好这件事儿的。"毛永刚站起来,看着眼前这个清官,说:"老齐,别太为难。对于冯玉平的处理你有你的方法,我有我的方法。"说完转身离开。

齐怀远把周冲叫到办公室问道:"告诉我你表哥在哪里?"

"局长,我不知道。"

"你表哥你不知道?希望你能实话实说。"

"局长,我真的不知道。"周冲一脸无辜地说。

"他不是你表哥,他是你大哥对不对?周冲,青红帮老三可不是随便叫的。"齐怀远说出了周冲的真实身份。

齐怀远没费吹灰之力就将刘才俊成功抓获,审理中,刘才俊供认不讳。因为小胡子冯玉平已经答应他,会很快把他捞出来。对于周冲是不是青红帮老三的问题,刘才俊也给出了明确答案。这个结果只有齐怀远知道,他心里明白,在"永庆升平"大酒店的录音,让他暂时无法处理周冲。

对于竹编工艺公司纵火案件的处理已经告一段落,目前让齐怀远进退两难的是即将到来的大毒枭"蝎子"。从种种迹象表明,"蝎子"此次来到永庆的目的很简单,就是与小胡子冯玉平会晤,以达到合作的目的,既然这样,小胡子冯玉平成为这次抓捕行动的最关键人物。要想找到冯玉平,只能通过周冲。

周末的早上,齐怀远穿好警服,驱车来到警校。齐齐打电话给齐怀远,要

十 局长变渔翁

回家看看，所以姜媛要齐怀远先把齐齐接回来，再去办理公务。齐齐已经在门口等着了，她已经有三四个星期没回家了，最近学校正开展多项活动，主要是明年毕业前的上岗集训，看到父亲的警车，齐齐欢蹦乱跳地跑了过来。

"爸爸，很守时啊。"齐齐坐在车上，表扬着齐怀远。齐怀远只是一笑，他只想赶紧把齐齐送回家，然后去接周冲，他和周冲约好了去见小胡子冯玉平。刚想掉头，齐齐说："爸，别掉头，先去温玉小区。"

"去那里干吗？"齐怀远好奇地问。

"甭管了，我让你往哪里开，你开就是了。"

齐怀远没办法，只能随着女儿的提示向前开着。

齐齐要带齐怀远去见周冲的父母，这些日子，齐齐一直瞒着周冲去看他的父母。由于周冲在局里集训不能回家，齐齐就扮演了照顾二位老人的角色，每天下课都会去一趟，这让周冲的母亲格外高兴。她在聊天中得知，这个姑娘是周冲的同学，但是他们并不知道，这就是公安局长的女儿。周元林还是那种神神叨叨的状态，时常冒出那句挂在嘴边的话："我带你回去。"

齐怀远的警车停在了周冲父母居住的楼下，齐齐先下车，在旁边的水果摊上买了几斤香蕉。父亲看着女儿细心的样子，非常高兴，觉得女儿懂事。但是他并不知道齐齐去看的是周冲的父母，他也就跟着上了楼。开门的是周冲的母亲，看到齐齐拎着香蕉，赶紧让进门："看看，这孩子，又花钱。"

"这是我爸齐怀远。"齐齐向周冲母亲介绍着。

"哟，你看看，我儿子的领导来了，我这也没准备准备，快快快，坐下说话吧。"周冲母亲一边让着，一边准备沏茶。齐怀远突然看到墙上挂着的一张照片，愣在那里，原来自己的女儿一直在瞒着家里，与周冲联系着。这要是让姜媛知道，那还了得。再说了，周冲现在的身份，非常危险，他已经偷偷参加了青红帮的组织，还是其中的三哥。如果女儿知道会不会跟他断绝来往呢？但是他自己也很矛盾，局里开会反复强调要保证永庆市的安定，但是私下里他和岳父姜忠诚一直盘算着如何抓获大毒枭"蝎子"。现在看来，由青红帮出面与"蝎子"对决是最好的方法，既保证警察队伍的安全，又能最后渔翁得利。

齐怀远正在愣神的时候，突然听到身后咣当一声，等到他转身看时，发现周元林正跪倒在他的面前。

## 十一　警匪谍中谍

　　齐怀远被周元林的动作吓得不知所措,他始终认为,男儿膝下有黄金,一个男子汉怎么会突然跪倒在自己面前呢？齐齐倒是非常冷静地忙前忙后,端水沏茶。周冲母亲赶紧过来,拉起周元林:"你看看,吓着人家局长怎么办啊？"
　　齐怀远更加迷惑,他不知道眼前这个男人到底是怎么回事。齐齐过来说:"爸,你别怕,周叔叔身体不好。"他的意思是,周元林有神经病,但是这个敏感的词儿怎么能当着人家说呢。齐怀远这才明白过来,过去搀着周元林坐下。周元林嘴里嘟嘟囔囔的:"我带你回去,别哭。"
　　回家的路上,齐怀远看着前面穿行的人群和车辆,脑子里闪现着周元林的形象,心里琢磨着怎样跟女儿说。他始终想不通,自己的女儿为什么会喜欢上周冲,这让他这个做父亲的很为难。他打算把周冲加入黑帮的事实告诉女儿,这样就可以阻止齐齐追求周冲了。
　　"齐齐,最近学校里怎样？"齐怀远有一搭无一搭地询问着。
　　"学校里很好啊,明年就可以实习了,我打算去外地实习。"齐齐摆弄着手机上的钥匙链,她打算给周冲发个信息,犹豫了一下没发。因为最近一段时间齐齐没少给周冲发信息,但是都得不到回信,只是从周冲母亲那里知道最近周冲很忙。
　　"你一直跟周冲联系吗？"齐怀远问的时候正好赶上红灯,停下来,看着女儿。
　　"对啊,一直联系。"
　　"你对周冲了解多少？"
　　"不知道,感觉他人挺好的。"
　　齐怀远没说什么,踩一脚油门车冲了出去。齐齐坐在车里,感觉很无聊,她很想知道周冲现在干什么。要想得到周冲的信息,父亲齐怀远最有发言权,

因为周冲就是齐怀远手下的一名缉毒队员,周冲是训练还是执行任务,都在齐怀远的掌握之中。

"爸,你们的缉毒队怎样?有进展吗?"齐齐的目的是想通过父亲来了解周冲的活动迹象。

"还好,没什么事,最近形势很好。"齐怀远当然是报喜不报忧,自从被"蝎子"打断腿后,他一直心有余悸,倒不是他个人多么害怕,主要是不想让家人替他担心。

"周冲现在怎样?"齐齐一看马上到家了,赶紧问。

"这个以后跟你说,我建议你最好先不要跟他来往。"齐怀远回答的时候很严肃。

"爸,你不觉得你阻拦我们相爱的手法太陈旧了吗?这是什么年代啊,不是你们那时候了。"

"我是不会欺骗我自己的亲生女儿的,以后你就会明白的。"齐怀远说完,一个转弯,到了小区门口,他停下车,示意齐齐下车。齐齐坐在那里很想和父亲谈一谈,现在她已经是可以独立的人了,对于自己的感情,她有权利去做出决定。看着父亲严肃的面孔,她不想让父亲生气,她要找一个合适的机会跟父亲谈谈,想到这里齐齐下车,跟父亲说了再见。

看着父亲远去的警车,齐齐拿出电话,她要亲自给周冲打电话,她就不信周冲就这么忙,连个信息也不回。电话接通了,那头的声音很熟悉,那个帅气的男孩,那个像毛永刚一样干练的男人的影子迅速蔓延到她的脑海中。

"我是齐齐,你怎么不给我回信息啊?"齐齐的话语里有些埋怨,也有些无奈。

"哦,最近很忙,我在局里呢。"周冲像是在收拾什么东西。

"阿姨那里我每天都去,你就放心吧。"齐齐说的阿姨是周冲的母亲。周冲停顿了片刻,然后说:"谢谢你,我母亲在电话里说了,但是有一点……"周冲说到这里停了下来,他不想让齐齐伤心,可是自己的处境不得不让齐齐放弃,他在想如何跟齐齐说明才好。

从交易摇头丸的那一刻起,周冲就决定放弃齐齐了,他的心里只有一个概念,先疯狂挣钱,他要像张群那样风光,他要回凤凰岭盖最高的楼房。如今他又加入了青红帮,并且协助小胡子冯玉平将齐怀远拉下水,目的就是有钱大家一起挣。他也想过像齐怀远一样做一名优秀的缉毒警察,但金钱的诱惑是致命的,他动摇了。

齐齐等着周冲的解释,可是周冲没再说下去。齐齐说:"周冲,你放心,我不会影响你进步的……"

周冲打断了齐齐的表白:"齐齐同学,你怎么那么烦啊,不是告诉你了吗,我们不合适。你是不是怕自己嫁不出去啊,以后别乱给我打电话!"说完周冲挂掉电话。

齐齐愣在那里,手里的电话随着手臂耷拉下来,她感觉自己像是被人扇了两个耳刮子,火辣辣的,脑子里嗡嗡地响,她始终想不明白,自己为什么这样。就连父亲也在奉劝自己不要去理会周冲,周冲你竟然对我这样,为什么?我齐齐在警校虽然不是最漂亮的,但是我也是最有前途的。我父亲,我外公,哪个关系都能让你和我过上最好的日子,多少人追求我,我都没有答应。刘文艺自从回到省军区,到警校多少次找我,我都不为之所动。而你,一个从乡下来的,从山沟沟凤凰岭来的小警察,竟然对我这样。你简直就不知道自己多大分量,你简直就不知道自己吃了几碗干饭。齐齐感觉自己受到了莫大的侮辱,她要把这笔账好好地记着,总有一天她会让周冲偿还她的这份痴情。

周冲在局里等着齐怀远,刚才接到齐齐的电话,让他也有些不好意思。感觉对齐齐太冷漠了,就算自己不跟人家谈朋友,也没必要这样对待一个喜欢自己的女孩子啊。选择这样的回绝方式,其实也是对齐齐的一种保护,不让她陷得太深,以免以后不能自拔。齐怀远的车子停在局门口,等着周冲下楼。

周冲快步来到警车跟前,开门上车,两个人向目的地而去。坐在副驾驶上的周冲有些不自然,他心里清楚自己的身份已经暴露了,现在唯一能保住自己的就是拉着齐怀远下水,继续下沉,这样两个人就是绑在一起的蚂蚱了。

齐怀远开车向城南的灯泡厂车间而去。这个废旧的灯泡厂是永庆市第一个倒闭的企业,经营方法的陈旧,让这个年轻的企业很快在激烈的商战中败下阵来。很多老职工都转行到毛永刚的竹编公司去了。他们在聊起灯泡厂的时候,说的不是厂领导的经营能力,更多的是说灯泡厂这个地方风水不好,说是一个洼地,漏财。这样一传十、十传百,这个废旧的厂房更没人光顾了,再便宜也没人租用,更谈不上开发了。今天周冲带着齐怀远来灯泡厂,是与小胡子冯玉平谈判来了。

这次见面是齐怀远提出来的,自从他知道周冲是青红帮老三的时候,齐怀远就设计好了这次交易的条件。冯玉平只要能帮公安局抓获毒枭"蝎子",

齐怀远什么条件都能答应。周冲把这个交易条件告诉冯玉平以后，小胡子非常感兴趣，他一蹦三尺高地说："公安局长找我做交易，嗯，有门儿。"所以他们约好今天在灯泡厂见面，具体洽谈交易事项。

警车开到城南菜市场以后，周冲说："局长，车停在这里吧，开进去太扎眼，再说冯玉平也不喜欢看到警车，再有就是您这身衣服，你看我都没穿警服。""好，听你的。"齐怀远从座位下面拿出随身携带的便装，换下来。一边换衣服，一边问周冲："问你个事儿，可以吗？"

"局长您说。"

"小胡子冯玉平送我的那30万，是你的主意吧？"

周冲下车，看看四周，然后嘿嘿一笑说："局长嫌少？"

齐怀远看看诡异的周冲，没说什么，锁好车门向灯泡厂车间而去。

冯玉平已经等在那里了，都说灯泡厂过去是个坟地，再加上这些小混混弄了一些花里胡哨的彩条儿、垃圾，让这里更加神秘。晚上没人随便来这里，就算白天，如果不熟悉地形的，也会被这里的野猫野狗吓坏。周冲来到厂房门口，厂房的大门上面有一条生了锈的链子，将大门缠绕在一起，上面的锁头已经看不出正反面了。

周冲来到大门旁的一个窗户跟前，从布局看，这是一个传达室的样子。窗户显然已经被拆掉很久了，露出来一个能自由出入的大窟窿。周冲先跳进去，齐怀远也跟着进来，院子里杂草丛生，周围不时穿梭着几只野猫。看到这些来回跑动的东西，齐怀远突然想起来，前些天电视台曝光的一则新闻，说一些羊肉串的小商贩，专门捕杀野猫来加工成羊肉串，顿时胃里有些酸酸的感觉。

周冲熟练地向前走着，两边的野草过于茂密，如果齐怀远跟不紧，随时都有被周冲甩开的可能。几分钟后，周冲带着齐怀远来到一个空旷的厂房里，里面还有几个水泥砌成的台子，上面的机器已经被抬走了。

周冲站在台子上，喊了一声："老大。"

冯玉平随即从一个小门里走了出来，后面跟着张群和范林芳。冯玉平兴奋地走过来，握住齐怀远的手说："齐局长，您好，真是不好意思。让您来这里聊天，我觉得还是'永庆升平'那个套间里好，哈哈哈。"冯玉平的笑很怪异，像那些穿梭的野猫一样。

"冯先生，没关系，我们也经常出入这样的地方。"

"齐局长，这不能怪我啊，都怪你们那些弟兄们，一见到我们青红帮的兄弟就抓,何苦呢。要不是仰仗您的爱护,估计我们弟兄们也不会有今天,呵呵,我们老三在您跟前还算听话吧?"冯玉平说着看看齐怀远身后的周冲。

"呵呵,你们青红帮的老三是个合格的老三,也是一个合格的警察。"齐怀远表现得十分老练。

"那就好,自古都是警匪一家,咱不能坏了前辈的规矩,哈哈。"冯玉平一边说,一边盼咐后面的小弟们拿椅子。从小门里走出几个穿中山装的小混混,手里拎着几个折叠椅子,放在冯玉平和齐怀远中间。

摆好以后,冯玉平示意张群离开,因为按资格和辈份张群是不能参加"首脑会议"的。坐下来的是冯玉平、范林芳、齐怀远、周冲。从职位分,齐怀远和周冲两个警察面对着青红帮的老大老二;从江湖上分,是青红帮三位老大面对齐怀远这个公安局长。

齐怀远先开口说话了,他认为今天这个交易前的谈判,必定是以自我为主的,不然变得被动以后,交易起来就会十分困难了。他向前欠了欠身子说:"冯先生,我真人不说假话,我希望你能协助我成功抓获'蝎子'。"

"齐局长,这个没问题,可是你拿什么来报答我呢?"

"你说条件吧。"

"我的条件很简单,把我的小弟刘才俊放出来。"

"没问题。"齐怀远早就想到冯玉平会提这个条件,作为黑帮老大就是需要这样的威信。对下面的小弟们可以炫耀着说:怎么样,我这老大也不是白当的,我能往外"捞人"。所以当冯玉平提出这个条件的时候,齐怀远毫不迟疑地答应了。

"不过,我还有一个小小的要求,不知道齐局长能否答应?"冯玉平从折叠椅上站起来说。

"还有什么条件,你说。"

"让我表弟,啊不,让我们青红帮老三,升一级。"

齐怀远对于这个条件有些迟疑,毕竟周冲是个没毕业的新警察,能挑选他出来当缉毒警就不错了。再说,他目前加入黑帮的事实已经被我这个局长知道了,我不揭露他就已经是烧香了,怎么着,现在你还想让他连升三级?

"怎么了?齐局长有困难吗?"冯玉平追问着。

"哦,没困难,不过,你看这样行不行。这次抓捕'蝎子'的行动一结束,我就给他调一级,那样的话,我对下面和上级也算有个说法,不然不服众啊。"齐怀远尽量说得清楚些。

"好，还是齐局长想得周到啊，君子一言驷马难追，齐局长等消息吧，也许在清明节那天，你就会见到'蝎子'了。"冯玉平伸手与齐怀远握在一起，"希望我们这个双赢的交易，顺利成功。"齐怀远点了点头，周冲也与大哥冯玉平握手分别，范林芳只是点了点头，跟着冯玉平离开了。

回到警局的齐怀远迅速提审刘才俊，针对他带头焚烧毛永刚车间的事儿，进行了进一步的审理。刘才俊顺利地从班房里出来，直接奔向冯玉平的老窝。临走时齐怀远让刘才俊给小胡子冯玉平带了一封信，信里交代了如何给"蝎子"制造罪名的计划。齐怀远告诉冯玉平，要让"蝎子"带着货来，不然的话，即使抓获他，也不能当场治罪。

冯玉平拿着齐怀远的信，哈哈大笑："你这个齐拐子，还真他妈实在，你以为抓'蝎子'就这么简单啊，老子跟'蝎子'交易就是要做大买卖的，帮你抓'蝎子'？你太小儿科了。"坐在一旁的范林芳往脸上擦着各色的粉末，扭动着丰满的腰身说："老大，你这样做是不是太过分了，做咱们黑帮的，就得仗义，不然齐怀远以后找咱们麻烦怎么办？"

冯玉平走过去，抱住范林芳："你说得也在理儿，宝贝儿。就听你的，咱来个将计就计。"

张群坐在饺子店里发着短信息，他目前的处境反而比过去安全多了，一是不用提心吊胆地去酒吧交易摇头丸了。现在他已经被"蝎子"提升了一个权限，只做监督工作。由于目前永庆市的盘查工作紧，所以交易暂停。二就是自己混入冯玉平的黑帮，还让自己的兄弟周冲当上了青红帮的老三。如今青红帮和公安局混得火热，他这个黑白两道都清楚的饺子店老板，更加明目张胆地出入了。

从张群的角度讲，虽然自己进入这个圈子那么多年，但是一直没有支配别人的权力，并不是他没这个能力，关键的是没有合适的机会。目前机会就很难得，他的短信息正飞速地传递到范林芳的手机上。

给范林芳发完信息后，张群开始跟木木联系，希望能与"蝎子"通个话，有重要事情汇报。电话很快接通，这次"蝎子"的手机号码又变了，这个先进的手机能显示"蝎子"的位置，在边境。电话里，张群汇报了永庆市的销售情况和小胡子冯玉平的近况。"蝎子"给出的结果是：一定会来永庆市的，并且要借机发放一批货。当问到周冲的表现时，张群说，周冲正在按照我们的计划行事。

公安局的刑侦特情办公室里，正在召开誓师大会。所有缉毒队员都发表了意见，都对此次抓捕"蝎子"的计划提出了不同的见解。等到大家发言结束，齐怀远开始布置行动小组，他在分配完三个掩护组以后，将吕明明和周冲安排到进攻组。在齐怀远看来，吕明明更加适合这个位置，毕竟他有丰富的缉毒经验，关键是他能清楚地辨认"蝎子"的长相。

临近4月的永庆市，可谓春暖花开。百姓们或三五成群到乡间漫步，或结伴出行到大自然中享受阳光的普照。如此恬淡的城市里却时刻暗藏着杀机，那个将毒品带进永庆市的"蝎子"，马上就要来了，每个与"蝎子"有关联的群体，都在等待着，等待着不知道是福还是祸的到来。

冯玉平给"蝎子"提出的交易条件很简单，就是让"蝎子"带他到边境，与国外毒枭接洽。毕竟边境上的毒品便宜很多，"蝎子"之所以想发展冯玉平，关键的问题是冯玉平更有号召力。作为一个帮派的老大，一定有自己过人的地方，再有就是冯玉平初次接洽毒品，在价格上完全是"蝎子"说了算，因此"蝎子"也是想从冯玉平这里大捞一把。

"蝎子"在边境先是准备好了一公斤货，带在贴身的内衣里。他曾不止一次用这个方法翻越边境的清平山，他能自如出入毒品贩卖地，是因为他对那里的地形地物太熟悉了，就算警方铺下天罗地网也很难发现他出入境外的路线。

"蝎子"出发了，一如既往地单身独行。20多年前，他就一直自己穿梭于这座大山之间，每走一步，都距离成功近一步，这个不变的真理伴随他走过了近20多个春秋。手下的木木也好，张群也好，只知道"蝎子"吃住豪华酒店，风光无限。可是这翻越高山峻岭的艰辛又有谁能知道呢，他曾经哭过，不止一次地哭过。眼泪流干了，内心也就平静了，平静到杀人不眨眼。当他把铁棍砸向齐怀远的腿时，根本没有想过后果，在他看来，不是你死就是我活，如果不心狠，他也不会走到今天。

"蝎子"独自享受着密林里雨露的清新，他习惯了这样。回头看看，离开清平山已经有3天的时间了，他要走出这个秘密通道，至少要7天时间。走到一半的时候，他会来到那个洼地里，坐上半个小时。他痛恨那个落后的时代，痛恨那个男人，就是在这个洼地里，他失去了妻儿。

"蝎子"像一尊泥佛，在洼地里蹲了半天，然后起程。内衣里的货还在，他很小心地摸一下，然后再整理一下身上的行囊，行囊里装满了水和饼干，当然

还有那个保命的七九式手枪,里面子弹不多,但是足够给他自信。"蝎子"抬头看看树枝遮住的阳光出发了,山外的世界在向他召唤,木木已经在那里等他了。算一下时间,他应该在清明节的当天到达永庆市。

齐怀远与岳父姜忠诚喝着茶,姜忠诚的本子上记录着与"蝎子"有关的资料。

"上级已经明确了此次抓捕的任务,见机行事。"姜忠诚说。

"明白,就看'蝎子'的货是不是真的全部转移过来。"

"你觉得青红帮的人可靠吗?"姜忠诚有些不太放心地问。

"应该没问题,别忘了,青红帮老三还在咱们手里呢。"齐怀远说。

姜媛从厨房里端出两个小菜,拿出一瓶茅台,放在桌子上:"一会儿齐齐回来了,你们别老是谈论工作,孩子好不容易回来一趟,多和孩子沟通一下。我看书上写的,其实大人和孩子根本没有代沟,只是没有时间交流而已。"齐怀远赶紧抱拳拱手:"遵命,一定让齐齐高兴。"

不到10分钟的时间,齐齐就回来了,手里拎着大包小包,有很多水果和很多营养品,进门后,她一脸的不高兴。外公姜忠诚赶紧关心地问:"齐齐怎么了?谁惹你不高兴了?"齐齐没有理会,只是坐在沙发上发呆。母亲姜媛从厨房里出来:"哟,看看,我们齐齐长大了,知道给老人买东西了,快快快,赶紧吃饭吧。"齐齐还是闷不做声地坐着。

齐怀远心里明白,齐齐的状态完全跟周冲有关系。他试探着问:"齐齐,是不是跟周冲闹别扭了?"

"周冲是谁啊?谁跟他闹别扭了?"齐齐的声音很大,吓了姜忠诚一跳,他纳闷地看着齐怀远。

"只要不是跟周冲有关系,那就没多大事儿。"齐怀远说完喝了口酒。齐齐看着齐怀远的样子,冲到桌子跟前,带着哭腔说:"爸,周冲父母不见了。"

齐怀远的筷子抖动了一下,马上恢复理智:"你说周元林夫妇不见了?"

"对,我今天去看他们,打算最后一次看看他们,然后告诉他们我和周冲彻底完了。没想到,一到那里,发现房间的门大开着。里面的东西乱七八糟的,好像被人砸过一样。"齐齐一口气说完。

齐怀远若有所思地说:"难道是让青红帮的人接走了?"

"什么青红帮?"齐齐问。

"周冲是青红帮的三哥。"齐怀远说完就后悔了,周冲的这个秘密还是被家人知道了。

"周冲加入黑社会了？这个浑蛋，他怎么能这样呢？我真是瞎了眼！"齐齐说完向自己房间跑去。

其实周冲的父母并不是被人绑架了，而是被刘文艺接走了。周冲现在感觉自己的处境有些不妙，他要先把自己父母转移，然后才能做自己的事业。他求刘文艺来接自己的父母，只是帮忙照顾，周冲每个月给刘文艺两千块钱作为开支，刘文艺很重感情，当场答应了。不过周冲希望刘文艺替他保守这个秘密，不希望其他人知道自己父母的去向。刘文艺说："没问题，哥们儿，你父母就是我父母，一定替你照顾好他们二老。"

周冲与刘文艺分手的时候还不忘关心一下他的考学情况，刘文艺给出的答案非常令人兴奋，他被省军区破格提干了。作为警卫分队的分队长进行重点培养，整个过程很神秘，当然这里面更是多亏了齐怀远。齐怀远为了感谢刘文艺当年在疗养院的陪护，心里不落忍，就给省军区的领导打了个电话，他希望能让省军区的领导给个面子，考学前多照顾照顾。而省军区的领导理解错了，以为齐怀远有意考验他们之间的关系，所以把一个提干名额给了刘文艺，这种警卫分队长的提干，不需要上学，只要经过一个月的培训，然后佩戴军衔就能上岗了。

目前的刘文艺已经戴上学员简章了，这让周冲既羡慕又嫉妒。羡慕的是这个家伙碰上了好领导，嫉妒的是齐怀远可没对自己那么好过。不过转念一想，人家凭什么对你好。就连人家的女儿追求你，你都不冷不热的，人家凭什么帮你。周冲临走的时候，还嘱咐刘文艺："哥们儿，你未来的岳父帮你那么大的忙，你可别忘了人家。"

"哪能忘了啊，最近忙，一直没去看齐叔叔，等安排好工作，戴上军衔了，我一定去好好答谢他老人家的。"刘文艺说的时候，眼神里全是喜悦和幸福。

"那我爸妈住在你这里不会对你有影响吧？"周冲再次询问刘文艺。

"这是省军区大院，安全得很。你就放心吧，再说了，我就说他们是我父母，谁也不知道。这院子闲着的房子多了，咱不住，有的是住的。"刘文艺大包大揽地说。周冲一看这种情况，也就放心地离开了。

周冲走在回公安局的路上，发现手机响，一看是齐齐打来的，没接就挂了。这个时候齐齐正好在周冲父母住的地方，看到凌乱的场面，她以为是被坏人抢了，或者让刘才俊他们报复了。打电话周冲又不接，更加紧张起来，所以

提着买好的水果回家了。

回来的路上她一直很矛盾,自己到底怎样选择?已经做出了分手的计划,可是怎么又鬼使神差地买了东西去看人家父母呢?既然分手……唉,也许根本就没有开始过,怎么能谈得上分手呢。她悻悻地回到家中,又听到父亲说周冲加入了青红帮,还当了其中的头目,心里更是不知道如何是好。就算自己不跟周冲好,但是她也不想让周冲堕落下去,她要把周冲从深渊里拉出来,然后郑重其事地告诉周冲,你考上警校不容易,你从凤凰岭走出来不容易,请你珍惜你的现在,不要太张狂,不要让自己的父母不放心。想着这些话,齐齐睡着了。

公安局里像往常一样,大家正常地工作着,只是最近大家的情绪有些亢奋,从种种消息表明,这几天"蝎子"就要进入永庆市了。刚开始的时候,大家都跃跃欲试,似乎对这样一次行动,都充满了期待,尤其是那些第一次参加缉毒工作的新警察。这在吕明明和齐怀远看来,只是一次普通的抓捕行动,他们不想把气氛渲染得多么激烈,这样容易让队员们紧张。周冲表现得非常亢奋,他只是警校出来的,没有毕业的学员,因为校长姚占军的推荐,齐怀远选择了他,没想到这个年轻人却进入青红帮。本来齐怀远计划把周冲开除或者是退回警校,没想到,坏事变好事。周冲的青红帮能协助警局抓获"蝎子",齐怀远争取让周冲戴罪立功,然后再进行说服教育,以达到治病救人的目的。

从一周以前,大家都喊着叫着,"蝎子"要来了,"蝎子"要来了,一周过去了,还没有什么动静。大家也就有一种狼来了的感觉,大家似乎觉得这个"蝎子"是故意吊大家的胃口,或者周冲从青红帮带来的信息不准确。齐怀远把周冲叫到办公室:"周冲,你们老大冯玉平的信息准不准啊?别是他在耍我们吧。"

"局长,信息绝对可靠,您别忘了,我是人民警察,加入青红帮,只不过想通过黑社会来控制毒贩子。"

听周冲这么一说,齐怀远也觉得有理,即便是周冲加入了青红帮,他也没做过对不起我们的事儿。

此时的"蝎子"已经到达永庆市了,只不过这次,他是有备而来的。他在路上与木木乔装打扮,利用假身份证住进了"永庆升平"大酒店。

"张群方面什么消息?""蝎子"问木木。

"张群从周冲那里得到消息,缉毒大队增设了新队员和新设备,齐怀远已经等候我们多时了。"

"通知冯玉平,交易谈判地址选在上次打断齐怀远左腿的酒吧。""蝎子"咬着牙签,露出一脸的坏笑。

冯玉平第一时间告诉周冲,"蝎子"已经在永庆市了。这个消息,让公安局内有些兴奋,但更多的是紧张,他们感觉自己太被动了,大毒枭已经进入自己的心脏了,自己却全然不知。齐怀远显得非常冷静,但是接下来,就略显紧张了,因为他听到周冲说的那个酒吧了,那个让"蝎子"打断他左腿的酒吧。这是"蝎子"精心设计的一步棋,他故意选在那里,这简直就是挑衅。

齐怀远的表情和内心世界,已经被坐在一端的吕明明看得一清二楚,他最清楚齐怀远的心思,周冲也在等待齐怀远的命令。精心准备了将近一个月的抓捕行动,是马上实施,还是等等看。"按计划进行,出发!"命令一出,各个小组分头行动。走出警局的齐怀远刚想上车,发现门口进来一个人,仔细一看,是毛永刚。

"干吗去啊,老齐,有行动啊?"毛永刚来到齐怀远跟前说。

"哦,没事儿,几个小混混打架,我去看看。"对于这样的行动,齐怀远是不会泄露秘密的。

"几个小混混还麻烦您的大驾啊,让他们去就行了。"毛永刚一边说一边放下手里的球杆儿,"走吧,陪我打两杆儿,看看咱们新上马的高尔夫球场好不好用。"

"改天吧,我真有事儿。"齐怀远准备上车,被毛永刚拉住了:"我说,你是不是想当官想疯了,不就几个小混混吗?你是公安局长,知道吗老齐,又不是什么大毒枭,多掉价啊。"齐怀远稍一愣神,刚想说,又咽下去了,他不想让这个纯洁的毛永刚知道最近有大行动,也是怕影响他在永庆市的投资力度。"改天吧,我真有事儿,改天一定陪你打几杆儿。"说完,不等毛永刚再说话,他已经上车发动机器了。

毛永刚看着远去的齐怀远,冷冷一笑,背起球杆儿,马上离开。走在路上的齐怀远,心里还是有些忐忑不安,他不相信"蝎子"会选择曾经的酒吧。他认为"蝎子"再大的胆子也不会选择那里,毕竟"蝎子"不知道齐怀远布置了多少警力在那里。车子很快来到酒吧跟前,几个便装的警察,零散地进入酒吧。吕明明则推着一辆水果车子,在酒吧门口来回溜达。周冲只身进入酒吧,他要去与冯玉平会面,然后等待"蝎子"的到来。

筹码

周冲刚进入酒吧,电话响了。周冲一看电话,马上冲出来:"局长,他们换地方了。"

"在哪里？"

"灯泡厂。"

"出发！"

灯泡厂车间里,冯玉平与"蝎子"对面坐着,像上一次与齐怀远见面一样,冯玉平一直很强势。"蝎子"动了动假发,轻轻地咳嗽着,站在身后的木木,递上一根雪茄。

"我冯玉平与你合作,可以说是双赢,我给的价格你也知道,是国内最高的。但是货源你必须准时送到,否则,货款是不会全清的。"小胡子冯玉平谈判的手段显然很明了。

"蝎子"又咳嗽了一下,身后的木木说:"冯先生的条件没问题,但是我们的条件也希望你们能考虑一下。"

"说说看。"冯玉平瞪着眼睛看看木木。

"后期交易款,我们要分一半儿。"

"哈哈哈哈哈……"冯玉平笑的时候像个不倒翁一样,在原地打着转悠。他用脚踢了一下身边的箱子,里面是准备与"蝎子"交易的货款,这些钱是让"蝎子"看看青红帮的实力,并不是炫耀,是让"蝎子"能看到希望,真心实意地与他合作。

"如果你不同意,那么我们真的没法合作。"木木补充着。

"很好,不愧是老江湖啊,哈哈,别忘了,'蝎子'老兄,这是在我的地盘儿。"冯玉平说着走到"蝎子"跟前,低下头看着坐在那里不动的"蝎子"说,"我听说,哥哥还带了一公斤的货？太好了,留下来算做纪念吧？"

"蝎子"摘下眼镜,向后躺了一下,然后慢慢地解开上衣,从里面露出一个肥皂大的纸包。冯玉平惊讶地看着"蝎子"的动作,他第一次见那么多货,平时吹得很厉害,真正做这样的生意,他还是第一次见到。他脑子里迅速闪现着自己的计划,把货抢下,然后打死"蝎子",交给齐怀远。既能立功,又能留货,两全其美啊。身后穿中山装的小混混从腰里掏出一色的两节棍,将"蝎子"和木木围在中间。站在冯玉平身后的张群掏出匕首架到"蝎子"的脖子上,范林芳把枪口对准木木的脑袋。木木微微一笑说:"这样很不和谐嘛,有什么事都可以商量的。"

"好,我就喜欢这样的朋友,都躲开。"冯玉平命令弟兄们闪开,但是张群和范林芳仍然控制着"蝎子"和木木。

"既然冯老板提出条件了,那就按照冯老板的条件办。"木木的语气显然软弱了许多,"蝎子"躺在折叠椅上没有丝毫的表情。"哈哈,那是刚才的条件,现在变了,我要'蝎子'兄弟给我往下压压价。"冯玉平笑的时候还是那么从容地转着圈子。

"蝎子"从椅子上坐起来,把怀里的包裹取下来:"冯老板,这点货算是见面礼。"

冯玉平接过货,扔给张群,张群突然转身对着范林芳喊:"二哥!做了他。"

只见范林芳的枪口猛然转向冯玉平,所有的人都愣在那里,只有张群呵呵一笑:"小胡子,你太嫩了,青红帮的老大怎么也轮不到你啊。"张群的话音刚落,突然从车间的窗口里伸出一只手枪,紧跟着就是周冲的声音:"举起手来,警察!"

"蝎子"听到这个声音,掏出枪对准冯玉平就是一枪,愣在那里的冯玉平万没想到,自己的地盘儿也不一定是自己说了算。冯玉平一倒下,整个队伍就乱了,小弟们纷纷乱窜,张群拎着冯玉平脚下的箱子,带着木木和"蝎子"向厂房后面跑去。

周冲和吕明明分头进入灯泡厂车间,吕明明从后侧进入包抄,周冲从正面而来。外围的齐怀远准备了大批部队,将整个灯泡厂车间包围。躲在乱草丛中的"蝎子"紧紧靠在一个废弃的汽油桶上面,他的正面就是周冲,那个黑洞一般的枪口正向这个方向瞄准着,自己头上面就是吕明明。"蝎子"有些胆怯了,他心里明白,吕明明上一次为他提供了打断齐怀远左腿的条件,但是周冲这个人,他是不了解的,他只是听张群说起这个人。

周冲扣动了扳机,一声枪响后,齐怀远的大部队开始向里收缩。周冲这一枪,并没有打向"蝎子",而是向一个安全的方向射击。枪一响,从上端摸索过来的吕明明受到惊吓,脚下一滑不慎跌落下来,脑袋正好摔在石块上,昏了过去。周冲几个箭步窜到"蝎子"跟前:"跟我走。"

"蝎子"跟着周冲熟练地向外跑去,身后是一片混乱。能清楚地听到:"快,他们往那边跑了!队长,吕明明没有呼吸了!"齐怀远命令所有人呈包围态势向灯泡厂后墙收缩。他知道"蝎子"手里有枪,他也知道冲在前面的周冲,很可能会与"蝎子"狭路相逢。

十一 警匪谍中谍

此时的张群和范林芳已经在灯泡厂的后院墙等着了,木木正从那个高高的垃圾山上向下滚动着。这里是一片垃圾场,有一个足有30米深的大坑,斜坡上留下了张群和范林芳逃跑的足迹。木木顺着也滚了下去,那里已经有人接应了,他们只等着"蝎子"成功突围了。周冲带着"蝎子"向这个方向逃跑,能听到身后越来越近的追杀声。

来到院墙跟前的周冲,拉住"蝎子":"来,朝这里开枪。"

"蝎子"愣了,因为周冲用手指的是自己的胸口,这让蝎子不知所措,他太喜欢这个小伙子了。简单的几个动作,少得可怜的几个眼神,都说明这个小伙子太优秀了,看来张群发展他是对的。

"快,来不及了。"周冲焦急地说着,声音很低,他不能让追过来的同伴听到。

"周冲,我不能这样。"

"废话,想活命就开枪,我穿着防弹衣呢。"

蝎子稍作迟疑,对准周冲的胸口就是一枪。周冲当场倒在地上,他不知道自己是激动得难以自持,还是子弹的力量的确很大。周冲躺在地上看着逃走的"蝎子",露出得意的微笑。

齐怀远已经带着大部队赶来了,翻过墙头的齐怀远看看逃走的蝎子,大骂:"浑蛋,让这个畜生跑了,来人把周冲给我带回去。"躺在地上的周冲从地上爬起来:"对不起局长,我没抓住'蝎子'。"

齐怀远瞪着布满血丝的眼睛,眼珠子有跳出来的欲望,他咬紧牙关对着周冲就是一个嘴巴子,嘴里大骂:"我毙了你!"

所有人都傻傻地站在那里,不知道发生了什么。

"给我铐上。"

周冲看到明晃晃的手铐才低下头,他知道这次是完了。

## 十二　探监进行时

永庆市公安局布控监察室,气氛凝重。包括姜忠诚在内的很多领导,都在认真、反复地听着监控设备里传出的声音。这个声音是从周冲身上的监控机上传回的,声音有些断断续续,似乎信号也在考验这个刚刚成立不久的缉毒大队。

齐怀远已经很久没有吸烟了,他向身边的警员伸手要了支烟点上,他皱紧眉头,吐出一个大大的烟圈儿。姜忠诚仍然认真地听着,因为他不想就这么草率地作出决定。毕竟周冲是警校里推荐上来的,如果他真的被确定为内鬼,那么整个永庆市的警校就将背上一个大的包袱。不仅仅影响了招生计划,关键是让这个神秘的警校失去原有的威信。

技术人员给出的结果,是一段周冲与"蝎子"相对清楚的对话。就是那句让"蝎子"开枪的话,这句话足以让周冲蹲上大牢,但有一个疑问点,就是"蝎子"没有说话,只是听到周冲这么说。姜忠诚扫了一眼当天参战的警察,希望从他们那里能得到一些信息,以证明周冲是内鬼。

正当他们都愁眉不展的时候,公安局院子里出现了一阵骚乱。齐怀远派人出去看情况,小警员还没等出门就被涌进来的人群给淹没了。冲进来的是一伙妇女,其中一个披头散发大喊大闹:"还我儿子,还我儿子。"

齐怀远赶紧站起身:"怎么回事?小刘,这是谁?"

"局长,吕明明的姨妈。"小刘一边拦着妇女,一边汇报着。

"放开她,让她说话。"

"谁是齐怀远?"

姜忠诚接过话问:"你找齐怀远干什么?"

"你说我找他干什么?我儿子死了,你说我找他干什么?"妇女说的的确是吕明明,从小吕明明就跟着姨妈过日子,后来娘儿俩出现了分歧,吕明明工作

163

以后就不怎么回姨妈的家了，这个粗鲁的姨妈也根本没拿这个外甥当回事。这回吕明明出事儿，她是来索要抚恤金的。

"阿姨，你别着急，我们组织上会处理好的。"齐怀远温和地说。

"甭废话，赔钱。"妇女说完，站在身后的"声援团"一起高喊："赔钱赔钱！"

姜忠诚实在受不了这样的场合，转身从后门走了。吕明明的姨妈把姜忠诚当成齐怀远了，大喊："别让他跑了。"这一喊不要紧，整个办公室也乱了，都挤着向姜忠诚追去。

"啪"的一声，玻璃杯摔在地上，发出清脆的声音，办公室里纷杂的场面静止了。杯子是齐怀远摔的，面对这样的场面他只能这样控制。妇女们傻傻地站在那里，吕明明的姨妈仍然强硬，从兜里掏出一个纸条摆在齐怀远面前："你说了算吗？"

"我就是齐怀远。"

"那好，签字。"

齐怀远拿起纸条，看着上面七扭八歪的字体，大概写的是：要求吕明明单位赔偿死亡抚恤金50万。齐怀远抬头看看这个散乱着头发的女人说："阿姨请坐。"妇女感觉有商量，一屁股坐了下来。

"你看这样行不行，您出的这个数字，显然是您自己的一个想法。从组织这个角度考虑，我们应该开个会研究一下。"齐怀远尽量把话说得委婉。

"研究什么？我儿子已经死了，你们就知道开会，开会有个屁用，给钱。"妇女仍然强硬。

"阿姨，我想单独跟您谈谈。"

妇女愣在那里，他不知道齐怀远什么意思，站在身后的几个女人也有些偃旗息鼓了。

"我的意思是，我单独跟您商量一下关于吕明明同志抚恤金的事儿，等谈完了，马上兑现您的要求。"

妇女一听，能马上兑现，冲身后的几个妇女说："姐妹们，你们到外面等我，我跟他谈判一下。"几个女人摇头晃脑地离开了。

齐怀远让人给吕明明的姨妈端了茶水，坐下后，齐怀远不着急跟她聊。从自己的公文包里拿出一摞稿纸，摆在妇女面前。妇女捋了一下头发，说："我没工夫看这些东西，你说吧，什么时候赔钱。"

"阿姨,这些资料是跟吕明明有关的,您看了,对这件事情您就会是另一种看法了。"齐怀远依然不瘟不火地说着自己的建议。

"你说吧,什么事儿,直接挑明了说。"

"那好,我给您说一下。现在您的儿子,不,确切地说应该是您的外甥吕明明已经牺牲了,按我们这里的习俗呢,应该下葬处理后事了。但是现在为什么迟迟不能做出这个结果呢?"

"对啊,你问我,我还问你们呢?"女人皱着眉头说。

"吕明明是个贩毒分子。"

女人先是一愣,而后是哈哈大笑:"我儿子贩毒?不是,你说我外甥贩毒?"女人很狡猾地把儿子迅速改成外甥。

"是的,这是他每次交易的资料,我们一直以为他会戴罪立功,也一直想通过他抓获更大的坏人,可是他屡教不改。这次行动,他不是战斗牺牲的,而是从高台上掉下来摔死的。从罪名上论,他应该是罪有应得,但是鉴于人道主义,也考虑你们这些家属的情绪问题,我们制定了一个处理意见,您看看行不行?"

女人看着桌子上的资料,还看到吕明明那些黑白照片,感觉有些没底了,她可以不相信眼前的齐怀远,但是她不会不相信法律的。她站起身,向后退了一步说:"我外甥的事儿,相信你们组织会处理得非常妥当,我们家属就是一时着急,如果……"

"没事儿,情绪失控很正常。您如果还有什么要求呢,尽管提,我们争取尽量满足您的要求,毕竟我和吕明明是同事关系,也是曾经的战友。"女人转身的同时,非常流畅地表达了自己的意见:"没想法没想法,你们看着处理吧。"说完转身离开了。

齐怀远看着离开的妇女,收拾着桌子上的资料。从他内心讲,他是不愿意把吕明明的事儿说出来的,他清楚吕明明参与毒品交易的事儿,他也一直等待一个合适的机会来让吕明明戴罪立功。这次他死得不明不白,自然对过去的罪名也就没有了承担的必要。他打算把这个秘密藏起来,他要按照牺牲的标准来安葬吕明明,之所以没有及时处理,就是担心他的家人会来找事儿,果然发生了,好在处理得当。

齐怀远把资料收拾起来,打算锁进保险柜,突然听到门口一声喊:"你不能让周冲坐牢!"这个声音吓了齐怀远一跳,抱在怀里的资料差点掉在地上。

几秒钟后,转而又恢复了平静,他听出了这个人的声音,这就是自己的女儿齐齐。

齐怀远慢慢转过身子,看着从门外快速走进来的齐齐,她因为快速跑动而气喘吁吁,她是听姚占军说的,说周冲在一次执行任务中出事了。当时齐齐以为是周冲牺牲了,后来听说是犯了大错,可能有坐牢的危险。齐齐从姚占军的办公室里冲出来,直接打车来到公安局办公室。她知道自己的父亲有办法拯救周冲,最坏的打算是去求助外公姜忠诚。

"你怎么知道周冲的事儿?"齐怀远一看是隐瞒不住了。

"不用你管,我就想知道,你能不能救周冲?"齐齐只要一个结果。

"我救不了他。"齐怀远没法跟女儿解释,因为她不知道这里面到底发生了什么,仅凭一时意气用事,可能造成更大的损失。

"那我去找我外公。"

"这事儿就是你外公定的。"

齐齐像在被电击了一样,她心里明白,这个事儿要是外公定了,基本上周冲就算没救了。外公这么多年的处事方法她是明白的,只要外公说这个事没有余地了,那么就真是无法挽救了。齐齐还是想知道周冲到底会被处理到一个什么程度,还没等她开口,齐怀远先说话了:"孩子,你们不是分手了吗?静下心来,好好学习吧。"齐怀远的语气很委婉,他知道,就算女儿的承受能力很强,他也应该以商量与尊重的口气跟她交流。齐齐看着语重心长的父亲,张张嘴巴,想说什么,终究还是没有说出来,眼含着热泪离开了。

齐怀远梳理了一下自己的思绪,从今天早上到现在他一直处于混乱中。他要向上一级提供更合理的资料,来为周冲定性,他的工作力度将直接影响到对周冲处罚的力度。在整理中,他更关心的是周冲的父母,当他想到那个善良的农村妇女时,心里总是酸酸的,再就是那个疯疯癫癫的周元林,他无法想象一个他们将怎样面对这样的事实。后一想,自己的担心是多余的,因为他到现在也不知道周冲的父母怎样了,是回凤凰岭了,还是被青红帮的弟兄们接走了。

青红帮算是彻底不存在了,大哥冯玉平被"蝎子"一枪击毙,二哥范林芳当初就不是真心的,青红帮老三周冲马上就要蹲入大牢。这样看来,这个行动虽然没有抓获毒枭"蝎子",但是却歪打正着地铲除了一个帮派。齐怀远在汇报材料中,关于青红帮的资料只是草草写了几句,他认为最终的目的是抓住"蝎子"。

齐怀远对于青红帮的忽视是不应该的,毕竟这个帮派里还有一些残存的人员,比如那个民族大街的小混混刘才俊。当他得知冯玉平被杀,范林芳跟"蝎子"逃走,周冲马上要坐牢的消息后,立马在民族大街放出话来,从此他就是青红帮的老大,那些整天穿着中山装的小混混也就顺理成章地跟了刘才俊。

公安局的重点都在处理此次行动的善后工作上,没人顾及那些残留的小混混,于是刘才俊带着那些曾经焚烧毛永刚车间的小弟们再次出发了。这次的行动不是竹编工艺公司,而是毛永刚新近建成的商城工地。他始终咽不下这口气,他认为毛永刚是一个有钱人,是一个财大气粗的老板,应该与当地的黑白势力交往得很好。但是目前的情况不是这样,他发现毛永刚只是跟政府及公安系统有来往,根本没拿他这个"地头蛇"当盘儿菜。他要让毛永刚知道,他刘才俊虽然没有大量钱财,但是他有打不垮击不退的膏药精神。

一行人来到商城建设工地外面,看到很多民工在不停忙碌着,刘才俊摘下蛤蟆镜,大喊着:"哪个是包工头?"

一个消瘦的小孩儿说:"老板在那边呢。"

刘才俊顺着指去的方向,看到在一片平地上,站着几个夹着包儿的中年人,刘才俊带着几个弟兄向那边走去。来到中年人跟前,他非常客气地说:"哪位是老板啊?"

一个同样戴着蛤蟆镜的中年人转过头问:"我就是,有事儿吗?"

"没事儿,想跟你聊聊。"

中年人摘下眼镜,看看刘才俊,又看看身后的几个一直晃动脑袋的小混混。马上说:"好的,没问题,小哥,您说,咱们去哪里吃?"

刘才俊没想到对方答应得那么痛快,一时还想不起哪个酒店更好,他转过身问后面的弟兄:"你们想吃什么啊?""大哥定。"几个小混混一说出口,顿时引来对方的一阵笑声。刘才俊也觉得这个话很别扭,什么叫大哥定啊,怎么听怎么像是吃大哥的腚,不管怎样,不能露怯。

"那我们就去'永庆升平'吧。"刘才俊最后还是选择了永庆市最大的酒店。

对方一听,当时就傻眼了,好家伙,狮子大开口啊。到"永庆升平"吃,饭钱是小事儿,吃完了又是洗澡,又是唱歌,又是一些附加的活动,少说也要一两

十二 探监进行时

167

万呢。与其花那些还不如直接给他点钱呢,对方心里这么想着,便立即从腰包里掏出一沓子现金递给刘才俊说:"这位小哥,今天晚上实在是脱不开身,要不您带着这几位小哥自己去玩儿吧,免得我们扫了您的兴致。"

刘才俊一看,这样的情况他还是第一次遇到。在民族大街这么多年,不是明抢就是暗偷,整天提心吊胆的,这么服软的人还真少见。没想到,在这个行儿里,弄点儿钱这么容易。刘才俊心里明白,接这钱,不能表现得太高兴,那样就暴露出自己的身价了。

刘才俊接过钱,向后一甩。后面的小弟一下子接在手里,麻利地揣进腰包。

"跟你们说,有什么事儿说一声,永庆市少了青红帮不灵,改天,改天我请几位弟兄坐坐。"

"哪能让小哥破费啊,改天一定补上今天的缺憾。"

刘才俊一甩手,转身大跨步地离开毛永刚的建设工地。

"要不要跟毛总说啊?"其中一个工头问。

"不能说,说了事儿更麻烦,我早就听说,永庆市的黑社会很厉害,还听说,他们在公安系统里,有一个卧底的三哥,惹不起咱躲着点儿吧。"

"哎,没办法啊,就当咱们吃了吧,谁让咱没提前打点呢。"

刘才俊吃到甜头以后,从此慢慢壮大自己的队伍,他要做真正意义上的青红帮老大。各个酒吧,各个KTV包房都是他经常光顾的场所。很多老板都被刘才俊突然的崛起而震惊,大家都在猜测刘才俊是凭借什么力量到达这一步的。虽然刘才俊的人员队伍发展很快,但是他有一个最大的缺陷,那就是没有力量参与毒品的交易。毕竟这个市场是属于夜生活的,夜夜笙歌的生活里你只有拼拼杀杀,而没有给各个老板带来丰厚的利润,大家还是有些不服气的,虽然嘴上不说,内心里早已出现抵触心理。

刘才俊除了大量发展弟兄以外,还四处打探着毒品的交易市场。过去永庆市的毒品交易,多以张群、吕明明、周冲为中转站,现在,这三个人都已经不存在了,市场也就相对冷清下来,不服气的刘才俊正酝酿着自己去开发这个市场。

永庆市电视台新闻频道在反复播放着一条爆炸新闻,警校学生是怎样成为毒贩的。播音员在不停地宣读着齐怀远为电视台提供的资料,这些资料里有周冲的成长历程,有周冲的堕落经过。这则新闻里更多地提到,周冲是如何放走毒枭"蝎子"的,那段含糊的录音成为永庆市大街小巷的谈资。有些调皮的孩子,还把那句话当成了挂在嘴边的口头语:快点,要不来不及了。

新闻一经播出,齐齐就承受不住了,来自学校的各种流言飞语,来自身边的各种压力都让她几乎疯掉。她似乎感觉过去对周冲的追求成了一种恶意的惩罚,老天爷故意让这个倔犟的女孩儿去承受这个结局。她一下子变了,变得少言寡语,只是一味在训练大厅里跳跃着,练习着各种擒拿动作。然后就是疯狂地甩扑克牌,像箭一样射出去的扑克牌打在训练大厅的墙壁上,发出嚓嚓的声音,这种声音更像是打在齐齐的心上一样疼痛。

周末了,齐齐漫不经心地走出学校,夏天来了,炎热悄悄降临到这座城市。她已经很久没有再想周冲了,她完全被那种不知所措的情绪给折磨坏了。走出校门,她要回家,回家是一个最好的选择。

走在路上的齐齐,突然被身后的一只大手按住了肩膀,齐齐回头一看,原来是刘才俊。这个曾经的小混混,如今已经成为青红帮的大哥了,身后站着的几个小弟,都抱着胳膊看着齐齐。

"局长千金齐齐小姐,还认识我吗?"刘才俊说。

"有事儿吗?"齐齐冷若冰霜地说。

"没事儿,就是想过来看看你。"

齐齐推开刘才俊放在肩膀上的手,转身离开。刘才俊并没有追过去,而是胸有成竹地站在那里说:"我可以带你去看周冲。"这句话的威力不亚于一个耳刮子打在齐齐的脸上,一段尘封了的感情,又被这个刘才俊给提起来了。齐齐有心转头臭骂一顿刘才俊,想将雨点般的拳头打在刘才俊的脸上甚至用口袋里那些扑克牌甩向刘才俊还算粉嫩的小脸儿。可是她不能这么做,因为她心里还是给周冲留了位置的,那个空闲的心底是周冲永远的港湾,不容许任何人去侵占它。

"你知道周冲在哪里吗?"齐齐强硬的表情下,表达出的却是近似祈求的语气。

"你父亲是公安局长,难道你不知道周冲关在哪里吗?"刘才俊撇着嘴巴说。

"去你妈的。"随着一声大骂,齐齐爆发了,她飞起一脚踹在刘才俊的胸口上。紧接着冲上去,对准刘才俊的屁股就是一顿踢。这样的变化让刘才俊身后的小弟们有些慌张,他们明明看到一个弱小的姑娘在祈求刘才俊。现在自己

十二 探监进行时

的老大突然被放倒在地上,他们傻傻地看着躺在地上的刘才俊,不敢吱声。

刘才俊根本没打算还手,他要等到齐齐打累了,然后再实施他的计划。齐齐愤怒到了顶点,等到把一腔怒火发泄出来以后,她像个泄了气的皮球,蹲在地上哭起来,声音很小,只能看到她抽泣的样子。刘才俊从地上坐起来,说:"齐齐小姐,我可以带你去看周冲,但是我得和你做个小小的交易。"

齐齐抹了一把泪水:"什么交易?"

"要你爸想办法,我要捞周冲。"

齐齐明白,刘才俊是想救周冲,自己心里何尝不是这样想的呢,但是父亲会答应吗?外公都插手这件事儿了,父亲是要对法律负责的,是要对民众负责的。

"有困难吗?"刘才俊追问着。

"我试试。"说完齐齐站起身来向家中跑去。

看着远去的齐齐,刘才俊拍了拍身上的尘土,微微笑着。身后的小弟们赶紧围过来:"大哥,没事儿吧?"刘才俊环顾了一下周围的小混混,大骂:"他妈的,刚才干吗去了,老子被打的时候你们都看着,没有一个动手的。"众人都低头不语。

齐齐气喘吁吁地跑回家中,正看到齐怀远在写字,毛笔上沾满的墨汁还没有落到宣纸上,就被齐齐的动静给打断了。齐怀远拿起笔看了一眼闯进门的齐齐,而后又认真写起来。

"爸你到底能不能带我去看周冲?"

"我不是告诉你了吗?不方便。"

"看来我求你也不行了?"

"孩子,这不是求不求的问题,他触犯了法律受到惩罚是应该的。"

齐齐一直在想办法说服齐怀远,都以失败告终。她想起了外公,这个永庆市的功臣,一定有办法把周冲"捞"出来,于是她躲进自己房间给姜忠诚打电话。

"外公,我想求您把周冲放出来。"

"孩子,这可不是外公说了算的事儿啊。"姜忠诚尽量把话说得更委婉一些。

"那你们当初就别把他抓起来。"齐齐愤怒地挂了电话,拿起包向外跑去,她要去找刘才俊。

齐怀远看着远去的齐齐，无可奈何地摇摇头："唉，孩子大了就是难办啊。"正当齐怀远准备收拾东西的时候，门铃响了。他放下手里的毛笔，来到门口，从猫眼儿里往外一看，一个穿军装的小伙子格外精神，原来是刘文艺。

齐怀远坐在沙发上，看着忙碌的刘文艺，一会儿忙着沏茶，一会儿忙着收拾书房里的笔墨纸砚。心里有说不出的高兴，他觉得这个小伙子非常勤快，给人一种特别踏实的感觉。当刘文艺坐在自己身边的时候，他才发现刘文艺身上穿着的是一套崭新的干部服。

"哎，什么时候穿上这个的？"

"齐叔叔，我上周就戴学员牌儿了，只是没时间过来看您。"

两个人正在聊天，姜媛下班回来了，看着眼前的刘文艺先是一惊，而后就是不住地夸奖。

"你看看，我说这孩子有出息吧，这才几天啊，提干了，好好干，一定很有前途的。"姜媛很少这样夸奖人。坐在一旁的齐怀远轻轻咳嗽了一下，意思是别把年轻人夸得没边儿，这个年龄的孩子容易骄傲的。

"小刘，晚上在这里吃饭吧，我去买点馅儿，咱们包饺子。哎，对了，今天齐齐也回来，这丫头怎么还没到家。"姜媛说着，下楼买菜去了。

等到姜媛一走，刘文艺说："齐叔叔，今天我来主要是对您表示感谢的，要不是您的帮助，我也不会到现在。"

"呵呵，什么时候会说客气话了？那是你自己努力来的，我只是说了句话而已，如果你没有成绩也不会提拔你的。"齐怀远咂一口茶。

"齐叔叔，我想知道，周冲真的被判了3年吗？"刘文艺小声地问。

齐怀远的嘴巴还贴在杯子上，把眼睛向上一翻，看了看刘文艺，然后说："是的，3年。我知道你们关系不错，但是法律是不讲情面的。"

"我知道，我想去看看他可以吗？"刘文艺说。

齐怀远起身，看着窗外渐渐发芽的杨树，又轻轻转过头说："他没关在当地，在省监狱，我看看吧，如果有可能，我给你打电话。但是我不能陪你去，只能你自己去。"

齐齐跑出去直接向民族大街而来，她是去找刘才俊的。虽然她不知道刘才俊的青红帮老窝在哪里，但是她知道民族大街是刘才俊活动较为频繁的地方，到那里一打听一定能找得到他。

齐齐在民族大街路口停了下来，她在寻找目标，寻找那些穿着中山装或

者是叼着烟来回逛荡的小混混。不到几分钟,果然有人过来搭讪。

"妞儿,我请你喝咖啡吧?"一个瘦得跟猴子一样的小混混,围着齐齐转悠着。

"我找你们老大。"齐齐说话的声音很干脆。

"你找我们老大?"小混混纳闷地看着漂亮的齐齐。

"对,我找刘才俊。"

对方一听这个女孩儿能直接称呼青红帮老大的名字,一定有来头,赶紧离开向刘才俊汇报去了。

不到5分钟,刘才俊出现了,他来到民族大街的路口上,看看有些焦急的齐齐,上前把嘴巴靠在齐齐的耳朵跟前说:"怎么着,想通了?"

"少废话,什么时候去看周冲。"

"随时都能去看周冲,不过……你们老爷子答应捞周冲了吗?"

"废话,不答应我能来找你吗,再说,我比你更着急捞他。"

刘才俊一听,这倒是实话。这个小丫头跟周冲看来还真是有一腿,不然她怎么能猴急猴急的呢。只要能把周冲捞出来,我刘才俊就可以与周冲合作了,那样整个永庆市的毒品交易就是我的天下了。想到这里,刘才俊再次把耳朵贴过来,说:"明天早上,就在这里,我带你去看周冲。"

齐齐一把推开刘才俊:"你要是跟我耍花样,看我怎么收拾你。"说完快步离开。

齐怀远和刘文艺聊着天儿,姜媛在阳台上向楼下张望着。每个当母亲的都是一样,对自己的儿女都有一种无私的爱。她心里明白,最近孩子是因为周冲而闷闷不乐的。当妈的怎么办,应该给孩子宽心,既然因为感情出了问题,那么就要从感情上对其治疗,最好的办法是转移她的注意力。她转身的一瞬间,突然感觉到,这方法就在眼前啊。我何尝不这样一试呢,等到孩子心情好了,问题自然就解决了。

姜媛打算把刘文艺作为转移女儿情感的目标,从刘文艺的长相和未来的发展上看,都能说得过去,唯一不知道的就是刘文艺的家庭怎样。毕竟姜媛从小就是生活在高干家庭里,对未来的姑爷自然有一定的要求。当妈的想试探一下孩子的想法,没准儿两个人有缘分,一撮合就成了呢,说是撮合,其实就是多给两个孩子提供相处的机会。站在阳台上的姜媛这么想着,看到了楼下熟悉的身影,齐齐慢慢悠悠地回来了。

"怀远,齐齐回来了,下饺子吧。"姜媛命令着。刘文艺哪能失去这个表现的机会啊,赶紧起身:"齐叔叔,我去,我去。"说着奔向厨房。

齐齐按了门铃,姜媛正好打开房门:"回来了齐齐,快快快,今天我包的饺子。"齐怀远坐在那里没动,他知道刚才女儿出去的时候还在生他的气。齐齐放下手里的包,去了自己房间,姜媛站在那里发愣,她赶紧跑过去:"齐齐,干吗去啊?马上吃饭了。"

"我不饿。"

"家里有客人,别这么任性。"

"你们陪客人就是了,跟我有什么关系。"说完还是进了房间。

刘文艺在厨房里煮着饺子,心里别提多美了,他从内心涌动出一种幸福,一种与齐齐过日子的幸福,他从来没有奢望过这样的场景,自己下厨做饭给齐齐吃。可是今天他不能表现得太兴奋,毕竟他还没有展开攻势,毕竟齐齐的家族是高贵的家族,他现在只有好好工作,拿出成绩以博得齐齐欢心。今天的目的达到了,感谢齐怀远的同时还能和齐齐一起吃饭,当然还有一件事,他要麻烦齐怀远带他去看周冲。因为周冲的父母还在他那里,虽然他能替周冲保密,但这不是长久之计。他还要给周冲父母隐瞒周冲坐牢的事实,所以他此次来齐怀远家里,可谓意义重大。

刘文艺坐在饭桌上有点不自然起来,毕竟面对的是齐怀远和姜媛两个人,齐齐在自己房间不出来,这让刘文艺很失望。凑巧的是姜媛不停地打听着刘文艺的家庭情况,刘文艺既兴奋又紧张。兴奋的是姜媛开始关注自己了,这说明这个家庭没拿他当外人;紧张的是,不知道自己的家庭会不会与齐怀远这么大的身份不相称,也就是所谓的门不当户不对。

齐怀远不停拿眼瞪姜媛,他很不满意姜媛这样去盘问刘文艺,感觉像审理罪犯一样,弄得刘文艺吃饺子的时候都战战兢兢的。姜媛完全不去理会齐怀远的反应,还是非常和蔼地与刘文艺交流着。在姜媛看来,刘文艺是一个不错的孩子,家庭条件也算说得过去,父母亲都是小学老师,经过一顿饭的工夫,姜媛已经基本掌握了刘文艺的情况。

齐齐在房间里傻傻地看着天花板,刘文艺走的时候她也没有出来送一下,这让房门外的姜媛有些尴尬。齐怀远把刘文艺送到楼下说:"明天上午你去省第一监狱找马玉良警官,他会带你进去看望周冲的,这是他的电话。"刘文艺道谢后离开。

十二 探监进行时

第二天一大早，刘文艺就向部队请了假，先安排好周冲的父母，然后到市场上买了些水果，坐上长途汽车向省监狱而去。

周冲自从被关进省监狱，反而清醒了许多，现在他失去了支配自己的能力。无论你有多大的理想，也实现不了了，毕竟已经没有了自我施展的空间，这就好比一个呼风唤雨的大人物突然病倒在病床上一样，一切都停止了，生活因此而改变了节奏。

现在的周冲就是这样一个状态，过去在警校是那么风光，公安局长的女儿追求他，是多么大的面子。在酒吧里，他进出自如地交易摇头丸，在青红帮当三哥等等，都是辉煌的过去。他计划挣数不清的钱财，计划着娶一个貌美如花有品位有地位的女人，现在看来都是空想，一切都已经失去了，他只能听从组织的安排。

经过深思熟虑，齐怀远决定与周冲进行一次促膝长谈。在凤凰岭疗养院初次见到周冲时，这个老警察就喜欢上了周冲的机警。当他得知周冲考上了警察学校后，便暗下决心要将这个年青人培养成一名优秀的缉毒警察。无奈，天不遂人愿，求财心切的周冲竟然走上了贩毒这条不归路。齐怀远精心设计的抓捕行动，却因周冲而失败了，这个毛头小子胆大包天，竟然放走了大毒枭"蝎子"。所谓"解铃还需系铃人"，周冲既然有恩于"蝎子"，那么此时"蝎子"对周冲一定会多几分信任，于是，齐怀远打算冒一次险，说服周冲去"蝎子"身边卧底，以彻底剿灭这个贩毒团伙。

见到周冲后，齐怀远开门见山地说明了自己的来意，他希望周冲迷途知返，将功赎罪，即使不为自己着想，也该为父母着想。齐怀远还声色俱厉地指出毒品对社会的危害，本来打算与周冲平等地交谈，但恨铁不成钢的他不知不觉将这次会面变成了思想教育课。

低头不语的周冲其实已经想清楚了，他厌倦了毒品交易这种刀尖上的生涯，更恨自己一失足铸成大错。他抬起头，坚定地说："我接受组织的安排，一定将'蝎子'抓捕归案！"

监狱里每天都要放风，周冲他们会在警察的监督下出来晒晒太阳，呼吸一下新鲜空气。和周冲关在一起的都是些小偷小摸的惯犯，他们对周冲的到来表示热烈的欢迎，这些常年蹲在牢狱里的人，非常希望更多的人来跟他们做伴，这样他们会觉得与这个世界还有着联系。每个房间都有自己的"狱哥"，就是监狱里潜规则下存在的"大哥"。看到周冲的到来,狱哥自然要来个下马威。周冲向他们投去不屑一顾的眼神,狱哥受到挑衅后,那些跟风的小弟们便想以暴力来收服周冲的心,没想到,整个房间的狱友在不到3分钟的时间里,全部被周冲打趴在地上。这样的局面让狱警十分头痛,只能把周冲单独关在一个房间。

马玉良就是专管周冲的狱警,过去他在齐怀远手下干过110巡警,后来组织将他调进省监狱。马玉良选择这里工作的主要原因是,省监狱会分给他一套120平方米的住房。当初齐怀远建议让马玉良来管教周冲,主要目的就是为了探监方便。

刘文艺来到省监狱的时候,已经是中午12点了,监狱里的犯罪分子都在用餐。刘文艺为了能尽快见到周冲,一直站在监狱大门口等着。电话里马玉良告诉他,下午1点钟可以探视。刘文艺从大铁门的门缝里向里张望着,看到那些穿着统一的罪犯从饭堂里稀稀拉拉地走出来,开始站队。刘文艺再一次拨打马玉良的电话,正当电话接转的时候,刘文艺愣住了,他看到从通往监狱的小路上走来一伙人,走在最前面的那个女孩儿就是齐齐。

刘文艺有些紧张,紧张得像是一个犯了错的孩子,由于监狱门口的布局十分特殊,他根本没有躲避的地方。但他也没有躲避的必要,这又不是什么见不得人的事,只是来看一下自己的朋友。

齐齐已经来到大门口了,当她看到刘文艺的时候,突然感觉自己被老爸齐怀远给耍了,她反复央求老爸带她来看周冲,他就是不同意,现在倒好,自己的老爸却安排一个小小的警卫员来看周冲。虽然心里不痛快,但是齐齐还是表现得很友好。

"你好,也来看周冲吗?"

"是的。"刘文艺回答着。

"他是谁?"站在一旁的刘才俊问齐齐。

"哦,是周冲的朋友,我爸曾经的警卫员。"齐齐解释着。

刘才俊摘下眼镜看看这个穿着军装的小伙子,然后戴上眼镜说:"是不是不让进啊?看在你是周冲朋友的份儿上,我带你进去。"刘才俊大包大揽地说。

刘文艺刚想说话,听到大门"嘎吱"一声打开了,从里面走出一个武警战士,立正站好问:"哪个是刘才俊?"

刘才俊摘下眼镜,点头哈腰地说:"我就是。"

十二 探监进行时

"进来登记。"

刘才俊带着齐齐,然后对着刘文艺摆了一下手,刘文艺也就跟着进来了,其他的小弟们都在监狱门口等着。进来后,齐齐感觉这里的环境完全不像想象中那样差,甚至可以说非常幽雅,只是这个院子里多了一些铁丝网和那些穿着囚犯衣服的年轻人,不然说这个地方是生活小区,也有人相信。

刘才俊登记好了几个人的名字,然后跟着武警战士向探视室走去。刘文艺站在登记室门口,向警卫敬了个礼问:"同志,我找马玉良马警官。"

"是啊,就是马警官让我出来接你们的。"

"接我们?哦,好的谢谢。"说完跟着刘才俊向探视室跑去。

刘才俊与马玉良可谓是不打不相识,当时刘才俊焚烧了毛永刚的车间,就被关在马玉良的号儿里。刘才俊利用自己在社会上的江湖义气和特殊的社交手段,认识了马玉良。当时齐怀远为了抓住"蝎子"答应了小胡子冯玉平的要求,把刘才俊捞了出来,马玉良一看齐怀远打招呼捞刘才俊,以为刘才俊是齐怀远的亲戚,也就与刘才俊成了朋友。这次来看周冲,刘才俊提前给马玉良打电话,马玉良大包大揽说:"来吧,只要不是捞人,探监咱说了算。"所以刘才俊给齐齐提了一条交易条件,让齐齐威胁齐怀远把周冲捞出来,而后他要让周冲为他服务,以达到统治永庆市毒品市场的目的。

来到探视室门口,齐齐拦住刘才俊:"好了,我自己进去就行。"

"还有我呢。"刘文艺说。

齐齐回头看看刘文艺,叹口气没说什么,算是默许了,刘文艺跟着进到探视室。

几分钟后,周冲出现了,他们之间隔着一个铝合金装置的铁丝网,中间镶嵌了一层厚厚的玻璃,玻璃外面是一个小小的话筒。隔着铁丝网和玻璃齐齐看到了略显消瘦的周冲,顿时眼里噙满了泪水。她做梦也没想到自己会在这样的场合里与周冲见面,眼前的周冲让她看在眼里,痛在心里。

周冲的头发已经被剃掉了,长出来的是一些坚硬的毛发根。他脸上显得很沧桑,尤其是那双眼睛,没有了往日的风采。大大的囚犯服松垮地贴在他的身上,显得他委靡不振。齐齐把手贴在玻璃上,想去拉一下周冲的手,但是她做不到,她冲不破那隔开的铁丝网。

周冲看到齐齐了,还看到了身旁的刘文艺。他没有丝毫伤心的感觉,嘴角向上挑了一下,想说什么,却没有说出来,不过这个动作看上去像是一种问候的微笑。这个动作让齐齐彻底哭了出来,泪水模糊了眼睛,她贴着玻璃一直晃动着脑袋。

刘文艺不知所措,他本来想问候周冲的,看到齐齐伤心的样子,又不知道怎么办才好。周冲走到窗口拿过对话听筒,轻轻咳嗽了一下说:"齐齐,不要哭了。"这句话像一服灵丹妙药,齐齐真的擦掉眼泪不哭了,直直地看着周冲,现在的周冲每一句话都像金口玉言一样,只要周冲说出来,齐齐一定会照办。

'周冲心里明白,这样的场合不能再去牵连齐齐了,她是个好女孩儿,是个有前途的女孩儿。自己现在的处境不适合与她处朋友,他看看刘文艺,又咳嗽了一下说:"齐齐,谢谢你俩来看我,回去以后好好对待刘文艺,我这个哥们儿人很好,没有坏心眼儿。"

齐齐纳闷地看着周冲,又回头看看刘文艺。大声喊:"我没有跟他好,我心里只有你,你别误会,我没有跟他一起来看你,我是……"齐齐说的声音慢慢地越来越小,因为她看到周冲走了,转身离开探视室,向牢房走去。

齐齐欲哭无泪地看着离开的周冲,转回头冲到刘文艺跟前:"谁让你来的!周冲误会我了,他以为我和你好了,谁让你来的!"齐齐一边捶打刘文艺,一边大喊着。站在一边的武警战士有心阻拦,又怕激怒齐齐,只好任凭她在那里捶打刘文艺。刘文艺顺势拉住齐齐的手,他要安慰这个受伤的女孩,把齐齐揽进怀里的时候,齐齐放声大哭。

回到牢房的周冲坐在地上闭着眼睛,泪水慢慢滑落下来,滴在身上,滴在地上,也滴在心底。那种痛是无以言表的,是无法补救的。他能感觉到齐齐眼神里的绝望,他故意冤枉齐齐和刘文艺,为的是让齐齐完全放弃他。

他抚摸着自己的脖子,那里的疼痛又开始了。他向老狱友借来香烟,把自己脖子里的黑痣烫成了伤疤。他要开始自己的全新生活,因为他有了一个全新的计划。他起身,从床腿下面拿出那个半截烟头,和一根火柴。点燃香烟,再次按在那个伤口上。

"啊!"周冲的叫声,预示着他的行动开始了。

## 十三　茅草屋之恋

自从省监狱探监室里刘文艺拥抱了齐齐后,两个人的关系也随之发生了不小的变化。倒不是两个人从此确定了恋爱关系,但是齐齐已经能顺理成章地与刘文艺短信交流了。齐齐内心的伤痛正因为周冲的一句"冤枉话"而慢慢愈合,这个疗伤者正是刘文艺。

刘文艺坚持每天发两条信息给齐齐,第一条是早上起床时发的。信息的内容很简单,却包含着许多关爱:齐齐同学起床吧,对着镜子微笑,然后说,我是最棒的。这样一个简短的信息,能让齐齐的心情好上一天。晚上睡觉以前,刘文艺的信息如期而至:该休息了,身体是革命的本钱。诙谐的语言,让齐齐进入美妙的梦乡。

齐齐已经习惯了没有周冲的日子,学校里的学习也开始变得紧张,她需要一种关心,需要一种压力过后的释放。周末,刘文艺会安排好周冲的父母,然后到学校门口接齐齐回家。两个人的感情由此变得更加亲密,要说两个人之间还有什么隔阂的话,那就是刘文艺隐藏了照顾周冲父母的秘密。

齐怀远对于女儿和刘文艺成为朋友一事并没有过多盘问,倒是母亲姜媛喜上眉梢。她高兴的不是女儿找到一个多么优秀的男孩,而是齐齐已经从周冲的感情里逃出来,这才是最关键的。每到周末,姜媛就会买好饺子馅儿,回到家里,她会合理安排人员进行集体餐饮活动。刘文艺擀皮儿,齐齐和姜媛包,最后煮饺子的事儿就落到齐怀远的身上了。这样的家庭活动,在姜媛看来是非常珍贵的。

刘文艺心里美得跟开了花儿一样,他感觉自己像是受到上帝的格外照顾,把一个他心爱的女孩儿送进他的生活。他要好好珍惜,一定要把齐齐照顾好。

自从在灯泡厂被周冲营救后,"蝎子"一直躲避在边境的老窝里。那里曾经是他往返于边境线的阵地,从永庆市逃走后,他就来到这个安全的地方。他一直牵挂着那个营救他的周冲,那个让"蝎子"用枪对准他胸膛的好兄弟。张群和范林芳成为"蝎子"最贴心的弟兄,因为张群为"蝎子"介绍了一个可以卖命的兄弟,同时还从小胡子冯玉平那里抢来了 50 万货款。"蝎子"是个知道爱惜弟兄的人,他把这 50 万一分未动地全部给了张群,让张群在附近的小寨子里安顿下来,等待着下一步的行动,同时被安排在寨子里的还有木木。"蝎子"自己躲在山上,不是因为他养不起弟兄们,而是他不想让除他之外的任何人知道他出入境的通道。

从木木那里发来的消息证明,周冲被关进了监狱。他后悔自己当时的选择,他应该带着周冲走,那样这个兄弟就不会被抓了。后一想,这个结果也好,这给下一步的活动提供了更有利的条件,毕竟下一步他要向国外发货了,这批货自然要经过大陆离开,整个环节里,现在看来永庆市是最好的交易平台。

"蝎子"致电给张群,让张群尽快熟悉边境的地形。这里的战场更真实,随时都会遇到盘查的便衣或者提货的商家,一旦走漏风声,将前功尽弃。从进山的路程,到逃跑的路线都要勘察好。然后他通知木木想办法营救周冲,自己要去那边提货,这次行动将决定他是否占领一个国际市场。

周冲在送走刘文艺和齐齐后,拿烟头再次烫伤自己的脖子,主要目的是想熟悉一下监狱的整个布局。按照齐怀远的计划周冲要越狱。在警校学习的时候,他就特别关注了有关越狱的案例,所以他要侦察地形,通过牢房必须经过医疗室,周冲眯缝着眼睛背记着每一个路口的距离。

医疗室的医生骂骂咧咧地指责着周冲:"干吗这么折腾自己啊?好好改造能提前出狱的,你这样折腾,多关你几年。"医生说的是气话,而周冲倒是不往心里去。烫伤自己脖子还有一个作用,就是把自己脖子里那块黑痣烫掉,这块黑痣正是他初次交易摇头丸时的印记,他不想让这个成为他行动的障碍。

周冲回到牢房后,用指头掐算着来回的路程,计算着从这个门出去后到院墙的时间,然后判断了一下从最近方向冲过来的武警战士需要多久才能到达现场,一切都计算到了秒,可谓用心良苦啊。周冲的计划有两个,第一是利用吃晚饭的时间跑,这个时间能有效地隐蔽,因为跳出南面的院墙就是一片灌木丛,那些茂密的灌木,正是适合隐蔽的障碍。再一个时间就是熄灯以后,那个时间是武警战士精力最集中的时候,可也是最容易逃跑的时间,天黑不易追捕。

十三 茅草屋之恋

周冲计划着逃出去的第一站,他会先去刘文艺那里看看父母,然后离开永庆市。对于齐齐,周冲倒是很放心,因为她已经和刘文艺开始谈朋友了。

一切计划准备停当,他临走的时候只要带走睡觉的床单就行,倒不是他想要那张白床单做纪念,而是利用床单逃生,既可以当绳索,也可以缠在手臂上翻越带有铁丝网的院墙。

刘文艺的日子越过越美,因为他不仅得到了齐齐的芳心,而且工作也是顺风顺水。在一次执勤任务中,他勇斗歹徒,还立了三等功,这让齐齐很高兴,同时让姜媛也很兴奋,她觉得刘文艺的未来将一片光明。为此姜媛还特意以齐齐的名义给刘文艺买了一身西装,她要亲自看看这个未来的姑爷穿正装是什么样子。齐齐责怪母亲没有打招呼,这样显得齐齐很被动,好在刘文艺并不知道其中的秘密。

刘文艺带了很多水果来到部队招待所,这里住着周冲的父母。刘文艺经常说城市人的感情越来越远,连是谁住在对门都不知道。现在看来应该好好感谢这种社会风气,如果没有这种淡漠的人情,周冲父母住在军区招待所的事儿早就暴露了。周冲父母倒是听从安排,刘文艺说周冲出差了,一时半会儿回不来。周冲母亲一开始觉得不好意思麻烦刘文艺,想回凤凰岭。刘文艺编着瞎话说:这是组织安排的,如果不按组织的要求办事,周冲会受批评的。因此周冲母亲也就踏踏实实地住了下来,周元林还是那么疯疯癫癫的,时而打开电视,时而坐在阳台上,嘴里还是那句不着调的话:我带你走,我带你回去。

安排好周冲父母,刘文艺要去警校接齐齐。这是每周末一项必须完成的任务,他要让齐怀远夫妇放心,只要齐齐跟了我刘文艺,那就算找到了组织。我刘文艺拼死拼活也要让齐齐过得幸福。

接到齐齐后,两个人高高兴兴地回家了,这一路上,刘文艺不停地给齐齐讲述着他们部队的新鲜事,逗得齐齐一个劲儿地笑。马上到家的时候,齐怀远打来电话,齐齐一看是爸爸电话,赶紧接通:"喂,爸爸,我和文艺一会儿就到家了。"齐怀远"嗯"了一声,然后压低声音问:"你见到周冲了吗?"齐齐被齐怀远的问话吓了一跳,心说,我去监狱看周冲的事儿都过去多久了,怎么还提呢。

"有完没完啊老爸?"齐齐撒娇地说。

"你听着,如果周冲去找你,你马上通知我,周冲越狱了。"齐怀远说完挂了电话。

齐齐瞪大眼睛张着嘴巴发出"啊"的一声,走在旁边的刘文艺被齐齐的表情给逗笑了。

"干吗呢齐齐,啊什么啊?"刘文艺笑着问。

"周冲越狱了。"齐齐说这句话的时候,嘴巴都是僵硬的。

刘文艺听得非常清楚,他脑子里飞速想象着周冲是如何逃出戒备森严的监狱的。他转动了一下脑袋,替周冲惋惜着,突然甩开齐齐跑了,边跑边说:"齐齐,等我回来。"本来齐齐就被周冲越狱的事儿给弄蒙了,现在刘文艺又莫名其妙地跑了,这让齐齐更不知所措。她不知道该回家还是回学校。她呆呆地站在那里,脑子里也在想着,周冲越狱,会去哪里呢?他会来找我吗?

正在齐齐发愁的时候,身后一只大手放在了她的肩膀上,齐齐猛地回头,对方一下子跳出去一米多远,原来是青红帮老大刘才俊。他身后那些穿着统一中山装的弟兄们,无聊中带着一种无处发泄的亢奋。

"干吗呢齐齐同学?"刘才俊问的时候,上下打量着齐齐的身材。这个越来越水灵的姑娘,变得容易让人产生遐想了。天暖和起来,身上的衣服越来越简单,齐齐苗条的身材是十分惹眼的。刘才俊也是人,也有七情六欲,看到漂亮姑娘,动动心眼儿是自然的事儿。

刘才俊一边问,一边向齐齐的身体靠拢过来,身上的烟草味儿让齐齐感觉非常恶心。她严肃地提醒着刘才俊:"老实点儿啊。"这句话,如果是对几年前的刘才俊,那就是命令,他得听话得躲到一边去。现在的刘才俊再差也算是一个帮派的老大啊,看着齐齐认真的劲头儿,刘才俊模仿着她的样子说:"老实点儿啊。"同时嘴巴向一侧撇着,学着撒娇的样子。

这样的嘴脸让齐齐感觉更恶心,她不想与这个小混混多待一分钟。她瞪了刘才俊一眼,拔腿就走,脚是迈出去了,但是身子却被刘才俊拉住了,那只抓着齐齐胳膊的手很有力量,任凭齐齐如何挣扎也无济于事。周围的人一看到刘才俊这伙儿人,立刻躲得远远的。齐齐不想喊,她认为以自己的能力完全能击退刘才俊。齐齐想错了,她低估了一个年轻男人的力量,更低估了一个处于亢奋期的男人的占有欲。

就在齐齐真的想喊叫的时候,刘才俊已经一拳打在她的后脑勺上了,这一拳让齐齐立刻昏了过去。刘才俊向后一推,后面的小弟马上接住齐齐倒过去的身子,抬着向青红帮总部而去。

刘文艺听到齐怀远说周冲越狱了,他判断周冲一定会去他那里看望父母

十三 茅草屋之恋

的，这就是他匆忙向回跑的原因。刘文艺的判断很正确，只是他与周冲逃跑的时间存在很大的误差，刘文艺跑回大院儿宿舍楼的时候，周冲已经离开了。

周冲敲打着父母居住的那个房门，母亲从门缝儿里向外张望着。因为刘文艺交代过，如果是陌生人来敲门，千万不要开。从门缝儿里看到的是周冲，母亲自然很兴奋，立即打开房门。她发现儿子穿着一身破旧的运动服，脑袋上的头发已经没有了，于是瞪着眼睛问："冲儿，你怎么了？"

"妈，我在执行任务呢，你要替我保密。"周冲很严肃，母亲重重地点着头。临走时，周冲嘱咐母亲，"妈，刘文艺回来后，您就说我又出发了。"母亲还是点头。

站起身的周冲，看看坐在地上的父亲周元林，转身刚想走，周元林却神经质地说："冲儿，你脖子里的黑痣没了。"这句话吓了周冲一跳，手不自然地抚摸着那个烟头烫过的伤疤。他想说什么，还是没说出来，戴好帽子便快速离开了。

周冲刚刚离开，刘文艺就回来了，他打开房门四处寻找着。周冲母亲微微一笑说："你在找冲儿吧？冲儿让我告诉你，他又出发了。"刘文艺看着善良的周冲父母，心里别提多难受了。他从朋友的角度替周冲隐瞒着事实，他心说，如今你蹲监狱，我仍然遵循着我们朋友之间的约定，你好好改造就是了，为什么越狱呢？你这样做是在为难我，我怎么办？报警？不行，我也不能出卖朋友啊。

刘文艺看看周冲父母，嘴巴里说着提前编好的谎言："嗯，我就知道周冲是最棒的，组织又派他出发了。"说完离开宿舍楼，向齐怀远家跑去。他倒不是去向齐怀远提供抓获周冲的线索，而是去看看齐齐回家没有。从半路上甩开齐齐，他就后悔了，他想好了，齐齐如果问他为什么离开，他就说，我忘记把单位的档案室房门上锁了，所以急急火火地回单位锁门去了。

他急匆匆来到齐怀远的家，按了门铃，姜媛打开房门纳闷地问："小刘啊，怎么就你自己啊？"刘文艺一时无语，他不知道怎么跟姜媛说。如果刘文艺说了实际情况，那么他在姜媛心中的地位将受到最大限度的打折。稍作冷静的刘文艺说："阿姨，刚才我从单位出来一看时间不早了，我以为齐齐自己回来了。"

姜媛没说什么，把刘文艺让到房间。拿起电话开始拨打齐齐的手机，刘文艺尴尬地坐在那里，不知道说什么好。姜媛的表情开始有些不自然了，因为齐齐的电话始终没人接。她不是担心女儿会出什么事儿,关键是她已经知道了周冲越狱的事儿,她担心周冲会去学校找齐齐,那样事情就严重了。

"小刘,齐齐电话没人接,用你的手机打一下。"

刘文艺赶紧掏手机,开始拨打。确实像姜媛说的那样,齐齐手机一直在响,就是没人接听,这让姜媛和刘文艺同时紧张起来。

此时的齐齐正躺在刘才俊的床上,那个还算干净的席梦思床,是刘才俊最近才置办的,作为一个帮派的老大,哪能还睡在地上呢?周围的几个小弟在打牌,刘才俊吸着烟,看着昏迷中的齐齐。他现在也很棘手,不知道如何处理这个局长的千金了。他当时一时气急,打晕了齐齐,莽撞中把她带回到这里。

刚才齐齐已经醒过来一次了,刘才俊怕齐齐记住他的老窝儿,派人给齐齐灌了一杯水,齐齐又昏睡过去。齐齐包里的手机一直在响,响得刘才俊有些惊慌。小弟的意思是接听电话,然后向齐怀远勒索一把钱财,这被刘才俊给否决了,他不想与齐怀远成为对立面,青红帮将来的发展一定离不开齐怀远的帮助。

正在刘才俊犹豫不决的时候,齐齐醒了,感觉头晕得厉害。她微微睁开双眼,发现周围一片昏沉,还伴有刺鼻的烟臭味儿,这样的味道让她实在有些接受不了,恍惚中她看到了坐在床边的刘才俊。她使劲咬了一下牙,感觉头有些疼,想起身,但根本使不上劲。

青红帮的所有弟兄都在唧唧喳喳地打牌、抽烟。没有人注意到齐齐的醒来,包括刘才俊在内。齐齐在思索着,怎样才能顺利脱险呢。她看到距离自己一臂远的床头柜上有一个空空的啤酒瓶子,这个瓶子也许就是她赖以逃脱的唯一武器。她目测着那个瓶子与自己的距离,判断了一下自己从拿到瓶子,到击打到刘才俊后脑的时间。她需要调整好自己的状态,要迅速,要准确,还要狠。

齐齐攒足了力气,正待出击时,刘才俊突然站起身来,离开床沿儿。齐齐险些暴露自己苏醒的迹象,只能再次装作昏迷过去。她眼睛虽闭着,耳朵却十分机敏地判断着刘才俊的位置。在房间里来回踱步的刘才俊像掉了魂儿似的,这个没有多少知识的黑帮老大,从来没遇到过这么棘手的问题。如果说让他干净利索地去打人或者抢劫,也许他会不假思索。现在,摆在他面前的是公安局长的女儿,他本来是善良的公民,只是环境造就了他打打杀杀的脾气性格。

十三　茅草屋之恋

183

刘才俊的电话响了，打来电话的是民族大街的一个小弟，虽然听不到对方说些什么，但是从刘才俊的表情判断，是好事儿，因为刘才俊笑了。刘才俊从小弟的汇报中得知周冲越狱了，并且还发现了周冲的行踪。

周冲的确没有离开永庆市，他在极力与张群联系，他利用不同的公用电话，拨打着张群的手机，却一直没有信号，拨打木木的电话，显示是空号；拨打"蝎子"的电话，没人接。周冲有些失落，他从监狱里逃出来，唯一的目的，就是找到"蝎子"。青红帮这个组织，距离他似乎很遥远了，当初被小胡子封为三哥的时候，周冲就感觉他无法胜任这样一个角色。即使能重新振兴青红帮，也不是当前最迫切的，毕竟自己的身份起了变化，成为一个越狱的逃犯。

周冲选择了一个最危险的地方作为栖身之处，即"永庆升平"大酒店。最危险的地方就是最安全的地方，周冲戴着假发，说着一口流利的广东腔。那个100块钱买的假身份证非常精致，还真没被发现。他躲在"永庆升平"大酒店里，万没想到会被青红帮的小弟发现。从民族大街到"永庆升平"只有两三站地的距离，小混混经常从民族大街过来，敲诈勒索大酒店里出来的大款和商人。周冲游离在"永庆升平"大酒店门口，被一个留着哈韩头型的小混混用刀子顶在了腰上，周冲慢慢转头，一下子认出了小混混，毕竟他们这些伎俩，周冲是见过的。于是周冲镇定自若地说："兄弟，我是三哥。"对方吓得赶紧收起刀子，一溜烟跑掉了。

周冲回到房间，继续拨打"蝎子"的电话。他和齐怀远的计划是保密的，其他警察并不知道他的真实身份，因此他要在公安系统发现他之前联系上"蝎子"，现在他不敢确定逃跑方向。正当他一筹莫展时，房门打开了，一个服务员走进来说："您好，这是楼下的一个朋友给您的。"说完，服务员放下盒子，离开了。

周冲走过去，打开盒子，发现里面是一个青红帮的标志，下面是一个纸条。上写着："三哥好，我是刘才俊，方便的话，下楼来我给您接风。如果赏脸的话，请拨打这个电话。"这是刘才俊聪明的一面，他既然知道了周冲已经越狱，他一定不会失去这个与周冲交流的机会，毕竟将来他是要利用周冲的。

周冲从窗口向下望去，透过15楼的窗户，看到酒店广场上来回走动着几个人，旁边停车场停着一辆金杯面包车。周冲判断刘才俊应该就在那辆车里，到底是见还是不见？不能见，我并不知道刘才俊葫芦里卖的什么药，于是周冲拨通了刘才俊的电话。

"喂,你好。"对方很有礼貌,显然他知道是周冲打来的。

"我是周冲,找刘才俊。"

"哦,大哥,三哥电话。"对方的声音很大,这让周冲十分不舒服。刘才俊成了大哥,而我还是三哥,于情于理也说不过去啊。

"呵呵,三哥好,谢谢你赏脸啊。"刘才俊嘻嘻哈哈地说着。

"我没时间,谢谢你的好意。"周冲礼貌地说着。

周冲不给面子,这让刘才俊很不自在,他心里说,只要你周冲答应喊我一声大哥,我就能保住你在永庆市的安全,别忘了,你现在是逃犯。听到周冲说没时间,刘才俊哈哈一笑说:"监狱的警察有时间,他们会很快包围你的,老三。"刘才俊把老三这个词儿说得极为清楚。

对于这样的称呼周冲并没有着急,他心中有数,不能因小失大。他看着窗外的面包车,对着话筒说:"我希望你以后不要叫我老三,不然小心你的脑袋。"

"哈哈,三哥真逗,我的脑袋很安全哦,如果我没猜错的话,你的脑袋挺悬的,还有这个女孩的贞操也挺悬的。"刘才俊突然把齐齐拉过来,对着齐齐的胸口捏了一下,齐齐大骂:"你这个浑蛋!"

周冲听出来了,是齐齐的声音。他眉头皱了起来,齐齐怎么会在刘才俊手里,不行,我得救她。想到这里的时候,周冲已经穿好衣服准备向外走了。他对着电话说:"刘才俊你给我等着。"

刘才俊确实坐在车里等着周冲,不过等待的过程中,刘才俊已经拨打了110,报警说他们发现了周冲的行踪。

周冲几乎是飞着下来的,他冲到面包车跟前,猛地拉开车门。刘才俊跷着二郎腿,一把刀子架在齐齐的脖子上。齐齐的眼睛里满是欣喜和惊恐,欣喜的是看到周冲了,惊恐的是她不知道刘才俊会不会做出傻事。刘才俊看着愣神的周冲,向前耸了一下肩膀说:"三哥,还是那么精神啊,咱们做个交易吧?"

"你说。"周冲没有思考的时间,只能稳住刘才俊。

"帮我联系'蝎子',我要和他做个朋友。"

"没问题。"周冲痛快地答应着。

"叫我一声大哥,我就放了齐齐。"

周冲咬了一下嘴唇,张着嘴巴,犹豫了几秒钟后,对着刘才俊说:"大……"周冲实在喊不出来,刘才俊微笑着,鼓励着周冲说:"喊啊,喊出来,齐齐就安全了,哈哈。"

刘才俊笑得两只眼睛眯成了一条缝,周冲哪能失去这样的机会,他一个箭步冲上去,左手抓住刘才俊拿刀的手,同时右手已经从怀里掏出了啤酒瓶,以迅雷不及掩耳之势打到了刘才俊的面门上。刘才俊本能地向回拉着刀子,周冲的手死死抓住刀刃。齐齐向右一歪,脑袋向后一仰,正好碰到刘才俊刚才被打的鼻子上。

车上的小弟们都傻了,刚才的动作太快了,快到没人看清就结束了。周冲跳上面包车,抓住刘才俊的脖子,用酒瓶子对准脑袋就是一下,清脆的声音过后,刘才俊晕了过去。小弟们都哆嗦地看着周冲,腿有些发软,坐在驾驶位置的小弟,裤子里向外流着水。

"都他妈给我滚!"周冲大骂着,小弟们从面包车里跳下来四处逃窜了。齐齐倒在车座上,死死地盯着周冲,她想说话,却死活说不出来。周冲跳下车子,来到驾驶位置,打开车门拉下司机,自己跳上去,所有的动作一气呵成,当周冲发动车子后,才对身后的齐齐说:"下去吧。"

齐齐想说,但是说不出来,她有太多的话想说,如今全部变成哽咽。

"下去啊!"周冲的声音高了起来。齐齐眼含热泪地看着周冲,她不知道自己到底什么地方做得不好,让周冲这么讨厌她。周冲跳下车子,想把齐齐拉下车,但是来不及了,远处的警车已经向这个方向而来了。

周冲跳上车,发动,起步,飞奔着向前冲去。后面的警车呈包围状态向周冲的面包车而来,周冲现在只能突围,好在他手里还有公安局长的女儿齐齐。左右晃动的车子里,齐齐看着周冲有力的背影,彻底哭了:"周冲,别跑了,我会让我爸爸想办法的,你这样只能越来越糟糕。"

"闭嘴!"周冲显然不想让齐齐的情绪影响了自己。

齐齐果然不说话了,她现在就是想和周冲交流,现在周冲说话了,哪怕是让自己闭嘴这样的要求,齐齐也感觉很幸福。

周冲的驾驶技术实在不怎么样,但是逃生的意念让他有十足的闯劲儿和不要命的精神。警车被他统统甩在后面,车子的油表已经向最低线而来。这是周冲最大的敌人,车没油就等于废铁,想尽快逃走就要有交通工具,果然在一个铁道口处,车子熄火了。停在路口的车辆和人群都在等着马上路过的火车,周冲唯一指望的就是能跑过去,他要与远处飞奔而来的火车赛跑。

岔道口的人群根本没有躲开的意思,都在闲聊着。周冲拉着齐齐硬生生地向前挤着,路口的铁路巡警不知道这对年轻人要干吗,想过来拦阻,被周冲一脚踢倒在地,他拉着齐齐钻过护栏,踉跄着越过了铁路。后面的警车已经停了下来,警察们纷纷向这边跑着,周冲看着飞奔而来的火车,一个猛冲越过铁路。火车随之呼啸而过,齐怀远的队伍只能停下。

周冲看着被拦截住的齐怀远,又看看躲在身后的齐齐。叹口气说:"齐齐,你回家吧。"

"什么意思?你带着我逃跑就是为了拿我当人质吗?"齐齐已经看透了周冲的心思。

"是又怎么样?"周冲边走边说。

"不行,你既然把我带到这里,就得带我走。"齐齐一溜小跑跟在后面。

半个小时过去了,周冲在前面走得越来越快,齐齐在后面一直跑着。他们停止了对话,只是这么往前走着。跟在后面的齐齐想起了警校里全班紧急集合的场景,集体拉练的日子。多少次,周冲都会帮她拿着背包,拎着水壶,虽然被同学讥讽嘲笑,但是周冲依然做着助人为乐的好事儿。齐齐也就是从集训的那些日子里,慢慢地将自己的情窦种在周冲的心里。

齐齐现在反而觉得踏实了,她去监狱探视的时候,被周冲误解,自己一时冲动,与刘文艺谈起了朋友,并且一度在学校里公布了刘文艺的名字。她那个时候恨周冲,恨得咬牙切齿,现在周冲突然出现了,以绑架的方式把自己带走了,正确地说应该是齐齐自己甘愿被绑架。因为周冲已经说了不希望她跟着了,齐齐觉得跟在周冲后面很亲切。

两个人就这么一直向前走,一路上倒是没有遇到任何盘查和障碍,天黑时,周冲和齐齐来到了邻近的万钢市。万钢市显然接到了永庆市的通知,每个路口都在盘查,包括车辆和人员。周冲只能拉着齐齐这个"累赘",从山路上绕道而行,他要找一个能栖身的地方休息一下,一天的奔波,让他有些累,等到身体调整好了。他会慢慢甩开齐齐,向"蝎子"的方向而去。

万钢市的夜很静,他们进入的这个地方正是城乡结合部。半面是山,山上少有的几个农户家,燃着星星点点的灯光。初夏的季节能听到一些鸟叫虫鸣,但是周冲没有时间去体会其中的乐趣。齐齐现在的心情好了许多,她根本没有感觉到自己是跟着周冲在逃跑,或者她压根儿就没害怕被抓住,因为自己的父亲是公安局长,外公更是永庆市的功臣。

走在前面的周冲停了下来,他看到了栖息的地方,一个看上去像是庙宇

十三 茅草屋之恋

的小房子。齐齐紧紧地拉着周冲的手,她从来没有经历过这样的夜,城市里也不可能存在这样夜色。小房子周围很黑,没有房门,周冲摸索着向前走,脚跨进去的时候,一个趔趄跌了进去,拉着齐齐的手并没有松开,齐齐被这突然的一拉,吓得"啊"了一身,随着周冲的身子倒了下去。

齐怀远坐在沙发上,咬着牙,嘴里骂骂咧咧的,他很少这样发脾气。这样的火气源于周冲,这个傻小子竟然拐走了自己的女儿齐齐,如果抓住他,那就不是简单地拐走了,定你个绑架一点都不过分。姜媛已经哭成泪人儿了,她所担心的终于发生了,当初她就担心齐齐会跟周冲私奔,现在看来齐齐是铁了心的跟着周冲了。

刘文艺低着脑袋,他的牙咬在舌头上,几乎到了咬断的地步。他恨自己没有好好照顾齐齐,更恨周冲,这个好朋友竟然把我的女朋友带走。看着焦急的齐怀远和姜媛,刘文艺壮着胆子说:"齐叔叔,你们要是信得过我,我能救回齐齐。"

姜媛一听这话,马上说:"当然信得过你,齐齐是你女朋友,你应该去救她。"齐怀远没有表现得那么兴奋,他对刘文艺是否能救回齐齐,还存有一定的怀疑。不过看着刘文艺那坚定的表情,也只能死马当成活马医了。

刘文艺既然敢打下这个包票,是因为他手里有一张王牌,那就是周冲的父母。当初周冲将父母托付给刘文艺的时候,像是一个生死文书一样,交代刘文艺一定照顾好二位老人,并且要做到保密,不能让警方或者黑帮知道自己父母在哪里。他心想如今你周冲既然做出对不住朋友的事儿,那么我刘文艺也不能再给你留情面了。

万钢市与永庆市交界的地方是一座小山,周冲和齐齐就是逃到这个小山上的一个茅草屋里。说是茅草屋其实就是一个半山腰歇脚的地方,早年间,人们上山赶上刮风下雨的,就到这样的地方避雨歇脚。周冲拉着齐齐同时跌落进去,脑袋差点撞到墙角的石头上,里面的地势比外面低了很多,周冲踩空的同时把齐齐也拉了进来。

躺在地上的周冲被齐齐压着,两个人都不敢说话,刚才的惊吓还没平静下来,周围没有一丝声响,只听到两个人稍显紧张的呼吸声,彼此还能听到对方心跳的怦怦声。周冲动了动腿和手,确定自己没有受到太大伤害,他这才意识到齐齐一直趴在他的身上。

周冲推了一下齐齐,齐齐没动。周冲用力推下她,能感觉到齐齐的双手已经紧紧地搂住他的脖子了。这个动作很暧昧,同时也很有力,齐齐的动作很生硬,像是在警校里练习擒拿一样。漆黑的夜晚,齐齐没有了少女的羞涩,她想亲吻身下的周冲,却发现周冲在用力地向外推她,这种挣扎给了齐齐莫大的鼓舞。你越是反对,我越是要亲你,她嘴巴一下子堵在了周冲的脸上。

黑夜不再黑,一对年轻人就这么在那个陌生的茅草房里滚动着,亲吻着。周冲从当初的反对,到现在忘我的投入,他从来没有被女孩儿亲吻过,哪怕是一次短暂的都没有过。

齐齐的心跳在加快,她知道周冲被自己俘虏了,被点燃了。这个初夏的夜晚,也许就是两个年轻人偷尝禁果的最佳时间。齐齐有意识地躺了下来,黑夜里,她看不到周冲的表情,但是能体会到他的笨拙。周冲的手开始肆无忌惮地到处寻觅了,他在寻觅能够让他更加强壮的地方。他双手用力拉开齐齐身上那层薄薄的衬衣,纽扣被崩开时还发出了少有的啪啪声。

周冲能听到身下的齐齐大口的喘息声,自己裸露的臂膀即将去冲击齐齐的防线。一声长笛,让两个年轻人彻底崩溃。是齐齐的手机,铃声是火车出站的声音,手机上彩色的光条儿,闪耀出五彩的灯光,驱逐走了茅草屋里的黑暗。

电话是姜媛打来的,姜媛一直在拨打女儿的电话,也许是老天有意安排,或者是整个电信的信号存在问题,整整两个小时,姜媛都没有打通齐齐的电话,作为母亲,她不会放弃,继续拨打着,电话终于拨通了。

躺在地上的齐齐不知所措,她看到了那个熟悉的电话,那是母亲的手机号码,随后进来的是无数的信息。有问候的信息,有不在服务区的电话记录。齐齐毫不犹豫地挂了电话,这让黑暗中的周冲一下子冷静了下来。他突然觉得刚才自己像是在犯罪,虽然齐齐已经打算主动把身子给他,可是周冲心里始终没有把齐齐作为身下的玩物。电话铃声让周冲冷静下来,他摸索着,慢慢穿回衣服。

齐齐躺在地上,手里使劲抓着手机。

"周冲,我就问你一句话,你爱过我没有?"齐齐的话问得很突然,这让正在穿衣服的周冲有些手足无措,他实在不知道怎么回答她。"说话啊,你爱过我没有?"齐齐再次发问的时候,已经从地上坐了起来,并且打开手机的翻盖儿,让强烈的光线照在周冲的脸上。

周冲躲开刺眼的手机光线,没说什么,向一侧的干柴堆上一躺。然后说:"明天天亮,你自己回去吧,这里离永庆不远。"

"那你呢?"齐齐关心地问。

"你不必为我担心,你回去好好上学,毕业后找个人嫁了就行了。"周冲像个慈祥的父亲,说话的旋律很温和,他不想刺痛齐齐的心,他认为,刘文艺很适合齐齐,心里这么想,但是嘴上却没有说出来。

齐齐刚想张嘴说话,周冲的手机响了,铃声是一段警察之歌的歌声,很正统的一段旋律。周冲看着电话号码,非常熟悉,好像在哪里见过。对,是刘文艺的号码。周冲赶紧接通:"喂?"

还没等周冲说下去,刘文艺那边已经暴跳如雷了:"周冲,你给我听着,你敢动齐齐一根毫毛,我跟你没完!"这样的话,的确让周冲有些不舒服。他是第一次感觉刘文艺跟他翻脸,过去的友谊突然被这样的一句话,给撕破了面皮。周冲想等刘文艺说完再解释,没想到刘文艺根本没有停止的意思,"周冲,你个白眼狼,我一直把你当最好的朋友,可是你竟然拿我的女朋友当做人质。你别忘了,你有把柄在我的手里。"

刘文艺的意思是,周冲的父母还在他的手上,周冲是聪明人,他能听懂刘文艺的话。他从心里非常感谢这个朋友,并且想让刘文艺来接齐齐回去。听到刘文艺这番数落,周冲反倒有种被侮辱的感觉。他趁刘文艺说话的空当,赶紧插句话进去:"刘文艺,我是周冲,你别着急,我保证齐齐是安全的,明天你就能见到她。"

这些话一说完,周冲认为刘文艺应该不会再误会他,没想到刘文艺更加恼怒:"周冲,你给我听着,如果明天我见不到齐齐,我跟你之间的感情就此一笔勾销了。你拿齐齐来交易你的父母吧,我等你。"刘文艺说完挂了电话。

周冲看着发出忙音的手机,蓝色的屏保光线照得周冲的脸色非常难看。刘文艺说的话他听得一清二楚,自己父母的安全将由齐齐的安危来决定。周冲从口袋里翻出打火机,啪啪地打着火,他要找些柴草来取暖,初夏的凌晨还是有一些寒意的。更主要的是,周冲感觉到齐齐的身体颤抖了,并且向自己的身体靠拢过来。那是一种寒冷的表现,依偎在一起的周冲和齐齐相互温暖着。

"明天你自己回去吧,我实在不能带你走。"

"我不嫌弃你是逃犯。"齐齐说得斩钉截铁。

"这个不重要,如果你不回去,我的父母会有危险。"周冲只能说出缘由。

"什么意思？"

"别人拿你和我交易，你的安全就代表了我父母的安全。"

"好，只要是为你做事，我听你的。"齐齐更加贴近周冲的身体。

周冲感觉到齐齐的体温在慢慢升腾着，那些因为紧张而冷却下去的情绪再次被齐齐的双手点燃。周冲不想再优柔寡断了，他内心里是爱齐齐的。只是自己的世界观和人生观与这个有着美好未来的女孩有不同的地方，他只是不敢去爱罢了。这样的机会也许一生都不再来临，要把握吗？是的，不能让机会溜走。

身下的齐齐生涩地扭动着，懵懂的周冲像一个刚刚入学的孩子，摸索着、试探着。这个初夏本来就属于这些男女的，微微隆起的身体让周冲瞬间释放，这一刻的到来不知是福是祸。

周冲有些累了，不仅仅是身体的累，更多的是心累，这些日子，让他有些垮下去的感觉。越狱逃跑后，他一直在寻找张群，这个将他带进毒品交易的同学，同时让他拥有了对金钱的渴望。如今已经改头换面的周冲，要去投奔张群，更确切地说是投奔"蝎子"的集团，但这次他却不是为了金钱，而是为了正义，他要协助齐怀远铲除这个大毒枭。至于永庆市的青红帮，周冲压根儿就没拿他们当回事儿，一个小地方的帮派，顶多算是一个流氓团伙。周冲这么想，可是永庆市的老百姓并不这么想。

出事的当天，永庆市的大街小巷就传开了。青红帮新老大，原公安局缉毒大队队员周冲越狱出逃，劫持公安局长的女儿。知情者，上报公安机关，悬赏20万元捉拿周冲，提供有利线索者，奖励现金5000元。其实这样的数据完全是市民们杜撰出来的，从公安机关那里并没有传出任何消息。

第二天一大早，周冲就把齐齐叫醒。黎明的山村，依稀听到山下有人在劳作，还有远处传来的鸡鸣狗叫声。这一夜两个人睡得很踏实，齐齐的内心里已经忘却了周冲越狱的事儿，她在梦里，与周冲练习拜堂成亲的动作，而现实中的周冲，则非常清醒。

"你早点回去吧，我得走了。"

"去哪里？还回来吗？"

周冲犹豫了一下，刚想说话，突然发现茅草屋的门口儿闪过一个人影，周冲推倒齐齐，一个箭步冲出茅草屋。

十三 茅草屋之恋

## 十四　走向不归路

　　周冲冲出茅草屋向四周观察着,并没有发现什么人。他回头叮嘱齐齐不要乱动。周冲顺着茅草屋向后面绕去,后面是一个矮矮的土丘,茅草屋与土丘之间形成了一个窄窄的胡同儿。周冲贴着墙根儿向胡同里望去,并没有发现什么人。

　　紧张过后的周冲,向茅草屋而来,进门后,周冲瞪大眼睛四处张望着,茅草屋里空荡荡的,什么也没有,只剩下一些散乱的柴草。齐齐呢？这是周冲第一个反应。茅草屋的角落里没有齐齐的身影,周冲喊着:"齐齐,出来吧,别闹了。"

　　周围根本没有齐齐的声音,周冲再次冲出茅草屋,向倾斜的山下望去。山下也没有齐齐的身影啊,难道自己中邪了,还是被时空大挪移了？正当周冲纳闷的时候,一个怪异的声音出现了:"周冲,跟我回去吧。"吓得周冲一屁股坐在地上,他感觉自己是中邪了。

　　其实这个声音是齐齐喊的,此时的齐齐正坐在茅草屋的房梁上。她想通过这样的方法来检验她在周冲心里的位置,从刚才周冲焦急的表情看,周冲真的很在乎她。

　　坐在地上的周冲,一抬头正好看到房梁上的齐齐。他气不打一处来:"你给我下来,吃饱了撑的你啊。"齐齐一下跳到地上,冲着周冲一眨眼:"我饿了,怎么会吃饱了撑的呢。"那个可爱的表情让周冲一下子没了脾气。听到齐齐说饿了,自己的肚子也不争气地咕噜起来。

　　"走,下山找吃的去。"周冲起身向外走。

　　"吃完饭呢？"齐齐的意思是,吃完饭该怎么办？

　　"昨晚不是说好了吗,你回永庆,别让你爸妈担心。"

　　"那你呢？"

齐齐的问话让周冲愣在那里,不知道说什么好。是啊,自己这一走什么时候回来还不知道,去哪里,自己也说不清楚。不过有一点是很重要的,首先保证父母的安全,让齐齐回去就是保证刘文艺不做傻事,等自己稳定下来,就把父母接走。至于齐齐,周冲还没想好,这个局长千金到底属于谁,现在还不敢下结论。就凭自己现在的状态,齐齐能跟他四处流窜吗?不可能的,所以让齐齐跟刘文艺才是最佳选择。

齐齐看着愣神的周冲问:"说话啊。"

"哦,吃完饭,你回永庆,我……我先出去躲一段时间。"周冲尽量说得明白一些。

"你就一直这么躲着吗?"

"我也许会……算了,我们该结束了。"周冲说完先走了出去。

齐齐跟在后面,看着这个执拗的周冲,心里喜忧参半,喜的是自己已经把身子交给了这个心爱的男人,不管将来会发生什么,周冲仍然是她心中的男人。忧的是,这个本来有着美好未来的男人怎么会选择这样的一个方式呢?凭齐怀远和姜忠诚的关系,周冲很快就能获释的。唉,齐齐叹口气,摇摇头,真是无可奈何啊。

万钢市的城郊正在进行大面积开发,这里有很多即将出售的商品楼,从地势上看,这里将是万钢市未来的新城区。只不过很多村民或者市民还不满意这里的辅助环境,比如医疗啊,教育啊等等。清晨的万钢城郊,多是些出摊儿的早点,有油条、白吉馍、馄饨等等。

周冲的假发没有经过梳理,显得很凌乱,这与他身上的这身穿着有些不太般配。齐齐提示着,周冲用手随便梳理了几下,他们来到一个早点摊儿前,要了两份馄饨。坐在小板凳上吃馄饨的周冲,四处张望着,他发现那些还没有拆掉的土围墙上,贴着很多广告。仔细一看并不是什么广告,而是通缉令。上面那个硕大的黑白照片正是周冲的样子,只不过照片上是个光秃秃的头像。

周冲的位置距离那些通缉令不远,仔细看的话能看清上面的大字,内容很明了,简单描述了周冲的身高和形象,还说明了这个逃犯的脖子里有个烫伤留下的疤痕。周冲下意识地摸了一下自己的脖子,再下面就是举报人可以得到一定的奖励,并没有说奖励多少钱的事儿,这跟永庆传出来的多少多少万,还是有很大区别的。

齐齐喝一口馄饨汤,闭着眼睛享受地说:"人是铁饭是钢,一顿不吃饿得

十四 走向不归路

慌。你说对不对周……"周冲没等齐齐喊出他的名字，伸手在齐齐的头上弹了一下。速度之快让齐齐根本没有躲避的时间，齐齐被弹得龇牙咧嘴地吵着，"你干吗啊？"周冲低着头，用眼珠向旁边的土墙上看了看。齐齐顺着周冲眼珠儿转动的方向望去，她也看到了墙上那些通缉令，也低下头，迅速吃着馄饨。

吃饱喝足后，周冲拉着齐齐离开早点摊儿，来到一个刚刚建成的楼群里。这次周冲正式与齐齐分手了，他告诉齐齐，自己的父母在刘文艺那里，只有她回去才能保证父母的安全。刘文艺对齐齐的关心，不用周冲说，齐齐心里最明白了，如果齐齐跟着周冲跑了，那么刘文艺会报复周冲的父母，一旦走了极端，刘文艺可能做出傻事。

齐齐能明白周冲的意思，但是有一点她始终想不通，那就是关于越狱。周冲为什么越狱？当这个问题摆在周冲面前时，周冲很坦然地说出了自己的想法。他说自己是乡下人，骨子里有种原始情感，热爱自由，受不了束缚，从农村长大的孩子都知道，不会去过多地关心国家大事。

周冲的身份也是他的一大障碍，看似刚强的性格，其实背后隐藏的是自卑，从小被同学欺负，被别人嘲笑，自己不知道亲生父母在哪里，这造就了他悲观的性格。等到自己慢慢改变这种现状的时候，养父周元林又变得神神叨叨。在警校，周冲的人生观总是存在两个极端，一边是出身卑微，一边是公安局长的女儿疯狂追求，这让身边的同学也形成了两个派别。

一伙人会觉得周冲是癞蛤蟆想吃天鹅肉，打死他们也不会相信一个出身高贵的公安局长女儿会看上这个乡下来的孤儿。另一个派别是嫉妒，他们憎恨周冲的优秀，这个成绩突出长相俊朗的男孩，把所有的男生都比了下去，那些齐齐身边的女孩也憎恨他，恨他只被齐齐追赶，从来没有睁眼看过她们。

一切的转变都源自张群，这个同学中唯一的款爷，让周冲找到了自信。那就是金钱，金钱的欲望让周冲回归到原始，也让他走上歧途。说到这里的周冲看看倾听的齐齐，问："你是不是觉得我很俗？"齐齐摇摇头，没说什么，认真地等待周冲继续说下去。

周冲向齐齐承认了自己交易毒品的事儿，齐齐并没有感觉到过多的惊讶。她心里的周冲是最棒的，只是有他自己的苦衷而已。自从周冲跟张群介入毒品后，经济基础一下子提高了，说话做事底气也足了，凤凰岭的乡亲们也正眼看周元林两口子了。这样的变化让周冲有了一种前所未有的满足感，他发誓，自己要拥有更多的钱，只有这样的生活才是高人一等的生活。

当初在灯泡厂放走"蝎子"的时候,他不是不想戴罪立功,他明白,即使抓住"蝎子",顶多给一个立功的机会,可是并不会得到太多的奖金。他侥幸地放走了"蝎子",因为"蝎子"将给他带来巨大的财富。没想到,齐怀远技高一筹,自从被"蝎子"打断腿以后,他更加聪明了,他在周冲身上安装了窃听器。

说到这里,周冲闭上眼睛依靠在楼梯的栏杆上,齐齐非常尴尬地听着,搭不上话,她觉得是自己的父亲齐怀远断了周冲的"财路"。可是父亲又有什么错呢,他是个职业警察,所做的一切都是为了正义。周冲停止了讲述,齐齐问:"你恨我父亲,对吗?"

周冲还是没有说话,他不想去评价齐怀远,毕竟他的职业决定了他对周冲的态度。从正义的角度讲,周冲是个十足的坏人,从周冲的内心世界讲,他有自己的生存道理。也许他真的更适合与正义对立的那个群体,齐齐无法劝阻他,世界本来就存在着正反两个极端。只是这个正负极的交会点让周冲和齐齐面对了,齐齐有心去爱一个优秀的男人,如今却不知道是进攻还是收兵。一切都要顺其自然吧,等待他们的还是个未知的将来。虽然入狱后,经过齐怀远的一番苦心劝说,周冲终于回到了正义的一方,但周冲无法将这种转变告诉齐齐,因此他的内心也十分痛苦。

周冲站起身,拉着齐齐的手说:"谢谢你能喜欢我,昨晚我对不起你,回去吧,回去后,找一个爱你的人。"齐齐哭了,无声地抽泣,任凭泪水流下,打湿两人握在一起的手。哽咽的齐齐,感觉心口堵得难受,她把自己的身子给了这个男人,终究还是没能改变他。

齐齐擦了一下眼泪,抱住即将分手的周冲。

"我等你好吗?我等你回心转意,如果你执意沿着你的生活走下去,我也不再奢望你回来找我……"接下来的话,齐齐没有说,她的心里已经做好了单身一辈子的计划。

周冲明白,不能再优柔寡断了,既然自己选择了这条路,就要当机立断。沉醉于儿女情长只能坏了大事,周冲慢慢推开齐齐,转身向外走去。"周冲……"这是齐齐最后一次喊周冲的名字。周冲并没有回头,他知道他必须离开。

齐齐回到家里的时候天色已经黑了下来,她没想到家里乱成这个样子,房间的门打开着,地上是一些七零八落的报纸。母亲姜媛坐在沙发上,手里拿着电话,呆呆地看着对面的墙壁。齐齐站在楼梯口大声地喊着:"妈。"姜媛还

十四 走向不归路

195

是那么坐着,她还不能相信这个事实。

齐齐快步走进去站在姜媛面前:"妈,你怎么了?"姜媛抬头看看眼前的女儿,一把拉住齐齐的手,揽入怀中:"齐齐你去哪儿了,没事儿吧?"边说边浑身上下打量齐齐。齐齐知道母亲着急了,看样子急得有些失常。她想从母亲的怀抱里挣脱出来,任凭自己怎么用力,都挣脱不开。姜媛怎么会轻易放开手呢,她害怕失去女儿。

"妈,我这不是回来了吗?赶紧告诉爸爸啊。"齐齐趴在姜媛的怀抱里说。姜媛这才想起来,应该告诉齐怀远。她的手颤抖着,急速地按着号码。对方的手机接通了,姜媛激动地说:"齐齐……齐齐……"

"齐齐怎么了?"齐怀远听到姜媛哭泣的声音,以为齐齐出事了,挂了电话向家中跑来。

齐怀远跑回家的时候,刘文艺也赶了过来,一家人好像经历了一场大灾大难,谁也不肯离开半步。墙上的时钟已经指向夜里12点了,齐怀远站起身把刘文艺送到楼下,刚想上楼,刘文艺说:"齐叔叔,我敢断定周冲很快就会回来。"齐怀远借着路灯看看刘文艺:"为什么?"

"因为他的父母还在永庆市。"刘文艺一五一十地把整个经过告诉了齐怀远。

"蝎子"最近很清闲,他只身流动在边境上,手里零散地接到一些货,都聚集在只有他自己熟悉的那条山路上。从毒品交易地老街弄来的散货,都是他的那些朋友冒险送过来的。"蝎子"告诉他们要凑够30公斤才能发货,这次行动已经上升了一个规格。价格上翻了几番,同时出手的困难度也提高了,因为国外的团伙不想进行零星交易,至少要达到30公斤才能算做一次交易。

"蝎子"的货已经积攒够了30公斤,都被散落着储藏在他的路线上。他的任务是把这些货成功送到庆都机场,那里有接货的国外同行,只要安全地把货送到机场,就算完成任务了。"蝎子"曾经考虑过让木木来完成这次交易,但是最后还是否定了,木木这些年跟着自己走南闯北,知道的事情太多了。"蝎子"心想,我"蝎子"的所有情况他完全掌握,一旦他有心谋权或者是带着货离开,我就变成一场空了。张群和范林芳虽然是个好人选,可是这两个人的智商有问题。我在永庆市着力培养他们,他们却从来没有很好地完成过任务,经常弄得拖泥带水,得不到一个好的下场。其他下线的兄弟都不能胜任这个任务,顶多做一些国内的小交易。"蝎子"自然想起了周冲，这个永庆市的年轻人多次顺利交易，并且还救他于生命安危之时。如果不是周冲在灯泡厂的相救，可能"蝎子"真的就被齐怀远抓住了。这个任务交给他，也算对他的一次考验，交易成功后，多给他些钱，也算是对他的一种回报。

"蝎子"这么想着，也就打算这么实施计划。他让张群四处打探周冲的消息，并且派木木到永庆市接应周冲，然后把周冲直接带到边境。木木最近一直在永庆市周边活动，他在等待周冲的求救。他从当地新闻、报纸上得知，周冲成功越狱，并且一直没有被抓到，这是木木希望的结果。

周冲与齐齐分手后迅速联系了木木。齐齐在跟前的时候，周冲故意表现出对方无法接通的状态。他还是保留了自己的一点秘密，他不想让齐齐过多地知道他做卧底的事。

木木在万钢市的一个宾馆里接待了周冲，周冲有些疲惫地躺在浴缸里，享受着热水浸泡的幸福。他有些想念自己的父母了，其中还夹杂着齐齐的身影。这次离开他不知道什么时候能回来，他相信刘文艺一定能照顾好父母的，因为他信守了承诺，把齐齐放了回去。只是与齐齐的那夜缠绵他不会轻易说出去，齐齐更不会把这事情告诉刘文艺。

木木轻轻拉开浴室的房门："周冲，你好好泡泡，我出去一下。"周冲睁开眼睛，点了点头，他听着木木带上房门离开了，自己突然想起什么，从浴缸里爬出来，用浴巾裹住身子，出了浴室。他本来想打个电话，没想到在自己的床上躺着一个女人，正冲着周冲傻呵呵地笑。

女人是木木给周冲安排的小姐，这也算对周冲成功越狱的一种奖赏。周冲有些不自然地向上揪了揪浴巾，尽量使自己的身体不暴露出来。女人向周冲抛一个媚眼，开始宽衣解带，周冲赶紧做了一个停止的动作，示意女人停止脱衣服的动作。

显然这个信号并没有打断女人的计划，作为皮肉生意者，她们得完成任务，否则就拿不到相应的费用。看到周冲局促的表情，女人一把扯下身上的睡裙，整个人裸露在床上，趁周冲吃惊的时间，女人熟练地从床上站起来，拉住周冲的浴巾。周冲用力扯住浴巾，他实在不想用这样的方式来娱乐自己的身体。女人晃动着丰满的身子，走下床来，绕到周冲的身后。

女人贴在周冲耳朵上的嘴巴呼出温润的气息，周冲咬牙克制着，从未有过的冲动开始席卷整个身体。这种力量来自血液里，是一种冲破禁锢的力量，

十四 走向不归路

像生长在石板下的小草那样，有力地冲击着每一寸肌肤。女人的手绕过周冲的后背，穿入那个白色的浴巾。

房门"咣"的一声被撞开，周冲下意识地推开女人。门口站着气喘吁吁的木木："快，酒店门口全是警察！"周冲迅速穿好裤子，拿起包。女人仍旧暧昧地看着周冲，这让周冲很为难，从兜里掏出几张票子扔下，转身跟着木木离开。

酒店下的警察是接到有人报警而来的，他们发现了一个疑似周冲的逃犯。于是万钢市的警察协同齐怀远的警员来到这家酒店，他们正在大堂里查阅相关资料，并且还查找了近两天的录像。木木带着周冲熟练地来到地下三层，辗转地下污水通道离开万钢市，直奔南山。

姜媛像是受到什么刺激一样，寸步不离地守着女儿齐齐，这让齐齐非常难受，她多次要求回警校恢复课程，受到了姜媛的强烈反对。外公姜忠诚也没能说服姜媛，只能依了齐齐休学的要求。齐怀远也尝试着询问有关周冲的事儿，都被姜媛制止了，她不想让女儿回想那些被绑架的日子。

刘文艺每天都来看望齐齐，他把责任都归结到自己身上。他后悔自己不该丢下齐齐，才导致了这样一个结果。每天来的时候，刘文艺都会给齐齐带些好吃的，有小点心或者不同的水果。齐齐完全没有了以往的热情，因为她心里只有周冲，那一夜的缠绵更让她无法忘却。

刘文艺把周冲父母的近况告诉了齐怀远，整个公安局像是抓住了一根救命稻草。尤其是省监狱的领导，他们认为周冲父母的出现，将是抓获周冲的最大诱饵。广播、电视、报纸等媒体连篇累牍地报道着周冲的消息，这些消息传到"蝎子"的耳朵里，更坚定了他委任周冲的计划。

齐怀远坐在办公室里，对面是省监狱的领导，他们守着电话，守着万钢市酒店里传来的消息。整个会议室气氛凝重，他们不是在乎一个逃犯，过去也有过越狱的现象出现，问题是这次逃走的恰恰是一个贩毒分子，并且从中央得到消息，最近对于扫毒行动十分重视，这就显得他们的工作非常被动。

电话铃声打断了每个人的思绪，齐怀远拿起电话答应着，从他的表情看，不是什么有价值的消息。放下电话的齐怀远把刚才万钢来的消息说了一遍，果然没有下文。所有在场的人都把希望寄托在周冲父母身上了，为了不打扰二位老人的生活，齐怀远嘱咐刘文艺不要惊动他们，要保证正常的生活秩序，不能让老人看出蛛丝马迹。

离开万钢市的木木和周冲，先到一家美容店，做了简单的乔装处理。周冲佩戴了一个合适的假发,从外部形象上看,几乎没有了周冲的痕迹,木木也做了简单的处理,二人坐上长途车向目的地而去。

木木看看车上的人,多半是一些做小生意的,车顶上还捆绑着一些简单的竹编工艺品,看样子是从永庆市批发而来的。他们通过这样的贩卖工作,也能挣一些零花钱。车厢内里很安静,都在眯着眼睛休息,司机则认真地观察着前方的路况,这一带多盘山路,急转弯的路段非常多,这对司机的精力和技术提出了很高的要求。私人老板为了能找到合适的司机,车票里增加了提成给司机,这样司机既能招揽生意,又能保证他的安全系数。

到了一个开阔的地方,司机一脚刹车停了下来。转头对着后面的乘客说:"上厕所了,5分钟啊。"说完,司机掏出香烟,点一支吸起来,从脖子里掏出手机随便按着。车上的人陆续地走下车去,周冲看看木木也跟着下了车。这些顾客似乎都是经常乘坐这辆车的老顾客,他们有次序地分为两侧,男人在车左侧,女人到右侧。

周冲和木木也跟着到了左侧,这里是一处不高的低谷。能看到山下错落有致的梯田,还能看到环绕在山半腰的那条曲曲弯弯的公路。周冲对着一棵松树撒着尿,突然他发现山下的公路上有两辆警车,正向山上开来。他用腿碰了一下木木,木木向下看去,二话没说,便拉着周冲向山上的森林而去。

山下的警车很快来到了这个长途车所在开阔地,正在休息的顾客不知道发生了什么事儿,站在那里不知所措。一个队长模样的警察来到司机跟前:"是你报的警吗?"

"是我,他们在车下撒尿呢。"

警察迅速示意所有人都蹲下,他们开始检查这些无辜的顾客。3分钟后,警察问:"你说的那个人怎么没有啊?"司机脸红着说:"我明明看到他们在车里坐着!"

"你怎么不发动群众抓获他呢?"

"我怕他们有枪,一直都没敢下车。"

警察做了个无奈的动作,带队下山了。

木木带着周冲走了一段时间,从山林里向下张望时,看到远去的警车,后面那辆长途车也急速而去。周冲一屁股坐下来,深深呼了一口气,透过树枝照下来的阳光正好打在他的脸上,暖暖的阳光让他很想好好地睡一觉,但是他不能睡着,他有更重要的事情要做。

"周冲,我去大便,等我一会儿。"

"哦,好的。"

木木转身消失在树林里。

"老大,没问题了。"

"你确定没问题了?"

"是的,他一直躲避警察追踪。"

"好的,带他到'钱临界'吧。"

"钱临界"是"蝎子"的一个据点,也是"蝎子"接待贩毒同行的一个重要环节。每一个单线接头的人,到"钱临界"就算是正式与"蝎子"开始了各种交易,有的是人情交易,有的是生意交易。他安排木木找人半路进行报案,保证每到一处,都会出现警察追捕的足迹。他要检验周冲的可靠程度,如此看来,周冲是合格的,是一个铁了心跟着"蝎子"的好兄弟了。

对于那30公斤的货,"蝎子"蓄谋已久了,他要让周冲去完成这次任务。"钱临界"距离老街并不远,但是茂密的森林,崎岖的山路,恶劣的环境都成为抓捕行动的障碍。对于"蝎子"来说,这是轻车熟路的,常年穿梭在边境,让他有着更丰富的逃生经验。

"蝎子"从衣兜里掏出另外一部电话,拨打着一个熟悉的号码。接电话的是范林芳,张群躺在范林芳的身旁,不停地抚摸着这个丰满的女人。"老大,什么事儿啊?"范林芳有些不耐烦地问。

"什么事儿你们忘记了吗?"

"哦,没有没有,我们马上行动。"范林芳赶紧回答着。

张群翻身想继续刚才的缠绵,被范林芳推开。

"我们得行动了,如果不行动,可能对于下一步的交易有影响。"范林芳俨然一个毒品老江湖的样子。

"慌什么啊?这么多天都过去了,也没什么事儿,非得现在行动啊?"张群被范林芳的冷淡给打击得无法继续。自己重重地躺在床上,大口呼吸着。

女人天生就是一个尤物,看到张群偃旗息鼓的样子,范林芳也有点不好意思了。他们自从逃到这个风景如画的地方,这还是仅有的几次欢娱活动。平时就是不停地翻越山岭,熟悉地形,躲避便衣的盯梢或者明岗的盘查。今天是个难得的休息日,张群自然不能放过这个机会,早早就洗澡躺下等待着范林芳的到来。

如今被"蝎子"泼了凉水,让张群本来不算威猛的心态一下子到了冰点。范林芳看看闭着眼睛的张群,开始施展她固有的技巧。将整个身子紧紧地贴在张群的身上,两只粉嫩的小手,不停地在张群的胸口摩挲着。嘴巴从张群的脖子一直亲吻到耳朵,轻柔的话语,温润的呼吸重新让张群血脉贲张。

等到醒来时,天已经大亮。张群和范林芳简单地收拾了行李,向永庆市而来。他们要去完成一次新的行动,这个行动将是"蝎子"的一个保险。有了这个行动,接下来的交易才能掌控在自己手中。

这一夜对于张群和范林芳是幸福快乐的。但这一夜对于周冲和木木来说,却是痛苦的一夜。他们在不算茂密的森林里整整穿梭了一个夜晚,其间木木尝试着停下来,可恶劣的环境不允许他们停下来。

漆黑的树林里,到处是疯狂的蚊子,这种体型硕大的蚊子能将人叮死。这不是危言耸听,电视经常播放这样的新闻,水牛或者其他家畜都曾经成为这种蚊蝇的食物,这让周冲不敢怠慢。他既然从警察的枪口下逃走,就是奔向幸福生活的,而不是来这里送死的。

木木走在周冲身后,骂骂咧咧地说:"我跟了大哥这么多年,也没经历过这种地方。"

"我也没经历过,但是咱们不能等死啊。"周冲一边说一边用树枝在身边抽打着。

"早知道就不听老大的了。"木木牢骚满腹,突然感觉像是说错了什么话,转而又说,"等出了这个林子,我带你去找几个妞儿玩玩,我都好久没干那事儿了。"

周冲像没听到一样,继续向前走着。木木举过头顶的手机,眼看就要没电了,他赶紧关掉手机,本来就漆黑的山路一下子像进入了深渊。周冲也一下子停住,问:"怎么关掉手机了?"

"快没电了,走出树林咱们还要用电话呢。"

周冲一听也有道理,也就没再争辩,听着耳边的蚊子声,手不住地挥舞着,又开始向前走去。走在后面的木木实在无聊,他感觉眼前这个周冲好像一个铁人,怎么就不知道累呢。

"周冲,问你个事儿行吗?"木木有一搭没一搭地问。

"说吧,什么事儿?"

"你跟那个齐怀远的女儿怎么样了?"

周冲停下来，转过身子看着木木，虽然看不到对方的眼睛，但是木木能感觉到周冲那种逼人的气势。定了大概10秒钟，两人谁也没说话。周冲又转过身子向前走，木木接着说："我说了你别生气，你跟我没法比。"

"我跟你怎么没法比？"周冲头也不回地问。

"我是一人吃饱全家不饿，你不一样，你在永庆有个女人，老家有父母。"

"那又能怎样？"

"难道你不牵挂他们？"

周冲"嗯"了一下，没说什么继续向前走。木木一看周冲没有反应，这才想起来，赶紧补充说："我忘记了，当初我到凤凰岭绑架你父母的时候，才知道，那不是你的亲生父母啊。难怪你这么绝情地离开他们。"木木本来以为这样的语言会激怒周冲，这是木木想达到的目的，他想让周冲跟他聊会儿天，这样可以分散因为行进而带来的枯燥和蚊蝇叮咬的疼痛。

周冲就像一个失语者，不断向前走。木木突然向前冲了几步，伸手拦住周冲，等到周冲的身子碰到木木的胳膊时，才停下来。

"干吗？有事儿啊？"周冲质问着。

"你能不能说句话。"

"你想听什么？"周冲反问着木木，这样一来，木木倒是不知道怎么回答了，他停顿了一会儿，转身向前走去，从衣兜儿里掏出手机打开，照着前面的路。

走出山林时，天还没有亮，只是能隐约看到一片平地，那里像是一些农户的房子，但是没有灯光。木木兴奋地大口喘着气，山林外面的光线稍微好一些，能看到身前的周冲，周冲停在那里问："还有多少路程？"

"还有一天的山路，晚上基本能到达'钱临界'。"

周冲"嗯"了一声，然后蹲下来，在地上不停地划拉着什么。木木问："你在干吗？"

"找树叶。"

"弄树叶干吗？"

周冲不回答，继续划拉着树叶，然后躺在地上，把一大堆树叶盖在身上，整个人陷进树叶里。木木咧着嘴，看着黑暗中淹没自己的周冲，笑了。

"你小子，可以啊，这招还真灵，既能隐蔽，又能防止蚊虫叮咬。"说完，木木也开始划拉树叶，他们要在天亮之前尽量多休息，保证好体能，到"钱临界"

与"蝎子"会合。

齐怀远拨通刘文艺的电话:"周冲有没有来电话?"

"哦,没来,放心齐叔叔,只要一有周冲的消息,我马上告诉您。"

"好的,一定照顾好他的父母,因为他们是唯一能让周冲回心转意的人。"

"好的,没问题。"刘文艺挂了电话,还向外屋的周元林看了看。

周元林最近十分活跃,那句口头禅频率也越来越高,这让周冲的母亲实在为难,她觉得自己的儿子应该回来看看。原先的一些想法和做法,让这个善良的母亲很自豪,她觉得周冲为家里争光了,也出息了,但是现在守着这个孤老头子,总感觉身边少了什么。如果让她在金钱、名利和与儿子相伴中间作出选择的话,她一定是选择儿子在身边。

刘文艺从里屋出来,穿好军装:"叔叔婶子,我去值班了,家里来什么人,您就按这个,我一分钟就能回来。"刘文艺说着指了指床头上的一个开关。这个装置是刘文艺专门安装的,目的就是来监控周冲是否来过。他跟老人说是去上班是随便说的,今天是周末,他这是去齐怀远家,找齐齐聊天。

姜媛在电话里多次说起,齐齐最近情绪不好,希望刘文艺常来跟她聊天,刘文艺自然十分欢迎这样的决定,但是齐齐对于刘文艺的感情并不像他想象的那样。刘文艺也想过放弃这段单相思的感情,多次用投硬币的方式来作出选择。最后他还是选择了坚持,他认为他一定能感动齐齐。

到了齐怀远家的楼下,刘文艺给齐齐发了条信息。内容很简单:"我在你们家楼下,欢迎我上楼吗?"齐齐听到手机响了,迅速打开手机,一看是刘文艺的短信,接着合起手机。她期盼的不是刘文艺的到来,而是周冲的出现,哪怕周冲本人不出现在面前,只要能收到周冲的信息,也是一种幸福。

等了半天,刘文艺并没有收到齐齐的回信,他习惯地向齐齐家的窗户那里张望着,心里盘算着怎么办?

"干吗呢小刘?"一个声音惊醒了思考中的刘文艺。转过头看时,发现问话的是齐怀远,刘文艺赶紧说:"齐叔叔好,我刚刚路过这里。"

"那上楼玩会儿吧,我正好有事儿找你。"说完,齐怀远前面先走了。

齐怀远掏出钥匙打开房门,冲里面喊了一嗓子:"齐齐,小刘来了。"这样的喊话表示,齐齐一定是在家。刘文艺倒是很客气:"齐叔叔,别喊她了,让她休息吧。"

十四 走向不归路

"小刘啊,坐下。"齐怀远说话的表情很严肃,看上去像是受过什么打击一样。

"齐叔叔是不是有什么事儿啊?"刘文艺关切地问。

"没什么事儿,最近经常收到群众举报,说是青红帮的小混混经常抢劫,尤其是对一些小女孩儿,刚才我还在民族大街蹲点儿呢。"齐怀远说话的时候非常疲惫,黑眼圈证明这个老警察严重睡眠不足。

刘文艺倒是不关心什么青红帮的事儿,刚才在楼下齐怀远说正好找他有什么事儿,于是再次提醒齐怀远:"齐叔叔一定注意休息好,您找我有什么事儿吗?"齐怀远这才想起来,喝了一口凉白开,抬起头说:"你是不是知道周冲的下落?"

这句话让刘文艺有点摸不着头脑,他的第一反应是自己被冤枉了。自己替周冲照顾父母,是出于一种哥们儿义气,是一种兄弟情感,周冲的下落他根本不知道,更谈不上替周冲隐瞒什么。他十分自信地说:"齐叔叔,请您相信我,作为一名准军官,我对我的组织要负责,我绝对不知道周冲的下落。"

"哦,不知道就算了。"齐怀远向后躺下去,身子靠在沙发后背上。

"您放心,一旦有周冲的消息,我马上向您汇报……"

"那好,不过也不要去惊动周冲的父母。"

"齐叔叔,我认为适当的时候应该告诉他们,我也希望你们尽快抓住周冲……"刘文艺的话刚说到这里,被开门声打断了。开门的是齐齐,她从自己的卧室里走出来,面无表情地看着坐在齐怀远对面的刘文艺,显然刚才的话,齐齐已经听到了。

刘文艺收住自己的话,赶紧起身:"齐齐,打扰你休息了。"

齐齐根本没有理会刘文艺的意思,直接来到父亲面前:"你们就不能放过周冲吗?"

"孩子,这是在救周冲。"齐怀远故作凝重地说。

"你们不去抓他,不一样吗?多少潜逃的罪犯你们不去抓,偏偏要抓一个你们曾经的战友。"齐齐有些激动地说。

刘文艺看看齐怀远没有吱声,想替齐怀远打个圆场儿:"齐齐,周冲是逃犯……"

"我知道他是逃犯,跟你有关系吗?"齐齐的问话让刘文艺一下子愣在那里,不知道怎么办好。齐怀远起身说:"齐齐,你回房间吧,我以后不再追问周冲的事儿了。"

齐齐顿时喜上眉梢,欢蹦乱跳地回房间去了。齐齐反常的表现让刘文艺大吃一惊,他张着嘴巴看着离开的齐齐,又疑惑地看看齐怀远。齐怀远有些尴尬地说:"孩子突然变成这样了。"

刘文艺不相信这是事实,一个好好的女孩子,怎么突然变成这样了:"到底怎么回事?"

"前两天,局里来电话,正好我在厕所,齐齐替我接的,局里的警员说,周冲在万钢市的郊区被击毙了。齐齐放下电话就变成这样了,那天我也没有察觉齐齐的变化,回局里处理事务了。结果核实信息时发现,击毙的不是周冲,是另外一个省份的在逃犯。"

"去医院检查了吗?齐齐还能恢复吗?"刘文艺说话的声音有些颤抖。

"医生说可以恢复,但是不知道什么时候才能恢复。他们说解铃还需系铃人,我们必须找到周冲。"齐怀远现在不去考虑周冲是不是在逃犯的问题了,而是找到周冲就能治好女儿齐齐。

刘文艺傻傻地坐在齐怀远家的沙发上,看着天花板,他知道自己失败了,当初在凤凰岭与周冲的交易,终于有了一个结果,他输了。齐齐心里只有周冲,当初自己就不该做这样的决定,想着过往的一幕一幕,刘文艺哭了。姜媛回来的时候,刘文艺已经睡着了。

"这孩子怎么在这里睡着了?"姜媛纳闷地问齐怀远。

"别打扰他,让他睡吧。那个医生说什么?"齐怀远更关心姜媛找医生来治疗齐齐的事儿。

"医生说,要咱们带着孩子去他那里治疗。"

齐怀远点了点头,现在唯一需要解决的事儿就是尽快治好齐齐的病。

刘文艺恍恍惚惚地回到宿舍,他在极力控制自己的情绪。他始终想不通自己与齐齐的感情到底是哪里出了问题。难道说齐齐压根儿就没有喜欢过我吗?他自问着,等到一切无法解释的时候,他只能用天意来解释了,可能命中注定他没有这份感情。

失落的刘文艺来到营区的小卖店里买了一盒香烟。刘文艺从来没有抽过烟,甚至连撕开香烟的位置都不知道在哪里。他从烟盒儿的屁股上撕开一个口儿,抽出一支点燃,猛地吸一口,顿时咳嗽起来,这样的滋味很难受,像是被人掐住脖子一样。他突然扔掉手里的烟,向周冲父母的住处而去。

刘文艺心里很矛盾,他和周冲的关系那么好,可就是这个好哥们儿,却成了自己的情敌,抢走了自己心爱的女孩儿。他怀疑自己还能不能心平气和地去照顾情敌的父母,他犹豫着,他在拷问自己,我还能那么从容地去面对周冲的父母吗?有没有必要把周冲的父母赶出去,算是对周冲的惩罚。不,我不能那么做,周冲是可以跟我推心置腹的哥们儿,他的父母就是我的父母。想到这里,刘文艺加快了速度。

来到周冲父母居住的楼层,刘文艺习惯地向楼道两头看了看,他怕别人发现这里居住的两个老人,所以每次来看老人,都十分小心。来到房门跟前,他轻轻敲着房门。他跟周冲母亲交代过,只要是敲打3下,就说明是他来了。

敲打3下以后,房门没开。刘文艺看看两侧,又敲了3下,房门还是没开,这让刘文艺有些纳闷,看看时间也就刚刚晚上9点钟,不至于睡觉休息啊。刘文艺再次敲打着房门,等了将近1分钟还是没人开门。刘文艺把耳朵贴在房门上听一听房间里有没有动静,刚贴上去,身子一不小心碰了一下房门,门开了。

房门大开,刘文艺顺手按了一下门后的电灯开关,灯亮了。房间里面的场景让刘文艺目瞪口呆。地上散落着一些杂物,像是经历了一场厮打。刘文艺几步来到房间里,四处寻找着,没有周元林夫妇的身影,刘文艺脑袋都大了。人呢?去哪里了?谁带走了周冲父母?

刘文艺冲出房门,四处寻找着。

## 十五　狡兔有三窟

齐怀远和姜媛陪着齐齐来到省立医院,他们要找最优秀的医生,为齐齐诊断并治疗。齐齐在姜媛的搀扶下跟在齐怀远的身后,像个胆怯的孩子,左顾右盼。他们约好了一个非常著名的心理医生,要为齐齐做最彻底的心理疗伤。

为齐齐看病的医生是一个将近60岁的医生,留着一个板寸头,从外表看与实际年龄有些差距。齐齐被带进一个密闭的房间,医生让齐怀远夫妇在房间外等着。治疗时间是40分钟,房门上有一个玻璃孔,可以从外面观察到里面的整个过程。

齐怀远坐在门口的凳子上,姜媛站在房门上的玻璃外,担心地注视着房间里的动静。医生拿过一把椅子,扶着齐齐坐下来,从姜媛的位置看,齐齐正好是背对着房门。医生拿一个白布绕着齐齐的脖子蒙了过来,从整个动作的连贯程度看,像是一个理发师。

医生做好这一切后,开始与齐齐对话,姜媛和齐怀远赶紧戴上医生发给的耳麦,他们能清晰地听到里面的对话。医生的声音很低沉,像夜间收音机里的谈话节目:"姑娘,请闭上眼睛。"由于角度的原因,姜媛看不到女儿是否把眼睛闭上了,不过他们判断,齐齐会配合医生的。

"你知道天上的仙鹤是什么颜色吗?"医生的问题很让人费解。齐齐没有说话,仍然静静地坐在那里。医生开始描述仙鹤的样子:"一只美丽的仙鹤,向着它爱的方向飞翔着……"姜媛听着这些话,转过头看看齐怀远。齐怀远也无助地看着房门外的姜媛,他们不知道这样的方法能让齐齐恢复到什么程度。

正在认真听着的齐怀远,突然被电话铃声打断。齐怀远赶紧掏出手机,按下接通键,这才让铃声停止。听筒里传来一个熟悉的声音:"齐叔叔,周冲来过永庆了。"齐怀远拿着手机向外走去,他不想让姜媛听到周冲的事儿。

"你确定周冲来过了,他在哪里?"齐怀远问。

"在哪里我不知道,周冲的父母不见了,只有周冲自己知道他的父母在哪里。昨天晚上我从您那里回来后,想过来看看老人家,没想到,房间里没人了。"

"你昨天晚上为什么不说?"

"我当时一着急,光顾着找人了,忘记报警了。"

齐怀远有心骂刘文艺,嘴上还是没骂出来,虽然现在警察在抓周冲,但齐怀远为女儿的病情着想,又需要周冲的出现,也许周冲的到来,会马上让齐齐恢复健康。

这个时候,姜媛领着齐齐下楼了,齐齐还是一如既往痴痴的样子。姜媛皱着眉头,冲齐怀远摇摇头,意思是说,没有什么效果,医生说,要下周再来治疗。齐怀远来到齐齐跟前,按着女儿的肩膀说:"孩子,你是不是想见周冲?"齐齐仍然没有反应。这样的问话已经不止一次了,姜媛也曾用这样的话来刺激女儿,都没有收到好的效果,他们只能寄托在下次治疗上了。

周冲的父母并没有失踪,而是被张群和范林芳接走了。张群在"蝎子"的指使下,带着范林芳返回永庆,利用自己对军区大院儿的熟悉路线,成功地将周元林夫妇接走。他们来到军区大院儿时已经天黑了,这之前范林芳通过青红帮的小弟们,提前侦查好了路线及周冲父母居住的房间。

两人顺利地敲开房门,从门缝儿里周冲的母亲看到的是凤凰岭的街坊张群,后面是一个挺漂亮的女孩。周冲母亲毫无戒备地打开了房门,进门后的张群兴冲冲地说:"婶儿,冲儿想你们了,让我来接你们。"周元林愣愣地说:"我把你带回去。"这句话吓了范林芳一跳,周冲母亲赶紧说明了情况,张群知道周元林的毛病,根本没往心里去。

"冲儿在哪里啊?"周冲母亲问。

"哦,婶儿啊,周冲现在在南山呢,执行任务,组织上说要在那里待半年多呢,让我过来把您送过去。"周元林一下子蹦到张群面前,嘿嘿一笑:"我去过南山。"张群把周元林轻轻地推开:"婶儿,赶紧收拾东西吧,火车票都买好了,时间挺紧张的。"

周冲母亲一听,赶紧收拾东西。张群和范林芳也帮着收拾,把一些没用的全都扔掉,收拾好了,准备出发时,周元林突然说:"带上刘文艺吧。"几个人根本不会听一个神经病的,也就没理会,匆匆忙忙地离开了。等到了火车站,周冲母亲才想起来,应该跟刘文艺说一声,在这里麻烦那么久了,临走也没打个招呼。张群解释说:"婶儿,你别管了,我们年轻人没那么多客气,周冲已经给刘文艺打电话了,最近他挺忙的,没法过来送您老人家了。"周冲父母也就信以为真了,坐上南下的火车,直接奔向南山。

周冲和木木躺在树叶底下美美地睡了一觉,等他们从树叶下面钻出来的时候,已经是将近中午时分了。周冲推了推露着一只脚的木木,木木一个激灵从睡梦中醒来,抬起头,晃动着头顶上的树叶。

"走吧,我们朝哪个方向走?"周冲问。

刚刚醒来的木木定了定神:"翻过前面那个山头,就到了。"周冲起身向前走去,木木跟了上来,他很羡慕周冲的好身体,自己也是经常穿越这些山林,但经常是走走停停,从来没有一口气走一夜,然后稍作休息接着走,这感觉像是一次长征。

"周冲你着什么急啊?老大说了,那批货让你去交易。"木木说。

"就因为让我去交易,我才应该提前到,然后熟悉一些货,尽量把困难解决在前面。"

木木感觉有道理,周冲这一点让木木很佩服。难怪老大让周冲完成这次任务,这小子心眼儿是多,想得就是周到。周冲走在前面不断地左顾右盼,他要尽量记下这个路线,木木既然带他走这个路线,就说明是安全的。周冲转过头:"给老大打个电话吧,告诉他我们的位置。"

"一看你就是个新手,在这里打电话?你疯了?"木木很夸张的样子。周冲纳闷地看着木木,等待他的解释。木木走在前面,一字一句地说:"这样的路线上,随时都有警察的便衣出现,虽然我们很隐蔽,但是他们的科技手段,会截取我们的通话,为什么很多同行都在接货送货的时候被抓?就是因为他们太大意。"

木木这一解释,周冲也就没再说别的,两个人并肩向另一个山头走去。那里虽然没有茂密的树林,但是要想战胜崎岖的山路,也是需要一定的勇气的,毕竟那里到处都是地势陡峭的悬崖。

"蝎子"独自坐在一个竹编的摇椅上,喝着功夫茶,脸上洋溢着少有的笑容,"蝎子"高兴是有原因的,张群刚刚打来电话,向他汇报了,周冲父母已经顺利到达山下的宾馆。"蝎子"很满意张群和范林芳的表现,他当时承诺,事后要给两个人不菲的报酬。

"蝎子"现在需要做的事就是等着周冲的到来,万事俱备,只等周冲。货已

十五 狡兔有三窟

209

经准备好了，接货人已经在内地等待了近半年了。并且打通了每一个环节，只要这一路上顺利地把货送到庆都机场，整个交易就算成功了百分之九十九了。

放在一侧的报纸，是边境的一个地方小报，但是报纸上的内容，却与国家甚至国际缉毒工作有关系。上面清楚地写着，警方最近十分活跃，对于国际毒品交易事态了如指掌，上面还刊登了一些抓捕行动及一些落网的毒品贩子的照片。

这些内容，"蝎子"根本不往心里去，他清楚，这些内容是哄骗领导的，是吓唬胆子小的那些人的。在边境闯荡多年来，他还没有亲眼看到过像样的追捕行动。就算当年自己带着妻儿逃跑的时候，也没有真正见到警察的影子，只是一些同行制造的谎言。这样的场景，就像大街上小商贩喊"城管来了"一样，根本不会有真正的大行动。所以"蝎子"对于这次交易，还是很有把握的，关键是他找到了一个可以真正为他卖命的周冲。

"蝎子"最近一直在等木木的消息，他要确定周冲什么时间到，然后再计划如何发货。正当他无聊地等待时，看到监视器里出现了两个身影，这是他自己装置的一个监控设备，与他接头取货的交易者必须按照他的路线行进，其中有一段是在"蝎子"的监控下，这就是木木带着周冲正在攀岩的一段悬崖。虽然叫做悬崖，顶多也就是十几米高的一段峭壁，上面被人工雕刻了很多可以抓握的地方，只要没有心脏病的人，都能非常容易地攀登上来。这段路是"蝎子"自己开辟的，如果绕道而行，需要多走两天的路程。

监控器里，木木熟练地攀上来，伸手拉了一把周冲，周冲回头看看山下，"蝎子"如此精心的线路布局让周冲油然而生一种敬佩之情。"蝎子"放大了图像，看看眼前这个年轻人，已经丢掉假发的周冲，露出一个圆圆的光头，脖子里贴着一块纱布，那是他在越狱前用烟头儿烫伤的地方。

从"蝎子"所监控的地方，到他现在的位置只有20分钟路程了，这让"蝎子"更加期待周冲的到来，他还没有认真看过这个当初营救他的小伙子，他不但要让他完成这次重大的交易，同时他还要培养这个年轻人做更大的交易。"蝎子"很注重缘分，他认为周冲的故事只是一个开始，接下来一定会更加精彩。

20分钟后，"蝎子"果然看到篱笆外面的木木和周冲了。"蝎子"压抑着内心的喜悦，走上去与周冲拥抱了一下，这在周冲看来，不如握手来得自然。但是"蝎子"心里并不是这样想的,这是他的习惯。"蝎子"与每一个交易者都会去拥抱,是那种很贴身的拥抱,目的不是表达感情的深厚,而是去感觉对方身体是否带有枪支。这一点是包括木木在内都不能解析的职业习惯和秘密,或许有一天,"蝎子"会把这个秘密告诉周冲,但是至少现在他不会说出来,毒品交易里的规矩,交易没有成功前,谁都是可疑的。

周冲也很兴奋地紧紧地抱了一下"蝎子",然后说了句无关紧要的话:"这里可真难找啊。"木木接过话茬儿:"你很幸运了,你能到这里来,别人从来没有到过这里来的。"周冲耳朵里听着木木的话,眼睛四处观察着。"蝎子"重新坐回原来的竹编躺椅上,看着周冲好奇的样子。

"蝎子"的"办公室"无非就是一个茅草屋,外面看像是一个野人居住的地方。茅草屋上搭着一些新鲜的灌木和树枝,茅草屋门前是一个不足10平方米的平台。只要蝎子来到这里,那么这个地方就成为蝎子仅有的操作平台了。往后看,是峭壁,向上抬头,必须仰起很大的角度才能看到悬崖上面与天空交接的地方。

平台下面是角度不大的滑坡,滑坡上长满了密密麻麻的树,从山上往下看,根本看不到路。"蝎子"悠悠地说:"周冲,喜欢这个地方吗?"周冲用力吸了一口气说:"不错,空气很好。"等到周冲睁开眼睛时发现了"蝎子"身前的那个监控器,上面的画面是静止的,就是他和木木攀登的那个地方。

周冲来到茅草屋跟前,上面挂着一个花布帘子,"蝎子"的神秘让他感觉到处都是好奇的地方。他想知道"蝎子"的生活里,还有哪些不为人知的地方。"蝎子"也看出周冲的心思了,他吐一口烟圈儿:"是不是想看看我的卧室啊?"

周冲"啊"了一声,没有回头看"蝎子","蝎子"倒是很随意地说:"进去吧,里面没什么。"周冲没有回答,用手轻轻地挑起帘子,的确像"蝎子"说的那样,茅草屋里什么都没有。只是一个铺在地上的毯子,还有一个旅行包。再就是靠正面的一侧挂着一张照片。

茅草屋的光线不是很好,照片上有一道从缝隙里射进来的阳光。只能看出那个照片是个女人,根本看不到模样。阳光照着的地方是女人的两只眼睛,眼睛睁得很大,正好向周冲的门口看着。这个表情让周冲有些恐怖,他赶紧放下帘子,收回身子,关键的问题是他要在"蝎子"这里领受"任务"。

等到周冲转过身子时,看到的是"蝎子"手里的手枪。周冲冷静地看着"蝎子"手里的枪,枪口正对着自己的,枪的型号对于周冲来说,再熟悉不过

了——"七九"式半自动手枪,单手上膛击发。他在警校训练时就已经熟练地掌握了这种枪支的技法,

现在"蝎子"用他熟悉的武器对着自己,他要时刻保持冷静。他知道"蝎子"对他还是不放心,他在等待,等待"蝎子"开口说话。他心说,即便"蝎子"想杀我周冲,也不会等到今天,他有理由考验我,我也有权利知道他为什么拿枪指着我。站在一旁的木木,若无其事地弄着手里的手机,好像在四处寻找信号。

"蝎子"对于周冲表现出来的冷静十分欣赏,能在这样的年龄段表现出这种心态,说明这个年轻人真的能做点大事。"蝎子"收起枪,小臂向回一收,"嗖"的一声,把手枪扔向周冲。站在茅草屋门口的周冲,看着奔向自己面门的手枪,根本没有做任何调整,只是将手臂向前一伸,他不能等到手枪到达他的身前,而是选择了半路截杀手枪,右手伸出去的同时,手腕向上一挑,等到枪体到达手下时,手腕向下一压,"啪",手枪被握住。周冲用了一个就地滚翻,枪交左手,单膝跪地。左手的枪架在右小臂上,枪口对着"蝎子"大喊:"举起手来!"

"蝎子"从椅子上站起来,哈哈大笑:"好,好样儿的。"周冲像一个被长官表扬的战士一样,从地上迅速起立,给"蝎子"敬了一个标准的军礼:"谢谢老大提拔。""蝎子"走上前去,拍着周冲的肩膀:"好兄弟,这次交易直接影响到我们与国际接轨的进程。"

周冲站在那里听着"蝎子"讲话,木木的表情显然是一脸的不屑,他开始嫉妒周冲了,从穿越森林的路上,木木就开始嫉妒他了。"蝎子"继续说着:"目前,国际市场价格是国内市场的3倍,目前的局势很微妙,国外弄不到货,而我们的货又找不到市场。所以这次交易很关键,再有,目前国家的风声很紧……"

木木突然插一句话:"是啊,我去接周冲的时候,各地的报纸都在宣扬缉毒的事儿。"蝎子扭头看看木木,木木立刻不言语了,继续摆弄手机。周冲的站立姿势差点让"蝎子"笑出声儿来:"周冲,不用站那么直,你现在不是警察了,哈哈。"周冲这才放松下来。

"蝎子"用很短的时间把该注意的事项都告诉了周冲,周冲都一一点头表示明白。周冲看着闭目养神的"蝎子",突然想起一个问题,他觉得茅草屋里的那个照片很恐怖,他想知道那个女人是谁。

"老大,棚子里的女人是谁啊?"周冲小声地问。

"蝎子"睁开眼看看周冲,用手指了指棚子侧面,周冲顺着手指的方向看去,原来在棚子里侧有一块石碑。说是石碑,也就是一个很简单的平板石头上,刻了几个字。上面写着:刘夫人之墓。由此看来那个女人是"蝎子"的夫人,那么"蝎子"应该姓刘了。

正像周冲猜测的那样,"蝎子"的确姓刘。那个女人就是"蝎子"的夫人,旁边的墓碑下埋着这个女人的尸体。"蝎子"的原名很蹩脚,叫刘长水,一个很俗气的名字,像周冲一样是个孤儿,从小性格孤僻,年轻时曾当过挑山工,练就了一副好身板儿。一次偶然机会,他帮助一个毒品贩子挑货,虽然挑的是竹子,但是竹子里却大有文章。里面储存了将近3公斤的毒品,刘长水不知道这些东西值多少钱,当他听到那些交易的人说出的数字时,还是受到了很大刺激。

刘长水当年做挑山工,一天也不过几元钱。看到那些毒品贩子,一个小小的包裹就能弄到几千,甚至上万块钱,刘长水动心了,他要做这个买卖,但是没有本钱,也不知道与谁交易,但是他有自己得天独厚的优势,那就是常年登山的技巧和耐力。

刘长水当年也见识过警察追捕毒品贩子的壮观场面,他认为要想安全地进行交易,必须有自己的独到之处,最关键的是安全。他认为现有的毒品进货路线并不安全,警方基本掌握了所有从巴洛入境的路线,随时都有被警方跟踪以致抓获的可能。

他开始开辟自己的路线,一天到晚在森林里穿梭,他没有多少文化,但是一些俗语他是心知肚明的,比如狡兔三窟一类的成语,他也懂一些。于是,老实本分的刘长水开始贩卖毒品,并且在进货路线上,开辟了3条以上的公用路线,现在这个地方,则是刘长水真正的安全路线。

第一批货,仅仅只有半斤。他是东拼西凑才准备好了货款,交易也很简单,直接交易到内地一个大老板那里。这次交易让刘长水尝到了甜头,不仅仅挣钱,而且还学会了很多交易手段,认识了许多朋友。

躺在竹编躺椅上的"蝎子",还能清楚地想到自己绰号的来历和这个埋在身边的女人的来历。由于没有交易经验,又怕被别人陷害,他冒充了一个收购蝎子的商人。他用一根小扁担,肩挑着两个箩筐,箩筐里是很大的木质盒子,里面装着几斤蝎子,蝎子下面就是他携带的货。成功交易后,有人就给刘长水

起了个"蝎子"的外号,从此"蝎子"就成了交易圈儿里的名人,他出名并不是他有多少货或者多少钱,而是他从来没有被警方发现过,是个很安全的交易对象。

一次交易结束后,"蝎子"被东北的一伙人盯上,想打劫他。这个登山好手,直接向山林逃跑,后面追赶的东北人几乎就要抓住刘长水的时候,老天爷给了他一个机会,一个神秘女人将刘长水救下,用猎枪击退了追赶而来的东北帮。

这个女人就是刘长水的媳妇,也就是埋在这个平台上的那个女人,茅草屋里的照片,是年轻时照的艺术照,这照片一直跟在刘长水身边。

躺在椅子上的"蝎子"闭着眼睛,从眼角流下几滴热泪。看得出这个男人很伤心,周冲也能感觉到这个女人对于"蝎子"的重要性。

木木一直摆弄他的手机,好像是在发信息。嘴里还不停地骂着:"破手机,破信号。""蝎子"把头一歪说:"你找死呢?给谁发信息啊?"

"给张群发啊……"木木刚说完,"蝎子"腾地从椅子上弹起来冲过去,拿起木木的手机扔到山下:"你他妈真是找死呢,发什么发!"

"蝎子"的火气之大出乎周冲的预料,在他看来,毒品老大都很绅士,都是背后杀人不见血的主儿。而"蝎子"的表现,根本不像老大,似乎这个木木也不怎么听他的话。

被"蝎子"臭骂一顿后,木木站在原地,撇着嘴巴,一脸的不服气。"蝎子"似乎也感觉到了自己的不理智,他是因为刚才的回忆而变得冲动。他看看周冲,又看看木木:"你下山去吧。"显然这个话是跟木木说的,看看木木没有反应,他接着补充道,"这次交易结束后,华北的市场给你。"木木这才动了动身子,礼貌地说:"谢谢老大。"而后转身下山去了。

周冲看着下山的木木,问:"老大,这个地方只有我们3个知道吗?看来木木在您心里的位置不一般啊。""蝎子"没说话,一直盯着那个监控器,很快监控器里出现了木木下山的身影,等到木木的身影从屏幕中消失后,"蝎子"起身,收拾东西。周冲帮着他往旅行包里塞东西,都是些通讯工具一类的。

"蝎子"收拾好了包裹,从口袋里掏出一包槟榔,放在那个女人的墓前。周冲纳闷地问:"这是干什么?"蝎子有一搭没一搭地说:"她最爱吃的零食。"说完带着周冲向另一个方向走去。

周冲只能跟在蝎子的身后,一直向前走。他有点想家了,想父母,想刘文艺，还想齐齐。从监狱逃走后，他没想到会经历这么多困难，现在他也能体会到，原来贩毒也不是个容易事儿。两个人谁也不说话，只是一味向前走，走到一个稍微平整的地方，"蝎子"突然停下来，回头问："周冲，你不想知道我们去哪里吗？"

周冲愣了一下，说："我既然来了，就听老大的。"

"好兄弟。""蝎子"顺势坐下来，从后背上放下背包。周冲的回答很圆滑，其实他内心里还是非常渴望知道行走的路线。"蝎子"也看出来了，他拍了拍周冲的肩膀说，"刚才的平台只是一个掩护，现在的位置才是我的老窝，哈哈。"

周冲看着大笑的"蝎子"，摸了摸后脑勺，觉得不可思议。他们两个人身处在一个半山腰上，周围没有一处平整的地方，都是一些茂密的森林。"蝎子"转身拉住一棵看上去快要枯死的松树，使劲一拉，树干整个倒了过来。周冲一纵身闪开，再看时，让周冲目瞪口呆的一幕出现了。

松树倒在前面一个树杈上，看角度完全可以再把它拉回来。松树根被掀开后，呈现在周冲面前的是一个非常精致的小铁门。从材质上看应该不是铁的，因为上面没有生锈。"蝎子"用力一推，门开了，他第一个钻进洞去，周冲也跟着进来。

洞里很宽阔，像是一个大大的客厅，房间里摆设错落有致，跟一般住户没什么区别。这让周冲大开眼界，这个地方太绝了，真是神仙住的地方。从洞口看去，山下渺渺茫茫，湿度带来的缕缕烟雾萦绕其间，似乎让人置身于世外桃源一般。

"蝎子"看着目瞪口呆的周冲，哈哈一笑："怎么样？"

"很棒。"周冲回答的时候根本没有看"蝎子"，而是继续欣赏着房间里的布局。

"饿不饿？""蝎子"一边问，一边从一个壁橱一样的柜子里拿出一个密封的袋子。打开袋子，里面是一些压缩食品，还有几袋果酱。

"蝎子"看了看上面的日期，撕开一个，用压缩饼干蘸了一点果酱，放在嘴里嚼起来。

"你经常来这里吗？"周冲问。其实他是想问，只有你自己在这里吗？没想到，话一出口，表达错了。"蝎子"咽下饼干，说："最近来得多一些，主要是为了筹货。"

十五 狡兔有三窟

215

"木木来过吗?"

"你说呢?""蝎子"反问着。

"我猜,他应该是没有来过,你怎么那么信任我,让我知道你的秘密?"周冲现在有些不知道怎么表达了。

"没什么,只是缘分。""蝎子"又吃了一口饼干。

"你就不怕我带着货逃跑?"

"你会吗?""蝎子"连看都没看一眼周冲。

周冲彻底无语了,他现在只想尽快完成这次交易,以摸清"蝎子"的底细,好挖出他身后更大的毒品交易网。他现在急需知道的就是,货在哪里?什么时候出发?走哪条路线?在来的路上,周冲多了一个心眼儿,也算是为了讨"蝎子"的欢心,他自己偷偷记下了来时的路线。

"蝎子"咽下最后一口饼干,喝了一口矿泉水。让周冲来到他跟前:"来,你试着搬起这个椅子。"周冲抬头看看"蝎子",又低头看看身边的竹编椅子。这个椅子形状与山下的茅草屋那个椅子一样,显然是一个厂家生产的。他想不通"蝎子"为什么让他搬这个椅子,他弯腰抓住椅子的两边扶手,一用力,想来一个背口袋的动作,让椅子顺利上到肩膀上。可是万没想到,椅子并不是周冲想象得那么轻巧,周冲刚才的力量只是让椅子稍微动了一下。

周冲一脸的疑惑,然后松开手问:"老大,这是什么意思?"

"椅子里就是我要让你送的货。""蝎子"简单明了地表达着,然后转身从包里掏出5发子弹:"这是你那枪里的子弹,只有5发。"

周冲下意识地摸了一下腰里的七九手枪,这个算是"蝎子"给他的"开路先锋"。不到万不得已,是不能随便开枪的,人在货在,等到完全交易后,任务就算完成了。"蝎子"把子弹递给周冲说:"要不要对着山下的野鸡来一枪,咱们也开开荤,哈哈哈……""蝎子"笑的时候,露出少有的狰狞。

周冲在"蝎子"的协助下,把竹椅里的货分别装进不同的竹竿内,两个人背着货下山了。

木木离开"蝎子"和周冲,直接去了张群那里。他在山上差点说出关于周冲母亲的事儿,让"蝎子"臭骂了一顿。现在自己心里正窝火呢,坐在张群的房间里,他一个人抽着闷烟。张群和范林芳带着周元林夫妇,正在镇上吃饭呢,他们要保证周冲父母的安全,因为这两个人将成为"蝎子"交易的筹码,也是控制周冲的一个砝码。

张群带着周元林,范林芳带着周冲母亲,来到当地的一家洗浴中心,分别进入男女浴池。他们要让二位老人好好泡个澡,然后换上新衣服,这是"蝎子"交代过的,他要让周元林夫妇感觉到儿子给他们带来的幸福。二位老人一旦被金钱和利益所收买,那么周冲就会更加为"蝎子"卖命。

周元林疯疯癫癫地进到桑拿房,接着又冲了出来,他虽然智商出了问题,但是对于恶劣的环境,他还是能分辨的。里面太热了,热得让人大汗淋漓。在周元林看来,这简直就是阴曹地府,就像一段相声《怯洗澡》里说的那样,阎王爷蒸人吃呢。

张群害怕周元林出事儿,也就跟了出来,来到池子跟前,周元林站在池子边上发呆。张群问:"周叔叔,你是不是想下去啊?""我想扎个猛子。"周元林跃跃欲试地说。

张群一把拉住周元林,他怕这个疯癫的男人真的做出扎猛子的动作。这个池子里,水深不足半米,这要跳下去非摔晕不可。张群拉着周元林的手,慢慢地下去。

泡在池子里的周元林闭着眼睛,十分享受的样子。张群看着周元林,微微一笑,心说,这家伙还挺是个泡澡的样儿。周元林似乎进入了一个梦乡,那里有很多怪物,像是一个庞大的动物园。很多动物都在不停地厮打着,它们为了一只管理员扔进来的野鸡而争夺着。

周元林走来走去,发现前面一个草坑里趴着一只小猫。走进一看,却是一只可爱的小老虎,样子可爱极了,周元林蹲下来,用手轻轻地抚摸着小老虎的脑袋。小家伙温顺地摇晃着,周元林突然有一种带走小老虎的想法。他知道动物园里的管理很严格,但是一种占有欲让他起了歹心,他看看四周没有人,把小老虎抱起来,塞进怀里。

他没有想到,正当他把小家伙放进怀里的时候,身后出现了一只斑斓猛虎,对着周元林怒吼一声,周元林下意识一个纵身跳了出去,开始向门口跑去,身后就是那只硕大的老虎在追赶。周元林拼命地逃跑,他惊奇地发现自己比老虎跑得还快。虽然跑得很快,但是始终跑不出动物园,身后的老虎总是距离自己不远的地方。周元林实在跑累了,一下子跌倒在地,老虎张开血盆大口向周元林而来,吓得周元林大喊:"我不要了,给你!我不要了,给你!"

池子里正在泡澡的顾客都被周元林吓醒了,纷纷扭头看着周元林。张群赶紧解释:"对不起对不起,我叔,脑子不好。"大家也就没说别的,接着泡澡。

十五 狡兔有三窟

刚才张群说的话，周元林完全听得清楚，并且能够理解。这是很多年以来他第一次清醒，也就是说，周元林恢复了健康。

齐怀远和姜媛带着齐齐再一次来到心理医生的房间里，照例，姜媛和齐怀远在房间外面等候，每个人戴一个耳机。齐怀远有些"身在曹营心在汉"的感觉，最近局里工作实在是忙，省里已经下来通知，让把扫黄、打非、缉毒等工作的力度提上去，省监狱的问题，已经对相关人员进行了批评整改，对周冲的追捕工作也依然没有放松。由于周冲是永庆市的人，又有重任在身，齐怀远自然更加关注这件事儿。

最近，国际上开始全面撒网，追捕一个从国外流窜到中国的毒枭。据情报人员透露，此人正打算从国内转战交易一笔重达几十公斤的毒品，希望各个系统都要紧张起来，这让齐怀远很是头疼。工作要干，女儿又因为喜欢周冲，变成这个样子，耳机里传出来的，只有医生的问话，而齐齐还是没有声响。

最近永庆市的安全工作又进入了一个紧张时段，刘才俊被周冲打了以后，像是被吓到了，每天把周冲挂在嘴边，他对手下那些弟兄们一直灌输着一个思想，周冲就是青红帮的老大。刘才俊打着周冲的旗号到处为非作歹，让周冲的名字在永庆市甚至在相邻的市、县都有了很大的影响。

齐怀远一直想把刘才俊绳之以法，可也总是找不到合适的机会对刘才俊定一个罪名。最近倒是有一个非常好的机会，刘才俊带着青红帮的人，打了永庆市"首富"毛永刚的工人。刘才俊属于那种被窝儿里的能耐，他趁毛永刚出国的机会，对其职工进行恐吓，以证明自己在青红帮的地位。

毛永刚是上个月离开永庆市的，他要打点国外的生意。临走时他还嘱咐齐怀远照顾一下自己的公司，尤其是安全方面。现在刘才俊主动找上门来闹事，单就齐怀远和毛永刚的关系，也要把他绳之以法。齐怀远计划好了，等女儿做完心理治疗，马上回去组织队伍对永庆市的各个娱乐场所进行一次大围剿，尤其是民族大街这块硬骨头。

房间里的医生停止了问话，大约停顿了 30 秒，耳机里刚才传出的医生问话突然停止了，让齐怀远有些纳闷。等了一会儿，齐怀远站起身，从门口的玻璃向里望去，看到医生站在齐齐对面，齐齐仍旧背对着门口。齐怀远和姜媛能清楚地看到医生的表情，他们不知道医生接下来要做什么，只是看到医生对着齐齐微笑。

从医生的表情看，好像治疗进展得非常顺利，也能听到齐齐发出"嗯"的声音。医生突然关掉身边的设备，这个设备是一个调音台，医生拉下上面的按钮。开始与齐齐对话，姜媛和齐怀远的耳机里没有了声音，他们只能从门口的玻璃向里看，看到医生的嘴巴不停地动。

齐齐的肩膀微微地颤抖着，齐齐应该哭了，是那种伤心的抽泣。这样的结果让齐怀远和姜媛非常高兴，他们认为齐齐能哭出来，说明病情有所好转。但是医生与齐齐到底说了什么，让两个人摸不着头脑，姜媛还有些不高兴地说："他怎么能关掉耳机呢，当时说的是让我们听着的。"齐怀远拉了一下姜媛的衣服，示意她不要乱讲话，医生自然有他的道理。

正当两个人争论的时候，耳机里突然有了声音。先是齐齐的哭泣声，接着是医生安慰的声音："孩子，别哭了，没事儿的。"齐齐一个劲儿点头。姜媛看到女儿能和医生正常对话了，激动地流下眼泪，齐怀远也觉得自己鼻子酸酸的。

齐齐在医生的陪同下走出心理治疗室，齐齐手里拿着纸巾。医生微笑着说："回去吧，孩子没事儿了。"姜媛一个劲儿地给医生道谢，医生客气地让姜媛带着孩子离开，然后对齐怀远说："齐局长，跟你说个事儿。"齐怀远走进医生的房间，医生示意齐怀远坐下。

"孩子现在基本已经恢复了。"

"谢谢医生。"

"回去以后，一定记住，不要再去询问她关于周冲的事儿，不要问她这些问题，不然会复发的。"医生交代着。齐怀远不住地点头，他把医生的嘱托记下来，从怀里掏出一个红包放在医生办公桌上，医生拿起来又塞进齐怀远的包里，"齐局长，你也兴这个啊，我这里不兴。"齐怀远不好意思地收起来，再次道谢，随即离开。

齐怀远接下来要做的就是让女儿好好休息，尽量抽出更多的时间陪女儿。对于刘才俊的抓捕工作，齐怀远打算先放一放，毕竟孩子的病情重要。医生说让孩子到一个相对安静的地方去休息一下，齐怀远想起了凤凰岭疗养院，他掏出电话，拨通了姜忠诚的手机。姜忠诚听到齐齐恢复健康，格外高兴，马上联系凤凰岭疗养院，计划着齐怀远一家集体到疗养院住几天。

周冲和"蝎子"成功来到山下，一路上没有遇到便衣或者山林武警的跟踪。30公斤毒品被分装到两个袋子里，每人一个，从山上下来的过程非常辛苦，要时刻提高警惕，躲避盘查路线上的警察。从木木和张群那里来的消息称，最近几天，很多武警进入山林，四处设置关卡。"蝎子"开辟的这条路线，已

十五 狡兔有三窟

经有两条被控制。好在还有更安全的路线,让周冲得以脱身。

到达镇上时,天已经黑了,"蝎子"来到一家小餐馆儿,要了两碗米粉,简单吃下,"蝎子"看着快要打烊的老板问:"老板,这里哪里有批发竹子的?"老板头也不抬地问:"你们是北方人吧?""蝎子"点头嗯了一声,一直观察着老板的动作,老板接着说:"这个季节的竹子质量不好,再过一个月就好了。"

"谢谢啊,老板,这里哪里有派出所啊?我的一个朋友找不到了,想报警。""蝎子"问的时候一直盯着老板的背影。其实"蝎子"对这个地方了如指掌,那为什么还要问这样的话呢。他是想通过老板的回答来判断最近几天的警力。老板果然按照计划回答着:"派出所都出警了,听说最近有干大买卖的。"

等到老板再次转身时,发现"蝎子"和周冲已经不在座位上了,老板掏出电话,迅速拨打着110。

## 十六　枪口瞄向谁

自从周元林苏醒过来以后，并没有马上告诉别人他恢复了过去的理智，而是继续装疯卖傻。他发现邻居张群不像过去那个听话的孩子了，说话办事儿总是非常小心，并且还要满足他和周冲母亲的任何需要。当周冲母亲问到周冲的近况时，张群总是遮遮掩掩，要么说是组织有任务，要么说是领导有安排。

周元林心里纳闷，儿子周冲到底做的什么工作？张群领着周元林在小镇上来回溜达着，前面的范林芳和周冲母亲正在挑选一件内衣。周元林"调皮"地围着张群转悠，张群有时候会像哄孩子一样说："别闹了老顽童，一会儿给你买棒棒糖。"这个时候周元林会更加疯癫地说："我要俩。"

周元林似乎一下子回到很多年前。他走在小路上，听着范林芳和周冲母亲聊天。范林芳俨然就是一个听话的儿媳妇："婶儿，你家周冲真是有本事，领导最喜欢他了。"周冲母亲自豪地微笑着，她也觉得自己的儿子了不起。这么多年来，她还是第一次因为儿子而自豪。

张群拿眼睛瞪了一下范林芳，提示她不要随便聊周冲，墙壁上那些贴着的通缉令。虽然没有照片，但是上面的文字足以说明一切。张群知道，周冲的母亲是不认识字的，也就不顾忌那么多了。跟在张群周围的周元林，是个神经病，张群根本没拿周元林当回事儿。

周元林看到儿子的通缉令后，马上意识到事态的严重性。他不知道自己从什么时候变成这个样子的，过去的这些年来，他一直隐隐约约地记得，儿子在中学里品学兼优。凤凰岭有一个省军区把守的疗养院，刘文艺经常拿着枪站岗，后来儿子考上警校，一个瘸子经常和周冲聊天。这一幕幕的场景在提醒着周元林，过去自己失忆了，并且失忆了很多年，后面的事情他就想不起来了。

周元林咬着手指头,蹦蹦跳跳地来到墙根儿底下,拿一个石子在地上画着什么。范林芳提醒张群:"去看看周叔叔。"张群爱答不理地回答着向周元林走过来。周元林用余光观察着墙上那则关于周冲的通缉令,基本上明白了一些内容,至少是明白了周冲"越狱"这个名词。

张群收起手机,蹲下来:"周叔叔,不要乱跑,这里警察很多的。"说着做了一个严肃的表情。周元林嘿嘿一笑,继续咬着手指头,张群无奈地摇摇头,跟了上去。走到一个窄小的地方时,周元林发现了一个让他永远忘却不了的地方。

那个窄小的地方有一座土庙,里面烧了很多香火。小庙的前面跪着几个红男绿女,双手合十,嘴里叽里呱啦地说着什么。从内容上能听出来,是什么关于生儿子的事儿,这样的场景在几十年前,周元林也经历过。看到庙门上那两个大字,周元林更是一惊。

庙门上写着"通灵"两个字,周元林毫不犹豫地判断这是南山,这是他20多年前经常来往的地方,他似乎也在这个叫做"通灵"的地方跪拜过。他不停地吐着舌头,继续维持自己的疯疯癫癫,他不能让张群和范林芳知道他已经恢复了健康。

周元林拉了一下张群的衣服,吐一下舌头:"儿子啊。"张群已经习惯了周元林这么叫他,鼻子里发出"嗯"的声音。"我想去南山。"周元林说完死死地盯着张群,张群听到这里想笑,但是他不能笑,他的任务就是陪周冲父母高高兴兴地玩儿,保证他们的安全。

张群双手放在周元林的肩膀上,不停地眨巴着眼睛,意思是让周元林闭上眼睛,周元林装作不理会的样子,也跟着张群眨巴眼睛。张群伸出手,在周元林的脸上划拉了一下,周元林自然把眼睛闭上。他心里不知道张群会做什么,他倒要看看张群给他带来什么惊喜。

张群按着周元林的肩膀,嘴里不停地念叨着:"上帝啊,苍天啊,祝我一臂之力吧,我要让我的周叔叔飞向南山,给我力量吧……"张群的样子显然就是一个巫师,等到念完这一套咒语,张群轻轻地把周元林的两只眼睛打开。

周元林看到的还是刚才的街景,四处根本没有什么变化。他继续撒娇地说:"儿子,我要去南山。"这个时候,张群打了个响指,范林芳带着周冲母亲走了过来,周元林扭动着身子,像个孩子一样说着去南山的事儿。周冲母亲来到周元林身边:"别闹了,孩子他爸,咱这不是在南山吗?"这句话让周元林更加坚定了自己的判断。

"蝎子"和周冲来到一家竹子批发市场，里面停了很多零散的批发商户。多是一些附近城镇的个体三轮车，他们做的一些竹编工艺品，都是冒充名牌的，单是毛永刚的品牌就被这些零散的个体户给侵吞了一部分市场。毛永刚也没有时间去过问这些事情，他有他自己的大买卖。

批发市场门口站了很多正在抽烟的民工，他们的主要工作就是帮着批发商装车，一旦有交易成功的商户，就会到门口喊一嗓子："装车的有没有？"就会从门口三三两两进来几个民工，他们之间不会为了有没有活儿而翻脸，他们之间没有任何行业约定，谁去干都行。所谓的装车工作，也就是个引子，他们真正的经济来源，是在批发市场门口打牌，虽然不能明目张胆地赌博，但是每天下来，也能挣个几十块钱。

"蝎子"和周冲背着包裹在市场门口徘徊着，有好事儿的民工就会说："要竹子，还是要工人？""蝎子"没有理会跟他搭话的人，向市场里面看了看，他们在等人，等待木木。

木木的三轮车从外面开了进来，周冲看到开三轮的木木，感觉有些怪异，似乎回到了凤凰岭的农村生活，这与当初混迹于城市中的那个木木有些不同。周冲心想，管他呢，只要保证把货安全送到就行。

木木开着三轮车，驾驶室里只有一个闲置的座位，当然是"蝎子"坐在里面。"蝎子"怀里抱着那两个包裹，从车门的窗户里探出头，看看坐在三轮车斗儿里的周冲："坐好，山路不好走。"周冲牢牢地抓住屁股下面的竹子，三轮车像一个硕大的摇椅，让周冲上下左右颠簸着，周冲除了与晃动做斗争以外，没有心思去想其他的事情。

三轮行至在一个三岔路口时，木木开进了路边的一个破旧茅草屋里，整个车身刚好开进去，从外面根本看不到，这个里面会藏着一辆农用三轮车。

"蝎子"从驾驶室里下来，把两个包裹塞到三轮下面，周冲拍了一下身上，捂着屁股从后面跳下来，差点把脑袋撞到茅草屋的墙上。"蝎子"走出茅草屋，四处打量着，周冲也想出去，被木木拉住："别出去，咱俩干活儿。"周冲不知道木木说的干活是什么意思，只见木木从车下拿出一个布袋子，里面是一些针管，手动电钻，还有几根锯条。

木木熟练地将车上的竹子打上筷子粗细的小孔，周冲只是帮着木木扶住竹子，很快，脚下已经准备好了十几根胳膊粗细的竹子。"蝎子"从外面进来，

用针管把包里的毒品一点一点注入到竹子里。一旁的周冲认真地看着,"蝎子"把针管递给周冲:"来,试一下。"周冲按照刚才看到的步骤操作着。

"蝎子"和木木做着最后的密封工作,用白色的蜡烛将小孔封好。从车上拿下的几根竹竿,又恢复了原来的样子,只是里面隐藏了足足30公斤的毒品。"蝎子"看看惊讶的周冲,问道:"能记得哪些是装了货的竹竿吗?"周冲摇摇头。"蝎子"指了指那些贴在竹竿上的商标说:"贴着上等品商标的是有货的。"周冲点点头。

"蝎子"随即告诉木木:"明天是镇上的大集,早上8点出发,你负责把周冲送进庆都市,就算完成任务了。"木木点头答应着。周冲看看手表:"老大,现在才下午啊,这些货怎么办?谁在这里看着?""蝎子"微微一笑:"嗯,好兄弟,想得就是周到。这件事儿就交给你了,你看着办吧。"

"蝎子"对周冲是信任的,关键的一点,"蝎子"手里有一件非常重要的交易砝码,那就是周冲的父母。周冲得到"蝎子"的信任是件好事,可是这些毒品让他一个人看守到明天早上,的确是件很艰巨的任务。为了确保安全,他要求让木木留下来陪他,"蝎子"考虑到货物的重要性,也就同意了周冲的要求。

整个下午,木木就躲在三轮车的驾驶室里玩儿手机上的游戏。三岔路口上,来来往往有一些农用车,或者一些骑单车的农民。周冲为了防止有人怀疑,用千斤顶把一个车轱辘卸下来,一旦有人询问的话,他会以修车为理由,分散询问者的注意力。天色慢慢黑下来,三岔路口上的车辆和行人也渐渐远去。

周冲来到驾驶室跟前,敲了一下玻璃,木木头也不抬地问:"干吗?有事儿?"周冲说:"为什么不现在出发?"

"不知道。"木木仍然在玩儿游戏。

"我到了庆都机场找谁?"周冲接着问。

"不知道。"木木还是没有抬头。

"货款怎么办?"周冲有太多的疑问。

木木终于抬头了,看着朦胧中的周冲说:"老大,是你去送货,不是我。你问的问题我也想知道。"说完接着玩儿游戏。周冲也感觉自己的问题太幼稚了,他心说,这么重要的交易,"蝎子"怎么会让我们这些底下人知道呢!唉,一切要到明天再说了。

南方的夜很静,静得让人有些心慌,天空没有一丝亮光,月亮也有意为这次交易创造更好的条件。周冲蜷缩在三轮后面看着外面,根本看不到任何东西,周冲的心里却十分明亮,他在盘算着第二天的行动,同时还在想念着父母和齐齐。

木木躺在驾驶室里呼呼地睡着,这样的行动和如此大的交易,并没有让这个常年跟着"蝎子"的年轻人害怕,他表现出来的是平静,好像这30公斤货跟他没有关系一样。周冲多次起身,主要是驱走一些寒意,顺便看看木木是否睡着了。

看看时间,已经到了凌晨1点了。木木的呼噜声开始匀称起来,这表明他真的睡着了。周冲走出来,看看寂静的周围,确定没有任何动静时,又回到三轮车跟前。他要为自己留一手,他轻轻地翻身上了三轮,从车身下面慢慢向外挪动那些装了货的竹竿。

一声清脆的枪声打破了夜空的宁静,吓得正在挪动竹竿的周冲差点掉下三轮。

齐怀远从医生那里得知齐齐恢复健康后十分高兴,但是当医生告诉他真实情况时,齐怀远差点气晕过去,坐在沙发上的姜媛,跟齐齐手拉着手,娘儿俩像是被什么惊吓到一样,生怕对方被什么妖魔鬼怪带走。

"告诉我你为什么这样做?"齐怀远严厉地质问着齐齐。姜媛拿眼看了一下齐怀远,意思是,你不要用这样的口气跟孩子说话。可是想到女儿的做法,姜媛也就只能守在齐齐跟前,她担心女儿再次受到什么刺激。齐怀远看齐齐并没有回答的意思,觉得没必要在这里浪费时间。他要回局里,马上组织队伍,治理那些青红帮的"残留"人员。

齐怀远穿好警服离开后,姜媛这次松开女儿的手,委婉地问:"齐齐,你是不是真的喜欢周冲?"齐齐点了点头。"那你也没必要装病啊?"姜媛认为女儿装病是在威胁她和齐怀远。

"我就是想让爸爸分心,不去追捕周冲。"齐齐说出了自己的真实想法。

"傻孩子,就算你爸爸不去抓捕周冲,其他的人也要去抓啊。再说了,周冲是罪犯,你怎么能喜欢一个罪犯呢?"姜媛实在想不通女儿到底是为什么。

"周冲是个好人。"

"好人怎么能坐牢呢,好人怎么能越狱呢?"

齐齐无话可说了,她心里始终认为周冲是个好人,只是生不逢时。姜媛看看齐齐无言以对,赶紧展开思想攻势:"孩子,不是妈妈说你,你是有些糊涂

了。你看你身边多少好男孩儿啊,远的不说,那个刘文艺就不错……"

齐齐就是听不得这些话,从内心里讲,刘文艺给她的印象的确不错,但是从感情的角度上说,她对刘文艺没感觉,就是不来电。看到母亲反复说着刘文艺的好,齐齐有些不耐烦了,站起身说:"我怀了周冲的孩子,你们就死心吧。"说完进了自己房间。姜媛傻傻地坐在那里,脑袋"嗡"的一声,她感觉天都快塌下来了。

木木开车的技术实在是不怎么样,再加上山路崎岖,那辆装载着竹竿的三轮车像个幽灵一样跳跃在夜的舞台上。"砰砰砰"声音很机械地刺激着两个人的大脑。

"你能不能把你那个破手机的铃声换一下?"周冲对着开三轮的木木说。

"我为什么要换?"木木看着前面那束灯光。

"刚才吓我一跳,换个流行歌什么的,弄个打枪的声音,干咱这行的,多忌讳啊。"

"你又没做亏心事,你害怕什么?"

周冲一想,也是啊,自己刚才的行动又没被木木发现,刚搬到第一根时,木木的手机响了,就是那个非常逼真的手枪声。电话是"蝎子"打来的,通知他们马上出发。当时周冲还很不高兴地问:"不是说好明天早上出发吗?"木木拿手机的亮光照了一下周冲说:"干咱这行,永远没有固定的交易时间。"

三轮一路颠簸着,在天亮的时候,已经进入庆都了。他们是从辅路上进入庆都地界的,木木把三轮停下来,点一根烟抽着。周冲有些困意地向木木索要着,木木把身子向周冲的方向一歪,让周冲自己到口袋里拿。周冲把手放进木木的口袋里,掏着香烟的同时,还摸到了一个硬硬的铁家伙。

周冲掏出烟,点一根,看着木木问:"你怎么把家伙放口袋里?"

"不放口袋里还放脑门儿上?"木木笑笑说。

"万一有警察怎么办?"

"你认为警察会查一个贩卖竹子的吗?"

周冲没说话,顺手摸了摸自己身后的那把七九手枪,这是"蝎子"给他的见面礼,也是为交易准备的战斗武器,更多的是为自己壮胆儿,如果交易顺利,不被警方发现,这枪跟玩具没什么区别。

三轮车就停在庆都市高速路口的下面,上面是收费站,过往的车辆飞速行驶着。周冲有些坐不住了,他们已经在这里停了将近2个小时了,肚子开始咕噜咕噜地叫了,周冲问:"你饿不饿?"

"饿。但是不能吃。"

"为什么不能吃。"

"等命令。"木木回答得很简洁。

周冲也就没说什么,只能等在这里。他不知道什么时候才是属于自己的权利时间段,这次交易的最后关头是他去完成的,而木木现在需要做的就是把货送到庆都。现在已经进入庆都了,但是"蝎子"并没有放权给他,仍然让木木主宰着货。

周冲心里觉得"蝎子"有些多此一举,货已经到这里了,为什么还多一个程序让我去交易呢?直接让木木去见接货人不就行了。其实周冲还是不了解"蝎子"的心计,"蝎子"的所有交易路线和接头形式,都是被分割成段状的。也就是说,木木从来都不可能知道"蝎子"的整个交易过程,这也是"蝎子"这么多年来,一直处于不败之地的重要原因。

木木下车了,从三轮驾驶室里下来,在路边的树旁小便,周冲半躺着身子,眯缝着眼睛,想打个盹儿。他现在觉得毒品交易其实也很简单的,无非就是更加秘密、谨慎一些,与平常的商业交易也没什么区别,他想象着抓获"蝎子"以后的安排。他要把父母接到南山来,找一个像"蝎子"住的那种地方。因为这里的风景太美了,空气太好了,简直就是与世无争的世外桃源。

木木推了一下周冲:"唉,别睡了。"周冲机警地坐直身子:"怎么了?"

"我的任务完成了,再见。"木木说着伸出手,他要与周冲握别了。周冲一下子愣了,别看木木在跟前他多少有些反感,并且非常期待自己能独自掌握交易权力。现在机会来了,木木真的要离开了,周冲还真有点舍不得。不是从感情上舍不得,而是接下来的交易怎么办,他心里没谱。周冲这么想着,嘴里也就说了出来:"你走了,我怎么办?"

"开着手机,有人会告诉你怎么办?记住别耍花样。"木木拍了一下周冲的脑袋,转身离开了。看着远去的木木,周冲热血沸腾,浑身充满了力量,似乎他要面对一个坚固的碉堡。他恨不得马上见到接头人,进一步摸清"蝎子"这个团伙的底细。他心里盘算着如何躲过警察的盘查,目前为止,还没有遇到警察的影子。

周冲跳下三轮,从衣兜里掏出手机,确定手机是开着的,然后伸了个懒腰,顿时感觉浑身是劲儿。他离目标越来越近了,如果此次交易顺利,他将掌

握"蝎子"更多的毒品交易信息,这对永庆市乃至全国的缉毒工作而言都具有重大的意义。

他掏出手机,开始拨打电话。他要给远在永庆市的父母打个电话,给他们报一声平安,顺便谢谢刘文艺的照顾。

周冲查到省军区的电话,拨了出去。电话嘟嘟地响着,10秒钟后,电话接通了。

"喂,你好,转一下警卫营,找刘文艺。"周冲抑制不住激动的心情,恨不能马上听到父母的声音。

接电话的是个男人的声音:"对不起先生,我们这里没有刘文艺。"

"警卫营的排长,怎么可能没有呢?"

"我这里只有刘长水。"对方冷静地说着。

刘长水?周冲纳闷地思考着,刘长水?好像在哪里听说过,是……啊!周冲"啊"了一声,挂掉了电话。他想起来了,"蝎子"就是刘长水,他怎么会打到"蝎子"那里呢?正在犹豫的时候,"蝎子"的电话打了过来,周冲有些慌乱地通了电话:"你好,老大。"

"不要随便用这个电话,我们的交易已经开始了,你的所有通话都是被我控制的。"蝎子一字一句地说。周冲心说这怎么可能呢,我明明是打到省军区的,心里想着,又不自然地说了出来:"怎么可能呢?"

"周冲,你忘记了你的手机是谁给你的了?""蝎子"冷静的声音让周冲不寒而栗。

周冲突然回想起来,这个手机是张群送给他的,当年考上警校的时候,张群作为礼物送给了周冲。周冲拿着手机感叹着,原来"蝎子"在很久以前就已经控制了我。

周冲坐在三轮车的驾驶室里,呆呆地望着远方的高山,他不知道接下来会发生什么,他万万没有想到的是,这些年以来,自己的所有言行都在"蝎子"的监控之下。这就好像一个穿着非常体面的绅士,突然裸露在众多人面前一样,尴尬地想找个地缝钻进去。

周冲极力回想着这些年来的所见所闻,以及他所经历的一切。这部手机承载的不仅仅是通话的作用,而且还承载着"蝎子"的心血。周冲用这个电话与张群交流的发财梦,与齐齐的未遂恋爱,与齐怀远的斗智斗勇,都被"蝎子"掌握得一清二楚。自己鬼使神差地还把这个电话保存得完好无损,被判入狱时,自己还知道把这个电话藏起来。难道老天注定我与毒品的渊源吗?"蝎子"的培养计划似乎与老天的意愿不谋而合。

周冲的脑子完全被"蝎子"的形象占据了,他感觉"蝎子"就是一个魔鬼,甚至比魔鬼更可怕。周冲看着手里的电话,这个普通的手机,竟然是"蝎子"控制他的遥控器。突然电话快速地震动起来,手机上显示着一个陌生的号码,难道这就是来接货的电话吗?周冲犹豫着,按下了接通键。

周冲母亲在房间里叠着衣服,这些都是张群给她买的,她舍不得穿。她认为一个庄稼人没必要穿这么讲究,因此买的时候极力劝阻,张群很会收买人心:"婶子,这是周冲让我给您买的,这钱是周冲的,你不要,他心里肯定会难过。"当母亲的自然理解儿子的孝心,也就拿回来,收起来准备带回凤凰岭穿。

周元林坐在沙发上还是呆呆的样子,但是他的心里却是清楚得很。这个地方太熟悉了,这就是当年他采山药、贩卖山药的地方。张群这孩子和这个妖艳的女人,带着我们来干吗?他眼睛直勾勾地看着天花板,心里盘算着怎样从张群口中探听消息。

周冲母亲也很纳闷,这些日子根本没有看到儿子的身影,她不免有些怀疑张群的话了,她一边叠衣服,一边和范林芳聊天:"闺女啊,你说我儿子执行任务有危险吗?"范林芳只是笑,她笑这个善良的母亲还被蒙在鼓里。张群接过话说:"婶子,你的儿子你还不放心吗?"

"放心放心,冲儿从小就懂事,领导能看上他也是他的福分啊。"周冲母亲难以掩饰自己的自豪,眼睛里还含着朵朵泪花。张群并未说出周元林期待的答案,他希望张群能说出关于儿子执行任务的内容。于是,周元林故意把沙发弄出很大的动静,嘴里嘟囔着:"走,都给我走,我儿子来了。"

张群果然走过来,盯着周元林说:"你儿子来不了,去执行任务了。"

"我儿子在北京呢,我儿子去南京了。"周元林故意说得语无伦次。

张群笑一笑,起身离开:"还北京南京,你儿子出国呢。"说完张群哈哈大笑。

"我儿子贩毒去了,哈哈哈哈。"周元林说得非常清楚,说完也哈哈大笑。这让张群一下子停止了笑声,转过头看着周元林,他被周元林的话吓了一跳。周元林用余光瞅着张群,心中暗喜,看来周冲真的在做这种勾当,他知道,凡是在这个地区活动的外地人,大多与毒品有关。

张群定了定神,装做什么也没听到的样子,看起电视来。

十六 枪口瞄向谁

周冲母亲与范林芳讨论着衣服的款式,互相夸奖着对方的装束。张群搜了一圈儿,没有好看的电视,就到里面房间休息去了。周元林悄悄地离开房间,他要去一个只有他自己知道的地方。

周冲接到的是"蝎子"的电话,"蝎子"告诉他马上把三轮开到前方一公里的树林里。周冲照着做了,然后"蝎子"告诉他驾驶室下面有自喷漆,拿出来,以最快的速度将三轮车身改变颜色。周冲知道有情况了,事不迟疑,马上照办。10分钟的时间,三轮车变了颜色。"蝎子"指挥周冲卸下车上多余的竹竿,然后把带货的竹竿用蒙布盖好,原路返回。

周冲驾驶着三轮车,行进在返回的途中。幸好来时的路只有一条,只要沿着公路开,就不会迷路。他问"蝎子"把货拉到哪里时,"蝎子"只告诉他,把速度控制在40公里就行,其他的不要问。

周冲有太多的疑问,他认为自己和木木把货带到庆都已经是不容易了。为了躲避警察,选择了夜间行进,现在安全到达庆都了,结果又要返回来。周冲倒是不在乎身体累不累,关键是他担心遇到警察。毕竟最近的风声很紧,一旦被发现,别说发财了,就连命也会搭进去。

三轮车的速度始终控制在40公里以上,周冲警觉地看着前面,不过让他担心的一幕还是出现了。当三轮车行进到一个拐弯的地方时,前面突然出现了两辆警车,行进的速度可以用十万火急来形容。车窗是黑色的,看不清里面的情况,但是从车的速度可以判断出,他们是在执行一项特殊而且紧急的任务。

警车刚刚过去不久,周冲的电话再次响起。周冲警觉地接通电话,因为这个号码又是一个陌生的号码,他现在唯一能做的就是接电话,然后按照电话的遥控行事。电话是"蝎子"打来的,电话那头的"蝎子"哈哈地笑着:"周冲,你是不是遇到两辆警车啊?"

"是的,刚刚过去。"

"好,你现在把三轮车开到前面15公里处,那里有一个废弃的石灰窑,里面有你需要的东西。"说完"蝎子"挂掉电话,周冲愣了一下,脚踩油门儿向前开去。

过去的警车是接到报案后,向庆都方向而来的。有人举报,庆都机场今天会有大量的毒品交易,这些货将直接被送往国外。警方接到电话后,惊喜地发现,这跟全国缉拿的"蝎子"团伙的交易时间大概相符。他们迅速组织队伍将整个机场控制,进行严密的查访。

然而这个举报电话正是"蝎子"打给警察的,他要来一个连环调虎离山计,把警察的工作中心纷纷集中到庆都机场,而他要让周冲从另一个渠道与接货人交易。

周冲的三轮车很快来到蝎子说的那个石灰窑,这里是一片空旷的斜坡。由于交通不方便,即便烧出上等的石灰,也很难运出去。周冲开着摇晃的三轮车来到石灰窑的洞口,他走下车来,四处查看着。

石灰窑出石灰的地方是一个很大的洞口,完全可以把整个三轮车开进去,周冲向洞口走去,他要先掌握这里的地形。他进到洞口里面,发现还有一个很宽阔的拐角,再往里有一个非常大的空间,里面散落着一些石灰渣滓。正当周冲准备出来时,发现里面的角落里有一张很大的帆布,帆布下面盖着什么。这让周冲很纳闷,他好奇地向帆布走来。

周冲走到帆布跟前,用手一拉,目瞪口呆地看着帆布下面呈现出来的景象,太漂亮了!周冲从来没见过这么漂亮的车,他并不认识这个车子的牌子,但是给他的第一印象,这一定是辆价格不菲、性能极好的名车。周冲用手轻轻地抚摸着车身,像是抚摸一个少女的皮肤。

"喜欢吗?""蝎子"突然出现在周冲的身后,吓得周冲差点趴在车上。回头看时,发现是"蝎子",赶紧说:"老大,你怎么在这里?""蝎子"从口袋里掏出车钥匙,在周冲面前晃动着:"喜欢就拿去。"周冲不敢相信自己的眼睛,揉了揉说:"老大,别开玩笑。"

"没开玩笑,这车是你的交易工具,等交易结束,它就是你的了。"

"谢谢老大。"周冲一下了接过车钥匙,按一下遥控,车门打开,车窗自动升上去。周冲一屁股坐在驾驶位置上,上下左右晃动着,心说,就是比三轮儿舒服啊。

"蝎子"看着周冲可爱的样子,微微一笑:"记住,交易成功才是你的,现在你要做的就是去交易。"周冲从车上一下跳下来:"老大,你说吧,上刀山下火海,我都在所不辞。""蝎子"拍了一下周冲的肩膀:"呵呵,没那么严重。"说完,两人把竹竿里的货转移到新车上。

20分钟后,周冲准备就绪,他要等待"蝎子"的命令,"蝎子"拿出一张照片递给周冲,周冲接过照片,瞪大眼睛:"你怎么有我父母的照片?""蝎子"笑笑说:"周冲,我很看好你,但是希望你别耍花样。记住,我相信你能做好的。"

十六 枪口瞄向谁

周冲万万没有想到"蝎子"会来这一手,他把照片放进怀里:"老大,我希望我的父母是安全的。"

"没问题,我们是一根线上的蚂蚱,交易成功后,你们就能团圆。记住,你交易的地点是永庆市。"

周冲咬了一下嘴唇,上车,向永庆开去。

看着远去的周冲,"蝎子"笑了,正当他得意自己的安排时,电话响了,是张群打来的。

"什么事?""蝎子"问。

"周元林不见了。"

"废物,怎么搞的?""蝎子"转身向张群处而来。

周元林离开张群的住处,从街边找了一辆出租三轮,向深山而来。等到出租三轮无法继续前进的时候,周元林摘下手表递给出租司机:"这是车钱,我没现金。"司机骂骂咧咧地离开了。

周元林要找的地方,就是过去他曾经多次采药的地方,这个地方让他发过财,还让他拥有了自己的儿子周冲。他要找到那个曾经带走周冲的地方,当年带走这个孩子,曾让他内疚到精神分裂。现在有机会回到这里,不为别的,就算是到那个"抢走"周冲的地方,对着老天爷磕几个头,也算对得起周冲的生身父母。

周元林左右环顾着,他要找到那个地方,他脑子里像过电影一样,回想着二十几年前的场景,那个丢弃孩子的男人,被女人骂得狗血喷头。男人辩解也无济于事,当男人回心转意打算抱回孩子时,周元林已经带着周冲离开了,他能听到深山里,孩子父母那狼嚎一般的呐喊和哭泣。

周元林现在后悔了,他不应该把别人的孩子带走,虽然周冲给他的生活带来无限乐趣,虽然从此他的人生多了一份责任,但是他始终认为周冲属于别人,他有生以来最大的心愿就是把周冲还给他们。精神分裂的那些年里周元林经常做噩梦,梦到那个丢弃周冲的男人声嘶力竭地呐喊着追赶着他。

老天爷给了我这个机会,我就要好好把握住。我要找到那个地方,哪怕是找不到周冲的亲生父母,也算了却了自己的一桩心事。只要能找到那个地方,我就可以跪在那里向老天爷赎罪,恳请上苍原谅他。周元林这么想着。

发现周元林失踪的是周冲的母亲,她习惯了给周元林捏肩膀、拍脑袋。当天收拾完衣服后,范林芳和张群进到甲面房间休息了。这对年轻人在房间里发出少有的声音,声音大得让周冲母亲有些难为情。她转身进了自己的房间,结果没有看到周元林的身影,起初她以为周元林会在厕所里,等了几分钟后,她有一种不祥的预兆,她打开厕所门,周元林真的没有人影儿。周冲母亲打断了张群和范林芳的好事儿,大声喊着周元林的名字。

范林芳和周冲母亲到镇上找去了,张群给"蝎子"打电话。"蝎子"骂骂咧咧地喊着:"找不到周冲的父亲,我要你的命。"张群也知道自己闯祸了,他知道周元林对于"蝎子"是多么的重要,周元林就是"蝎子"手里的一颗棋子,一颗控制周冲的遥控器。周元林这个砝码一旦丢失,那周冲的交易一定会受到影响。"蝎子"在那个装有监控器的平台上等着张群的电话,他要张群想尽一切办法找到周元林。

张群也只能到大街上去不停地打探着消息,逢人便问:"见没见一个精神病?"给出的答案都是没有见过。有好心人说:"报警啊,或者到电视台做寻人启事。"张群何尝不想去报警,但是他们的身份特殊,哪能去暴露自己的身份呢。

"蝎子"平均5分钟就会给张群打一个电话,但是得到的消息总是让他失望。监控器里那段静止的画面上只有一段死一样寂静的山路,只有在平常的交易时,才能看到那个路面上出现一个人影,那就是上来取货的木木。然而今天让"蝎子"吃惊的是,这个路面上出现了一个陌生的人影。等到"蝎子"把监控器的距离拉近时才发现,那是周元林。

"蝎子"看到周元林向他的方向而来,他有些慌乱地从茅草屋里取出猎枪。这个路线是非常隐蔽的,周元林怎么会到这里来,他不是有精神病吗?从镇上走失后,他就这么巧合走到这里来吗?难道他知道我的路线?不能啊,他是有精神分裂症的。一大堆的疑问让"蝎子"端起猎枪,向周元林来的方向瞄准着。

黑洞洞的枪口穿过树林,直接瞄准周元林的脑袋,只要"蝎子"扣动扳机,周元林就会被无情地击毙然后滚落到山下的乱石中,即使不被打死,也会被摔死。"蝎子"的右手食指轻轻地向回蜷缩着,周元林的小命就掌握在这轻轻的一扣中。接下来发生的一切,让"蝎子"放弃了击发。

画面里出现了新的人物,是几名武警战士,还有几只狼狗,监控器里的几名武警和周元林对着话,接着周元林和武警下山了。这让"蝎子"有些摸不着头脑,当他看到武警的时候,他几乎想向另一个藏身之地而去,可是武警并没有继续向上攀爬。

十六 枪口瞄向谁

等到周元林和武警下山后,"蝎子"将刚才的录像反转回去,把录音设备放大到最高倍数儿,里面传来稀稀拉拉的说话声。看武警的口型和声音几乎一致,其中一个武警问:"下来,干什么的?"正在攀爬的周元林,停在那里,然后转身回答:"采药的。""下来,跟我们走一趟。"武警说话的同时,还让手中的狼狗向前窜了两下,周元林只能跟着武警离开。

"蝎子"看完录像,把一颗悬着的心放了下来。看来周元林是走失来到这里的,而山下的武警在巡山,由于最近风声很紧,武警出动抓毒品贩子是很正常的事儿。放下心来的"蝎子"马上给张群打电话,让他迎着武警回去的方向把周元林带回去。想必武警也不会对一个神经病感兴趣,这样一来,周元林继续扮演"蝎子"控制周冲筹码的角色。

周冲开着"蝎子"送给他的名车,飞奔着向永庆市的方向而来。他的脑海里闪现出无数场景,有父母被"蝎子"控制的场景,有齐怀远和他一起抓获"蝎子"的场景,有接货人的模糊身影,还有齐齐的微笑。这些混乱的场景让周冲感觉很累,他尽量调整自己的情绪,他要按照"蝎子"的指示,到达永庆市,然后"蝎子"会告诉他如何接头交易。

车子开起来很快、很稳,毒品就在车后座下面,对于这样一个交易过程,周冲学到了很多,他对"蝎子"的安排除了感到惊讶以外,还表现出少有的妒忌,这个男人为了达到今天的交易效果,竟然在几年前就控制并企图培养我。

从车子前面的全球定位系统显示,前方不到10公里的地方就是永庆市的地界了,天色渐渐暗下来,这个时间最适合做毒品交易。周冲放慢了行进速度,他在等"蝎子"的命令。果然,"蝎子"准时把电话打了过来,电话里"蝎子"非常高兴地说:"周冲,你的交易地点就是你曾经搭救过我的那个废弃灯泡厂。要记住,不管接货的是谁,只要你把货交出去,要他马上给我打电话。然后你就算交易成功。"

周冲在电话这端答应着,他努力回想着灯泡厂的路线。脑子里除了路线图以外,更多的是那个神秘的接货人。他到底是谁,为什么在永庆交易,这些货即使交易成功,他怎么带走?这些疑问在周冲脑海里翻腾着,他现在做的只有去面对现实,当一切现实摆在面前时,答案自然也就摆在面前了。

周冲开着车,向灯泡厂而去,车子的速度并不快,可是这段距离太近了,不到5分钟,车子就来到了灯泡厂的大门口。这里荒草丛生,周围没有路灯,周冲把车子的前灯打开到最小的排挡上,他坐在车里,车子并没有熄火。他在等待,等待那个神秘接货人的出现。

前灯照出的两束光线很淡,从光线的尽头向周冲走来两个人,其中一个推着一个小推车,另一个拿着一个破麻袋。周冲把身子向前探了探,努力辨认着两个人的模样,他太想知道这个接货人是谁了,当走近车子时,才发现,是两个陌生的面孔。周冲根本没见过这两人,难道他们不是接货的?

周冲坐在车里不动,他要看看这两个人有什么动静。推车的那个停在车前面三四米的地方,另一个向周冲的驾驶位置而来。周冲摸了一下腰里的枪,然后轻轻地放下车窗。

"你是送货的吧?"那个人说着地道的永庆方言,周冲把戴着墨镜的脸转过来问:"谁让你来的?"周冲并没有按照"蝎子"的交代去交易,那个人犹豫了一下说:"我们老板让我们来取货的,说是什么两包滑石粉。"

周冲一愣,正当他继续盘问时,副驾驶的车窗前又出现了一个人,轻轻地敲打着玻璃,周冲快速升起玻璃,转头看着副驾驶的方向,一个男人正趴在玻璃上,做着鬼脸。周冲按下玻璃控制器,男人把脑袋伸进来的同时,右手也伸了进来,只是右手上握着一只手枪。

周冲定睛一看,啊!怎么会是他?

十六 枪口瞄向谁

## 十七　连环交易网

毛永刚用枪顶住周冲的脑袋,诡异地笑着,这让周冲受到不小的惊吓,他没有想到,接货的是毛永刚。这个永庆市的首富,是多么地让人敬佩与羡慕。他有着腰缠万贯的家产,有着别人不可企及的地位,国外的生意更是如日中天,现如今他回到永庆市就是给这里的老百姓带来更多财富的。怎么他却成了"蝎子"的交易伙伴,周冲想到这里自己也笑了,管他是谁呢！就像来之前"蝎子"交代的一样,不管是谁接货,只要把货送到,然后让接货人给"蝎子"打个电话,自己就算完成任务了,就可以拥有这辆豪华轿车了。

太阳穴上的枪口有些凉凉的,这让周冲有些不自在,他想不通毛永刚为什么用这样的方式与自己交易。难道说毛永刚想劫持这30公斤货吗？应该不会的。

正像周冲想到的那样,毛永刚只是跟他开个玩笑。毛永刚收起枪,轻轻地打开车门坐进车里。周冲并不急于谈论交货的事儿,他要看看毛永刚到底想干什么？毛永刚从衣兜里拿出电话,在周冲面前晃了晃说:"货呢？"周冲向身后努了一下嘴,示意货在后备箱里。

毛永刚把手伸出窗外,向外面的两个人招招手。两个人打开后备箱,从里面拎出两个装洗衣粉的大袋子,冲毛永刚点点头。毛永刚开始拨打"蝎子"的电话,周冲一把拉住毛永刚的手:"你不验验货吗？"毛永刚抬头看着周冲,思考了一下,然后接过一个洗衣粉袋子猛地撕开。

周冲自然地看着对方的行动,脑子里一片空白。毛永刚突然把袋子合起来说:"给你一百个胆子,你也不会骗我吧？哈哈哈哈。"毛永刚拨通"蝎子"的电话:"哥们儿,货接到了,准备接收货款吧。"说完,毛永刚伸手接过外面随从手里的笔记本电脑,非常迅速地进行着操作。

周冲现在需要做的就是要与父母见面,临行之前"蝎子"给他的照片,说明父母已经成为"蝎子"的人质。当毛永刚打完"蝎子"的电话后,周冲也掏出电话拨打着。他要告诉"蝎子",自己的任务完成了,他要见父母。可是电话拨出去以后,对方显示他拨打的是空号,周冲以为是打错了,认真地核对着号码。

毛永刚把笔记本合起来走下车,周冲一直忙着搜索"蝎子"的电话,他感觉自己再次被"蝎子"戏耍了。毛永刚看着幼稚的周冲,微微一笑从腰里掏出手枪,对准周冲的脑袋,周冲猛地抬头,看着毛永刚,也许这是他最后的一次挣扎,他要在毛永刚扣动扳机之前,夺下他的枪。

周冲的动作迅速到毛永刚没有任何反应,不过当周冲的手即将触摸到枪体时,毛永刚的扳机已经扣了下去。周冲眼睛一闭,等待子弹的到来。不料想,枪里却滋出一股子凉水,打在周冲的脸上,这样的惊吓似乎比子弹射进脑袋还要恐怖。周冲实在被激怒了,一个甩臂从腰里掏出手枪对准毛永刚的面门。

这样的动作毛永刚只有在电影里看到过,太快了。快得让他没有来得及眨眼,毛永刚把手举起来,微微笑着:"周冲,冷静,我只是跟你开个玩笑。"周冲咬着牙,脑袋向这边摆着,示意毛永刚绕过来。毛永刚看着黑洞般的枪口,只能听周冲的安排。

周冲从车上下来,用枪顶住毛永刚的小腹:"你真拿你自己当盘儿菜了。"话说得很轻,但是很有分量。跟着毛永刚来取货的两个人一看自己老板被控制了,把货一扔,撒腿就跑。周冲大喊:"你们能跑过我的枪子儿吗?"两个人傻傻地站在原地,不敢动弹了。

"周冲,你想怎样?"毛永刚看着红了眼的周冲说。

"我不想怎样,只是告诉你,以后别跟我开这么低级的玩笑,我不喜欢别人拿枪指着我。"

"呵呵,都是玩笑都是玩笑。"

"滚。"周冲一把推开毛永刚。

毛永刚拿起货,带着两个随从逃进夜色。

周冲继续搜寻着"蝎子"的电话,正当他一筹莫展时,"蝎子"把电话打了过来。周冲赶紧接通:"老大,我任务完成了,我爸妈呢?"

"你回来吧,他们很安全,我们马上去巴洛,国内不安全。"说完"蝎子"挂了电话。

周冲刚刚掉转车头,就听到远处的警报声,他感觉自己被毛永刚出卖了,

十七 连环交易网

如果这时与警察起冲突，一定会打草惊蛇，抓捕"蝎子"的行动将受到影响。他一个急转弯冲进灯泡厂的胡同里，飞奔离开。警笛的声音由近而远，周冲娴熟地驾驶着属于他的爱车，像离弦的箭一样，飞向边境。他要在那里与父母会合，他担心"蝎子"真把他父母带到国外。

"蝎子"说带周冲父母到国外，只是一时的缓兵之计，他不想让周冲知道周元林被武警带走了。在周冲回来之前，"蝎子"要张群尽快把周元林从武警手里"夺"回来，然后他要带着木木、张群、范林芳以及周冲一家，先在他的藏身之地躲避一时，等到风声过去，再做出国准备。

这样的计划可以说非常周密，至少不会让警方发现。"蝎子"的藏身之地，就算是高科技也无法探测到，只因为他已经安装了世界上最先进的探测干扰设备，警方的探测仪一旦进入他的区域，就成为盲区。张群来电话说，周元林被武警带走后，一直关在里面。这让"蝎子"有些头疼，他要张群想尽一切办法把周元林从武警手里弄出来。

毛永刚带着货离开后，直接回到自己公司的厂部。下班后，这里只剩下空空的厂房，他带着两个手下人，来到厂房下的密室里。毛永刚的兴奋程度不亚于一个顽皮的孩子，他对于这次交易可以说是十分满意。由于警方跟得紧，自己借助这样的机会与"蝎子"谈判价格问题。

"蝎子"最后还是做出了让步，毕竟交易过程中的危险程度，大部分是由毛永刚承担的。对于刚开始的计划，毛永刚有一招生意诀窍，先是选择一个比较暴露的交易环境，风险共担，然后转站交易，主动承担处境风险，但是要从价格上得到一定的照顾。

"蝎子"也只能做出让步，毕竟这次交易的份额太大了，一般的人物是不敢交易这么多货的。为了保证交易顺畅，提前得到货款，"蝎子"从价格上对毛永刚让出了10个百分点。对于毛永刚来说，钱不是问题，关键是这样的交易战场，自己占得了先机，这是商界里不变的定律。

两个随从拎着袋子跟着毛永刚继续向地下室走，这里的环境很像蝎子在边境上的栖身之地，很隐蔽，也很舒适，里面同样装载着通信干扰设备。毛永刚坐下来，打开一听德国啤酒，喝了一口："把这些货分装到那些椅子里。"

两个随从把墙角提前准备好的竹编摇椅搬过来，麻利地将竹椅分解。一边干活儿，一边聊天。

"毛总，这些货一次性带走吗？"其中一个较胖的问。毛永刚一改往日的绅士风度,扬扬自得地说:"当然啊,这些货留在这里也是祸害。这批货要辗转东南亚再往欧洲带,正好明天早上有一批竹椅要走,我们就跟着这批货离开了。"

齐怀远和岳父姜忠诚对饮着贵州茅台,两个人的表情十分轻松。从上级下来的文件里看,要有大的行动了,当然还是由永庆市公安局牵头。这个行动是秘密的,也是公开的。所谓秘密无非就是齐怀远和姜忠诚的一些私人计划,公开指的是追捕国际大毒枭"蝎子"的行动即将全面展开,当然这样的公开也是有区域性的,仅限于内部系统的几个重要人物。

"你认为这些东西会被成功带走吗?"姜忠诚问齐怀远。齐怀远喝一口茅台酒,微微一笑:"应该不会吧,情报机关已经发来密电,我们的同志很优秀,呵呵。"

"很好,打响捕蝎行动。"姜忠诚一饮而尽。

飞奔在路上的周冲突然想起了齐齐,他走得太匆忙,他一边开车,一边拨通了齐齐的电话。电话那端很快接通,齐齐的声音很低,她知道自己的心上人带有越狱的罪名。

"周冲你在哪里?"齐齐难以控制自己的激动。

"等我回来接你。"周冲说完挂掉电话。

坐在宿舍里的齐齐既兴奋又恐慌,兴奋的是周冲终于出现了,这些日子天天做梦,梦到周冲回来接她离开永庆市。这个从小就接受正面教育的孩子,现在突然觉得自己需要一片自由的空间。她不想在父母的羽翼下生活一辈子,她要与自己喜欢的男人在一起,哪怕这个人是一个越狱潜逃的罪犯。

齐齐终日里无法安心学习,最多的是在回忆,回忆与周冲那一夜的激情。除了回忆,就是无休止地甩扑克,这些看似没有生命的扑克牌,给齐齐带来无限乐趣。甩出去的扑克准确击中目标,现在已经能穿透十几页纸张了。

周冲的电话犹如一剂强心剂,把齐齐的心点燃到最炙热的顶点。她一刻也等不了了,她要马上去找周冲。齐齐关好宿舍的房门,拨打着周冲的电话,电话接通了,周冲实在不想去接这个电话,但是看到号码不停地闪动。

"齐齐有事儿吗?"

"你马上来接我好吗?"

"不行,我现在不方便,记住等着我回来,明媒正娶地迎接你。"

"你只要告诉我你在哪里。"

十七 连环交易网

"不能说。"

"不说就不要回来见我。"

"哎呀,你……我在去南山的路上。"周冲实在拗不过齐齐的追问。

周元林被武警带走后,一直想办法脱逃,倒不是他犯了什么罪,而是他要回去见周冲的母亲,他似乎感觉到张群和范林芳并不是带他来见儿子的,这里面隐藏着太多的危险。周元林一路上的疯疯癫癫有些讨人烦,有的战士提出来,放掉他,带队的干部并不这么认为,多年的经验告诉他,不能轻易放弃任何一个活动于边境的可疑人员。

经过近一个下午的盘查,周元林一直用他多年来的疯癫习惯与武警周旋着。审问的干部也无法从他那里得到可靠或者是有价值的信息,为了保证周元林的安全,他们通知公安系统查找周元林的家人。张群的及时出现让周元林有些惊诧,但更多的是高兴。

张群说明了情况后,武警干部还不忘嘱咐张群:"老人单独出门多危险,以后一定要看好。"张群连声感谢,带着周元林离开武警大院儿。一路上,张群不停地埋怨着周元林,说他不体谅人,说他为儿子周冲丢人。周元林仍然像个没事儿的人一样,欢蹦乱跳地跟在张群后面。

张群是受"蝎子"的委派前来接周元林回家的,"蝎子"答应过的事儿,还是很守信誉的。他混迹于这个鱼龙混杂的交易圈里,从来都是信誉第一。不管是大买家还是小买家,不管是经验丰富的老手,还是刚刚出道的暴发户,"蝎子"都一视同仁。更何况他还很看重周冲的表现,当周冲完成交易的时候,他就已经做好准备,带领他们一家离开内地,到国外隐藏一段时间。

张群接到周元林后马上通知"蝎子","蝎子"嘱咐张群一定照顾好二位老人。接下来的工作就是安排如何离开内地,他让木木准备好了足够的攀岩工具以及足够的食品。他要等周冲回来,然后集体翻越高山向巴洛方向出逃。看看时间,"蝎子"认为周冲应该在2个小时之内返回来。那个时候正好是晚上八九点钟,有利于出逃的隐蔽性,至少到目前为止他们是安全的,没有被警方盯上。

为了更好地控制时间和出逃的速度,"蝎子"又拨通了周冲的电话,他要知道周冲的位置,以便安排出逃计划。周冲的车子开得很快,他不仅要马上见到父母,更重要的是他要马上返回"蝎子"跟前。电话响起的时候,周冲按了免提键,听筒里传来"蝎子"关注的声音:"周冲,开车注意安全,保证速度更要保证安全。"

"好的,谢谢老大。"

"你父母都很安全,你放心就是了。""蝎子"生怕周冲担心父母的安全,给他吃了一剂定心丸。

"知道了老大。"周冲答应着,脚下的油门儿使劲踩了下去。

毛永刚成功地将 30 公斤货隐藏到竹椅里,并且按照既定计划开始装货。这次运送过程,他必须亲自前往,毕竟不是小数目,并且国外的交易伙伴很看重毛永刚,因为他已经承诺把价格压到了最低。毛永刚对于整个出境安全还是很自信的,毕竟自己在国际上有着较高的声誉。

竹编生意让永庆市变得富裕起来,毛永刚也成为永庆市最大的纳税户,这让他不仅在本市和省内有着较高的影响力,并且在整个国家对外贸易上也有自己的一片天空。当他步入国际市场时发现竹编生意已经到了饱和状态,居高临下的毛永刚无法从一个成功者蜕变成一个失败者,如果放弃竹编生意,那就意味着自己的人生以失败告终了。

多元的社会和开放的思想,让毛永刚盯上了毒品交易,他像所有的毒品中间人一样,只做交易平台,在中转过程中得到最大限度的份额。此次行动,毛永刚也是经过将近半年的准备。他与"蝎子"并没有过直接来往,但是从"蝎子"的交易数额看,这个人绝对是值得信任的。当他选择与"蝎子"合作,就注定要为自己的选择而付出代价。

毛永刚穿着工作服,与工人们往车上装货,他平日里的行动是值得工人们学习的,他在工人面前从来没有表现过大老板的架子,他总是身先士卒,带头干工作。所以他穿工作服来装货,大家也就见怪不怪了。

一切装载完毕,毛永刚满意地打量着车子,指派自己的亲信在前面探路,自己等待着适当的出发时间。前面探路的兄弟走了将近一个小时了,始终没有回信,这让毛永刚有些不高兴了,他认为自己培养的手下人还是比较干练的,为什么这次还没有发回消息呢?其实毛永刚完全可以自己带着车队出发,但是他这一次选择了稳妥的方法,毕竟车上带的货有所不同,他派人出去探路,完全是侦探一下警方的行动。从不同渠道返回的信息表明,警方正在加紧行动。而他又不能拖延发货的时间,毕竟国外的市场不容许他拖延,一旦过了时间,价格会有天壤之别。

毛永刚实在等不及了,他要争取在天黑之前到达出境口,那里他有提前收买下的海关工作人员,多年来的交情让毛永刚能出入自由。这一点,毛永刚比谁都清楚,钱是完全可以让一个人彻底堕落的。这些年的出入境多亏他挥金如土的仗义,否则他也不会如此顺利地进行各种非法交易。

毛永刚一边拨电话,一边对手下人命令着:"司机呢,准备出发了。"毛永刚的话音刚落,几辆警车开进厂房。车上走下来的是公安局长齐怀远,毛永刚拿着电话愣在那里一动不动。转瞬间,毛永刚恢复平静,迎上前去:"呵呵,我们的大局长来了,快快,屋里坐。"

齐怀远示意赶紧关好厂房大门,然后搂住毛永刚的肩膀:"屋里说吧。"毛永刚故作镇定地跟着齐怀远进了办公室。手下人赶紧给齐怀远沏茶,毛永刚递上一支烟说:"出什么事儿了,这么大惊小怪的?还带了那么多大盖帽来,呵呵!"毛永刚调侃着问。

"嗯……"齐怀远嗯了一下,他要找一个合适的说法,或者说是更官方的语言与毛永刚对话,毕竟毛永刚是永庆市的功臣,在姜忠诚眼里也是个不折不扣的财神爷。毛永刚一看齐怀远没有继续说下去,自己倒是先开口了:"是不是什么地方得罪你们公安局了,哈哈……要不就是我做违法的事儿了?"毛永刚说的时候非常镇定,这种表情让齐怀远也有些出乎意料,不过他不能让局面继续尴尬下去,毕竟他是来办案的。

"有人举报你。"

"举报我什么?"毛永刚反问得非常迅速。

"你车上有东西。"

"是啊,我车上是有东西啊,竹编椅子,怎么了?"

"还有……毒品。"齐怀远说的时候死盯着毛永刚的眼睛。

毛永刚诧异地看着齐怀远,然后是哈哈大笑:"哈哈,哥们儿,你真逗,来人啊,打开车间……"齐怀远走出办公室,点头示意手下的警察开始搜查毛永刚的生产车间和地下仓库。齐怀远站在毛永刚的身后,有些尴尬,毛永刚的心里也是一种怪怪的滋味,但更多的还是担心。他担心齐怀远真的从他的车上搜出那些货,一旦被发现,将无法收拾。他没有想到自己从小的朋友会真的来搜查他,他和姜忠诚之间的关系不可谓不密切。他本来还指望姜忠诚或者齐怀远为自己开绿灯呢,没想到这么快齐怀远就带人来搜查他了。

毛永刚现在想得很简单,他认为齐怀远会对他网开一面,毕竟自己的身份和在永庆市的地位,完全能让齐怀远睁一只眼闭一只眼。车间里的工人都靠边站立着,警员们一个个都戴着白色手套,仔细地搜寻着每一个角落。空气里凝结着死一样的气氛,办公室里的时钟提示大家,已经过去半个小时了。大家都希望有一个结果,尤其是那些工人,站在那里像是犯罪的孩子,大气都不敢喘。他们始终推崇,始终视为上帝一样的毛永刚,怎么会被警察搜查呢?

整个永庆市的市民和郊县的种植户,没有不感谢毛永刚的,是这个弃文从商的毛永刚让大家富足起来,过上了以前从来没有过的好日子。现在警察来了,说明毛永刚有问题了。这个时候,所有人最先想到的是自己,都像过电影一样,思考着自己是否与法律有过碰撞。

工人都是一些老实巴交的人,他们即使没有犯罪行为,也对这些穿着警服的人有些胆怯。他们不知道什么时候就会被一个政策或者时代给惊吓到,尤其是那些上了年纪的人,经历过特殊时期的人。他们希望尽快有个结果,如果毛永刚真的有问题,赶紧带走他,他们宁愿不要这份工作,也要保全自己的名声,证明自己是清白的,这是所有中国老百姓最为看重的一点。

毛永刚站在办公室门口的台阶上有些累了,但是他的腰杆儿挺得还是很直,他不能从气势上输掉这场斗争。毛永刚久经沙场,见过太多的盘查和危难时刻。齐怀远自然也是这么想的,他既然得到举报,就说明毛永刚真的有问题。过去的种种荣誉对于毛永刚来说,有些是真实的,有些自然是姜忠诚授予他的。作为一名公安系统的领导,齐怀远有责任更有义务去抓获那些违法犯罪的人,法律面前人人平等。

这时,从车间里走出来一个领队模样的警察,走到齐怀远跟前,贴在耳朵上说:"局长,没发现。"齐怀远听着汇报,脸上略显尴尬起来,点了点头说:"待命吧。"

毛永刚转过身,微微一笑:"怎么样局长大人,呵呵,还需要我做什么?"

"需要你能配合我们工作,接受一些调查。"

"齐怀远,你就直接说审问不就完了吗,还调查。"毛永刚显然有些发怒,他想用这样的口气在众人面前继续保持一种高贵的气势。

"你听我解释。"齐怀远尽量使氛围不至于尴尬,他知道毛永刚的身份,可是目前必须接受正常手续的调查,不管是谁,都不能违背法律条款的约束。

"你不用解释,我跟你走。"毛永刚完全是一种被冤枉的口气。

齐怀远向前伸了一下手,示意毛永刚可以走了,齐怀远的手指向的是前面的警车。这要是一般人物,齐怀远一定是派人押解的,可是对于毛永刚,在

没有定性之前,是不能动用粗暴行为的,要保全他的脸面。毛永刚上了警车,齐怀远回头冲手下人说:"收队,控制所有货物出门。"

毛永刚闭着眼睛,他并不知道自己到底能不能躲过这一关。这么多年来,自己从商界拼杀到现在,还从来没有被怀疑过,更没有被揭穿过。难道今天就真的栽在自己家门口吗？从目前的盘查情况看,齐怀远并没有足够的证据来证明毛永刚就是贩毒分子,这一点也正是让毛永刚继续强硬下去的资本。法律面前是要证据的,你齐怀远现在可以怀疑我,但是你拿不出证据,我是可以反咬一口的,我可以告你诽谤,诬陷。现在的毛永刚牙根儿都能咬出血,他开始憎恨齐怀远,甚至憎恨姜忠诚。当初"蝎子"打断齐怀远腿的时候,就该直接要了他的命。毛永刚这么想着,也就有了下一步的打算。

警车很快到了公安局,临时拘留所里简单的布局让毛永刚有些不自在,他坐在椅子上定睛看着齐怀远。齐怀远低着头说:"没办法,这是上级的命令,我只是执行者,对不起了哥们儿。"

"哈哈,这有什么对不起的,你是公务在身,我是嫌疑犯,很正常的隶属关系,问吧,我把你想知道的都告诉你。"毛永刚的回答让齐怀远放松下来,他不想难为毛永刚,只要他能说出一些别人举报的内容,基本上就可以定性了。

"我们从你准备发货的车上发现了……"

"既然你发现了,你还告诉我干什么？"毛永刚直接打断齐怀远。

"报告！"门口的警员急匆匆地赶来,清脆的报告声,打断了两个人的对话。警员走到齐怀远的跟前,附耳过来说:"情况有变化。"

齐怀远听着警员的汇报,表情很吃惊,他一边听,一边看着坐在对面的毛永刚。等到警员汇报结束,齐怀远走到毛永刚跟前:"嗯,在事情没有弄清之前,希望你不要离开永庆市。"

毛永刚看着齐怀远,眼睛里透出无限光彩,他不知道发生了什么,但是从齐怀远的口气来看,至少现在不用待在这里了。这样就给毛永刚的计划提供了足够的时间,既然这样,毛永刚就有一种得势不饶人的感觉了,他猛地站起来:"局长先生,我随时听候你的传唤。"说完准备离开,却被齐怀远拦住了,齐怀远本来想说些什么,但是张了张嘴,还是没说。

毛永刚头也不回地离开了,他第一时间就是要回车间,他要知道那些货到底怎样了。走出公安局的毛永刚顺势拦住一辆出租车,直接向竹编公司的生产车间而去。来到厂房,大门已经上了锁,工人们已经都下班回家了。毛永刚掏出电话拨打着,对方很快接通,毛永刚的第一句话就是:"货呢?"

厂房门打开了,从里面迎出来的是与他一起装货的手下人,毛永刚一边走一边问:"到底怎么回事?"

"大哥,齐怀远的人从咱们隐藏的椅子里搜到了那些货,但是他们很快告诉我们,那些货是洗衣粉。"毛永刚的脑袋都大了,他现在恨不得马上飞到"蝎子"身边,把"蝎子"撕个粉碎。他现在宁愿被齐怀远抓住绳之以法,也忍受不了"蝎子"骗他的伎俩。

"走,出发去南山做掉'蝎子'。"毛永刚一边说一边向车库走去,后面的随从说:"大哥,警察说,不让动用任何东西,还告诉我们不能离开永庆。"

"去他妈的齐怀远,我走,他就拦不住我。"

"大哥息怒,你看我们是不是这样做更好一些?"

毛永刚听完手下人的汇报,当时眉毛就解开了:"嗯,有道理,好主意,咱们以静制动。"

齐齐接到毛永刚电话时,正在上自习课,当听到他的偶像能带她去见周冲时,她兴奋得差点喊出声来。她现在就是想见到周冲,她要用她的一切努力来保护周冲,她要帮助周冲改邪归正。她要求周冲带她走的时候,周冲却毅然离开了,现在毛永刚既然能带她去见周冲,她当然不能放弃这个机会。这个爱恋中的女孩轻易摆脱老师后,直接向毛永刚的公司而来。

毛永刚的手下给他分析了整个交易过程,他们认为,周冲从中作梗的可能性很大。毕竟"蝎子"的为人和在行内的声望,不可能对这么大的客户做出这么不负责任的事儿。30公斤货,不是小数,这在国际上也是罕见的,周冲代替"蝎子"送货交易,中间调包的可能最大。既然这样,毛永刚直接控制齐齐就可以了,齐齐是周冲的女人,而同时又是齐怀远的女儿。这是一箭双雕的计谋,既能使周冲交出货,又能让齐怀远不敢拘捕毛永刚。于是,毛永刚把电话打到了齐齐的手机上,齐齐果然向深渊而来。

货果然是周冲做了手脚,他担心毒品落入交易对方手中,因此将那30公斤毒品提前调了包。"蝎子"和周冲喝着咖啡;张群和范林芳"看守"着周冲的父母;木木独自躲避在宾馆里。他们在等待时机,等待可以一起离开的时机。

周冲的电话突然响起来,他冲"蝎子"微微一笑,打开手机翻盖儿,是一个陌生的电话号码。周冲判断这个号码可能跟毛永刚有关,他知道自己做了什么。他也在等待这样一个电话,他要让毛永刚亲自告诉"蝎子",自己

十七 连环交易网

245

的货是假的。

毛永刚为什么不把电话打到"蝎子"那里，而是直接打到我这里？周冲犹豫了一下，没有接听。"蝎子"问："谁的电话？""哦，一个朋友的。"周冲尽量躲避这个话题，因为他心里想的是如何见到自己的父母，到目前他还不知道父母在哪里。

"老大，我们什么时候走啊，我爸妈呢？好久没见他们了，挺想他们的。"周冲再次问道，虽然前面任凭他怎么问，"蝎子"都不说，但是他还是把这个问题再次说出来。他心里明白，如果"蝎子"想拿自己的父母作为交易人质，那么那30公斤货就成为他和"蝎子"交易的筹码，当初他隐藏这批货的目的，就是这样。这个谜早就该被揭开，可是那个傻瓜毛永刚，当时一疏忽没验货，这就让周冲可以更直接地与"蝎子"面对面谈论父母的问题了。

"蝎子"喝一口咖啡："周冲，你父母很安全，你有什么可担心的，只是现在警方盘查太紧，不然早就接他们过来了。""蝎子"没有骗他，就在不远的地方，周元林和张群他们看着电视，聊着天，他们在等待"蝎子"的命令，时机一到，他们就会出发。

周冲的电话再次响起，"蝎子"转过头看看周冲，眼睛里带有些许疑问。周冲笑笑，掏出手机，上面显示着齐齐的电话。这让周冲为难起来，怎么单单这个时候齐齐会来电话呢，周冲看看"蝎子"，微微一笑，看上去很羞涩，"蝎子"也给了周冲一个微笑，周冲这才按下接听键："喂，是齐齐吗？"

"周冲，毛叔叔说你不想见我，是真的吗？"齐齐的话里带着埋怨。周冲一听毛叔叔，马上意识到事情的严重性，他马上问："齐齐，你在哪里？"

"我和毛叔叔在一起啊，他说带我去见你。"齐齐的声音又多了些爱恋。

"你把电话给毛永刚。"

电话那端毛永刚的语气很温柔："周冲，你玩儿得很高明啊。"

周冲站起身，向门外走去，他不想让"蝎子"听到他们之间的对话，刚想离开，"蝎子"问道："毛永刚的电话吧？"周冲愣在原地看着"蝎子"，电话那端传来毛永刚奸诈的笑声："哈哈，周冲，拿货来赎回你的齐齐吧。"

周冲耳朵里听着毛永刚的威胁，眼睛却看着"蝎子"，"蝎子"冲周冲努了努嘴："嗯，坐下说，怎么回事。"周冲赶紧挂掉电话，他知道毛永刚不会把齐齐怎样，毕竟永庆市还有齐怀远呢。他现在想听听"蝎子"的看法。蝎子看着慢慢坐下来的周冲，点一根雪茄："周冲，我很佩服你的胆量。"

"什么意思老大?"周冲一脸无辜的样子。

"哈哈……我还佩服你的演技。"

"老大,我……"

"你不怕毛永刚要你的命啊,他把货款已经发给我了,结果你给他调包了。哈哈,你厉害,他竟然没发现。"

"我只是想替老大把货留下来,再跟别人交易。"周冲说的时候一直盯着"蝎子"。"蝎子"惊诧地看着周冲,嘴巴撇了撇说:"周冲,你还年轻啊,我知道你怎么想的。"

"老大,那我怎么办?"周冲求助。

"你只有拿货去赎回你的女人了,哈哈,孩子你太不懂江湖了。""蝎子"说完闭上眼睛倚靠在沙发上。

周冲拨打着毛永刚的电话,很快接通了:"毛永刚,我告诉你,你敢动我的女人,不但得不到货,而且你要小心你的小命!"周冲一口气说完,等待毛永刚的回应。

"我好害怕啊周冲,我等着你。咱们是一根线上的蚂蚱,你他妈还竟然威胁我!"说完,毛永刚挂掉电话。周冲一时不知所措,他走到"蝎子"跟前:"老大,我想带着我爸妈一起去送货。"

"嗯,哪能让老人陪你一起担风险啊,毛永刚可不是好惹的,我替你照顾老人就是了。""蝎子"一脸的慈祥,这让周冲无所适从。

此时的毛永刚暂时躲开了齐怀远的盘查,现在他倒是非常感谢周冲了,如果不是周冲给他调包,可能现在人赃俱全就被警方控制了。他本来可以直接逃出永庆市,出境而逃,以免暴露过去的罪行,可是现在的30公斤货款已经发走了,这可是他不小的资产啊,他怎么能轻易放弃呢。

毛永刚现在唯一能做的就是拿周冲的女人,与周冲交易回30公斤货。无辜的齐齐成了交易筹码,可齐齐偏偏又是公安局长齐怀远的女儿。毛永刚在利益面前放弃了友谊,他要与齐怀远做一笔交易,于是毛永刚拨通了齐怀远的电话。

"老齐啊,我是毛永刚,我想和你见一面。"

"好啊,在哪里?"齐怀远没有想到毛永刚会把女儿当做人质。

"你来我这里吧,记住,你自己来哦。"说完毛永刚挂了电话。

齐怀远只身驱车来到毛永刚的竹编公司车间,两个人点头招呼。毛永刚

直奔主题:"我想和你做一笔交易。"这让齐怀远有些不适应,他知道毛永刚有不小的问题,但是目前还没有足够的证据来拘捕他。现在毛永刚竟然跟他谈什么交易,这让他有些惊奇。

"什么交易你说吧?"

"齐齐在我手里。"毛永刚先把这个消息告诉了齐怀远,齐怀远腾地从沙发上跳起来:"你说什么?"

"冷静冷静,齐齐很安全,放心就是了。"毛永刚越是镇静,齐怀远越是担心,眼珠子都快瞪出来了。

"我的确像你调查的那样有问题,并且是可以致命的问题,千刀万剐都不解恨的问题。但是你要知道,人为财死鸟为食亡这句话,这么多年,我毛永刚对永庆市够意思,但是你们却要控制我……"

齐怀远听不了这些废话,大声说:"甭废话,你说你想怎样?"毛永刚伸手拉了一下齐怀远的胳膊,意思是让齐怀远安静一下,放松下来。这个时候任谁也冷静不了啊,齐怀远就这么站着,听着毛永刚的条件。

"我这次回来,开发商城建设是幌子,主要是来取货的。但是我大意了,让送货人给骗了,就是你检查的那些洗衣粉,你要知道这批货对我有多么重要。老齐你记住一句话,有人的地方就有江湖,我们的江湖和你的一样,在不断的交易中相互制约着。今天我要和你按江湖的交易来解决我们之间的问题。"

"你到底想怎样?"

"你知道是谁骗了我吗?"

"我不管是谁骗了你,我只要我的女儿安全。"

"很好,要的就是你这句话,只要你答应了我的条件,齐齐就是安全的。"

"什么条件?"

"我要你给我开绿灯,我要离开永庆市,甚至离开大陆。"

"我不管你就是了,你走你的。"

"痛快,还是自己的兄弟知道哥哥的难处。但是……"毛永刚卖了个关子,拉长了声音,他要看着齐怀远着急的样子,这样他的目的会更加顺利地达到。

"但是什么?"

"但是我要带着齐齐一起走,一直到我脱身为止。"

齐怀远牙根儿都快咬破了,他这才领略到邪恶的可怕。毛永刚这个曾经红极一时的永庆功臣,竟然是一个不折不扣的罪犯,现在竟然明目张胆地与他谈判。齐怀远现在掏出枪崩了他的心都有,可是自己的女儿在他手里,他只能妥协。

毛永刚看着沉默的齐怀远,笑笑说:"老齐啊,你放心,齐齐跟我的女儿一样,我不会让她受罪的,你知道我为什么拿齐齐作为交易筹码吗?告诉你,我是拿齐齐与周冲交易。"

"什么?周冲?"齐怀远想不通毛永刚为什么拿自己的女儿与周冲交易。

"是啊,那些货在周冲手里,而齐齐是周冲的女人,你不会连这个也不知道吧?"

齐怀远再次沉默,他无法相信自己的女儿竟然成为两伙罪犯之间的交易筹码。毛永刚见齐怀远有些犹豫,赶紧补充道:"你对我睁一只眼闭一只眼,然后我把周冲引回来,你成功抓获周冲,既立功又能保住齐齐,岂不是两全其美吗?你觉得这个交易怎样?"毛永刚时刻提示着齐怀远。

齐怀远叹了口气说:"我现在是彻底败给你了,但是你要记住不能伤害齐齐一根手指头,要不然,我就毙了你。"毛永刚伸出手,吐了吐舌头说:"很好。"

"我要见见齐齐。"齐怀远说。

"呵呵,这可不行,你等着吧,等我把周冲给你引回来再说吧。"

齐怀远哼了一声离开毛永刚的厂房。

周冲驱车赶往庆都市区收费站的拐角处,那是他藏货的地方。当蝎子让他把三轮车改头换面的时候,他就预料到事情不是那么简单了,于是他成功调包,把货成功隐藏在那个小树林里。到达小树林的时候,天色已经黑下来了,周冲借助手机的光线搜索着,周围静得有些恐怖。他记得那里有几座坟墓,那些货就被埋藏在坟墓中间的土包里。

周冲用脚尝试着踩踏下去,感觉很松软,对,就是这里。周冲自言自语着,弯下腰去从后背取下提前准备好的工兵锹。几分钟的时间就把两个大纸袋子挖了出来,周冲兴奋地把货揽进怀里,起身准备离开。再次抬头时,眼前站着的大个子险些把周冲吓倒。

"周冲,行啊,没想到你还会这一手啊。"

"木木,谁让你跟我来的?"

"你真傻啊,还是假傻啊?"木木说完从怀里掏出手枪,拉动枪栓,对准周冲的额头。

"木木,我认为你不会做傻事的。"

"哈哈,你真自信,周冲。"

"我和你做一笔交易。"周冲尝试着用江湖上的话和木木周旋着。

"怎么交易?"木木的枪口仍然指着周冲。

"我们平分这批货,怎样?"

"哈哈,看来老大是太信任你了,我跟了老大这么多年都没得到他的赏识,果然不出我所料,你小子就是想独吞这批货。告诉你,做人要忠义一点,哪怕你是个坏得流水儿的坏蛋,都不能违背这个定律。你跟我平分?你有资格吗?"

木木说完,右手食指开始向回蜷缩。周冲会在接下来的几秒钟之内面对怎样的困境,是被杀,还是躲过一劫?正当木木的手指即将扣动扳机时,枪却提前响了。

## 十八　交易纪念日

木木是按照"蝎子"的嘱托来跟踪周冲的,自从周冲带走那些货以后,"蝎子"就后悔了。他躲在山上,痛骂自己太感情用事,对于一个年轻人太过于信任,自己那么多年以来从来没有做过如此荒唐的事情。他也纳闷自己为什么就这么信任周冲,让他负责一笔几乎是自己拼搏一生的交易。

当毛永刚把货款打进他的账户时,他就预料到这笔交易没那么简单就结束了,这也是他始终控制着周元林的主要原因。不管周冲怎样爱财,不管他有怎样的本事,他都将被"蝎子"控制着。周元林夫妇是周冲的命,当金钱和父母摆在面前时,周冲必定是选择父母的,也许就是这样一份孝心让"蝎子"相信了周冲。

木木跟踪到周冲挖出那些隐藏的毒品时,把枪口对准了周冲,他要替"蝎子"带回那些货,他根本不管周冲女朋友的安危。周冲在几乎绝望的时候听到了枪声,他闭上眼睛,等待死亡。枪响之后,他突然意识到自己还活着,睁开眼睛时,木木已经倒了下去。

远处的警车发出令人胆寒的声响,周冲拎起毒品跃入车中,消失在夜色里。他身后传来几声枪响,却不见警车追来。周冲飞一样地向永庆市而去,焦急的眼神始终盯着前面的路况。手机响了,他按下免提,手机上显示着"蝎子"的号码。他知道木木是受"蝎子"的指使来杀他的,可惜"蝎子"并没有得逞。

电话接通了,"蝎子"万万没有想到周冲会脱险,他所了解的木木是从来没有失过手的。周冲真的逃脱了吗?于是"蝎子"接通了周冲的电话:"喂,是周冲吗?"周冲盯着前面风一样闪过的景物,轻轻地咳嗽了一声,他要委婉地与"蝎子"对话,毕竟自己的父母还在"蝎子"的手里。

"是我,老大。"

"你在哪里?"

"我要去救我的女朋友。"周冲没有时间和他废话,临挂电话以前说,"老大,等我回来跟你走。"他现在要稳住"蝎子",以保证父母的生命安全。

"蝎子"阴险地一笑,挂掉电话,打开电脑,他要把毛永刚转来的账再次转走,万一被警方控制就麻烦了。"蝎子"熟练地操作着,输入密码,登录,确认转账数额。显示在屏幕上的数额让蝎子傻了:零!这个连小朋友都认识的数字竟然出现在蝎子的账户上。

"奶奶个腿的。"蝎子大骂着,他用力掐了一下自己的大腿,疼得差点跳起来,"当时转账看好的啊,怎么会没有了呢?毛永刚你看我怎么收拾你!""蝎子"再次拨通周冲的电话:"周冲,把货带回来。"周冲听到这样的话,差点笑出声来:"老大,你开什么玩笑呢?我要拿货去赎回我的女人。"

"我让你带回来你就带回来,别废话。"

"老大,我要不带回来呢?"

"别忘了,你爸妈在我手里。"

"给我个理由啊老大,为什么?"

"毛永刚的货款是零,我的账号里根本没钱。你要送货过去,小心你父母的性命。"说完"蝎子"挂了电话。

"蝎子"挂掉周冲的电话,随即拨通了毛永刚的手机,他要让毛永刚付出代价,他最不喜欢的就是被人蒙骗。毛永刚一看是"蝎子"的电话,直接挂掉。他现在除了那30公斤货,其他的事儿一概不想,他也不希望别人影响他的情绪。毕竟这是他和周冲之间的交易,只要周冲把货送来,他就可以让齐怀远"护送"他出关了。

毛永刚挂掉"蝎子"电话后,"蝎子"一脚踢飞了面前的桌子:"奶奶个腿的,敢挂我电话。"来回踱步的"蝎子"抓耳挠腮,他完全没想到会是这样一个结果。当时那些货款到手后,就应该直接转账,看来他还是太相信毛永刚了,竟然被他给耍了,这些钱可是他将尽半辈子的积蓄,为了能在毒品交易市场占有一席之地,付出的不仅仅是青春,还有自己的女人,甚至……想到这里"蝎子"咬紧牙关再次拨打着毛永刚的电话。他要再给毛永刚一次机会,如果他还跟自己玩儿猫捉老鼠,那蝎子就敢去拿掉他的左腿,像对待齐怀远那样。

电话铃声像催命鬼一样响着,毛永刚实在受不了这种煎熬,周冲不到,他就无法离开永庆市。现在"蝎子"又来添乱,他恼怒地接通:"你有病啊?""蝎子"被毛永刚的一句话震住了,反而收敛了恼怒,他声音低沉地说:"毛总,你不是想要货吗？"

"对啊，我就是想要货，跟你没关系了，这是我和周冲之间的交易。"

"嗯？不能这么说，我是周冲的老板，货在我手里，你应该跟我交易。""蝎子"故意一字一句地说。毛永刚一听，闭上眼睛，长长地舒了口气。心说：好啊，"蝎子"，原来是你给我玩儿了调包计啊。"货在哪里？"毛永刚焦急地问。

"在我这里，你来取吧，我在天竺镇等你。""蝎子"没等毛永刚反应就挂了电话，他并不在乎齐齐的安全，他只要让毛永刚来到天竺镇，就算成功了。他要让毛永刚知道骗他的后果，他既要得到货款，还要给毛永刚好好上一课。

毛永刚呆呆地站在那里，身后的齐齐仍然在挣扎着，嘴里的毛巾已经渗出口水。齐齐的眼睛里放出凶狠的目光，她在一个小时以前，本可以一脚踢倒毛永刚的，可是被身后的人拦腰抱住，现在四肢都被控制，无法施展自己的能量。毛永刚也不想这么做，可是齐齐没休止地大喊大叫，只能让她受点委屈了。

转过身的毛永刚看看齐齐，他实在不想用齐怀远的女儿做交易筹码，可是目前的处境只有这样做了，不然他会被警方制服并带走。现在他的救命稻草就是眼前这个小姑娘，他要带齐齐去天竺。毛永刚看着窗外的便衣，先给齐怀远打了个电话："老齐啊，我得带齐齐走，你放心，我承诺不会让她受一点委屈。"

"毛永刚，你别做傻事了，我奉劝你，你逃不掉的。"齐怀远劝慰着毛永刚，心中更为自己的女儿捏了一把汗。毛永刚根本不听齐怀远的话，他心中明白，齐怀远不会做出对他女儿不利的举动。于是，毛永刚架起齐齐的胳膊，拿一个衬衣盖在齐齐反绑的手臂上，向门外走来。

齐齐现在在等待时机，她知道一个罪犯会做出很多失去理智的事情，目前毛永刚就是这样一种状况，她不会惹怒他，而是很顺从地跟着毛永刚向外走来。齐怀远站在警车旁盯着毛永刚，其他的警员都在等待齐怀远的命令。而此时的齐齐非常镇定地说："爸爸，你放心，毛叔叔对我很好，我没事儿的。"毛永刚听到齐齐的话，冲齐怀远微微一笑，齐怀远无奈地看着毛永刚驱车离开。

周冲接到"蝎子"返回的"命令"后，犹豫片刻，马上驱车向"蝎子"方向而来。他心里明白，"蝎子"既然能打断齐怀远的腿，就能杀掉自己的父母。对于齐齐的安全，周冲倒是很乐观，毕竟永庆市还有齐怀远呢，再加上货还在自己

手里。根本不会有问题,他现在急需保证自己父母的安全。

"蝎子"电话通知张群带着周元林夫妇到天竺镇集合,他要在天竺镇做完最后的交易,让毛永刚亲自办理转账手续,然后卸掉毛永刚的腿。"蝎子"的计划在一步一步实现着。周冲也带着货来到天竺镇,这里的气氛显然没有其他地方那么紧张,好像一路上走来,并没有受到任何警方阻拦。

从永庆带着齐齐离开的毛永刚也甩掉了警方的跟踪,齐怀远的队伍似乎跟不上节拍一样,在一个三岔路口跟丢了毛永刚的车子,这让整个追捕行动陷入僵局。这个地区本来就多山、多路,平日里很难搜寻到有关贩毒的线索,毒贩一旦进入这个地区,基本上算是有了保障。

天竺镇的地形更是多变,很多毒贩都会选择这个地区来一次分身术。这样多变的地形给警方带来意想不到的麻烦,即便是撒下天罗地网,也有漏网的大鱼小虾。"蝎子"选择在这个地方做最后的交易,也是针对这里相对安全的地形考虑。他的目的很简单,他要亲自出马与毛永刚交易,让毛永刚亲自转入资金,30公斤货是不会少给他的。他现在还真有点感谢周冲了,多亏周冲多一个心眼儿,如果真的把货发给毛永刚,那就麻烦了。

"蝎子"最先到达了交易地,随后周冲的车子就风一样开了进来。走下车的周冲直接把货拎到"蝎子"面前:"老大,货都在这里。但是我的女人怎么办?"

"你放心,你的女人很安全。"其实"蝎子"是在安慰周冲,他没有义务去挂念齐齐的生死,他只要把毛永刚引入天竺镇就行了。周冲看看自信的"蝎子",接着问:"老大,我爸妈呢?""蝎子"头也不抬地检查着身边的货,嘴里还是回答了周冲的问题:"兄弟,放心,你爸妈一会儿就来了,等我拿了货款,带上你的父母和女人,咱们就出发。"

毛永刚按照"蝎子"提供的路线图向天竺镇而来,车上的齐齐还是被反绑着,她不知道自己会被带到什么地方,但是她从毛永刚的多次通话中得知,她马上就要见到周冲了。这个让自己付出太多感情的家伙终于要露面了,越狱这个词早已被齐齐淡忘,现在她更关心的是周冲的安全,毕竟她从毛永刚这里得知周冲参与了真正的贩毒团伙。

都说恋爱中的女人智商为零,这一点在齐齐身上也充分体现出来。她无法理解自己为什么会对一个罪犯这么痴迷,她也不止一次回忆他们之间的点点滴滴,到底是什么让周冲走入深渊?齐齐曾多少次想拯救这个男人,都被种种意外打断。齐齐为了这段感情不顾家人的劝阻，不顾生命的安危，现在甚至被绑架作为人质进行毒品交易，但她没有丝毫后悔，反而觉得自己很伟大。

坐在齐齐身边的毛永刚不停地抽烟，他的心情复杂到难以控制，经常抓耳挠腮。身边这个孩子是无辜的，齐怀远和姜忠诚也是无辜的。齐齐小时候被毛永刚抱在怀里的情景时常出现，这对于毛永刚来说实在是一种煎熬。他不忍心拿一个自己抱大的孩子来做一场交易，可是现实却无情地摆在面前。

毛永刚转头看看齐齐，齐齐被雪茄烟呛得流眼泪。毛永刚赶紧熄烟："不好意思，叔叔不抽了。"齐齐没有说话，只是盯着前方。毛永刚很希望齐齐说句话，以缓解他的紧张，他用手扶了一下齐齐的肩膀表示关心。齐齐用力一晃，甩开毛永刚的手。

毛永刚强压着怒火，他认为这个孩子太不懂事："齐齐，你放心，我不会伤害你的，还记得你小时候，叔叔抱过你的。"齐齐仍然不理毛永刚。看着可怜的齐齐，毛永刚实在控制不住自己的情绪，他要把齐齐的手松开，他不想让这个孩子被绑着去见周冲。于是，毛永刚伸手去解齐齐手上的绳子。

齐齐误以为毛永刚对她起歹心，身子向后一倒，左腿一抬，一脚踢在毛永刚的小腹上。毛永刚一下子跌倒在前面的靠背上，吓得司机一脚刹车停了下来。毛永刚捂着小肚子，慢慢从前面的椅子靠背上起来，对准齐齐的脸就是一巴掌。打下去的手，已经无法收回，一声清脆的声音，让毛永刚愣在那里，齐齐嘴角流血了。

毛永刚不想这么做，可是他却无法控制自己的情绪。既然打了，既然绑了，那就他妈认了，反正我也不打算回来了。这是毛永刚最新的想法，他没有必要忏悔，他有他的生活，既然选择了这条不归路就不能沉醉于昔日的情谊。"走！"毛永刚大喊一声，司机驱车开向天竺镇。

这个地形简直就像电影剧本里设计好的一样，至少有十几个路口通向这个树木茂盛的丛林。从空中是看不到地面的路线图的，因为高大的树木遮掩住了那些窄窄的山路，车子开不到这个地方。"蝎子"和周冲坐在那个平整的石台上，等待着毛永刚的到来。同时周冲还等待着张群带着自己的父母而来，他们要在这里集合，与毛永刚做最后的交易，然后集体离开这里。

毛永刚走在前面，手下人拿一根细细的铁丝拉着被反绑着手的齐齐向"蝎子"的方向而来。周冲有些焦躁不安地来回走动着，他已经在这里等了将近2个小时了。这种等待就是一种煎熬，是一种被吊在空中的感觉，没有一个

十八 交易纪念日

支点能让自己用上力量。

"蝎子"盯着来回走动的周冲说："别走了，我们马上就可以离开了。"周冲听到这话，马上蹲到"蝎子"身边："老大，我爸妈还没来呢，毛永刚还没出现呢，你让我放弃他们吗？""蝎子"并没有回答周冲的问题，站起身来向面前的路口而去，周冲顺着"蝎子"走去的方向，看到了那个熟悉的女孩——齐齐，还有毛永刚。

毛永刚见到周冲的瞬间将那吃人的目光射向周冲，眼神里透着一股少有的杀气。"蝎子"倒是很自然地迎了上去，打量着被反绑的齐齐："呵呵，齐怀远的女儿，果然如花似玉啊，周冲，你小子很有福气啊。"说完，"蝎子"回头看了看周冲，周冲有些局促地向齐齐走来，他不忍心自己的女人被毛永刚这样对待。

周冲在距离毛永刚十几米的地方停了下来，因为他看到毛永刚正用枪顶在齐齐的太阳穴上。齐齐的眼睛还是那么清澈，只是现在多了些幽怨，还有一丝惊恐。"蝎子"站在周冲和毛永刚中间，左右看看说："呵呵，毛总啊你来这里的目的不是为了杀这个女孩的吧？"

"废话，我来这里是取货的。"毛永刚愤怒地说。"蝎子"不紧不慢地说："好啊，既然你是来取货的，那么我可以给你货，但是你要放掉我兄弟的女人。"

"货在哪里？一手交货一手换人。"毛永刚的目的很单纯。

"蝎子"向旁边的一棵大树走去，从树后面取出那些货，扔在面前："毛总，货在这里，都是你的。"

周冲站在原地不敢动弹，他知道毛永刚不会轻易开枪，但是万一走火也难免出现伤害。他轻轻地说："毛总，货放在这里了，可以放开齐齐了吧？""把货扔给我，我要验货。"这回毛永刚再也不会轻易相信对方了，当初要是验货的话，也不至于到现在这个局面，当然他也清楚，如果当时真的拿到货，可能直接就被齐怀远控制了。

"蝎子"拎起那些毒品刚想过去，被毛永刚制止了："放下，我要周冲送过来，这是我和他之间的交易。""蝎子"微微一笑："周冲，给，他要你过去。"周冲接过毒品大步向毛永刚走来，到跟前时周冲一直盯着齐齐的眼睛，他要给齐齐一种安全感，让齐齐相信自己一定会拯救她的。齐齐的目光有些呆滞，但她知道周冲一定会救她的。

"站住，放下。"毛永刚命令着周冲，周冲停下脚步，把袋子轻轻地放在地上。毛永刚身后的手下人走过来,把货提到他跟前,从里面拿出一袋白粉,递给毛永刚。毛永刚一只手拉着反绑齐齐手臂的铁丝,一只手捻动着那些白色粉末,脸上浮现出满意的笑容。

"这回你可以放开齐齐了吧?"周冲问。毛永刚根本没有回答,把手里的铁丝顺势一松,齐齐就自由了,她一下子跌倒过来,周冲上前扶住齐齐:"没事了,放心吧,我们安全了。"齐齐的泪水犹如涌泉顺势而下,她压抑一路的委屈终于爆发。周冲用肩膀顶着齐齐的身子,把手绕过去,解着齐齐反绑的手臂。铁丝已经把齐齐粉嫩的手臂勒出无数血印,但是齐齐终于可以幸福地笑了,她期盼了无数个日夜的拥抱,终于在这样一个特殊的地点实现了。她曾多少次想约周冲,曾多少次期盼这个男孩的拥抱,没想到是以这样一个形式来满足她的愿望。

毛永刚拎起袋子,冲着"蝎子"打了一个响指:"谢了,咱们回头见。""蝎子"不慌不忙地说:"估计你还离不开吧?"毛永刚有些诧异"蝎子"的话,他回头看时发现路口上站着张群和范林芳,手里的枪口同时对准了毛永刚和他的手下。站在张群身后的是周元林夫妇,周冲的母亲瞪着眼睛不敢说话,身子颤抖着。周元林倒是很镇静,并没有表现出过多的紧张。张群和范林芳出门时就已经把周冲的处境全部告诉了周元林夫妇,刚开始周冲的母亲还有些接受不了,她认为自己的儿子不可能做贩毒分子,可是当看到眼前的一切时,这个善良的母亲只能接受了。枪支、毒品这些只有在电影电视上看到的画面,展现在眼前时的确给人一种威慑力。

"蝎子"重新坐下来:"毛总,货你是拿到了,可是你不见得就能离开啊。"

"什么意思?"毛永刚有些不理解,他认为"蝎子"做毒品交易多年,有着很高的信誉,不会翻脸不认人吧?

"你他妈还问我什么意思,货款呢?我的钱呢?""蝎子"近乎疯狂地大骂,他最讨厌的就是有人跟他玩这样的把戏。

"货款我不是打给你了吗?你可以问周冲,当时在永庆市交易的车上,我亲自给你打电话,把货款打过来的。"毛永刚说完看着周冲,以求得周冲的支持,或者只是一个小小的证明。周冲现在根本无法顾及"蝎子"与毛永刚之间的交易,他把齐齐扶到身后的大树下,向周元林夫妇走来。

张群对着周冲笑笑说:"不好意思哥们儿,让老人家受苦了,我可是完完整整地给你带过来的。"周冲点头表示了感谢,过来拉住母亲的手说:"妈,您

老人家受苦了。"周冲的母亲对着他的脸就是一巴掌,这样的声音在寂静的树林里显得格外清脆,同时打断了"蝎子"和毛永刚对话。

"你这个浑蛋,你不是我儿子,你竟然做对不起我们老周家的事儿,你怎么能犯罪呢,你怎么能越狱呢,你怎么能贩卖毒品呢?你不是我儿子!"周冲母亲大骂着,泪水模糊了眼睛,她现在看见周冲恨不得一枪打死他。

毛永刚最讨厌女人如此唠叨,他现在的心思是抓紧离开这个地方。听到周冲母亲絮絮叨叨地骂周冲,他有些不耐烦地大喊:"别吵了,'蝎子',你说我的货款没到你账号上,我现在就可以给你查。"

此时的"蝎子"可不会再给你毛永刚机会了,他哈哈大笑着:"毛永刚你是真他妈笨啊,还是装傻充愣啊。你以为我还会相信你吗?张群给我把货拿过来。"张群走过来一把夺过毛永刚手里的袋子,刚想走,齐齐坐在地上说话了:"周冲,你让毛永刚走吧。"

齐齐的话让所有人都惊呆了,周冲扶着父母来到齐齐身边问:"你怎么能替毛永刚说话呢?"齐齐并没有说话,站起身,解开上衣的扣子,腋下露出一个烟盒大小的纸包,周冲明白了,这是毛永刚装在齐齐身上的炸弹。此时的毛永刚举起手里的遥控器,扬扬自得地来到张群跟前,抬脚踢在张群的小腹上,张群一下子跌倒在地。

"'蝎子',告诉你,没有两下子也不敢只身闯龙潭。我既然和你'蝎子'做交易,就是本着诚信来的。我可以拿我的脑袋担保,至于你的账户为什么没有款,我就不清楚了,我现在需要做的就是离开这里。"毛永刚表达着自己的观点。

"毛永刚,你要能离开这里算你有俩脑袋,我就不信钱会不翼而飞。"

"哈哈,别忘了,你兄弟的女人可在我的控制中,看来我们的交易还在继续啊。"毛永刚摇晃着手里的遥控器,只要他按下手里的开关,这个如花的女孩就会命归西天了。

"不要,毛叔叔不要按,我说,我知道钱在哪里?"周冲的话刚说完,就听到四周突然响起警笛声,这些警笛似乎是从天而降,环绕在树林里。紧接着从外面传来喊话声:"里面的人听着,你们已经被包围了,放下武器乖乖地投降。"

"蝎子"镇定地听着,他能判断出这些喊话人的位置。手里拎着货的毛永刚也在听着喊话的声音,他掌握遥控器的右手有些微微颤抖。

"毛永刚,是你他妈把条子带来的吧?"

"你认为可能吗？我比你更急于脱身。"毛永刚辩解着。

坐在地上的张群突然说："别计较了,现在我们是一条线上的蚂蚱,我们应该联合起来对付警察才是。"周冲赶紧接过话茬儿："对对对,我们是一家人,被警察抓住我们谁都跑不了。毛叔叔你先把遥控器收起来,别失手伤了自己人。"

还没等毛永刚做出反应,"蝎子"突然说："不要放开,这个女孩是我们的最后救命稻草,我们要拿齐怀远的女儿与警察交易。"

"老大,她是我的女人,你不能拿她做交易。"周冲急得脸红脖子粗,说话的同时走到张群跟前："张群,你替我说句话,我对老大怎么样？我的女人他也不放过吗？"张群为难地看着周冲,又看看"蝎子"。周冲一看张群为难的样子,一把夺过张群手里的枪,走到齐齐跟前对准齐齐的脑袋,冲齐齐使了个眼神,转过头说："老大,我不希望你拿我的女人做交易,与其那样,不如我自己杀了她。"

"蝎子"没想到周冲会来这一手："周冲,我们已经被警察包围了,如果不拿齐怀远的女儿做交易,那就只能拿你的父母做交易了。"周冲把枪一下子摔在地上："老大,那是我爹妈你应该清楚啊！"周冲的母亲听到这里,大骂："他不是我儿子,我死也不认这样的儿子。"

"蝎子"冲周冲微微一笑,冲他做了个手势,周冲向"蝎子"靠拢过来。"蝎子"一个擒拿动作,把周冲揽进怀里,枪口对准周冲的后背："你的女人不行,你的爹妈不行,那就只能拿你当交易筹码了！哈哈哈哈……""蝎子"笑的时候面部扭曲着。

张群站起身说："老大,你拿他做人质,根本不管用的,他和咱们是一个性质的。"

"滚你妈一个性质的,他是卧底！""蝎子"的话音刚落,齐怀远的队伍也迂回进来了。无数枪口对着眼前的毛永刚和"蝎子",张群和范林芳一看眼前的情景,只剩下喘息的力气,一下子瘫倒在地上。

"'蝎子',算你聪明。"齐怀远的声音还是那么低沉。

"老朋友,我们又见面了,你的腿好点儿了吗？""蝎子"得意地看着齐怀远。

"谢谢你的关心,好多了,至少能追上你了。"

"追上我又能怎样呢？所有的交易都必须以我赢为最后结果。你费尽心机

培养周冲,可谓运筹帷幄啊。""蝎子"不忘恭维地说。

毛永刚的手按着遥控器说:"老齐,我们的交易还没有完成呢,我得带齐齐安全离开,不好意思啊。"说着就要拿着货离开。齐怀远镇定自若地说:"毛总啊,本来这个交易呢,只有我和'蝎子'进行的,没想到,如此纷繁的交易网里竟然有你,对不起,你不能离开,交易还没有完成呢。"

"齐怀远,我可控制着你女儿呢,大不了我们同归于尽。"毛永刚再次晃动着手里的遥控器。

"毛总,估计你那个遥控器不如我这个遥控器管用啊。"说完齐怀远也亮出了一个遥控器,所有人都看着齐怀远像变戏法一样从口袋里拿出一个小小的遥控器,轻轻一按,砰的一声,毛永刚手里的袋子喷出一股子白烟,眼看着30公斤毒品被炸到空中。

所有人都卧倒在地,只有站在远一点的"蝎子"搂着周冲,没有倒下。齐齐第一反应就是滚到大树后面,取下身上的炸弹,扔了出去。被炸得发昏的毛永刚这才意识到手里的遥控器,手指按下时,爆炸点已经离开了齐齐。齐齐手里拿着周冲刚才扔给她的枪,对准"蝎子":"放开他。"

"蝎子"换了个姿势:"齐怀远,玩得挺深啊,你未来的姑爷竟然在我的身边安装了炸药,我愣是没发现,你的兵真是了不起。"齐怀远从地上站起来说:"过奖了,再厉害不还是在你的控制中吗?过去都是你跟别人提出交易条件,今天我齐怀远也想和你做一次交易。"

"嗯,哈哈。""蝎子"枪口顶着周冲的太阳穴,表现出少有的兴奋,他喜欢这样的游戏。看看被警察控制的毛永刚,讥讽地说:"毛总,看到没有,你差远了,还是我有资格跟齐怀远做交易。哈哈,说吧,我们伟大的齐局长,你想和我怎样交易?"

"蝎子"和齐怀远的对话根本没有影响周冲的思维,他对齐齐说:"放下枪,别走火,伤到谁都不好。"齐齐只能听着周冲的安排,收起枪来到周元林夫妇跟前:"阿姨,周冲不是坏人,这回放心了吧?"

"孩子,别开玩笑了,那个大坏蛋拿枪对着冲儿,怎么放心啊。"周冲母亲害怕地说。

"蝎子"看着正在思考的齐怀远,追问着:"齐大局长,想好了吗,我喜欢和你做交易。"

齐怀远稍作停顿说:"我放你走,你放开周冲。"

"这就是你的交易条件吗？""蝎子"瞪大眼睛怀疑地看着齐怀远。

"对,这就是我和你的交易条件,饶你不死你还不满意吗？你还想怎样？"齐怀远盯着"蝎子"说。"蝎子"模仿着齐怀远的口气,还略加修饰地说着,声音里多半是不屑一顾:"饶你不死……你以为你是谁啊？我现在的罪名够枪毙十回的,我已经不在乎生死了,让我放开周冲,你不觉得可笑吗？"

"那你想怎样？"

"我要带周冲离开,至于这个年轻人的生死,跟你们没关系。如果你们觉得这个交易条件不够划算的话,那么在我带他走的时候,你们开枪打死他,那样你们也可以结束我的命了。""蝎子"说得很自如流畅。

齐齐大声喊:"你不能带周冲走。"

"好闺女,你说了不算,哈哈。""蝎子"诙谐地说。

"好,我答应跟你走。"周冲在"蝎子"的控制下艰难地说,然后看着对面的齐怀远接着说:"局长,我做得不够好,让你们为难了。这些年来,我只记得一句话,就是您在凤凰岭疗养院里第一次见我跟我说的,只要你选择了维护国家利益,性命可能随时丢失。我以前误入歧途,是您给了我走上正道的机会,现在我没有很好地完成任务,还请组织谅解。就当我是执行任务的时候牺牲了吧,我跟'蝎子'走后,只希望组织能为我父母洗清不白之冤,因为我的家乡都知道周元林的儿子是贩毒分子。"

"蝎子"满意的表情像是吃了什么激素的样子,摇头晃脑地说:"嗯,我喜欢这个年轻人,一人做事一人当。"

"周冲,你不能走。"齐齐喊着就要冲过去,被齐怀远拉住:"齐齐别冲动,我不该向你隐瞒周冲是卧底,可是组织有组织的纪律,现在周冲还没有危险。"

"我不管,我要你们保证周冲的安全。"齐齐央求着齐怀远。看着焦急的齐齐,还有周冲母亲哀求的目光,齐怀远说:"我可以明确地告诉你,你带不走周冲的,别忘记那句话,正义永远压倒邪恶。"

"蝎子"瞪着眼睛看着一本正经的齐怀远,吐出舌头说:"啊,齐局长,别给我上政治课,对我没用。不好意思,我要走了,希望你们的狙击手看准了,别打在周冲的脑袋上哦。"

说完,"蝎子"勒住周冲的脖子,枪口顶在周冲的太阳穴上大声喊:"把枪都给我放下。"端着枪的武警和齐怀远的队伍都用求助的目光看着他,他们在

十八 交易纪念日

等待命令。他们深深地知道组织上培养周冲是多么不容易,这段时间为了抓获"蝎子",周冲成功地诱敌出洞,不仅控制了"蝎子"的行动,还破获了国际贩毒组织的一个毒瘤。

如今周冲被"蝎子"控制,齐怀远怎么能轻易放弃这么优秀的卧底战士呢,他们都在征求齐怀远的意见。枪支一旦放下,那就意味着周冲的付出将前功尽弃,不但抓不住"蝎子"同时还失去辛苦培养起来的周冲。齐怀远是绝对不会输给"蝎子"的。

"'蝎子',我要是不下命令呢?"齐怀远仍然选择攻心战。

"蝎子"并没有接着齐怀远的话,而是用左手用力掐着周冲的脖子,周冲被掐得脸红脖子粗地说不出话。

"都把枪放下!""蝎子"再次威胁着。齐怀远犹豫着,他不想让周冲再次受苦,还没等齐怀远下命令,"蝎子"用力踩着周冲的脚趾,疼得周冲啊啊啊叫出声来。

齐齐实在受不了这种煎熬,从口袋里悄悄掏出扑克牌,猛地一甩,3张硬纸片飞向"蝎子"的面部,蝎子一看飞来的纸片,侧身一躲,可是其中一张还是打中了他,正好扫到"蝎子"的脸颊,划出一道血印子。

"蝎子"毫不犹豫地把枪从周冲的太阳穴上转移到了周冲的脚面上,只是一眨眼的工夫,枪响了。周冲"啊"的一声,声嘶力竭。

齐怀远冲上去一把拉过齐齐:"干什么你,你想要周冲的命啊?"齐齐咬牙切齿地说不出话。

"蝎子"擦了一下脸上的血口子:"妈的!齐怀远你给我听着,我现在要改变交易条件了。"

"什么条件你说。"

"我要你的右腿,不然我把周冲的右腿废掉。""蝎子"的眼睛里全是火光,他根本不想离开了,他要与齐怀远游戏到底。

"住手!"一个声音让"蝎子"停在那里。说话的是周冲的父亲周元林,所有人都把注意力集中到这个疯癫的人身上。"蝎子"也停了下来,他不知道周冲的父亲又发什么神经。

"你这个神经老头儿想干什么?""蝎子"纳闷地问。

"我并不神经,我让你放开周冲。"

"蝎子"张开嘴巴,哈哈笑着:"哈哈,你以为你是周冲的父亲,你就说了算啊？要不要我再给周冲来一下。"说着"蝎子"的枪口又转向周冲的脚面。

"周冲不是我儿子。"周元林大声地说,此话一出口,所有人都愣了,怎么周元林突然冒出这么一句话？了解周冲身世的人都知道,周冲的确不是周元林的儿子,是捡来的。可是这跟今天的交易有什么关系呢？

"不是你的儿子对吗？哈哈,周老头儿,我看看到底是不是你儿子,我看看你心疼不疼。"说完,枪又响了,子弹并没有打在周冲的身上,而是打在地面的石块上,冒出的火花吓得众人都蹲在地上。唯独周元林没有害怕,慢慢地说："'蝎子',周冲是你的孩子。"

这句话声音不大,但是足以让所有在场的人都听见。"蝎子"再次表现出怪异的表情："胡说,我儿子20多年前早被狼崽子吃了。"

"'蝎子',你儿子并没有被狼崽子吃,是我把他带走了。还记得那个丛林吗？是你要抛弃他,我捡到怀里的时候,你后悔了,当你追上来时,我已经逃离了。"

"蝎子"静静地听着。

"你始终不承认自己的过错,你也不想提起那些伤心的往事。"

"别他妈骗人了,我儿子我能不认识吗？我儿子脖子里有个胎记。"

"哈哈。周冲的脖子里就有,不信你看看。"

周冲被周元林的一番话给说蒙了,听上去好像跟真的一样。"蝎子"用枪指着周冲,命令他转过身去。周冲一瘸一拐地转过身来,面对着"蝎子"。"蝎子"努力地回想着20多年前的场景,周冲？冲儿？丛林？男人抢走我的孩子？胎记？

"周冲,把衣领敞开。""蝎子"有些颤抖地命令着。

周冲听着"蝎子"自言自语着,他听到了胎记,他知道自己脖子里也有个胎记,难道真的像周元林说的那样,眼前这个国际大毒枭是自己的亲生父亲？他慢慢地解着脖子里的衣扣。

站在一旁的齐怀远此时警觉地看着"蝎子"的行动,这时"蝎子"有了一丝麻痹思想,齐怀远给齐齐一个眼神,齐齐心领神会地掏出扑克牌。

"快点！""蝎子"大声喊着,他不想面对这样一个现实,他现在太想知道周冲的身份了,由过去的警校学员,到后来的贩毒分子,又暴露出卧底身份,现如今他竟然是他的儿子！这让"蝎子"有些接受不了。周冲解开衣领时,上面根本没有周元林说的那个胎记。

"蝎子"像是受了侮辱一样,抬枪就打,把站在一侧的周元林一枪放倒:"你他妈敢骗我!"蝎子刚想控制周冲,不料齐齐扑了上来按倒了周冲,齐怀远和"蝎子"正对着,同时扣动了扳机。周冲在地上挣开齐齐,他想喊,他想让他们停下来,可是没有喊出来,枪已经响了。

齐怀远的右腿被穿了个大洞,"蝎子"躺在地上,大口喘着气。周冲拖着伤腿来到"蝎子"跟前:"我脖子里原来有胎记的。"

"现在已经不重要了。""蝎子"慢慢地说道。

"你真是我亲生父亲吗?"周冲问。

"蝎子"闭着眼睛,用力点着头,用微弱的话音说:"我早就怀疑过,我儿子叫'冲儿',而你叫周冲,世上怎么有这么巧的事?不过我儿子脖子里有一块明显的胎记,但你却没有,所以我也不敢确定。"

周冲满脸泪水地哭诉着:"你怎么不早点问我呢?"

"我打心眼里喜欢你,不管你是不是我儿子,我都想把你留在身边。你和周元林夫妇感情很好,我不想拆散你们,我只能想办法把你们都带走,眼看着目的达到了,齐怀远却出现了。我只能选择带你走,可是现在……""蝎子"皱了一下眉头,显然体力已经不行了。

周冲突然站起来:"医生,医生呢?"身后的人已经渐渐离开,都在抢救齐怀远和周元林,根本没有人来抢救这个贩毒分子,他们认为这样一个罪恶重重的罪犯,即便是直接被枪毙也是罪有应得。

周冲背起"蝎子",拖着残腿向山外跌跄着走去,趴在周冲后背上的"蝎子",淡淡地微笑着,将带有血丝的口水流在周冲的后背上。

"蝎子"是死在周冲后背上的,他停止呼吸的那一刻,手指用力抠着周冲的胳膊,用一种不想松开的,死死抠住的力量。周冲知道"蝎子"离开了,他心里像被一块石头挤住一样,紧紧的。他一直就这么拖着"蝎子"走,他不敢相信,他也不想承认,难道自己一直跟踪,一直追杀的贩毒分子,就是这个抛弃了自己20多年的亲生父亲吗?

恢复平静生活后的周冲,每当想起那段卧底的日子,内心总是难以平静。

周冲被选中做卧底后,当然知道这份工作的危险程度,他也知道这份工作责任重大。他更知道该如何面对恋人齐齐的追求,可他并不知道他要追捕的人就是他的亲生父亲。

齐怀远到凤凰岭疗养院时,并不是害怕"蝎子"的追杀,更不是疗养受伤的腿,而是去"挖"周冲。周冲的身份很简单,在凤凰岭,大家都知道他是没爹的孩子,是周元林捡回来的孤儿。

可是在缉毒大队电脑邮箱里,一封来自上级的神秘邮件,记录着周冲的身份:周冲,男,凤凰岭人。养父周元林。生父:刘长水,外号:蝎子。内容简单,却很珍贵。

齐怀远多次追捕"蝎子"无果,还葬送了一条腿。于是,他不得不使出周冲这张牌,带着这个目的,他入住了凤凰岭疗养院。篮球场边,齐怀远以一个老缉毒警察的身份,向即将升入警察学校的周冲部署着,交代着。

让齐怀远意外的是,周冲进入警察学校后,居然贪图金钱,做起摇头丸交易来,这让齐怀远极度失望。周冲入狱后,齐怀远本已放弃了让他做卧底的念头,但由于周冲身份特殊,齐怀远不得不再赌一把,赢,则能除掉"蝎子"这个大毒枭;输,则可能赔上周冲的性命。

身经百战的"蝎子"经过几次交易,就知道周冲卧底的身份了。为了保证最后一批货出手,他将计就计,利用周冲成功把货转移。天竺交易时,他把周冲当做了最后的救命稻草,想在紧要关头挟持周冲来保护自己。没想到,"傻子"周元林早已清醒,说出了周冲的另一个身份。

周元林告诉"蝎子":周冲就是你的亲生儿子,就是那个丢失在丛林里的男婴。此话一出,"蝎子"犹如百爪挠心。这些年来,他四处寻找他的冲儿,他也曾不止一次地观察周冲。他清楚地记着,冲儿脖子里有一个胎记。"蝎子"与周冲接触久了,发现周冲不光名字与自己丢失的儿子相同,而且长相与性格也有几分相似,可是周冲脖子里并没有胎记。

周冲脖子里是有胎记的,"越狱"时,被组织命令"销毁"了。如果胎记还在,"蝎子"和周冲在山洞里会晤时,很有可能被老奸巨猾的"蝎子"识别出身份。

天竺出货时,交易网全部暴露,各人身份也相继浮出水面。齐怀远心里清楚,必须要活捉"蝎子",从"蝎子"嘴里挖出更多"大鱼"。不料一片混战中,狙击手将"蝎子"一击致命。当初齐怀远在疗养院布置任务时曾说过:"我要活赵云,不要死子龙,一定要保住'蝎子'的性命!"枪响时,一切都晚了。

转瞬间,"蝎子"死了。并且是死在自己儿子周冲的后背上。

周冲的卧底任务完成了,很顺利,但并不圆满。他甚至一度在卧底过程中

因无法抵挡金钱的诱惑,险些与毒贩同流合污。回想起这段往事,他总是摇头叹气。在亲情与道义中间,该何去何从?无解时,他会说:这就是天意。

进入洞房的周冲和齐齐幸福地拥抱在一起,周冲突然推开齐齐说:"我想和你做一笔交易。"

"啊?什么交易啊?"齐齐好奇地问。

"以后每年我都要去一趟天竺,如果你答应,我可以天天给你按摩。"周冲调皮地说。

"没问题,现在就要你按摩。"齐齐羞涩地倒入周冲的怀抱。

结婚后,每年"蝎子"和齐怀远的那个"交易纪念日",周冲都会来到天竺,为父亲"蝎子"上香。齐齐带着孩子,会在镇上停留几天,这些天对于周冲来说是自由的,是无拘无束的。周冲会悄悄地攀上山崖,到"蝎子"带他去的那个神秘洞穴。那里是"蝎子"的藏身之地,那里还有他亲生母亲的照片。

周冲的儿子听着母亲齐齐的讲述,呵呵地笑着,小小的心灵里根本承受不下那些过往的故事。爷爷、外公相互击中对方的场景,在孩子心里就是一个提前编织好的惊悚故事。